論創ミステリ叢書66

北洋探偵小説選

論創社

北洋探偵小説選　目次

凡例

一、「仮名づかい」は、「現代仮名遣い」(昭和六一年七月一日内閣告示第一号)にあらためた。

一、漢字の表記については、原則として「常用漢字表」に従って底本の表記をあらため、表外漢字は、底本の表記を尊重した。ただし人名漢字については適宜慣例に従った。

一、難読漢字については、現代仮名遣いでルビを付した。

一、極端な当て字と思われるもの及び指示語、副詞、接続詞等は適宜仮名に改めた。

一、あきらかな誤植は訂正した。

一、今日の人権意識に照らして不当・不適切と思われる語句や表現がみられる箇所もあるが、時代的背景と作品の価値に鑑み、修正・削除はおこなわなかった。

一、作品標題は、底本の仮名づかいを尊重した。漢字については、常用漢字表にある漢字は同表に従って字体をあらためたが、それ以外の漢字は底本の字体のままとした。

写真解読者

一、発　端

久しぶりで友人の光岡とニュース映画を見ての帰りだった。

「ニュース映画、特に今日のは面白かったね。全く写真というものには自然の神秘が蔵されているね。カメラはその視野内に起った限りの現象は必然的なものでも偶然的なものも委細かまわず細大洩らさず正確に記録再現するからね。特に偶然的なごく零細な事でも尽く克明に記録するということは重要だ」と彼が云った。

「何かあったのか?」

「うむあった。ニュースの一番終りに延安から帰って来たというK・Tが同志に囲まれている写真があったね。君、どうだK・Tの微妙な表情、故郷に帰った人間の感慨が眼に溢れているじゃないか。唇の動き！　これだけでも精神分析の材料になる、全く人間の頭脳を啓発するね写真というものは……ここの所新聞には何とかいてある？　何年振りにK・T氏は同志の熱狂的な歓迎裡に東京へ着いた。ただそれだけ、君等の書く新聞記事というものはいつも生々しい従って最も興味ある事件を類型化し固定し無味乾燥にしてしまう。実に詰らない」

「それはひどいね。しかしそのニュースに変ったことが写っていたのかい?」

「そうなんだ。K・Tと一緒に汽車から降りた人間の中に僕の知っている人がいたのだ、井中君という怪男子だがね。黒ゴビで謎の暗躍を続けていた男でね、……最も今は全く誠実な熱心な考古学者だが、……君、彼の様子がどうも奇妙だったよ。ちょっと立止ってカメラの方をじっと見ていたから顔の表情がよく分った。異様に緊張してね、眼の配り方が君、ただ事ではない――それからもっと面白いのはね、二・三歩後にもう一人の男がいてね、この井中君をじっと見ているのだ。この男はカメラの方を見もしなかったよ。どうもおかしいね。井中君はきっと秘密を持って帰ったんだね。ニュース映画にはこんなスリルがある。一瞬の後には井中君もその男も視野から去ったごくつまらぬ些細な事だったけどね。しかもこれは意外に重要なことだったかも知れない。カメラの正確さは事件の最も有力な材料になるからね。もっともあまりにも忠実なカメラの故に却って悲喜劇を造るというようなこともある。街頭スナップにすりの働きが写ったり、自分の妻君と他の男と手を組み合せて歩いているのが写っていたという話があるね。……」

光岡の家へ着いて、彼の部屋に落着くとすぐ女中が手紙を持って入って来た。差出人は東亜考古学会になっている。彼は以前気象台の技師をしていた時、仕事の関係とその奔放な生活慾からオルドス地方へ冒険旅行をして揚子江上流の高気圧発生地帯の調査をし学界とジャーナリズム界にセンセイショナルな話題を提供したことがある。その時のことで考古学会にも関係しているのだろう。

「何だいこれは?」

と光岡の差出したのを見ると中に入っていたのは一枚の葉書大の白い厚紙であった!

「一体これは何を意味しているのかね。いたずらとも思えないし……」

「うん。何かの招待状だよ、この紙の形や質から見てもわかる。印刷の時刷り落したのかな。……ああそうかこれは間違って二枚重ねて刷ったときの下の一枚だ。活字の型の跡がある。……これは簡単に読めるぜ」

彼は鉛筆の心を削って紙の上に落し叮嚀に指先でそれをこすりながら紙一面に拡げた。そうすると活字の型通りに字が浮き上ってきた。鉛筆の心の削り屑が、型の凹みに入って黒く溜ったからである。

「やあ、案外きれいに行ったね。何と書いてある?ええ六月七日、明後日だね、おや!　東亜考古学会員井中哲郎氏の歓迎会……おい君、井中君だぜ……があるから出席してくれと、場所は上野の常盤華壇だ。そうすると確かにあのニュース映画のは彼だったんだね。して見ると……とにかく行ってみよう。君も行かないか、彼は色々面白い話を持ってるぜ」

と云うので僕等はその日ある期待を持って出掛けたのである。既に彼の講演が始っていた。

彼の話の前半はオルドス、トルキスタン地方の地質調査報告で学界では相当の反響を呼んだのであったが、僕等にはあまり関係がないように思われるからここには再録しない。彼の話の後半——僕等の聞いた部分——は左のようなもので人々に奇妙な感銘を与えたものであった。

「ここで私が諸君の前に私の親友であり、またこの東亜考古学会の有能なメンバーであった、ショスタコウィッチ君の不慮の死を報告しなければならぬのは私の甚だ遺憾とするところです。しかし張家口での彼の突然の失踪の原因が未だに分っていないのです。私はショスタコウィッチ君の遺品を御遺族にお渡しするために、これまでの日本への帰路の苦難を自分ながら不思議な位堪えてこうしてとうとう帰って参りましたが、これからショスタコウィッチ君の御遺族にお眼にかかって何と云ってよいか考えると胸が一杯になり足元の崩れて行くような気が致します。……」

光岡の顔に異様な色が浮んだ。確かに井中氏の表現の仕方は普通でなかった。彼の講演はまだ大分長いものであったし、また会食《パーティ》の際に光岡に聞いた話や、後に僕自身が井中氏に会って聞いた事などをまとめて左に要約しておこう。

二、天空の峯々

天山の雪に蔽われた峰々は砂塵の荒原の空高く北アジアの冴え渡った紺碧の中にかかって疲れ切った旅行者に山の彼方の国に対する憧憬の念を起させるのである。私がショスタコウィッチ君と始めて会ったのは天山颪の風蝕作用に荒廃した砂丘と檉柳《タマリスク》の茂みに囲まれたエツィンゴールのオアシスであった。それまで彼がどこに居たか私は知らない。狂男爵ウンゲルンシュテルンブルグの自衛軍に加わり外蒙古ウルガを襲撃した後、復讐の赤軍に追われて東トルキスタンのウルムチへ逃れ、そこの無電局に働いていたという。あるいはウルムチ政府で購入されたソ聯のアモトラックについて運転手兼機械工として入ってきたのだとも云う。

いずれにしても赤色ソ聯の土地には異邦人《ストレンジャー》である漂浪《さまよ》える白いロシヤ人の一人として彼も母なるヴォルガ河の故郷を棄てて流れて来たのであろう。彼は自分の前身について多くを語らなかった。

ただ彼の懐しいお伽時代のピータースブルグについて

はよく話した。ワシリエフスキー公園の橋の上で薄明るい白夜の夕――彼の眼に時々その時の自分の姿と幼な友達の姿が堪え難いノスタルヂヤを以て映るのであった。

彼はとにかく技術者としてウルムチ政府で働いていたのであって、その写真技術は特に幼い時から熱心であったそうで非常に優れていた。彼の撮ったソゴノール湖の蜃気楼は不思議なしかも貴重な文献である。その他彼の三回にわたる探険旅行の収穫は吾々に得難い資料であった。エツィンゴールでの吾々の最初の邂逅は奇妙なものであった。吾々蒙疆自然科学研究所のトラックがワイエントルライ附近を蜃気楼に悩まされ礫《こいし》まじりの砂を押し分けながら塩に覆われた荒寥たる沙漠を進んでいた時であった。この辺に多い汚い礫の段丘の蔭からふいと白い小馬に騎《の》って姿を現わし此方へやって来た男があった。そして吾々に近づくと手をあげて英語で一緒にどこでもいいからゴビ以外の所へ連れて行ってくれ、自分は写真技師だから必ず役に立つから、是非お願いする、と云うのである。吾々は彼の困惑した顔に浮ぶ薄気味悪い恐迫観念を見た。彼の眼にはしかし誠実な光がさしていたし白皙端正な顔容には何か高貴な憂愁が漂っていて我々の同情をさそった。

やがて彼は吾々一行の重要なメンバーとして張家口に帰って来たのであった。彼の恐怖は何であったか、私は知らない。しかも彼が蜃気楼のように美しい小馬に乗って現われたのは公坡泉《クンポ》の附近であったということ、当時公坡泉の城砦に居って黒ゴビに戦慄的な超自然的な勢力を奮っていた、ノインラマと云われる怪奇な喇嘛《ラマ》首領の死が異常なセンセイションを起し、彼の部下に関する不吉な話がエツィンゴールのオアシス中に恐怖を以て伝えられていたということを考え合わせ、この狂暴残忍な傲岸な男を公坡泉の城砦の中で殺したのは若いロシヤ人であるという噂、そのロシヤ人をノインラマの部下が日夜暗殺しようと狙っているという半ば猟奇的ロマンティックな物語が興味深く語られていたことを考え、彼の奇妙な出現もこの事件に関係つけてみると何か吾々の想像を刺戟するものがあった。実際彼は奇妙にラマ教のことについて比較的精しかった。ラマ教ではラマ即ち師匠という語からも知られるように伝統を重んずる秘密教であり、仏の存在や仏の教など、すべてその師匠即ちラマの導きによって知り、かつ行い得るものであるとされている。

西蔵《チベット》僧の常に口誦する語に「ラマなかりし已前には仏という名字すらない、千劫の仏といえどもラマに依りて存す」というのがある位であって、ラマ即ち師匠に対する尊敬は非常なものであり、自己のラマは己にとって三宝以上に尊いものとされてい、ラマへの奉仕が最上の方法であると考えられているのである。従って精神的にも、物質的にもラマを満足させるように努め励むべきであって、そのためには、自己の生命を犠牲とするも厭わない覚悟を要するとされているのである。それであるからノインラマの部下のラマ僧が彼の師を殺害したものを復讐しようとしているという噂は了解の出来ることであった。彼等の狂神的な追求は確かに吾々を恐怖させるものがあった。ショスタコウィッチ君が仮にノインラマの殺害者でないとしても極めて猜疑心の深い排他的なラマ僧に一度嫌疑の眼を向けられたとすれば、所詮彼の弁明も無意味となり頗る危険なことになるのである。そういうわけで吾々も張家口に着いてからも彼の身辺に注意深い監視を怠らなかったが、それらしい姿を発見することが出来なかった。彼等の服装は勿論人目に立たぬものを着ているのであろうが、黒色と白色は外道の色とされているから、そういう色を使わないとかあるいは彼等は煙が上昇して天を穢すということから天罰を恐れて普通の煙草は用いず嗅煙草を用いるという事が注意されるのである。

ともかくショスタコウィッチ君の身辺に怪しい影を見たことはなかった。また彼も別に怯《おび》えたりする様子もなく朗らかに仕事に全心を打込んでいるように見えた。しかし私には彼がふと不安な眼を窓外の暗黒の沙漠に鋭く走らせたのを二三度見たように思うのである。彼の研究所内の仕事は資料の複写等が主であった。それは退屈なものであったから、彼は好んで調査旅行に従い、その豊富な地理の知識と優秀な写真撮影技術が重宝がられたのであった。こうして彼が研究所員となってから三年経った。それは彼の奇怪な失踪の日の三日前であった。吾々の研究所は頗る不快なニュースを受取った。それは百霊廟に出張していた所員の皆川君が行方不明になったという報告であった。彼は内蒙古自治政府のユルト（包）に居たのであったが、二日前にエツィンゴールへ調査に出たはずであった。そこで吾々は早速日支航空公司の飛行機一台を借りて探査することにした。一方各地のユルトやオアシスへは無電で連絡を取ったのであるが、これ等の試みはどちらもあまり期待は持てなかった。この地方は長い内乱時代にあり、殊に外国人旅行者は本人にとっても危険であるしまたしばしば本国当局及び中国当局の悶着と紛争の種になっていたためにこの地方への旅行は当局によって禁止されていた状態であったから。

だが飛行機による調査は広い砂漠の中に人間を見つけるのには有望である。この中にはショスタコウィッチ君が入っていた。彼は上空から砂漠の写真を取り、それを調べて砂漠の中で困惑しているかも知れぬ皆川君一行を捕えようというのであった。

この写真捜査は極地探険隊の遭難の際等にしばしば使われて効果をおさめている。ショスタコウィッチ君は連日区域を決めて写真を撮り研究所へ帰ってそれを調べた。こうしてこれ等の写真を繋いで蒙古トルギスタン地方の完全な地図と皆川君達の姿が摑えられるはずであった。彼はいつものように仕事には非常に熱心で殆んど不眠不休の努力を続けたのであった。従って一週間ほど経っても未だ行方不明者の消息が分らないので今日を最後に一応捜査を打切ろうという日などは非常に疲労しているように見受けられた。しかし今日が最後であるし、所員の生死に関係する大事であるから彼は緊張して出発したのであった。その日は珍らしくゴビ砂漠の上は雲が多く撮影に非常に困難であった。翌日は実際雨になり、これが後に彼の運命に奇妙な決定的変化を与えたのである。ワイエントルライ上空にさしかかって写真撮影を行おうという時、彼はふと気が附いて赤外線写真を取ろうと考えたのである。赤外線は紫外線と違って雲や霧の透過度が大きいから、時に赤外線写真で明瞭に写ることがある。丁度イーストマンのフィルムを用意して来たので好都合であった。彼は捜索期間最後のこのフィルムに幸あれと念願してシャッターを切ったのである。張家口の研究所へ着いてから、彼は何となくこの写真の中に重大なものがあるような予感がしていたので、期待に胸騒ぎつつその写真を現像したのであった。

ワイエントルライ南方の丘陵中に、死滅して砂に埋もれたカラコトの都がある。即ち、マルコポーロによってエツイナと呼ばれ、その当時は古代唐古特王国（夏）の繁華な都であったのである。ここから少し離れた枯れた檉柳《タマリスク》の点在する砂と礫の茫々たる荒野がフィルムの中に寂寥たる影を投げていた。しかし見よ！

この塩に覆れた砂漠の中に蜃気楼の如く、一台の自動車が写っているではないか、研究所の日産トラックである。彼は驚いて私の所へ飛んで来た。彼の昂奮して指さす自動車の姿に吾々は驚喜した。皆川君が乗って行ったものに相違なかった。ワイエントルライの無電局へ捜査方を依頼すると共に、飛行機を飛ばした。その日は前にも云ったように雲の多い日であったが、やがてしとしとと雨が降り出したのであった。従って沙漠一帯の表面はひどく雨に濡れ、やわらげられ泥砂の海のようになっていたので飛行機を着陸させることが危まれた。吾々の危惧は直ぐに事実となって現われた。飛行機は砂礫の台地を探して着陸すべく何回も旋回していたらしいのであるが、遂に適当な着陸地を選定したのであろうか、台地の駱駝路に沿うて着陸して来た。しかし不幸にも機は檉柳《タマリスク》の根や針金雀児《エニシダ》に邪魔されて翼をふり切られ、一転して大破してしまったのである。

　搭乗者は操縦士のY君と研究所のM君だけであったが、二人ともかなりの重傷を負って青海クムクム廟への参詣の途中であるという蒙古ラマ僧に救われたというのである。研究所の混乱は想像以上だった。翌日再び救助の飛行機が医者を載せて派遣された。彼等が不思議なラマ僧の祈禱によって傷の治療を受けた奇怪な話はその後日物語である。この混雑中にふと私はショスタコウィッチ君の姿が見えぬのに気が附いたのである。不審に思った私は所内の彼の居室に行って見ると部屋は整頓され、机の上に小さな箱と私宛の書置が残してあった。胸を衝かれた私は急いでそれを取上げるとハタリと落ちたのはあの写真であった！　別に一枚の紙に机の上の小箱を彼の奥さん――丁度その頃北海道に居たアレクサンドラさんである。彼はこの白系ロシヤ人の細君とは張家口に来てから二年目に結婚し、日本に二人だけの安住の地を見出す積りで私共の紹介で函館に家を求め、細君だけ一足先にそこへやったのであった。――その奥さんに渡してくれるように依頼してあった。

　この粗末な小箱の中には何の価値もなさそうな黒い石が入っていた。また私共に対する感謝の言葉が真率な調子で書かれてあり、この研究所内の三ケ年殊にアレクサンドラと知り合ってからの二ケ年は本当に喜びに満ちた楽しい生活であったことを回想してあったのである。私はいつも朗かではあったが、寂しい一人ぼっちだった彼の生涯を思い浮べて泣いた。だが彼の失踪の原因は何であろうか。それは彼の書置には書いてなかった。所からも一応捜索隊を出したが、一方ワイエントルライの事件もあるし捜査は十分とは云い難かった。勿論彼の行方はその後杳《よう》として知れなかったのである。皆川君はワイエントルライ西方五十粁《キロメートル》のウランチョンチ附近で発見され、Y君もM君も一ケ月後は無事に研究所に帰って来た。ただショスタコウィッチ君の失踪のみが遂に疑問として残ったのである。

その後戦争が始まると共に吾々の調査も中止し、資料文献等はそのままにしたまま、私はショスタコウィッチ君の遺品のみを以てこうして帰って来たのである。

中央アジア、雨なき酷熱の沙漠と氷雪を戴く天山の山々、決して海に達することのない幾つかの河流から成る国々、再び私はこの国を訪れ、沙漠の精霊となったショスタコウィッチ君の魂と語り合うことが出来るであろうか。漣痕のある砂丘と檉柳《タマリスク》の丘のかなたに浮ぶ白雲を眺めながら、荒廃し散乱した古都の砦《とりで》の煉瓦壁にもたれながら、話し合うた日を私は今でも眼に浮べることが出来る。

三、過　失

井中氏からは別に砂漠の中の奇怪な物語りも聞いたのであるが、これもいずれ発表する積りでいる。所でこの奇妙な講演が終ってから、参会者一同は会食《パーティ》をした。その後広間《サロン》に出て井中氏を中心に風変りな中央アジアの談話に花が咲いた。その中黙って聞いていた光岡の傍へつと井中氏がやって来て例のショスタコウィッチの写真をポケットから取出し彼に見せた。それを見た彼の眼ははっと緊張した。何物か重大な事がそれに隠されていたのではないか。無言のまま彼は井中氏の眼を見た。彼の困惑した眼は「そうだ」と黙頭いているようだった。光岡は写真を持ってベランダに出て明るい日の光に照してその写真をじっと見ていた。彼の顔には異様な驚愕と陰鬱があった。

彼は黙って井中氏にそれを返した。その時集った人達は奇妙な好奇心を以てその写真をのぞき込んだ。その好奇の視線の中に執拗に強烈な一つがあったことに光岡は気が附いたであろうか。ともかくしかし皆の眼は井中氏と光岡のようには異様に光らなかったことは確かである。さて僕等はまだサロンに居てしゃべっていたが、井中氏は自分の部屋に帰った。ショスタコウィッチの不可思議な失踪の奇妙な象徴となったこの赤外線写真を光岡が見た時一体そこに何があったのであろうか。

「あの写真を見て僕はショスタコウィッチの失踪の意味がわかったような気がする。井中氏も恐らくそれに気附いているのじゃないだろうか。しかしショスタコウィッチもそれを云わずに死んだのだ。それを発見されては彼も死に切れまい。僕は写真が正確無比なもので実際僕等の仕事はその確信のもとに実行されていると云った、また事実それに違いないのだ。だが写真が正確なものだと信ずることに慣れている僕等にふと悲しい失敗があったときに却ってその失敗に気が附かない場合が多いのだ。しかもそれを正確なものとして信頼する故に非常に重大な結果が生ずるのだ。ショスタコウィッチの失策もこうした種類のものなのだ。そのために彼の同僚は飛行機を大破して重傷を負うた。正確さをモットーとする技術家である彼にはその責任が人一倍重く感ぜられたのだろう。可哀相だよ。これだけ云えば君にも分るだろう。それにしても井中君の話し方は変なものだったね。ショスタコウィッチの追想の時に彼は実際涙を流していたじゃないか。彼もその写真の秘密を知っているのだ。それだけに自分の親友が可哀相で堪らないのだよ」

と話しているとき、ボーイが慌てて飛込んで来て、光岡に井中氏がすぐに自分の部屋に来てくれと云っている事を告げた。僕達は何事か起ったことを直覚し、急いで井中氏の部屋に入って行った。中では昂奮した井中氏が部屋の中をぐるぐる廻っていた。吾々が入って行くと、

「あ、光岡さん、さっきお見せしたショスタコウィッチの赤外線写真ですね。あれが紛失したのですよ。ええそれから小箱も一緒に。ここの机の上に載せておいたのですがね」

「えっ！　一体どうしたんです。紛失した前後の様子を話して戴けませんか」

「ええ、さっきサロンで貴方に写真をお見せしてからすぐに部屋に帰って来たのです。するとボーイが名刺を持って入って来て、ここに宿泊している蒙古ラマ僧のPさんが至急会いたがっておられると云うので、隣室の応接室でその人に会ったのです。その時急いだので、写真と小箱は机の上に置いたままにしておきました。勿論盗まれるなんていうことは夢にも考えてみませんでしたからね。どっちも高価なものではない。小箱の方はあるいは中に宝石でも入っていると思って盗ったのかもしれないがあけてびっくりするでしょう。ええ、紛失したのは私がPさんと会っている間です」

「Pさん？　その人には僕は会っているかも知れません。まだここに居ますか？」

「それは居るでしょう。部屋は十四号室ですが……」

「それじゃ、ちょっと待って下さい。一時間ほどしたらまた来ますから……」

と光岡は井中氏の部屋を出るや否や、

「おい、大学のO君の実験室へ行くんだ」

と馳け出した。

「君に写真がいかに重大な場面を再現しているかという事を繰返し云おう。そのためにはまずショスタコウィッチ君の失敗も云わなければならない。君、これは人には云わないでおき給え。あの写真は実は二重写しなんだ。つまり一度撮った写真の上へまた違ったものを写したのさ。これは大変な失策だね。しかもそれに気附かなかったんだから。始めに写したのは皆川君が出発する時の張家口の風景なのだろう。後で写したのがワイエントルライの荒寥たる風景、それが重なってあんな蜃気楼のような写真になってしまったんだね。ショスタコウィッチ君はじきに気がついたのだ。皆川君はワイエントルライで写されたのでなく張家口で写されたのだとね。だがその時は救援の飛行機はもう出てしまった後だったのだ。彼の煩悶はどうだったろう。技術家としての最大な過失じゃないか。可哀相に彼の苦悩はとうとう彼を研究所に居たたまらなくさせたのだ。

　井中君もそれに気附いたのだ。だがね、写真は偶然的な零細な、事柄をも再現する。井中君にも気附かなかった事が――そして非常に重大な事があの写真中にあったのだ。しかもそれに気附いていた人間が少くとも僕以外に一人はあるのだ。何故と云ってあの写真と箱――それがなければ全然個人的記念物に過ぎないものを堂々と盗む者はありやしない。いいかね。あの写真に何がどこで撮れていたか、それが張家口で写されたのかワイエントルライで写されたのかそれが重大なのだ。それは僕も調べてみないとわからないがね。だが大体分る。少くともそれは小箱の内容と関係しているのだ。あの小箱の中には何が入っているか君は知るまい？　僕は知っている。まあいいやそれは探し出してから教えてあげよう」

　要するに要領の得ない彼の話はそこで途切れた。写真は自然の宝庫であるとついさっき云った彼の言葉が僕の頭の中に怪しく甦った。

　大学のO君の実験室から彼が持ち出したのは宇宙線計測用の計数管装置であった。これは放射線が入って来ると計数管に電流が流れマイクロフォンを通じて音となって再現されるようにしてあるのである。事実二秒に一回位ずつポンポン鳴っていた。それは宇宙線――、始めも知らず終りも知らず無限の四次元時空を横切って進む全宇宙の彷徨者である――が入って来ているのである。この成分の中、清水トンネルの中まで突抜けて行く貫通力の強い部分が、わが国の京大教授湯川博士によって予言された中間子であることは有名な事である。という話を聞きながら――おお彼はひどく饒舌だった。それは彼の御機嫌のよい証拠である。既に彼は前途に光明を見出しているのである。彼は意気揚々としてこれを持って常盤華壇に入って行った。この解決者を待ち兼ねて井中氏をはじめ、部屋附きのボーイまでがポーチに飛出して来た。彼は凱旋将軍の如く井中氏の部屋に入った。と見よ。写真と小箱がもとの如く机の上に載っているではないか。吾々一同啞然として顔を見合せた。真先に光岡が箱に飛附いた。樫で出来た模様も何もない黒ずんだ粗末な箱は彼の手によって難なく明けられた。

「中を改めて見て下さい」

井中氏はそう云われて箱の中の一塊の黒い石を取出して見ていたが、

「どうもはっきり憶えておりませんが、違っていないようです」

と云って光岡に渡した。

「これは偽物ですよ。少くともショスタコウィッチ君が奥さんに渡そうと思ったのはこれでない。だがそんな事は問題じゃありません。これを盗んだ者がこれを返してきたということがより重要ですよ。彼は既にその目的を達してたので、写真も箱も返してきたんです。いやそれとも……それならいいのだが」

とふと彼は沈思に落ちてしまった。

「目的を達したなら、箱の中味も返してもいいはずだがなあ。してみると彼は重大なことを知らなかったのかな。それなら大丈夫だ。よしそうなんだ」

と彼は再び元気づいて写真、木箱を注意深く調べた。殊に木箱の内側を恐ろしく丹念に探した。それから内側と外側の寸法を測り始めた。

「その木箱の内側に何か隠れた空間があって、その中に貴重なものが隠されていると云うのかい？」

「うん、そう思ったのだ。よくそういうことがあるからね。ショスタコウィッチ君が自殺……」

と云って彼は井中氏をふと見上げた。

「……失踪する際に友人達に置手紙を遺しておいたのに愛する自分の奥さんに一言も言葉を遺さなかったということが考えられるかね。

何等かの方法で奥さんに自分の気持を伝えたいじゃないか。井中さん確かに奥さん宛の置手紙はなかったんですか？」

「確かにありませんでした」

「そうするとどうしても……」

と云いながら、彼はなおも些細な傷をも見逃すまいと調べていたが何等かの結論に到達したようであった。部屋は光岡の注意で窓のカーテンを下し、ドアの鍵はかけ、外部から完全に遮断された。そして部屋の中に残ったのは井中氏と光岡と僕だけであった。

四、終　結

「僕が井中さんからあのショスタコウィッチさんの写真を見せて戴いたとき、すぐに気が附いたのはあの重大な運命的な過失でした」

と光岡は云って井中氏の手を取った。一瞬井中氏の唇がふるえた。

「ショスタコウィッチさんの苦悩がしみじみと感ぜられ、遣り場のない悲哀が襲って来ました。じっと写真を見ていた眼がふと写真の右隅の数本の線条に止りました。僕は宇宙線の研究をしているので宇宙線中の粒子を捕えるために何千枚となく写真を取り、粒子が通った跡の写真中の線条を注意深く探す習慣となっていましたのでこの数本の線が職業意識的に私を刺戟しました。それで私はなおもこれを注意して見ますと確かに放射線、多分α《アルファ》線だと思われました。そう考えてみると、この写真が写される時ごく近くに放射線を出す物質、ラヂウムとかウラニウムとかあるいはもっと吾々の知らない——どうも僕には未知の放射性物質のように思われるのですが——放射性物質があったということになります」

と云って光岡は僕等の顔を見渡した。意外なかつ重大な事実の発見によって事件は異様な緊張の色を帯びてきたことを僕等は感じたのである。

「そこで僕はここでこの放射線がどこで撮られたかを考えてみました。一回は多分研究所の屋上で撮ったのでしょう。ワイエントルライ上空の飛行機上でもう一回撮られています。この間写真器はショスタコウィッチさんの机の上にあった。そうでしょうね？」

「多分、私もそう思います」

「そうするとその間に放射線が飛込んだことになります。僕は研究所の屋上で放射線がキャッチされたのではないかと思っています。ショスタコウィッチさんも二重写しの悔恨と煩悶からふと平静になったとき、この放射線の飛跡を見つけたのです。そして多分研究所の屋上でこの放射線を出している物質を発見したのだと思います。彼はこの物質の重要性を知っていました。それがどれだけの量があったか僕にはわかりませんが、とにかくそれを奥さんへの贈り物にしようとしたのです。そしてそのサムプルを、鉱石保存用の小箱に入れ、中に何か奥さんへの言伝を記して……そして井中さんに託したのです。彼はもしかすると大変な財産家になったかも知れないと思ったでしょう。しかし彼の過失に対する悔恨は余りに深く悲痛だったのです。彼はそんなことで慰められませんでした。彼は奥さんに自分の貴重な財産を遺して失踪しました。どうでしょう。こういう考え方は。あまりに空想的でしょうか」

「いや、却って、だんだん事件の真相がわかって来るような気がします。ショスタコウィッチ君の気持も。それから僕が時々背後に感じた薄気味悪い執拗な視線も」

「あ、やっぱりそうなんですね！　このショスタコウィッチさんの秘密を知っていた者が少くとも一人居たのです。それはショスタコウィッチさんが見附けた放射性物質の最初の発見者で彼が隠しておいたのをショスタコウィッチさんが見附けて人眼につかぬ所へしまい込んでしまったというのが本当の所でしょう。それからこの自分の貴重品を失った人間はショスタコウィッチさん——というより始めは誰に盗られたかわからなかったのでしょうが、やがてそれを追究してショスタコウィッチさんの秘密を知ってしまったのでしょう。この砂漠の暗闇の中からの監視の眼はショスタコウィッチさんの遺品を保管していた井中さんの背後にそそがれることになったのでしょう。彼はここ日本まで井中さんの後を追ってやって来ました。そして目的を達した……かどうか。

恐らく達しなかったのでしょう。もっと空想を逞しくすれば彼は今まで蒙古以外に旅したことのない蒙古ラマ僧で彼はこの放射性物質で病気を癒し、その奇蹟によって民衆の異常な尊敬と礼拝を獲得していたに違いありません。彼はこの砂漠中に発見した物質を霊験あらたかな仏舎利とでも思ったのかも知れません。彼の熱狂的な信仰はこの放射性物質の神秘的な力を超自然的な威力と信じていたのでしょう。

さあ、それではそのラマ僧Pさんに紹介して戴きましょうか」

と彼はドアの鍵を外し、廊下へ出た。井中氏と僕はただ茫然と彼の後を追った。僕の頭は一層混乱してしまった。ただ光岡の快刀乱麻を断つ頭脳に驚嘆し、彼への信頼感が信仰的に昂まり、吾々は催眠術にかけられたようであった。僕等のその時の虚脱したような顔を見たならばこの表現がいかに適切であるかを理解するだろう。十四号室のドアを井中氏がコツコツと叩いた。中からは何の返事もなかった。

井中氏がドアをそっと開いた。ドアには鍵がかかっていなかったのである。中には誰も居なかった。逃げた！　という考えが皆の頭に浮んだ。だがそうとも思えなかった。彼の衣類や帽子やトランクが乱雑に投げ出してあった。光岡は計数管装置を持っていた。彼は注意深くそれを持って歩き廻った。彼の顔はだんだんむずかしくなってきた。なぜならラマ僧Ｐ氏が持って行ったはずのショスタコウィッチの放射性物質の存在が案外分らなかったから。しかし彼が何気なく煖炉《カミン》の傍まで行ったとき、計数管はガチャガチャと鳴り放射線の存在を知らせた。彼は驚いて煖炉《カミン》の灰に眼を落した。灰に混って黒い細かく砕かれた鉱石が光っていた。ショスタコウィッチの鉱石はそこにあったのである。

彼はそれを灰ごと集めて例の木箱の中へおさめた。

「さあ、これで万事終りでしょう、Ｐ氏が目的を達しなかったとすれば。目的を達したとすればもう僕等の手の届かない所へ行ってしまったでしょう。放射性物質はまた彼の手に帰し、彼の奇蹟が再び行われるでしょう。……」

と云いながら彼は再び井中氏の部屋に還り、ドアを閉めた。彼はまたもやカーテンの巾帳を下し、最後に黒い巾帳さえも下してしまった。

部屋は真暗になってしまった。暗くなって慣れない僕等の眼に、見よ！　ショスタコウィッチの小箱が怪しい燐光を放って奇妙な形を描き出した。僕等はあっと云って箱の周りに集った。そこにはショスタコウィッチの細君への言葉が青白く光っていた。幽冥界からの彼の通信が！

愛する妻よ、蒙疆自然科学研究所、地下第三倉庫に僕の全財産を遺しておいた。僕は自らの罪を償わねばならぬ。

さようなら。

「小箱の内側には硅酸亜鉛が塗ってあるのです。それが放射線に刺戟されて蛍光を放っているんです」

と云う光岡の声が暗闇の中で囁いた。硅酸亜鉛の文字がチカチカと星のように輝いていた。

光岡は立ってカーテンを引いた。ショスタコウィッチの言葉は消えた。彼は夜半に彼の遺品を追憶の涙ながらに取出してしみじみと見るであろう奥さんにだけ彼の言葉を伝えたかったのであろう。

「実を云うと僕もこんなことをショスタコウィッチさんが考えていようとは思っていませんでした。写真の中の飛跡に気がついた時もこれは重大であるけれども偶然のことであろうと考え、ただ写真の二重写しの事が悲痛に感ぜられただけだったのです。所が井中さんから写真と小箱が盗まれたと聞いた時、ふとこの事が思い出されてました。箱の中にあるものがただ鉱石のようなものだったという井中さんの言葉と考え合せると、急にその奥さんに遺した貴重であるべき鉱石が放射能を持っているものでないかという気がして慌てて飛出して計数管装置を持って来たのです。後で箱の中を調べた時、確かにそうらしいと判断出来ました。硅酸亜鉛が塗られてあることがわかりましたから」

と光岡が述懐した。

井中氏は箱と写真を交る交る眺めていた。彼は意外な結末に茫然とし、眼は今は亡き親友ショスタコウィッチの長身白晳の姿を思い浮べていたのである。

蒙古ラマ僧P氏はトランクをそのままにして常盤華壇にはもう帰って来なかった。彼は風の如く井中氏の身近に現われまた風の如くに去ってしまったのである。彼の消息はその後誰も聞かないそうである。井中氏は写真と小箱を持って翌日北海道へ発った。

「どうだったい。砂漠の物語りは？」

と光岡は上機嫌で諧謔的だった。智的活動が終了した後は彼はいつでもこうであった。

「あの放射性物質は一度調べておく価値があるね。α《アルファ》線の飛程の長さから考えてみると未知のものらしいからね。九十三番目の元素？　かも知れない。そうすると……」

ともう彼は原子物理学者に還ってしまっていた。

ルシタニア号事件

光岡がパリに留学中の事だからもう十年も以前の事である。彼はコレッヂ・ド・フランスの物理学教授博士の研究室で、スペクトルの研究をやっていた。その頃新聞紙上にイギリスからやって来た経済科学使節団の記事がかなり大きく掲載されて人々の注意をひいた。

それによるとこの一行のフランス来訪によって現在甚だ不安状態にあるドイツ・フランス間の関係を根本的に改善出来るであろうと新聞は強調していた。どの記事も非常に曖昧で人々に何かもっと重大なことがあることを暗示させていた。

この一行中にケンブリッヂ大学のD教授が居たが、彼の未知の偉大な発明をフランスのために役立てることが出来れば独仏間の暗雲を除き去ることが出来るのだというような噂がパリのまちにいつともなく拡がって行った。ところがこのD教授が、パリからジュネーヴに飛ぶ途中搭乗機ルシタニア号がブザンソン附近で墜落し彼は惨死したのである。

この報道がパリ市中に伝わると異様な昂奮が全市を蔽い先の噂が全く事実であったかのように信じられたのである。そしてこの墜落事件の背後には何か国際間の陰謀がかくされていると人々が騒ぎ出した。このことはパリ警視庁のこの事件に対する異常な熱心さによっても裏書されると云った者もあった。

ところが飛行機の墜落事故というのは大体その原因が判然《はっきり》としないことが多いのである。

つまり事故の現状を知っているべき搭乗者が死んでしまったり、機体が火を発して焼けてしまったりして調査の手のつけようがないからである。ルシタニア号の場合もそうであった。

実際警視庁の外部からの探査によって何らの手懸りも得ることが出来なかった。この事故調査は航空評議会に委嘱された。博士もその委員に択ばれ、光岡が博士の助手としてこの調査を主として担当することになったのである。光岡は警視庁のM警部から内々この結果が国際間に非常に重大な影響を与えることになると聞かされた。

ルシタニア号がパリ出発の時は天候、機体、発動機いずれも別条なく、乗組員乗客も皆元気であったそうである。トロワを過ぎる頃から雨になり、ブザンソンの上空では盛に降り出してきた。機上から無電で「二時半ブザンソン通過今山にかかった、だんだん雨降る、視界狭い」と報じて来たのをジュネーヴの無電局でキャッチした。

その後は地上局から呼び出しても何等の応答がなく通信は全く絶えてしまった。墜落の報知《しらせ》がブザンソン飛行場に伝えられ救援の人々が馳《はせ》付けたのは日も暮れんとする五時頃であった。艇体の一部を破ってやっと担ぎ出した乗客乗組員は皆絶命していた。ルシタニア号は単葉の水陸両用の飛行艇で艇側《ていそく》の鰭《ひれ》から斜に支柱が出て翼の中ほどを支えている。翼幅二五米《メートル》で六〇〇馬力の発動機二基を据付けたものである。

墜落現場の山腹には長さ数百米の線上に破片が散乱しているので空中破壊であることは確かである。即時に組織された当局の調査員によって地上に落散った残骸破片などは叮嚀に取り集めて落ちた場所を記しなおこの樹木等に目印をつけ、品物についた木の葉や泥、破れ目、疵なども大切にしてそっくりそのまま収容された。また墜落現場を各方面から種々の位置で沢山の写真を撮影した。

さて破片の散乱した状態を見ると一見不思議に思われる節が沢山あった。

第一。左補助翼が艇体、主翼から五十米も離れた木の梢に引懸り、しかも殆んど無疵であること。(右補助翼の方は無残に折れ曲って主翼と共に落ちていた)

第二。主翼桁と艇体とは互に近くに落ちていたにも拘らず翼布、小骨等が砕片となって百米も離れた所に散乱していた事、(作者註以下略、航空研究所年報第五五六号参照)とにかく破片が各所に散乱しているのは地面と衝突して跳ね返ったものとしては余りに離れすぎまたそれぞれの落下位置が何か特別の意味があるらしく思われたのである。次に破片を点検するとここにも幾多の疑問が起ってくる。

第一、主翼桁の破片を集めて正規の位置に列べて見ると左右略《ほぼ》対称の場所で破断している。

第二、一本の支柱、一張間の桁などが二箇所で破断している。かような事はちょっと考えられない事で、柱を圧縮すればある場合には二箇所以上に折れ目を生ずるが切れ離れてしまうはずがなく、これを引張るとすればある一ケ所で離れてその他の部はつながっているはずである。――実際の支柱などは根元と中央から切れて互に遠く離れて落ちているのである――等であった。

なお発動機プロペラ等はかなりひどく破壊しているが、発動機の内部検査の結果は油の燃滓《もえかす》の附き方等から判断して発動機運転は順調で墜落の瞬間には前部発動機は全開で運動し後部発動機は閉鎖空転後停止していたものと認められた。

以上の調査を見渡すと、機体の破れ方を調べるのがこの事故を解決するに最も大切な点であることが予想された。そこで計算、実験、損傷調査の各方面から機体の破壊に対して調査を開始した。

調査開始後四五日たったある日大学街の光岡の下宿へM警部がやって来た。

「どうですか、調査は進行していますか?」

「今、いろいろの飛行状態でこの機体が破壊する速度姿勢の計算と、この飛行機は幾何の速度で振動の不安定が始まるかの計算をしていますがね」

彼は気のない様子で聞いていたが、

「実はね、困っているんですよ。イギリス政府からパリ警視庁の怠慢を責めたものが警視総監の所へ来ているのですがね、全く手掛りがないので、一体単なる事故か人為的な陰謀によるものかそれだけ分っても元気が出るのですがね。昨日現場へ行って調査して来たのですが、乗客にも乗組員にも別に怪しい所は一つもないのです。見許《みもと》も精《くわ》しく調査しましたし、――もっともまだ調査の全部済んでないのもありますが――携帯品ではD博士の外の二人がピストルを持っていたのが怪しいと云えば怪しいのですがね、乗組員に別に危害を加えたというような事もなさそうです」

「そうでしょう、審議会の調査でも墜落原因はもっと純粋に物理的な所にありそうですから、機体の破壊状態から何となく振動のための破壊のように思われるのですが、振動の原因が何だか――ああ、墜落当日をはさんで二、三日ブザンソンに滞在していた人間を調べてごらんになりましたか?」

「いいえ、どうしてです?」

「ブザンソンを飛行機が通るのを待っており、思いがけないその墜落を目撃して非常に驚いたというような人間がありそうではないですか」

「そうですか、まあ調べてみます。それからあなたの方の調査の経過をなるべく早く僕に知らせて下さいませんか」

「ええ、いいですとも」

M警部は帰った。翌日から光岡は操縦索を綿密に調査し出した。一方他の委員B博士はルシタニア号の主翼の翼振れの速度を計算した。その結果を記す。翼振れというのは、翼が羽ばたきのような運動をすることでこれは翼の撓《たわ》みと捻《ねじ》れとの聯成振動が翼の空気力の変化を伴うため飛行速度がある限界を超えると振動が激成される。この限界速度を計算すると主翼が完全な時は毎時三百粁以上でルシタニア号の普通速度百七十粁よりも遥かに大きいが、もし補助翼の索でも弛むかあるいは切れたとすれば、補助翼がその軸のまわりに勝手に振動し得るために、翼振れの限界速度は毎時百六十粁に低下することになる。

そこでルシタニア号は水平飛行中急に補助翼索が切れるとすぐに翼振れを始めたと考えられるのである。この事は機体の壊れ方が振動のためらしいという予想を裏書きするし、飛行経路から見ても艇体主翼よりも補助翼の方が早期に破断して落ちたらしい事とも一脈の連絡がある。と云うのである。

一方風洞中において模型の翼振れをやらせて遂に破壊するまでの経過を活動写真に取って仔細に点検すると、実物機体の損傷を説明するに非常に都合のよい経過を示している事が分ったのである。

光岡の操縦索の調査も機体損傷調査の結果と比較してやや確定的な結果を得たので（これについては後に順を追って説明するが）彼はブザンソン・ジェルナール紙に掲載されていたルシタニア号墜落目撃者の談話を調べてみると云って大学の図書館で新聞を検索していた。所へM警部が緊張した面持で入って来てちょっと来てくれと彼を連れ出し警視庁の一室へ招じた。

「あなたのおっしゃった予想は事実らしいですよ。あなたから注意された日すぐブザンソンへ行って町中の宿屋を虱潰《しらみつぶ》しに歩いて廻ったのですがね、その中の一軒――緑ホテルというのですが――にアンリ・クロチルドという名で投宿していた男がそれです。ホテルの番人にそれとなく訊いてみると、墜落のあった日二月十五日の一日前にシュトラースブルグからやって来たのです。十五日の当日は外套の上へレインコートを着て一日中外出していたそうです。次の日も同様でその次の日十七日にパリに行ったそうです。ホテルの誰とも話を交したこともなくホテルに居る時はいつも内側から鍵をかけ何となく秘密を持っているらしく思われたそうです、年齢は三十八歳職業は会社員になっています。詳しいことは省略しておきますが。ところが墜落当日をはさんで二、三日ブザンソンに投宿していた人間というのはクロチルドの他にもう一人居るのですがね。彼はパリの小間物商で以前にも二三度ブザンソンに来たことのある人間だそうです。宿の主人達も知っている男なのであまり興味がないのですが。彼も十七日にパリに発っています。所でこのクロチルドという男なんですが、これがパリへ着いてからどこへ行ったのかまだわかっていないのです。吾々の唯一の手懸りですから全力をあげて探しているのですが。……しかし彼とルシタニア号とどういう関係にあるんでしょうかね。私にはまだ納得行きませんがね」

「今にわかりますよ。審議会の調査がもう少し進行すれば。しかしあなたの方の調査が進めばこっちの方も大変楽になるんですがね。

仮に墜落原因がわかってもそれが全く偶然的な事故ならば問題はありませんがそうでないとすれば外にまたその原因を求めなければなりませんからね。そうなると吾々物理屋ではもう手に負えませんから。……それからそのクロチルドという男ですが、彼は多分マルタン街十九番地ジュール・フェロディー方に居ると思うんです。あるいはフェロディーが彼自身かも知れませんが」

「え、わかっているんですか、どうしてまた……」

とM警部は少なからず驚いた。彼の配下の刑事がもう三日も探しているのに皆目見当がつかないという男の行方を光岡がこんなに容易に推察するとは。

「ただのあてずっぽうですよ」

と云ってただ光岡は笑っていた。

航空審議会の機体損傷調査は次のような区分で行われた。即ち、A、各破片の破口がいかなる力によって生じたか、B、各破片のプロフィルの変形はいかなる種類の力で生じたか、C、各破片に残っている傷痕《きずあと》は何物に由《よ》って削られたか、D、かく破れたり傷ついたりするためには翼がいかなる順序にいかなる変形をなしたか、E、これがために飛行経路はいかに変化したか、F、破片がいかに地上に散乱するか。

の六種類の問題である。どんな順序に皺が出来てどこから破れ出すか、振動によっていかなる変形が起りどこから破壊して来るというような質的の破壊状態は実際に破壊してみなくては分らないので試片または模型を破壊してみて実物の破れ方と対照して似寄った破れ方をしたものと同様の事が実物にも起ったと考えて調査されたのである。その経過は非常に興味深いものであるが、ここには省略しておく、(航空研究所年報第五五六号)このためには各資料の疵・条痕等について丹念な調査が行われ、何がどこへぶつかったのか、どこから破れ出したのかについては大体の様子が理解出来たのである。この破壊過程から破壊を起した最初の原因である翼振れは補助翼が自由になると起り得るので、補助翼索が切れたとか弛緩したとかいう証拠が果して残っているかどうかを調べなければならない。光岡はこの調査を担当したのである。

機体全体の破壊に先だって左補助翼がちぎれて落ちたという事は、翼振れの際に左翼の方が振幅が大であった事を想像させる。左補助翼のみが自由になったために翼振れを始めると左翼の方が振幅が大である事は理論的にも実験的にも証明される事で、ルシタニア号の場合でも左補助翼の操縦索が断絶したものと考えられたのである。

そこで機体残骸に残った操縦索を全部調査した。当時の残骸収集に当った人達も、これがあまり微細な部分であるため気が付かず、已《すで》に廃棄された部分が多かったが、それについて見ると、操縦索の断絶した部分は相当深い擦過傷があり、その傷の略《ほぼ》中央が張力によって断絶したようになっていることを発見した。これが始めに断絶した部分か、何か飛行機の他の部分がぶつかってから断絶した部分か不明であったのでその擦過傷について精しい調査を行ったのである。所がそこから意外な事が判明したのであった。

図書館で会った日の翌日の夜、再びM警部が光岡の下宿を訪れた。

「マルタン街十九番地は高級アパート雄鶏荘《ゆうけいそう》というんですが、昨日行って見ると驚いたことにそこに大変な人だかりがしているんです。その前夜そのアパートに盗難事件がありましてね。そのフェロディーという男が容疑者として拘留されたのだそうです。これも妙な事件でフェロディーは十号室と十一号室を借りているのですが、十二号から十五号までメルラン夫人という未亡人が借りているんです。この夫人の所へ強盗が入り未亡人をしばり上げ、宝石・現金類を強奪し、葉巻を一服吸って悠々と退散したんですが、急報によって馳《はせ》付けた警視庁捜査課の警部の調査によると、外部から侵入した形跡がなく、犯人は内部の者で十三号室――メルラン夫人の居室――の鍵を合鍵で開けたらしいのです。そこで雄鶏荘からは一人も出さず、すぐに居住者全部の調査を行ったそうです。丁度ベルリンのマイエル探偵――この私立探偵の組織的な捜査方法と鋭敏な頭脳はヨーロッパ各国の難事件を次から次へ解決し、素晴しく名声を獲《え》ておった。M警部も勿論彼を先生の如く崇敬していた。（作者註）――がここに住んでいる友人の許に居ったのですぐに協力してくれました」

「彼はどうしてパリへなんぞやって来たんです」

「丁度担当している事件が皆片附いたのでパリへ遊びに来ていたのだと云っていたそうです。それですぐに容疑者があがったのですが、それは十三号室の机の上に葉巻の吸殻がごく僅か落ちていたのをマイエルが気付き、その吸殻がトリチノポリのだと彼はすぐ断定したそうです。所がトリチノポリを吸っているのはフェロディーなので彼はすぐ拘留され、マイエルがフェロディーの部屋を調べ上げた所、とうとうメルラン夫人の持物であったダイヤの耳飾りを発見したのでフェロディーへの嫌疑がますます強くなったのです。彼はつかまえられるときに恐ろしく憤慨し、誰かのたちの悪いいたずらだ、俺を陥《おと》し入れようとする陰謀だと怒鳴り、拘置所の中でもひどく昂奮しているそうです。ダイヤの耳飾りを見せた時は、そんなもの見た事も、聞いた事もない、メルラン夫人の持物であるということも知らないと云張っているんですが、実際そうらしいのです。身許を洗ってみると、彼はやはりマルタン街に絹織物等を売る店を出しているので、人の物を盗むほど財政的に困っているとも考えられないのですが。……」

「彼がクロチルドだとすると大分複雑になりましたね」

と光岡は何か深く考え込んでしまった。

翌日になると雄鶏荘盗難事件はパリの各新聞に報道された。所がその翌日、パリ警視庁当局の覚醒を促した匿名の一文が、タン紙に掲載されてセンセイションを引起した。それはこうであった。

フェロディー氏が拘留された最初の原因は雄鶏荘の居住者の中でトリチノポリを吸うのは彼のみだとマイエル探偵が云ったからである。しかし忘れてはならぬ事はマイエル氏もトリチノポリをしばしば用いているという事実である。また彼は事件の起った日の前日雄鶏荘へやって来たのにも拘らずフェロディー氏がトリチノポリを嗜《たしな》んでいることをかくも早く知ったのは何故であろうか。少くとも彼がフェロディー氏をかくも注意していた原因を吾々は知らねばならぬ。またもう一つの証拠耳飾りも彼自身が発見したものである。彼のポケットから出たものでないとは誰も云えないではないか。なお後日余は右の予想を実証し再び読者諸君と相見《あいまみ》えるであろう。

その日昼飯時、光岡の研究室へM警部が訪ねて来た。彼もこのタン紙の匿名文に動かされたらしかった。

マイエル探偵は恐ろしく憤慨し「何故俺が夫人の宝石を盗む必要があるのか」と云ったそうである。早速この匿名投書の出所を捜索したが有力な手懸りは発見されていない。

この日メルラン夫人の訊問が開始された。彼女の証言によると犯人は黒い絹のマスクをした労働者風の無雑作な服装の男で手袋をはめ、ソフトを眼深にかぶり何ら特徴を持たない用心深い――こういうことにいかにも慣れているような――男で、手にはブラウニングを持っていたと云うのである。

それから彼女は魔酔《ますい》薬を嗅がされて朝、ボーイが起しに来るまで意識を失っていた。目が覚めた時はベッドに縛りつけられていた。

所でこの魔酔薬はフェロディーの部屋からは発見されなかった。がブラウニングの方は彼のボストン・バッグの中に入っていた。これはS警部が発見したものである。

マイエル探偵は訊問後やって来てメルラン夫人に犯人の服装等について精しく訊いたがメルラン夫人は具体的なことは何も憶《おぼ》えていないと云った。だが彼女は考えながら落着いた答えをしたのである。また犯人の身長を聞かれた時はそう高い方ではなかったと云った。次でに云うとフェロディーは背の低い男でマイエル探偵は恐ろしく高いのである。マイエル探偵の捜査によると十一号室の煖炉《だんろ》は一度消してまた今度はマッチで火を付け何物かを焼却した形跡があるのである。また彼は十一号室の窓をあけて庭の植込を見ていたが、やがて庭に下り砕けたガラス片を持って上って来た。そのガラス片はクロロフォルムの匂いがしたのである。ただそれが確かにフェロディーが持っていたものかどうかはわからない。そのガラス片に付いているであろう指紋を取ることになった。なおフェロディーの部屋の棚には種々の薬びんがあったのであるが、魔酔薬の入っているものはなかったのである。

ダイヤの耳飾りは十一号室の床の上に落ちていてマイエルが見つけたのであるが、他の盗品が出てこないので、マイエル探偵は遂に組織的に十号、十一号室のあらゆる家具、床、壁等を調査し始めた。彼は机の下にもぐり、床、壁を叩き、本棚の本を抜き取って見、とにかくあらゆるものに手を触れた。机《デスク》の引出は全部鍵がかかっていたが、驚いたことにマイエルは合鍵を使ってそれを尽く開けてしまった。机《デスク》の前にはモロッコ革の腕椅子《アーム・チェアー》があったが、彼はその背革を留めてある鋲《びょう》を八つ両手でおさえると背革がパタンと前に落ちた。中は勿論クッションになっていたが、彼はその中に手を突込んだと思うと、指輪を三つ取り出してS警部に渡した。メルラン夫人に見せるとそれは確かに自分のものであると云った。それから紙幣で三千五百フランを引張り出した。マイエル探偵の活動は遂に重大な手懸りをまたしても発見したのである。

　この時警視庁調査課へやった刑事が帰って来て指紋鑑定の報告をもってきた。それによるとガラス片についている指紋はフェロディーの右手拇指、人指指、マイエル探偵の左拇指と未だ不明なものが二つあったそうである。もはやフェロディーの犯行は決定的であるように思われた。S警部はタン紙の匿名氏はフェロディーの共犯者であろうと云ったがマイエル探偵はそうでないと云い切った。ただ両者とも匿名文の出所を熱心に捜索しているのである。それにしてもM警部の腑に落ちないのはブザンソンのクロチルドとフェロディーーあるいはルシタニア号事件と雄鶏荘事件との関係であった。

　なお翌日の新聞記事にはこのM警部の光岡に語った事の他に、腕椅子《アーム・チェアー》の秘密戸棚の事をフェロディーが知らされると彼は卒倒せんばかりに驚いて真青になったが、やがて今度は真赤になってじだんだ踏んでマイエル探偵を罵倒し、「もうだめだ。マイエル探偵のために無実の罪で殺されてしまう」と云ったそうである。

　パリ全市が待ち焦れていたタン紙の匿名投書が翌日の朝刊に掲載された。それは全市にまたまたセンセイションの嵐を巻き起した。

　余が聞く所によるとマイエル探偵は「どうして俺が泥棒する必要があるのか」と怒鳴ったそうであるが余がマイエル探偵に質問したいのは「どうしてマイエル氏は窃盗まで犯してフェロディーに嫌疑をかけ、彼の部屋を捜査する必要があったのか」ということである。それに対して余は次の解答を与える。

　諸君は二月十八日十九日の両日ブザンソン・ジュルナール紙に左の広告文が掲載されていたのを御存じであろ

うか。

二月十五日ブザンソン南西郊附近にて紛失せる鉄装小箱を左記までお届けの方は二千フランを呈す。

パリ・マルタン街十九番地ジュール・フェロディー

――

この鉄装小箱は何であるかは小生の関知する所ではないが、これがいかに重要であるかはその謝礼額でもわかると思う。しかももっと重大な事はマイエル氏もこの広告文に気附きこれをフェロディー氏より奪おうとした事実である。彼はとにかくフェロディー氏がこの小箱を入手したことを探知し、これを着服するために盗難事件を造り上げたのである。余の探知する所によるとマイエルが雄鶏荘の番人に事件のあった日の前日フェロディー氏を訪ねてブザンソンからやって来た人があるかどうか尋ねたという事実がある。彼は何のためにこの小箱を欲しがったか。それはマイエル氏に問えばわかるものであるが、彼は勿論云うはずがないから余自身解答を与えるべく努力中である。なお余はメルラン夫人に対して二、三の事実を蒐集した。これはマイエル氏と関聯して重大な意味を持つものであるが追って次の機会に発表する。

この記事はタン紙編輯局の無電室へ無電で入って来たのである。マイエル氏はパツミイ街のタン紙編輯局前に変装して網をはっていたそうであるが、匿名氏は賢明にも前回のようにメッセンジャーを使うことはしなかった。

ブザンソン・ジュルナール紙の広告文に注意したのは匿名氏とマイエル氏ばかりでなくわが光岡もそうであった。M警部へ、クロチルド氏の住所としてこのマルタン街十九番地を教えたのは、クロチルド氏とフェロディー氏との間に密接な関係あることを予感したからである。しかも十五日、それはルシタニア号墜落の日ではないか！　彼の注意は第一にそこにあった。

ルシタニア号の補助翼操縦索に認められた擦過傷が何であるかについての光岡の調査から発見された意外な結果はこうであった。

先に云ったように接触疵を調べることと破壊の順序を模型試験から推測することによって順次に各部の破壊の証跡を辿る事が出来たのである。が、接触疵を調べるために各種の部分を互に打付けたり摩擦したりして疵の模様を調べた結果、鋼と鋼、ヂュラルミンとヂュラルミン鋼とヂュラルミン等材質による相違及び円いもの、尖った先端、稜縁、リベット頭等形の相違、引掻き、打撲、摩擦等接触の方法による相違につき鑑識し得るようになったのである。特に鋼製のものとヂュラルミンとは塗料の色が異っているので接触した部には互の塗料を残すという事が疵の鑑別に役立った。

さて操縦索の問題の疵は稜縁による引掻き、であると認められたが、何によって出来たか他の疵の様子と違うし塗料が残っていないので時にスペクトル分析を行ったのである。ルシタニア号機体の構成組子は全部板金製プロフィルで材質はクローム・ヴァナヂウム鋼とヂュラルミンである。それにも拘らず問題の疵には『銀』のスペクトルが現われたのである。明かに機体の一部が触れたのではない。

してみると他から加えられた疵である。ルシタニア号から銀製の稜縁のある――即ち、四角な箱のような――物体が投げられてそれが偶然操縦索に当ったのであろうか。所が乗客の座席の窓は明けることが出来るようになっており、投げ出され方、あるいは飛行状態によってそれが可能であることが確かめられたのである。それが果して索を最初に切った原因であったかどうか、また出航以前に着いていた疵であったかどうか、そこまで審議会の調査は進められなかったが、光岡はブザンソン上空で銀の箱が投げられ、それが機が不連続線に入って振動を起し索が強い張力を与えられていた所へぶつかって索が切れ、左補助翼をフラフラにさせこれが機に翼振れ振動を与えたものと判断した。彼はそれ故その銀の箱が墜落現場附近に落下したはずであり、それが故意に投げられたものなら受取る人間も居るはずであると推定した。

彼はブザンソン・ジュルナールの例の広告文を見た。そして自分の推定の確かなることを認めたのである。だが広告文には鉄製となっていた。

この結果はM警部に報告された。M警部は緊張した。彼にとって突然一切が了解された。この銀の箱はD博士のものであって重要な書類が入っている。それを乗客の一人あるいは二人が盗み出し、それを持って着陸すれば自分の犯行が顕われる心配があるのでブザントン附近上空で予て打合せておいた山腹に潜む地上の仲間に落したのであろう。彼等はそれを巧妙にやったはずであった。しかし不幸にもそれは操縦索を切断し彼等陰謀家の運命をも断ったのである。

「それでその箱は一体フェロディーの手に渡ったのでしょうかね」

とM警部は心配そうに光岡に聞いた。

「いやまだじゃないでしょうか?　フェロディーに渡

ればマイエルの手に渡るはずだし……」

「やはりマイエルがですか？　タン紙の匿名文はフェロディーの共犯者でただ極力マイエル探偵の調査を無価値なものに印象づけようと努力しているらしいのでマイエル探偵がその箱に対してどうということはなさそうに思いますがね」

「いやそうじゃないらしいですよ。ブザンソンからフェロディーを訪ねて来た人間は確かにあるので、彼はその人間を尾行してブザンソンにまで行っているのですよ」

と云って光岡は笑った。

「本当ですか？」

とM警部は何が何だかわからないというような顔付きをした。

「しかしね。フェロディーの手に何物も渡っていないことは確かです。マイエルも多分手に入れてないでしょう。彼等は何しろ吾々にとって最も大切な銀の箱を探しているのではなくて鉄の箱を探しているのですからね。どうもそこから彼等にとってはとんちんかんなことになってしまったんでしょう。ハハ……」

と光岡はさも可笑しそうに声をあげて笑った。パリ全市の読者に予告した匿名氏の投書は二日おいて五月二十三日三度タン紙に掲載された。パリ市民の間にタン紙争奪戦が演ぜられた。

余の探知した所によるとメルラン夫人というのはフランス人ではない。彼女の夫は前ドイツ陸軍省秘密諜報部長ルードウィッヒ・フィッシャー氏であることが判明した。氏は二年前に物故した。彼女は以前の計画通り余生を華やかなパリ社交場におくるべく二箇月前にパリに出て来たのである。しかし彼女は未だ社交界へ入る努力をすることもなく二、三人の怪しげな訪問客と会ったばかりである。フィッシャー氏未亡人なるメルラン夫人がドイツ国から何等かの任務を与えられて当パリへやって来たと推断することは必ずしも全く誤りではないであろう。なおマイエル氏は私立探偵になる以前は陸軍省秘密諜報部で二ケ年ほどその敏腕を揮っていたことは知る人ぞ知るである。マイエル氏がフィッシャー未亡人を知っていたか否かということは余の未だ詳《つまびら》かにしない所であるが全く知らなかったと云う事は出来まい、ここに至って雄鶏荘盗難事件の全貌は明かになったと信ずる。即ち、マイエル氏はフィッシャー未亡人と諜《しめ》し合わせ予ねて彼等協同の敵であるフェロディー氏の活動を封じかつその部屋から追出し彼の部屋を捜査しようと巧みなる狂言を打ったのである。惜むらくはマイエル氏のこの計画は余りに粗雑に過ぎたし多少の誤謬もあった。しかもメルラン夫人の曖昧なる陳述は彼等の予想を裏切り種々なる自己矛盾を生ぜしめている。彼女は意外なほど落着いていた。それにも拘らず彼女は盗賊については何一つメルクマールになる具体的な事を憶えていない。それは十三号室に盗難がなかったとすれば当然である。ブラウニングに魔酔薬に手袋、黒のマスク、それは盗賊の類型的、抽象的、新聞記事的知識から出た陳述であって何ら具体的な生の材料から出たものでない。彼女は単に頭に描いた典型的盗賊のタイプを陳述したに過ぎないのである。

読者諸賢はあるいは反問されるだろう。クロロホルムの瓶の指紋と腕椅子《アーム・チェアー》の秘密棚は？

それは確かにマイエル氏の敏腕を証拠立てるものである。腕椅子の秘密を発見したのはマイエル氏と同様後暗いフェロディー氏にとっては致命的であった。だがその中には宝石などは入っていず、もっと重要な国際間の秘密書類が入っていたのである。彼は黙ってそれを着服し、代りに彼のポケットから盗れたはずの宝石を出して見せたのである。この手品によってわがS警部はマイエル氏に軽く瞞《だま》されたのである。正直なS警部よ。氏が居らなければマイエル氏は何事も出来なかったであろう。クロロホルムに至っては云う必要もない簡単なことでマイエル氏がフェロディー氏の薬棚から適当な瓶を取り、それを庭に捨てたものに過ぎないのである。クロロホルムは拾った時に彼がちょっとつけただけである。もしもS警部がはっきり眼を開けていたなら、フェロディー氏の棚から薬瓶が一個紛失したことに気附いたであろう。すべてフェロディー氏の犯行を証拠立てる品はマイエル氏の作ったものであると云ってよいのである。

余は未だ盗難現場を調査する機会に恵まれていないので以上の定性的な事実しか述べることが出来ぬのを残念に思うものである。しかし重大な事はフェロディー・マイエル両氏があれほど渇望していた鉄製小箱は果して氏の手に帰したかどうか。否である。何となればそんなものは始めからなかったからである。ここに至ってマイエル氏の熱心な狂言は甚だ滑稽になってくるのである。真相はどうか。読者諸氏よ。乞う暫く余に猶予《ゆうよ》を与えられんことを。

M警部はその日光岡に事の重大化を知らされて慌てて雄鶏荘にやって来た。所が驚くべしマイエル探偵もその友人のメルラン夫人も消えていた。逃げたと直観したM警部は早速手配したが行方不明であった。雄鶏荘の番人は何も知っていなかった。彼等の部屋は散乱し、重要書類が処分された形跡があった。しかし彼等はまず目的を達したと云ってよいのである。マイエル氏が、フェロディーの秘密戸棚の中からもっと重要なものを拾い出し、着服して逃走したのであるから。しかしフェロディーは却ってそのために証拠不十分で窃盗嫌疑とスパイ嫌疑から釈放された。光岡のルシタニア号墜落原因に対する推断が正しいとすればフェロディーは証拠十分であったのであるが――後に報告された航空審議会のルシタニア号墜落原因調査にはそのことは書かれてなかった。この詳細な研究報告は人々に多大の感銘を与えた。

単なる探偵ではない科学者のT博士等委員は現品調査で見当をつけた考えを一々実験で確かめて行ったことは教訓的であろう。

さて問題の銀の箱はどうなったであろうか。M警部はそれを聞くためにある日光岡の研究室を訪ねた。

「ああれですか、正当な持主のもとへ帰りましたよ。確かに銅線によって出来た条痕がついていましたよ。中味ですか？　私は知りません。開けて見る必要も興味もありませんでしたからね。私もねフェロディーにならってブザンソン・ジュルナールに広告文を出したのですよ。銀の箱拾得された方は……と書いてね。これでも多少危険だと思ってブザンソンに人をやって墜落現場附近から、拾得したかも知れぬと思われる人間も探してもらいましたが結局広告文を見て届けてくれた人があったのです。フェロディーは拘留されているし、マイエルは盗難事件に熱中してフェロディーの部屋にばかり気を取られているし、誰にも注意されなかったのは幸いでした。もっともブザンソンで偶然に鉄の箱を拾った人はあるのですよ。その男のフェロディー訪問がマイエル探偵の判断を誤らしたのですが、勿論フェロディーの目指している鉄の箱――それは銀の箱と間違ったのでしょう――ではなかったのです」

「それからもう一つあのタン紙の匿名氏はあなたじゃありませんか？」

「さあハハハ…」

と彼は笑った。事件の真相を解明すべき匿名氏の最後の投書は遂に発表されずに終った。

なお附記しておきたいことは、光岡の科学的捜査法と鋭い推理に感嘆したM警部が警視総監マレシャル氏に光岡の事を推挙したので彼は本当の犯罪事件に対してもパリ警視庁に有力な助言をすることになった。そのために私は二、三の今後記すであろう興味深い事件を読者諸氏に語ることが出来るのである。

失楽園《パラダイス・ロースト》

私がイタリヤローマ大学のF教授の研究室で中性子放射の研究をしていた頃であった。

私は教授の紹介でコルソオ街のカステルマリ未亡人の家へ下宿していた。未亡人にはジュリエッタという娘があった。やっと二十歳そこそこの無邪気な可愛らしい娘であったが、素晴らしい美人であった。外国人の憧憬《しょうけい》的な眼には全く「勝利のヴィナス」の荘麗さをそのまま人間に移し取ったように思われた。どうも私のような学究にはこの美しさをどう表現してよいかわからないが、浪漫的《ローマンチック》小説家の慣用句を借用すると、彼女は銀色のはこ柳のようにすんなりとしていた。身のこなしには緩やかな快よい調和があり、その肉体には名だたる彫刻師でも驚くほどの線の集りが現われている。そして夏水仙の暖い白さが、その豊かな肉体を包んでいるのである。鳶《とび》色《いろ》の重い頭髪には南国の夜の光があった。

その可愛らしい唇は、露に酔った真紅な石竹《せきちく》の花のように開いている。透き通るような小鼻を持ったすっきりした真直な鼻は、七つの美しい生際の波形を具《そな》えた額と同じ高さで続いている。手足はギリシャの大理石像と同じような典雅さを持っていた。

——そして草原のように香ぐわしい、生きた花のような胸からは暖かい薫りが出て来るのであった。

しかし彼女の黒い光を発する眼には、何か異教的な内に向っている狂熱が宿っていて人を安心して恍惚とさせないような何物かがあった。そしてそのために却って強顔《つれな》い顔の線が蠱惑《こわく》的な美しさを崩れさせないのであった。

彼女は憑《つ》かれたように考えていたのである。心に思いつめたのが眼に現われたのであった。それは純情な南国の狂恋であろうか。いやそうではないのだ、いわばそういう通俗的なものではないのだ、それだからこそ彼女には人間的な魅惑を求めようとする人は不可解な恐怖のために彼女に反撥されるのであった。

ある八月の暑い日であった。丁度研究室の高圧発生装置を運転していた時であったので、私共は交代で研究室内にベッドを持ち込み籠城していた。

その日私は三日間の肉体の酷使から漸く解放され、家へ帰ってぐっすり寝るのを楽しみに次の当番のアルヴァレ君に研究室の鍵を渡して大学を出た。暗い実験室から出た慣れない眼は、熾熱する南国の太陽にくらくらとするのであった。コロンナ広場《パラッツオ》の木蔭にベンチを出している行きつけの喫茶店ファビアンでソーダ水を一口飲むとやっと生き還ったような気になった。

さてそうして身体中の感官が新鮮になると妙な臭《にお》いが鼻につくのである。ベンチを占領している誰でもがそれを感じているらしく不愉快な眼をお互いに見合せていた。しかしその臭いは客から来ているのではない。ポーターは迷惑そうにこの石畳の下を流れている下水が臭《にお》っているのだとすべての客に聞えるように石畳を叩きながら大声で弁解していた。全く更紗のカーテンが美しい曲線を描きながら揺れているこの小ざっぱりした小喫茶店にはふさわしくない生臭い、魚の腐ったような臭いなのであった。この暑いのにこの臭い、私は胸がむかむかしてきた。

「この辺に屠殺場でもあるのかい?」

「いいえ、このローマ市域内にはそういうものを作ってはいけない規則になっておりますからね」

「フーン、じゃどこかで密殺でもしているのかな、全くこりゃ堪らないね」

街へ出てみると他所でも臭っている所もあると見えて、ガヤガヤ家の前で顔をしかめながら云い合っている主婦連を見た。

所が下宿へ帰ってみるとカステルマリ夫人が大騒ぎをしているのであった。娘のジュリエッタが一昨日から見えなくなったというのであった。ジュリエッタは大学の近所にあるM商事会社の事務所へ通勤していたのであるが、その日いつものように出たきり夜になっても帰って来ないのである。心配になった夫人が事務所へ電話で問い合せてみると、彼女はもう一週間前に辞職届を出して退社しているというのである。びっくりした夫人は気も顚倒して隣近所の誰かれを摑まえて家の娘はどうしたのだろうと泣き喚いていたが、警察に知らせた者があってやがてローマ警視庁の敏腕S刑事がやって来て情況を聴取して行ったそうである。

翌日のローマの主要な新聞に懸賞附きでジュリエッタの失踪広告が出た。しかしまだ誰も情報を持って来た者はないのだそうである。これを聞いた時私はおや！　と思った、というのは広場界隈を魚市場のように生臭くさせたあの臭いは事によったらそれじゃないだろうかと思ったからであった。

ジュリエッタは死んだのだという噂がもう近所を風靡《ふうび》していたのは驚くべきことであった。それは彼女の奇妙な憑かれたような眼附が原因なのである。あんな眼附をしている娘にはどんな事でも起るだろうというのが彼等の理論であった。

私は気の毒な夫人に泣きつかれて言葉が自由に出ないものだから全く困ってしまったが、とにかくジュリエッタさんは必ず探してあげるからと慰めて漸く彼女の涙を遁《のが》れ、早速ファビアン喫茶店へ引返した。実際私は不思議にもジュリエッタを見附けることが出来るのは私より他にないと思い込んでしまっていた。最愛の一人娘を失った母の悲嘆が故国に母を独り残してきた私に郷愁《ノスタルジア》のような悲哀を感じさせたのであろうか。それともジュリエッタの『女性の香気《オドール・ディ・フェミニ》』がいつのまにか若い私の心を酔わせてしまっていたのであろうか、しかしただ私は彼女の黒い瞳の中に私にも解る光が潤おうことがあったのを知っていた！

私が科学者であるということを彼女が始めて聞いた時、ぱっと顔を輝かせたが、すぐに不可解な暈翳《かげ》が彼女の睫毛《まつげ》にさしたのを私は奇妙な気持で憶えているのである。

「私は科学をとても信用していますわ。何でも実現出来ますものね、夢だって、失われた幸福さえも、私はそういう人を知っていますの、その方は御自分の許婚《フィアンセ》をお失くしになったんですわ。毎日々々泣いてばかりいらしたわ、それはそれは許婚を愛してらっしゃったんです。一週間ほど経ってその方にお眼にかかるといつもとは違って明い顔でちょっと家まで来てくれないか、と云って私を御自分の部屋にお呼びになったんですの、その部屋の黒檀の机の上に紫の布に包まれた妙なものが見えました。見ない先に私は慄然としてしまいました。それでも私は近づいてみますと、本当にあっと卒倒するかと思いました。

それは腕なんですの、切り取られた血さえこびりついている女の手なのです。でもまだとても生々とした色を保っていますし、肌は澄み切って繻子《しゅす》のような艶を持っていましたから、惨たらしいと同時に、大変美しい幻想的な感じを受けました。蒼白な手の薬指には青玉の指輪が煌《かが》やいていました。それはあの方の許婚の手なのですの。私はまだがたがた慄《ふる》えていました。

その方は私の腕を取って部屋を出、客室の長椅子に私を坐らせますと、微かに笑いながら云いました。――あれは私の作ったものです。本当のようだったでしょう、――私はびっくりしてその方の顔を見上げました。――私はね、ヴィオレッタ――その方の許婚の名なんです――を自分の手で作ろうと思っているのですが、私は天然色写真の専門家ですが、ヴィオレッタの腕の天然色写真を一度撮ったことがあるのでそれをプラスティックで作った手の彫像の上に焼附けてみたのです。思ったより旨く行きましたから今度はヴィオレッタの全身像を作ろうと思っているのです。それで――とその方は仰言るのです」

彼女はちょっと顔をあからめた。私にはその時その意味は判然《はっきり》しなかった。

「それでその方は今も、一心にヴィオレッタを作っていらっしゃるんですの、それはとても素晴しいものですわ、ヴィオレッタそっくりですの、手を取って見ますと、ヴィオレッタのえくぼのある手です。首の香を臭いでみますと、ヴィオレッタに違いないのです。ヴィオレッタの眼で物問いたげな私を見ています。いいえ彼女よりも却って美しい位ですの、人間には醜い汚いものもございますわ、そういうものがそれには一つもないのですもの、私、何だか口惜しくなってくる位でしたわ」

彼女はある時私にこんな話をきかせてくれたのである。科学という造物神に対する妖しい熱情が彼女を昂奮し困惑させたのであろうか。私は少くとも彼女の瞳の中にそれを認めたと思っているのだ。科学の不可測な力が妖しく人間を昂奮させるものであるということは私自身が知っている。

私も神経が惑乱するような強烈な昂奮を研究室で感ずることがあるのである。吾々の人間らしい我儘を気まぐれにその巨大な完全さで復讐する機械の不気味な運行は私達を畏怖《いふ》させるに十分である。ある黒人はダイナモの絶大なエネルギーの前に跪ずいた。(註・H・Gウェルズ「ダイナモ神の犠牲」)ある職工は機械の一部となってただ動く無意味なくり返し作業の人間性抹殺に堪え切れず発狂した。(註・映画、モダン・タイムス)ある技師は機械の完全さを信頼出来ず、大事な瞬間に機械による精神の圧迫からその場を逃げ出し、数千の人間の生命を無にした。(註・リラダン「未来のイヴ」)

おお人間の精神は機械に対して何と脆弱な哀れな、頼りなげなものであろう! だが未だ二十歳の娘に科学に対する恐怖を信仰を植えつけた写真技師に栄あれ! 娘の神秘感はその人形の造られた巧妙なしかし合理的な過程を越えて人形そのものに彼女の信仰を放射してしまったのであろう。

信ずるものには見える。彼女はその人形の中に生きた妖しい科学の創った魂を見たのではなかろうか。彼が彼女の瞳の中に知ったのはこの機械に対する人間の狂気であったと思っている。

ともかく私はファビアン喫茶店に入るや、先ほどのポーターを喚《よ》んで、下水を調べさせてくれと云った。彼は地下室に私を案内し、石畳を一枚上げた。例の臭いは確かにその下からつき上げて来た。私は暗渠に入り込んで、用意した瓶に下水の水を取った。もしかするとこの水に人間の血が混《まじ》っているかもしれないと聞くと彼はわかってますと云うように手を振った。

彼の話によるとこの暗渠の中には十七世紀からのすばらしい犯罪の後始末が山積しているはずなのである。ジャンバルジャンが逃げたのもこの暗渠だとユーゴーが云ったのだそうだが、それは冗談であろう。

――もっとも店の羊皮紙で出来た大きな三冊のサイン・ブックの第一冊目にはユーゴーの筆蹟で確かにそう記されてある。

この悪臭はともかく広場附近だけなのだから下水路からその源《ソース》を確かめることはそう困難でないようにみえた。しかし臭いはだんだん薄くなってきたし、下水に入り込むわけにも行かぬので暫くは途方にくれていたが、ふと気が附いて市役所へ行って下水路網を調べてもらうとファビアンの下を流れているのは百米《メートル》ほど上流から暗渠になっているので、それ以前はリァルトオ河という名の汚い溝になっていることが分った。

所がリァルトオ河に沿うてはごたごたした古着屋とか町工場が表通りの華やかな洋装店や近代的な事務所に隠されてほそぼそと息をついているのであるが、その臭いは認められなかった。

それからファビアンの下を流れている暗渠に沿うては確かにこの臭いがするのである。こういう事は例のポーターが熱心に調べ上げてくれた。下水の水は大学の衛生学教室に依頼して調べてもらった。所が果してこの水の中に人間の赤血球と思われるものが混っていたのである。

こうなってみると事は重大である。念のため臭っている——もうしかし臭いは殆んどなかった——場所から汚水を取ってみると、その大半に赤血球が認められることがわかった。

警視庁の防疫課では大学からの報告によって果然緊張し、すぐに現場の暗渠内を捜査したが、人間の屍体もしくはその一部分も発見されなかった。またとにかくこのような臭気を発すると思われるものさえも見出せなかった。しかし臭いはまだ微かに認められた。案に相違して何にも手掛りを見出せなかった防疫課ではあるいは他のものの臭いではないかという疑念が起ったので水の再検査を行うことになった。

私は稍々《やや》失望しながら家へ帰った。カステルマリ夫人には何と云ってよいかわからなかった。まあ手掛りを発見したから必ず行方は分ると云っておいた。新聞広告は何にも役に立たなかったらしい。

ジュリエッタは商事を退社してから一体どこに行っていたのであろうか。毎日いつもと同じ時刻に家を出、同じ時刻に家へ帰って来たのだそうである。S刑事も捜査の中心をここに置いているらしく、M商事に姿を見せ、以前同僚だった事務員達に心当りを訊ねて廻っているのであった。彼はジュリエッタは昼食を近所のレストランでとっていたことを知ったのでそこへ行ってみると、一週間ほど前から見えなかったが、今までに一度三日ほど前に見えたようであったと云うのであった。

これは有力な聞き込みだったのでS刑事はジュリエッタについて根掘り葉掘り訊いてみると、彼女は一ケ月ほど前からM商事の事務員ではないある男と一緒に来ることがあり、三日ほど前に来た時もその男と一緒であったと云うのであった。ジュリエッタは前に云ったように人に騒がれるほどの美人であったから、何かそこに恋愛沙汰があるようにS刑事は思ったのであろうが、ジュリエッタの眼を知っている私には例の人形を造る写真技師ではないかと思われた。

一度科学の霑す魔術的な可能の世界の神秘を知った者に、人間の日常的恋愛の何と色褪せて見えることであろうか。彼女は彼によって美の世界に創られた永遠のヴィーナスを見たはずなのだ。

あるいは彼女は人間の美の移ろいのはかなさをこの人造女性の前に悲しく思い当ったかもしれないのだ。科学は神のように人間の卑しさを意識させる。私がジュリエッタに対して心理的親近性を有し、従って失われた彼女の行動を探査する際の他に対する僭越はここにあるのだと信じていた。

翌日私は例日の如く研究室へ出たが、その日はどうも落着かなかった。大学の光学研究室へ行って「天然色写真」の素人研究家でローマ在住の人は居ないかと聞いてみた。

「ええ居ますよ、ここの研究室の出身でトスカネリさん、まあ彼は一流の写真技師でしょうか、殊にリップマン式天然色写真では……そうそう一度人間の肌の色を焼附けたのを見せてくれたことがありましたが、写真とは思えませんでしたね、今は確かお父さんのドライアイス会社の技師をしているはずですがね、……そうです。じきそこですよリァルトオ街ですから……」

と話し好きな助手君のおしゃべりの中に重大な物を予感して私は心持慄えた。私はジュリエッタ失踪事件と関係がなくても彼女に神を教えた――はずである。もう彼に違いあるまい――トスカネリ君に会う事を決心し、助手君に紹介状を書いてもらった。研究室を出、歩きながらふと私は今歩いている道に昂奮して来るのであった。リァルトオ街、それはリァルトオ河に沿うている！

T&Sドライアイス会社の工場附属研究室に招ぜられた私は、少し許りのリップマン天然色写真における技術上の問題に関する知識を披露し、彼が、生きているように見事に着色した人体彫像を造っていると聞いたが、見せて戴きたいなどと切り出した。彼は心持暗い顔をして呟くように語り出した。

「ええ、私はそういうものを非常な情熱を傾けて製作した事もありました。自分でも妖しく心がひかれる位見事に出来ました。彫刻写真をモデルから取り、それを原型にして鉄の骨格とプラスティックの肉を作り、それに写真着色をしました。それからまたプラスティックで透明な光沢のある薄い皮膚をかぶせ、生毛や毛髪まで植えました。肉の中に網のように細い電線を通しサーモメタルで温度を調節し、一定体温を保たせることもしましたし、皮膚の分泌物の匂いを分析してそれをステロイン系化合物から合成して、肉の香もつけてみました。子供染みた、笑いたくなるような、馬鹿げた玩具いじりだと仰言るでしょう。本当に私自身もそう思ったこともありました。そんなぎくしゃくした人形を作って何になろう、ただヴィオレッタのカリカチュアを作るだけではないか。しかし私の許婚への――亡くなった……やるせない狂熱的な思慕がこの仕事で慰められるのでした。ですけれど実に意味もないものでもそれを一つ一つ重ね合わせると、そこから絶大な魅力を持った総体が出て来ることも考えてみて下さい。純愛というものも実に意味もないものに依拠しているということも考えてみて下さい！　私共はその人を愛しているように思います。

　しかし私共が愛しているのはその人そのものではなくて、その人の暖い胸の薫り、皓々と輝いている滑らかな首すじ、薔薇の唇に咲いた真珠の歯、微妙な身体の曲線、温味のある白い肌、意味ありげな眼差《まなざ》し……ではないでしょうか、そんなものは人工的にそっくりそのまま造れます。私共はその人の心を愛しているように思います、しかし恋人達は意味のない二三の言葉をただわけもなく繰返しているに過ぎないではありませんか、恋人達は何を云ってもすべて楽しいのです。恋というものは！　その人に魅惑を与えるのはその人を眺める私共の想像力ではないでしょうか、錯覚はそれに必要な密やかな努力が正しく払われる結果、ますます絢爛と輝き、いよいよ蠱惑的に思われてきます。その人の美しさは見る人から与えられ、その人にとってつけられたものではないでしょうか。

　ですから私は私の技術で失った私の許婚もこの世に再現出来ると信じました。ただ私の心に彼女の心を創る燃える火があればよいのです。で漸くこうして幻想が固定されてみますと私の作った人形が自然自身よりも美しいとさえ思えるようになりました。ピグマリヨン（註・古代の名彫刻家）のように私は人造人間に恋さえも出来ると思いました。

　自然は変化しますが人造人間は変化しません、それは病気も死も知りません、あらゆる不完全さ、あらゆる羈絆《つながり》の上に超然としています。夢の美しさを保ち続けています。霊感を与える存在なのです。そうなのです。何と素晴らしい事だったでしょう。……ああですがそれを貴方に御覧に入れるわけには行かないのです。私はその人造女性をニトログリセリンで『千古の荒涼たる玄天《そら》』に飛び散らしてしまいましたから」

　と云って彼はハハ……と薄く笑い、手を額に当てた。

　彼の心の底には満々と涙がほうり落ているのであろうか？　おおだけど私はジュリエッタ事件を思い出さねばならぬ。彼のこの幻想にジュリエッタはどういう役割を果しているのであろうか。

　「つかぬ事を伺いますが、ジュリエッタ・カステルマリという娘を御存じではないでしょうか？」

彼はこれを聞くと夢からさめたように突然椅子から立ち上った。彼の姿からは今聞いた幻想のロマンティシズムが一瞬消えて、精悍なリアリズムが発散し、彼の眼はぎらぎら光った——と見えた。しかし彼の声は以前のように穏かであった。

「知っています。彼女は私の許婚の友達で、私の幻の製作に非常に助力してくれた女《ひと》です。自分から進んでモデルになってヴィオレッタの生命を支えてくれました。忘れることの出来ない女《ひと》です……」

「彼女が一昨日から行方不明になっているのを御存じですか?」

「ええ新聞広告で見ています。しかし彼女が遠からずそうなるということは私には予感がしていました」

「ええっ、それはまた何故です?」

「ただ何となくです。……可哀想に!」

彼はもう物も云わなかった。彼の存在は影のように研究室の壁へ消えた。私は辞する他に手段がなかった。彼は自分の心象風景の中にのみ生きていて、そこからとても現実的具体的な手掛りは得られそうもないと思った。しかしそれにしても彼の素晴らしい作品を彼が自分で破壊してしまったというのは一体どういうわけであろう。彼の心裡について解くべき鍵があるとすればそこになくてはなるまい。

彼の研究室には二つの暗室が附属している。部屋の壁にはスペクトル線グラフがはってあり、彼が撮したのであろうルーヴルのルノアールの模写が額になって掲げてあった。その下にはプラスティックやパラフィンの塊と工作器械や薬品棚が雑然とならべてあり、机の上にはアプライドフィジックスが拡げられノートや写真が散乱していた。また作業机の上には工作具の上に厚い綿の入った手袋が大きな金槌と一緒に投げ出してあったが、これはドライアイスを取扱う際に使ったのであろう。前に云ったように彼は彼の父が経営しているこの工場の技師をしているのであるが、実際は別に技師として働いているのではないという事であった。しかし低温恒温槽等の特許を持っているから、会社にとっては役に立つ存在なのであろう。

私はみちみち歩きながら考えた。ともかくジュリエッタの精神生活に最も重大な関係を持っているのは彼である。だからもしもジュリエッタが単に偶然の機会《チャンス》で行方不明になったのでないとしたら。私は合理的思弁に慣れている学究の弊として、この偶然ということをあまり信用しなかった。それに偶然が彼女を失踪させたのなら、もう四日も経っている今日その手掛り位は偶然に摑めてもいいではないか。未だ何らの手掛りさえも得られないというのはそこに誰かの周到な用意と意志が働いているのではないか？――それ故少くともジュリエッタの失踪の内面的心理的原因の一部は彼にあると見てもよいのではないかと思えるのであった。心理的原因としてその他に思い当ることは見つかっていない。

　殊にカステルマリ夫人は娘が一体どうして失踪したのか、全くわからないのであった。ただ暴漢によって誘拐されたのではないかという三面記事的な連想しか浮ばないのであった。これは警視庁当局でも同様であったが、ただここでは刑事が必死になってジュリエッタの足跡を追求していた。M商事の前のレストランでジュリエッタと一緒に昼食をとったというのはトスカネリに違いあるまい。

　S刑事は私のこの話を聞くや喜び勇んでトスカネリを訪問したそうだ。しかし残念ながらその後のジュリエッタについては彼も何らの心当りもないのだそうである。彼女の失踪の動機も彼には想像がつかないと断言したそうである。これは私に云ったことと矛盾する。ただ彼の心象風景を理解出来ると思った私にだけあのような暗示を与えたのであろうか。

　S刑事はしかし断念しなかった。頑強にトスカネリの身辺に喰い下ってジュリエッタ失踪の糸口《クルー》を引きずり出そうとしているのであった。少くとも失踪前日まではここにつながっているのだ。彼は既にこのT＆Sドライアイス会社へ手を入れていた。そしてトスカネリの不可解な研究について恐怖を混えた噂が会社内に拡がっているのを知った。

　一方警視庁衛生部で下水検査を行っていた。もしも事件がこれと何らかの関係があるとすればこの外的証拠から手掛りが得られるはずなのである。この汚水検査は悪臭事件とは独立に社会・衛生防疫上の見地から、市内各地から取られたサムプルと比較して精密に行われたのはこの事件にとって好運であったと云えるだろう。この汚水検査の精細な結果――この中には統計的に相当重要なものも含まれて相当に興味のあるものであるが――は省略してただ注意すべきはリァルトオ暗渠内の下水は他の箇所のものに比較して水素イオン濃度《ペーハー》が異常に低いのであった。即ち酸性度が高いわけである。

　これは何に原因するかが部内でも問題になった。というのはこの附近に酸を用いているような工場等は皆無であり、酸性の汚水が排出される可能性が見つからないのであった。これを聞いた時私はいつもトスカネリの事が念頭に離れなかったのでふと、トスカネリ会社のドライアイスが流れ出ているのではないかと思い当ったのである。ドライアイスは勿論炭酸ガスの固化したものであるから、これが昇華して炭酸ガスとなり水に溶ければ炭酸となって下水の水素イオン濃度《ペー・ハー》をさげると考えることも可能である。

しかし一体どうしてドライアイスを下水に流しているのであろう。これと下水内の人間の赤血球の存在との関係は？

Ｓ刑事は連日ドライアイス会社の附近を注意していた。翌日の未明またもや附近に例の悪臭が漂っている――もっとも今度はＳ刑事が特に注意していたために漸く判った位微かなものであったが――ということを彼は発見したので、暗渠の中へ這入り込んだ。しかし臭いの所在をつきとめることは殊に弱い人間の嗅覚では困難なことである。まして暗渠の中は種々の悪臭が入り混ってむっとする位であるから、その中からあの魚の腐臭を探しあててそれの源を探査しようというのはあまり信頼出来るものではない。彼は早速私を喚んでくれたので、私はペー・ハーの指示薬と寒暖計を持って出掛けた。丁度ドライアイス会社の附近で測ったのでは水温は十四度ペー・ハーは五・六であった。Ｓ刑事は確実な証拠を摑めなかったのでやや意気消沈したが、私はただ翌日を待った。既に臭いの消えた翌日同時刻に同所で私はある期待を持って同じものを測った。それは前日のに較べると水温は三度高く、ペー・ハーは一度ほど高くなっているのであった。

ドライアイスは温度摂氏零下八十度であるから果して臭いと同時にドライアイスが流れ出して温度を下げ、ペー・ハーを下げるのであることが確証された。

ここまで来ればドライアイス会社と、悪臭事件、それからあるいはジュリエッタ事件との関係を疑う事は出来ないから、私共は会社へ乗込んで行った。ともかくトスカネリに会って事の次第を訊してみようと思ったのであった。

昨日来て見憶えた廊下の突き当りの彼の部屋の前まで来るとドアが明け放してあったので私共は案内も乞わず入って見ると中には誰も居なかった。私共は暫くまごまごしていたが、丁度女事務員が通りかかったので彼の所在を尋ねた。

彼女はこの部屋に居ないのなら低温実験室に居るかも知れぬと云ってその部屋を教えてくれた。但し低温室で研究中は彼は誰とも面会しない事になっていると注意してくれた。しかし私共はともかく教えられた通り引返して工場へ続く廊下を行くと更に別棟になっている低温実験室へ続く廊下が右に折れている。

実験室は恒温室になっているのか、窓の二重になっている壁の厚い建物であった。窓にはカーテンが下してあったが、僅かの隙間があったので、ふと室内の異様な光景が洩れたのであった。室内の壁には樹氷が附着し、ただ一つ室内を照しているスタンドの電光を反射してきらきらと輝いていた。寒暖計の差込んである恒温槽が二つおいてあり、金属製の計器類が散乱してそれらも怪しい光を放っていた。

このきらめく氷雪に囲まれた作業机の前で、彼は大きな金槌を揮《ふる》っていた。彼は厚い防寒服を着、綿の入った大きな手袋を着けていた。防寒頭巾のガラス越しに彼は青白い眼附しで金槌によって輝きながら散乱するものを見つめていた。それは白蠟のように燐光を放っており、破れた白い表面からは黒ずんだゴム状の物が不気味に溢れ出ていた。これは甚だしい低温で凍結されたものなのであろう。打下す金槌の先で微塵になって砕け散っていた。

彼はそれを更に細かく細かく打ち砕き、ジャージャー水を流してある流しへ捨てた。彼はそれから恒温槽を開いてまた奇怪な白蠟を取り出した。ああ私は急に慄然として肌が粟立ち、不思議な黄色い想念が頭の中で熾熱した。彼の取り出したものが人間の腕のように思ったからであった。彼はそれを握りしめていた。そして手を放すと茫然と氷結した腕の方へ顔を寄せた。そして彼はその腕の上へ突伏してしまった。私共は冷えた窓に顔をつけ歯をがくがくさせながらこの異様な光景に見入っていた。

おおこれは一体どうしたことであろう。これこそあのジュリエッタが見たという物質化された幻影の腕であろうか、彼の失われた恋の蜃気楼であろうか。彼は今これを無残に打ち砕いているのだ。極北の氷寒世界の楽園喪失。おおしかしこれは彼の人形の腕ではなくてジュリエッタのではないだろうか？　そうだ彼女の腕だ！　大変だ、彼は彼女の裸身を破砕しているのだ！

私は部屋の扉をどんどん叩いた。彼は一度ぶるっと身慄いしたが動かなかった。彼は体毎ドアにどしんどしんぶつかった。そうした肉体の狂乱がますます私の惨めに歪められた神経を攪乱し、はてはウアーウアーとわけのわからない声まであげて扉にぶつかっていた。

× × ×

彼、トスカネリは逮捕され裁判の結果ジュリエッタの死に対して有罪を宣告された。ジュリエッタの裸身が恒温槽の中から上半身だけ発見された。ドライアイスで凍らされた下半身は砕かれて暗渠の中に流されたのである。彼はジュリエッタを殺したのではないと主張したが、容《い》れられなかった。彼女の胸に突き立てられたナイフの刺傷が致命傷で、そのナイフは彼の所有であったから。

　だが彼はジュリエッタを殺すべき積極的理由を持たない。勿論検事の論告にも述べられたように彼と彼女との間に友情以上の何らかの関係が成立していてそこに悲劇の原因が胚胎したと見られないこともない。しかしそれの決定的な証拠はない。私は彼及び彼女の性格からそういう俗論的解釈を信ずることは出来なかった。トスカネリには一度会う機会があったが、そのとき彼は私にこう語った。

「ジュリエッタは自殺したのです。……丁度私の人造女性が出来上った時、彼女は私のために大変喜んで私を抱擁しおめでとうを云ってくれました。彼女は人形を見て、素晴らしい素晴らしいと感嘆していましたが、終には何も云わずただ永いことじっと見つめていました。そして奇怪な眼附をして私を見ながら机の方へ寄って来るので私は何かするなと直感しました。彼女はやにわに机の上に載せてあったナイフを取りあげて、人形に飛びかかりました。私は驚いて背後から彼女を抱き止めました。彼女はわっと云って身もだえして私の腕の中に泣き崩れました。私はどうしたのと云って彼女の顔をのぞき込みますと、彼女は涙に濡れた妖しく光る眼で私を見つめていましたが、私、もうだめ！　と叫ぶと突然胸にナイフを突き立てたのです。私ももう手の尽しようがありませんでした。私は彼女が哀れで——彼女がどうして自殺したのか、その原因を思いますと——哀れで……（後の声は吾にもあらず慄えるのであった）

　私は後にあの人形を——彼女を殺した——ダイナマイトで粉々に吹き散らしてしまいました。

　私は彼女の屍体を抱きしめていましたが、これをどうしたらいいだろうと思い惑いました。彼女が自殺したのだと云っても誰が信用してくれるでしょう。それに私は彼女と離れ難い気になっていたのでした。しかしやはり処分しなければならないのでとうとう屍体をドライアイスで凍らして粉砕して流してしまおうと思い立ったのです。それが彼女にふさわしいように思いましたから。しかしそんなことをしたのは却っていけなかったのです。……ですが私にとってはそれももうどうでも良いことです。ただ死ぬ前にジュリエッタの悲しい気持を貴方の胸に残しておきたいと思ったものですから……」

　私は彼の云ったことは全部正しいと信じた。私は自分の理解する限りのあまりにも完成された器械に対する人間の恐ろしい感情を説明した陳述書を法廷に提出し、ジュリエッタの自殺を証明しようと思ったのだが、何分にもこの異常な心理を人に納得させるに足る証拠、つまり過去における累積する事例をあげることが出来ないばかりでなく、これを審議する人々は科学には縁のない人々であるから、結局トスカネリの罪を軽くするのに何等の力にもなり得なかった。

　彼は微笑して刑場の露と消えた。私は研究もまだ終っていなかったが、チロルへただ一人旅に出た。

無意識殺人《アンコンシャス・マーダー》

一

　突然であるけれども私は友人のＭ・Ｔを非常に嫌っていた。と云っても彼が馬鹿で、粗野で、無知で、醜いからでは――おお決してそうではない――そうであったらどんなに私は彼を愛したであろう。

　彼はまるでその反対であった。彼はまず頭の良い男であった。大学時代から既に将来を嘱望されていた。それに彼はまた古い家柄の物質的にも恵まれた家庭に育ったから。

　それにふさわしい美貌と洗練された趣味と教養と社交術を身につけておった。それが私を腹立たしくいらいらさせる最大の原因なのであった。

　と云うと私がいかにも嫉妬深い卑劣漢のように聞えるけれど、決してそうではないのだ。つまり彼はそれらの優れた素質と人に対する優越をいつも意識しているということが、全く吾を忘れるほど私を刺戟するのであった。彼は恐ろしい自尊心を以てあらゆる人間を、と云っても彼がいつもそれを尊大に鼻の先へぶら下げておったと云うのじゃない。――おお決してそうではないのだ。――軽蔑しているにも拘らず誰に対してもまた驚くほど叮寧で愛想が良かった。それで人は彼が善良な、人の良い男であると思っているのである。（そして人がそう思っていることを彼はちゃんと承知していた）実際はまるで反対だ、私は彼のそのいつもにこにこした肌の白い端正な顔を見るとむかむかとしていつでも彼を撲りつけてやりたくなって腕が神経的に慄《ふる》えるのであった。だがここで彼を撲れば却って自分が卑劣で嫉妬深くて鼻持ちならぬ男に誤解されると思うと、残念ではあるけれども決断を踏み切ることが出来ないのであった。

　だが、要するに彼の事などどうでもいいじゃないかとあるいは人は云うかも知れない。だが決してそうではないのだ。彼はその憎むべき欺瞞的な恋愛技術で彼女を私の手から奪ったのである！　何て女というものは馬鹿なんだ。おおちょっと待って下さい。だが彼女は云うだろう、（奪った？　私は貴方とは何にも約束はしなかったわ）約束？　何が約束だ。法律家の云うようなことは止めてくれ。ただ一回の眼交《まなか》いでもう決ったんじゃないか、（そんな一人良がりの夢のようなこと仰言《おっしゃ》ったって私困りますわ、迷惑ですわ）と云うだろう、おおなんて女というものは策略家だろう。冷酷な陰謀家だろう。私は彼女を憎む、女の愚劣さを憎む。……ああ、私はこんなことを云うのではなかった、そんなことはどうでもいいのだ、要するに私は殺しても飽き足りないほど――実際彼の身体をずだずだに切り裂いてやりたいと思っているのだ――憎んでいた。

　しかし誤解されぬように云っておくが私は彼を殺さない。そんな愚劣な事はしないのだ。復讐というものはそんな単純な（物質的な）ものではないのだ。

　私はある遠大な計画を考えていた。私は虫ずの走るほど嫌だった彼にある目的を以てだんだん近附いて行った。彼と好んで話をするようになった。彼の自尊心は始めそれを非常に喜んでいた。というのは私はこれでも一方においては有能な人物ではあるし、ある方面にかなりの勢力を持っていたからでもあり、また彼自身彼女の事についてちょっとばかり心の痛みを私に対して感じていたからである。それら最大の原因は私が彼を嫌っているということを彼が知っていたからである。

　私は卑屈な位彼の意を迎えることに努めた。それは私にとっては拷問にも等しいほど苦痛なことであったが、私は平然とそれを行った。苦痛に堪えて自分の目的に邁進することには男らしい壮烈な快感をともなうものである。

　私はこの今馬鹿々々しく上機嫌な男の頭上に致命的な打撃を加える日のことを考えると、全くどうしても笑いが止まらずくつくつと笑い出すのであった。ざまあ見ろ、馬鹿な奴め、何もしらないではしゃいでいやがる！　あれが起ってみろ、偉そうな顔をして尊大ぶっていやらしく思わせぶりな眼付をしている貴様が、俺の前に泣きながら手を合せてどうか許してくれと頼まなくちゃならないんだ。って、ざまを見やがれ！

　だが私はまるで自分の主人に対する奴隷のように彼に対しては慇懃《いんぎん》で敬々《うやうや》しくしてやった。（自分は自分の敵を抱擁する、彼の首をしめるために）私はこのアイロニカルな言葉が非常に気に入っていたのである。同時に私は彼の細君――つまり彼女――とも親しくなった。女なんていうものはちょっとちやほやしてやればすぐに眼附きが変ってくるのだ。私はそういう技巧は今まで決して知らなかったのでもなく持ち合せていなかったのでもない。

ただ彼女と交際している時は、それが彼女を侮辱することになる、吾々の清純な友情を汚すものと考えていたから、殊更、淡泊に真面目にしていたのだ。女はそれさえ気がつかないんだ、俗物め、だがそんなことはどうでもいい今度は二人とも……

ここで私はちょっと註として書加えておくが、こうした技巧から意外にも本当の感情が引き出されてくることがあるということだ。(嘘から出たまこと)これは少々私も迂闊だったので、こうしてある目的のために彼及び彼女と親しくしている中に、彼及び少くとも彼女が心から私を愛するようになったのである。私はちょっと面くらった、迷惑だった、しかしそれならあれはますます効果的になるのだ、愛してる人間に裏切られるという最も悲痛な打撃からあれが始まるのだと考えると一層私は愉快になるのであった。おお前置きはこれ位でいい、前置などはどうでもよかったのだ。

二

実際あの前置きはこの事件の起る前日に書いたのだけれどそれが全く無意味になってしまったのだ。全く私は途惑《とまど》いし途方にくれ、世の中に対して全然興味を失ってしまった。

要するに生きて行くことに何等の興味もなくなってしまったのである。皮肉でなしに私はあの事業のために毎日々々どんなに愉快に日を送ってきただろう。

私の計画がだんだん進捗《しんちょく》し、あれを実行する日が段々近づいて来るのをどんなに私は歓喜に満ちて心の中に繰返したろう。所が突然無慈悲な神がM・Tを私の手から取り上げてしまったのである。私の復讐は中ぶらりんになってしまったのである。だけど考えようによっては私はあまり性急にあれの実現を期待していた罰だったかも知れない。

私達——勿論私とM・Tだ——はその日もカフェー・リラでコーヒーをすすりながら大いに議論の花を咲かせていた。それは実に下らない、人間の運命がどうだとか、プラトンがどう云ったとか、社会党は社会主義的ではないとかいう、実に馬鹿馬鹿しい議論だった。彼のような有閑階級にとっては議論だけがつまり、血の出るような生活だったのである。彼の所論に調子を合せながら私は何とかかんとか要するに新聞の社説の受売をやって同じものの受売をしている彼を満足させてやっていたが、その日は暑苦しいいらいらした日であったので、何だか、あれのためにこんなに努力している自分が涙の出るほど可哀想になってくると共に突然その一切の原因である彼に対する憎悪の焔がむらむらと私の胸を熾《や》いた。いっそのこと今やっつけてしまおうか。

もはや生理的に我慢が出来なくなってベンチから跳上《おどり》って……（その時恐ろしい何とも云えぬぞっとするような不吉な予感がしたのである）

と突然頭の上の真鍮のシャンデリヤが彼の頭上に恐ろしい音を立てて落下してきたのであった。ああっと思う間もなくそれは正確に彼の頭蓋を粉砕してしまった。彼の両手は頭を保護するために半分ほど差上げられたがすぐだらりとなってしまった。彼の顔には異様な、子供がわけも分らずびっくりしたような表情が固定していた。

私は愕然として危く店を飛び出そうとした。先刻の心理の残像として自分が彼を殺したような錯覚に摑《とら》えられたのであった。突然の印象の不連続が私の頭脳を支離滅裂にしてしまったのである。私は何度も飛出そうとしてはやっと我慢した。漸く自分の理性が戻ってくると私は自分のなすべき事をのろのろと思い返した。その間に色々の考えがごちゃごちゃ頭の中で入り乱れて、彼の頭をハンケチでふいてやったり、卓の上のコーヒーの残りをぐっと飲んだり、どうしてシャンデリヤが落ちてきたのかと天井を長い間眺めて考え込んだり――要するに馬鹿な反射的な痙攣《けいれん》運動をやったものだ。

ともかくはっきり正気に還ると私は彼を近所の病院に運び、彼女に電話をかけた。彼は頭を滅茶苦茶にやられ、眼が飛出し、血で顔中ぐちゃぐちゃになっていたが、それでもまだ生きていた。彼の魂は執拗に彼の毀れた肉体にとり着いて、最後の彼の計画を実現せしめるべく努力していた。彼女は顫える脣《くちびる》を嚙みしめ、胸から迸り出ようとする叫び声を抑えながら入って来た。そして悲しげな、しかしきっとした眼つきで彼を見つめた。（おお私はその時、彼女に対するあれなどはすっかり忘れてしまっていた）

彼は不安そうに彼女をきょときょと眺めていたが、やがて彼女を認め必死になって彼女の眼を見つめた。彼女は彼の眼に吸込まれるように床に近づいた。彼は今度は私の方を見、超人的な努力で何事かを眼で訴えるのであった。悪魔的な力であった。私も彼の上にかがみ込んだ。彼はとうとう私の手と彼女の手とを握り合わせ苦痛のためひん曲った顔に微笑を浮べようとしたが、途中で息をひき取ってしまったので、それは奇体な苦笑となって潰された顔面に固着した。

私は刺すような皮肉な嘲笑をその中に発見して無気味な戦慄を感じたのであった。（知ってるよ、僕は。君があいつと仲良くしてるってことは。君は前からあれが好きだったんだ。だから僕が死んだら一生離れないであれを見てやってくれ、お願いだ、君も嬉しいだろう。僕はあれと一緒にいつも君と離れないで居るよ。僕が生きていた時と同じようにね）

彼の眼はそう云っていたのである。そうだやはり彼女は私の妻となるだろう。何という不思議な人間心理の弁証法であろう。私の技巧から彼女の真の感情が、……そしてその真率な熱烈な感情が、思いがけなく逆に私に還って来たのだ。

ああ実際私は彼女を愛し始めていた。そして、何もかも忘れて幸福だった。彼はそれを知っていたんだ。何もかも。私が彼を殺しても飽き足りないほど憎んでいるということも。彼ともあろうものが私の計画に気づかないということがあろうか。彼は私の憎悪に酬いるために、最愛の彼女を私に残したのだった。

皮肉にも彼女は私と彼女とを結びつけた彼の思い出を懐しそうに話すのであった。私は胸が悪くなるのを我慢してやっと聞いていたのだ。彼女が彼の事を云い出すと彼の血塗《ちまみ》れの幻影が彼女の上にちらついて、二重写しの写真のように奇妙な恐ろしい印象を与えるのであった。おお彼は彼女と一緒に私から離れないのだ。

ああ彼の皮肉な毒々しい嘲笑が聞える。

三

幽霊？　そんなものはどうでもいいのだ。私は予感していたんだ。予感だ！

あれから三ケ月も経った頃、リラのボーイが家へ訪ねて来たのである。彼は中年の陰気な無口な男であった。彼は私の「秘密」のメッセンヂャーとして私には役に立ってくれた男であった。

「何か用かね?」

ああ、私はもうぶるぶる慄えていたのである。

「Nさんもお変りございませんようで結構なことで……もう三ケ月にもなりますね、あのM・Tさんが亡くなられてから、全く運の悪い方でございましたね、貴方もがっかりなさいましたでしょう、何しろ第一の御友達でございましたからね。……へへ……」

と彼は（すべて存じておりますよ）と云わんばかりに眼くばせをした。何を！　不愉快な奴め！　叩き出して二度と来られぬようにしてやる！　と、私は憤怒の余り、実際彼をひっつかんで窓から投げ出してやろうと思ったが、思いがけなく声だけは優しく出たのに内心驚いた。

「早く用件を云い給え」

「実は……」

と彼はその厭らしい顔を私の顔にそろそろ近づけて来た。彼はにやにやしながら落着いて云った。

「Nさん。とうとうやっておしまいになりましたね」

私は思わず椅子から飛び上った。

「何だと！　一体誰のことを云ってるんだ！」

「勿論M・Tさんの事で……」

「馬鹿な！　お前何を云ってるんだ。M・Tは俺の親友だぞ、俺は彼の死を心から悲しんでるんだ、よく俺の前でそんな事を云えたもんだ、それにシャンデリヤの落ちたのは全く偶然じゃないか、何を失敬な！　帰ってくれ！」

彼は至極落着いていた。彼はこの場面をちゃんと前以て想定していたのだ。そして次に云うべき文句を暗誦して来やがったのだ。

「ちょっと一言云わして下さい。（しらばっくれても駄目ですよ。私はちゃんと知っておりますからね）Nさん、覚えておいででしょう? あの日から一週間前の事でした。丁度貴方がいらっしゃる時でシャンデリヤの電気が点《つ》かなくなった事がございましたね。それで貴方は電燈の方は御専門でいらっしゃいますから、すぐ直してやろうと仰言って、御自分で梯子《はしご》に上られて直して下さった事が、ございましたね?」

と彼は言葉を切って（もうそれ位云えばよいでしょう）と云うように眼をパチパチさせた。

「それがどうしたんだ?」

「へへ……なかなか御上手でいらっしゃる。その時、こんな事を仰言いましたね。このシャンデリヤは危いね。

ここのねじが緩むと落ちるぜと仰言って私にもねじをお見せになり、眼くばせをなさいましたね？」

「こ、こここの野郎、貴様がやったんだな！」

と私は跳び上って彼の肩を掴んだ。

「いいえ、そうじゃございません。やったのは貴方です。私は貴方の御指図通りやったのでして……」

「何を馬鹿な！　貴様自分の過失を俺になすりつけて俺を恐喝しようっていうんだな？」

「これは心外です。私は――こんなに打解けて貴方を信頼して……」

「M・Tは俺の親友だ。俺が彼をやってしまえなんて暗示するわけはないじゃないか、馬鹿々々しいにもほどがある！」

「へへ……。と人は思っていますがね、そこが貴方の賢い所で。Mさんを殺したいほど憎んでいらっしゃるなんていうことは顔色にもお出しになりませんでしたがね」

「何だ？　はっきり云ってしまえ」

「貴方はよくM・Tさんの名前を間違えたり、どもったりなさいましたね？　親友の御名前を間違えるというのはどうしたわけでしょうかね。それから一度ナイフでM・Tさんの指を過って傷つけられた事がございましたね。そういうようにM・TさんとかM・Tさんをやっつけるという考えが圧迫観念になっていたというのはどういうわけでございましょうかね。フロイドに云わせれば……こんなことは貴方は先刻御承知の事で、フロイドの本を私に貸して下さったのは貴方ですからね」

私は黙った。冷いものがしびれるように背に流れた。おお私の本能が私の精神を裏切ったのであろうか？

「……それに貴方はシャンデリヤをお直しになった日から、いつもM・Tさんがその下になるように席をお取りになりましたね。そして入って来る度に私に眼くばせをなさいました。……

あの日の前日は風の強い日でございました。貴方はM・Tさんとお出でになるといつもの席へお坐りになりました。そして南の窓をお開けになりました。シャンデリヤは風で少し揺れました。私はそれで貴方からある暗示を受けたと思いました位で……次の日、つまりあの日も同様風の強い日でした。……全く偶然のことで」

「黙れ！　こんなことを人に云ってはいかんぞ。貴様のためにも。どんな誤解を招くかも知れないんだ。M・Tは俺の親友だ、事件は全く偶然なんだ」

「へえ、全くその通りで……こんなことは勿論人にはこれっぱかりも云ったことはございません。それはよく御存じのはずで……。実は私はあの日以来、リラには出られなくなりましたもので、その……」

というわけで彼は私の手から三千円の金を奪い取ってしまった。ああ私は予感していたのだ。そんなことがあり得るのではないかと。

しかしその事って一体あり得るだろうか。それはフロイドは「しくじり」の原因について云っている。しかしそれで全てが解決されるのではない。まるで違うぞ、飛んでもない事だ。やっぱりあいつの捏造《ねつぞう》だ。俺の神経の弱ってるのにつけ込んで……くそっ、忌々《いまいま》しい奴だ。怪物だ！　悪魔だ！　だがまてよ、私はこのことを予感していたんだ。確かに何か不吉な事がこの事件にあることを予感したんだ。これは一体何を意味するのだろう？ああ頭が混乱してしまった。はっはっは、また彼が嘲笑《あざわら》っている……。ボーイの奴何て憎らしい奴なんだ。私はもう少しで精神が平静になり、彼の幻影も見ないようになり、彼女とこれから生きる喜びに満ちた生活を踏み出そうとしていたんだ。だが、もうだめだ。また神経がめちゃめちゃだ！

それはそうと彼は金を持って行ってしまった。さあ大変だ！　何てへまなことをしてしまったんだろう。私は彼に金をやってしまった！　それこそ証拠だ。事実だ。たとえ私が殺人したとしても、それは心理上の問題だったんだ。何にも証拠もなければ責任もない。

だから、私は潔白だったんだ。だがもう駄目だ。どうしてそんな大金を彼にやったのかと来るに決っている。私は申開きすることが出来ない。ああ私は自分の殺人を認めてしまったんだ。事実を以て肯定してしまったんだ。何ていうことだ。私は全然彼の云ったことなんか信じない。まるで嘘だ、詐りだ。だが私はそれを肯定してしまったんだ。私は実際彼をつまみ出そうとさえ思ったんだ。だけどそれをしなかった！

そうだ昨晩私がふと眼を覚した時にあの路地に一人の男が立っていて、私の寝台の窓の方を見上げていた。ああいつは刑事だ。私服刑事だったんだ。ボーイの奴め、警察へ話したんだな。決ってる、両方から甘い汁を吸おうと思っているんだな。裏切者奴《め》……

ああ私の神経は弱っている。これが一番いけないのだ。こんなことじゃ、自分から警察へ飛込んで白状してしまう。だめだ。それが彼等の罠《わな》なんだ。理性を失っちゃいけない。卒倒しちゃだめだ。私には何等の責任はない。犯罪は構成されていない。皆幻影だ。偶然の蔭に必然を予感する人間の機械論的智慧の錯覚だ。プロバビリティについて何も知らない無知な人間の末梢神経だ。フロイド的神秘論者の妄想だ。ええい、そんなもの犬にでも喰われてしまうがいいんだ。

四

彼はその後三ケ月に一度位やって来ては私から金をしぼり取って行った。

(へへ……。私は秘密の使い方位は心得ておりますよ。これを警察に売れば貴方は一体どうなりましょうかね。賢い人とつき合うのは気持の良いもんで……)

彼は憎々しいほど落着きはらい、自分の行為に絶大な自信を持っている人間の傲慢さで、今や昂然と私に要求するのであった。全くの所私はこの卑劣漢の顔を見る度に、むらむらと殺意が起り、このいまいましい寄生虫を一思いに叩き潰そうと思った事が何度あったか知れない。

しかし吾を忘れてはいけない。早まった事をすればまた退《の》っ引きならぬ証拠を作ると自制するだけの理性の強さは失っていなかった。私の最大の過失からきたこの男という証拠を湮滅《いんめつ》してしまわなければならない。私は実際彼の殺害を決意していた、そして機会と方法を探していたのである。

その日も(もう四回目である)彼は私に要求するためにやって来た。私はもはや生理的に胸が悪くなってこの男と顔を合せると何をしでかすかわからないような危険を感じた。それは今こそ機会が来たという予感が私を圧迫したようであった。

しかし漸く彼と会ったが、彼も聊か私の普段と違う蒼白な顔色にただならぬものを認めたようであった。彼はいつも自転車で来るのだったが、タイヤがパンクして困ったとこぼしていた。

私は近所にいる私の親爺の代に使用人だった自転車屋を教えてやり、私からだと云えば良くしてくれるだろうとつけ加えた。私がこの日特に彼に親切だったのは今分析してみると何が最も重大な原因かわからないが、ともかく「首をしめるために抱擁する」式の狡猾さがあったと思うのである。しかしそこまで立入れば狡猾さのひそんでいない人間の行動ってあるだろうか? こんな事を云うのは私が未だ理性を失っていない証拠として云うのだ。

　翌日私が何気なく新聞の三面記事を見ると、自動車事故で即死した男の事が出ていたのであるが、私は何とも云えず体が冷たくなるような無気味さを感じた。死んだのは彼であった。私がいつも振出す小切手はN銀行のであったが、N銀行はK街の十字路の角にあり、最も交通の頻繁な事故の多い所であった。彼はこの角で、自動車にはね飛ばされ頸骨を折って即死したのであった。私の計画は意外にも偶然によって遂行された。自ら手を下す恐ろしさから救ってくれた神に私は感謝したのである。

　だが私は心が休まらなかった。この安心を嘲笑っている悪意の神があることを予感していた。世の中というものはそう安直で好都合なものではない。安心立命にすぐ飛つくのは無邪気な気の弱い人間のする事だ。そして何か思いがけぬ事をあびせかけられると、戸惑いしてつまらぬ事を口走って自分から破滅の中へ飛び込んでしまうのだ。

　その日私が庭へ出て菜園の手入をしていると、自転車屋の親爺が通りかかった。

「若旦那、今日から枕を高くして寝られるってわけですね」

「えっ」

「いやな野郎でがしたね。全く、私にも我慢が出来ませんでしたからね。これで胸がせいせいしやした。仰言って下されゃ、もっと早くやっつけてやったんですがね」

「何だ！　じゃお前は！」

　私は膝から下の力が急に抜けて行くのを感じた。

「私にだってその（暗示）ってやつ位はわかりまさあね。もう三ケ月にもなりますかね。旦那は私の家へわざわざ見えて、ブレーキが毀れた自転車に乗るのは危険かねと仰言いましたね。それから二週間ほど経ってからまた来られて同じ事を仰言ったじゃありませんか。（私はぶるぶる慄えて聞いていた。そんな事は私は全く忘れていたのだ）私はこれは変だなと思いました。とピンと来ましたね。旦那もなかなか旨いことを仰言る。奴はいつも自転車でやって来ますからね。へへ……、これはその（暗示）ってやつだなとわかりましたね。（彼は上機嫌でしゃべっていた。私にはそれが私の窮地に陥ったのを大喜びで嘲笑っている悪魔のように見えたのであった）

　所が一昨日《おととい》の事じゃありませんか。その奴が旦那から聞いてやって来た、パンクを直せと横風な事をぬかしやがるじゃありませんか。旦那から？　おやそれじゃあの事だなと思いましたから、これからどちらへと全く虫を殺して聞いてみますと、N銀行だ、ははあ、あそこは有名な難所だ、死神の屯所《とんしょ》だ、野郎、何も知らねえが……。私は念入りにタイヤを直して次いでにブレーキも直してやりやしたがね。御存じの通りでさ。悪運尽きたという奴ですね。奴、一生懸命ブレーキをかけたがへへ、止りませんや、奴の慌て方が眼に見えるようで、へっへっへ……」

私は頭脳を叩き潰されたような気がした。

「しかし彼奴が僕を苦しめてるってことは誰も知らないはずなんだが」

「旦那は何も御存じないんですね。もうもっぱらの噂ですよ。旦那のちょっとばかりの秘密をねたにしやがって、大人しい旦那が何も仰言らないもんで図に乗りやがってたんでさ。全く卑怯な野郎で」

おお、何という馬鹿だったんだ、私は何て迂闊だったのだろう私の秘密、私の証拠は（おおそのためには人一人殺そうとさえしたんだ）皆知れ渡っていたんじゃないか、何と危険な事だったろう。今まで警察の眼を引かなかったとは、全く偶然だ。私の気づかない危険なことが私の周りを取巻いていたんだ。私は奴だけ除けばいいとその考えにばかりしがみついていて肝腎な事を忘れてしまったんだ。私の頭はこれでも確かなのだろうか。

噂！　噂となったらもうお終いだ。噂が事実になる、繰返し繰返し云われた噂はもう確実に事実そのものとなってしまう。だが一体どうしたらいいんだ。もう噂が私を掴んでいる、私は身動きも出来ない。それに自転車屋の親爺のあの口軽だ、誰にでも云ってしまうかも知れない。そしたらまた疑惑だ。疑惑が疑惑を生む。噂というものは底の底まで突きとめなければ承知出来ないんだ。

一体どうしてこんな事になってしまったんだ。私は始めから何にも……何にもしなかったんだ！

五

それは私はM・Tを憎んだ。殺しても飽き足らないほどだった。それにあれさえも実行しようとした。だがしなかったんだ。あるいは出来ないっていうことを始めから知っていたかもしれないのだ。殺そうと思ったかもしれない、だけど殺しはしなかったんだ、あの偶然の出来事さえなければ何もかも忘れてしまって私は安らかに幸福に生活出来たかも知れない。――ああ私は疲れてしまった。もう頭も神経もめちゃめちゃになってしまった。

――

あの偶然の出来事、それはプロバビリティの法則から行けば、何万回の中一回位落ちてくるチャンスもある、その一回が私にふりかかって来たに過ぎないんじゃないか。あのボーイの奴、変な事を云った。そう云われればそうも思われる。しかしそれは神経の幻影かも知れないじゃないか。

誰でもそう云われればそんな気になるものだ。人殺し！　と背後から云われれば誰だって自分かと思ってぎょっとすると云うじゃないか。ボーイが死んだのだってそうだ。そりゃやっぱり奴を殺してやろうとも思った。そしてその方法さえも空想した。しかしその空想した方法で殺人が行われたのではない。だから私が無意識的に殺したということさえも出来ないんだ、やっぱり百万回の中の一回の偶然に過ぎないんだ。偶然に偶然が重なったのだ。そこに何にも決定的な関係なんかあるはずはないのだ。決定的なものを見るのは何にでも理屈をつけて見ようとする常識の早合点だ。そんなものに叩き潰されるなんて何てデリケートな私の精神なんだ。

だけどフロイドは「日常生活の精神病理」の中で無意識作用の恐るべき暗示について幾つも例をあげて説明している。ある好ましくない意図が精神軋轢《あつれき》の結果圧迫され忘却されてしまった状態でふと失錯《しっさく》行為とか偶然行為によって無意識的に表現された場合の驚きはどうであろう。私はこの殺人を実際計画していたのであろうか、そしてその意図が圧迫されて意識されていなかったけれど私の失錯作業がその企図を無意識的に表現してしまったのであろうか。

そうなると私の殺人も私が責任を負わねばならぬのだろうか。何という奇妙なことだ。私はそんな計画をした憶えがない。断じてない。無意識的な殺人のために意識的に死刑にされるなんて。そんな馬鹿な話はないじゃないか。白痴や痴愚《ばか》によって加えられた傷害は災難だ。

これも災難なんだ。しかしフロイドの精神分析はその圧迫された意識の下に追い込まれた悪い意図観念を解放して、圧迫観念から無意識的に薄気味悪く受けている圧迫を除くことにあるのだ。してみると私の場合だって違ってはいない。

私は人から自分の圧迫観念を解放してもらったんだ、だから平静になるべきはずなのに余計に恐ろしいことになってしまった。それは次から次へ悪い意図が抱かれそれが圧迫されて行ったからか。また、無意識的な「しくじり」の結果が余り重大であったからか。いやそうじゃなかった、そんなものは何にもならない、まるで反対だ。「しくじり」なんていうものもなかったんだ、圧迫観念だってなかったんだ、馬鹿々々しい、おおやっぱり私は恐ろしいのだ。

私は自転車屋の親爺を憎んでいる。私のためにしてやったような善良そうな顔をしている、わかるもんか、彼だって同じ穴の貉《むじな》だ。人間なんて皆陋劣なんだ。人を陥れて自分だけ浮び上がろうとしているんだ。今にきっとやって来る、にやにやしやがって（旦那、私はあの秘密は誰にも云いやしませんよ）とか何とか云いにやって来る。そして決って手を出すんだ。

だが、私はもう憎んじゃいけないんだ。私はまた無意識的に殺してしまう。おお、しかし無意識的に私の気がつかない中に憎んでるかも知れないのだ。無意識的に考えることも意識して圧し殺してしまわねばならぬなんて、何て馬鹿々々しいロヂックのヂレンマだ。（私は頭が狂ってしまったんじゃないか）

そして私はもう人に対して悪意を持つことが出来ないんだ。何て奇妙なことだろう。悪意、嘘、出鱈目、を云えるからこそ人間は生きているんじゃないか。そんな事は出来ない、自由にものを考えることが出来ないなんて、馬鹿々々しい……だけどどうすればいいんだ、私は恐ろしいのだ。運命の復讐が……M・Tの呪いが……はっはっは……また彼が嘲笑っている。

六

私はパリに留学中にこの手記を偶然手に入れたのである。この手記の主人公に対して私は奇妙な噂を聞いたので急に興味を持ってこれを見せてくれた心理学教室のジャン・エルブランに譲ってもらったのである。エルブランはこの手記の真実性を疑っていた、というのは彼はフロイド学説の使徒であり、闘士であったが、丁度この手記が発見されたのは――それは奇妙にもエルブランの友人某がこの主人公から借りた書物（実験生理学研究）に挟んであったのだ……一九一〇年の事でフロイド学説が頻りに無理解な感情的な攻撃を受け、かつフロイド及ザックス博士の闘争的な反撃のあった年であった。だからエルブランはこれをフロイドに対する根拠のない中傷だ、詐《つく》り事だ、もしかしたらフロイドをカリカチュア化する積りで書かれたんだ、真面目に問題になんかすると嗤《わら》われるよと云っていた。

だが私はフロイド学説に対しては批判的な眼で見ざるを得なかったし、またよしんばこれが詐り事であったとしてもなおこの点でも問題にするに足る心理的暗示が含まれていると考えた。いや今でも考えている、勿論学問的に云ったらもっと確かな、実証的な書き方をしなければ問題にはならないと思うが。だが私は前に云ったようにこの手記の主人公に対して奇妙な噂を聞いたのだが、その噂がこの手記の真実性を保証してくれるものであると私には思われたのである。

勿論噂であるから本当かどうかしらない——少くとも学問的には信拠《しんきょ》するに足らぬものであろう。実際エルブランもそれ故に私の云うことに耳も貸そうとはしなかったが——しかし噂というものはそれが事実であろうとなかろうとその人に対する全体的あるいは一部的な印象を存外正確に伝えるものであるということは否定出来ないと思うのである。

その噂というのは私の下宿の婆さんの娘が、主人公の奥さん——手記で云う「彼女」だ——から聞いたということになっている。彼女と下宿の婆さんの娘とは男女中学校で同級だったのだそうである。

まず断っておかねばならぬのは「彼女」は実際彼を愛していたし、また彼から愛されていると思っていたことだ。丁度この手記が発見された頃だと思う、彼女は風邪から肺炎になってひどく苦しんだことがあった、彼女は三日間を無我夢中でベッドの上で唸っていた。四日目の真夜中だったが、ふっと昏睡状態からさめると、彼がまるで気も顚倒してしまって、しょっ中氷枕の位置を直したり、氷嚢を持ち上げてみたり、胸の湿布に手をあてたり、殆んど五分毎にこれ等のものを取替えているのだった。彼女が薄く眼を明けると彼は喜び勇んで、また氷枕を替えた。（おお気が附いたか、苦しかったろう、もうこっちのものだ、もうすぐよくなるぞ）と彼は始終繰返した。彼女の眼には涙が溢れてきた。

（おおいいよ、いいよ、わかってるよお前さえ早く治れば）と彼も泣き出しそうになって彼女の頰を撫でるのであった。彼女はその中、四日間も病気と闘った疲れから、今度は病気をなおす力強い眠りに落ちて行った。

彼女は夢の中で彼が静かに床をとり、着物を脱ぎ、電気のスイッチをひねる音を聞いた、十五分位も経ったろうか彼女は胸苦しいのでふと眼を覚すと、彼が彼女の上にのしかかるように身を屈《かが》め、恐ろしい血走った眼で息を殺して彼女を見ているのであった。短刀のようなものがキラリと光り、彼が腕を振り上げた。……彼女は「あっ」と云って失神してしまったそうである。彼女はまたそれから三日も熱にうなされ殆んど人事不省《ふせい》だった。

それから一週間もして漸くよくなった時、彼女はあれは果して本当だったのだろうかと自分の心に尋ねてみた。けれども彼女の分析からは何物も摑むことが出来なかった。彼女は高熱に冒された頭が描き出した幻影だと考えて自分を納得させようとした。しかしそれから暫くの間は彼が何となく怖くて夜一緒に寝ているときなどもふとあれを思い出してぞっと寒けがしたそうである。彼はその後別に変ったようにも見えなかった。

奇妙の噂というのは簡単に云うと以上のようなものである。

私は彼の手記を読んでからこの噂を聞いたのであるが、どうもこの話と手記は共に真実であるように思えるのだった。彼は彼女に対して殺意を持っていた、しかしそれに気がつかなかったのである、彼は彼女を憎みながら愛していたのだ。これは彼とM・Tとの関係を考えると相当意味深重だと思うのである。

私はどうも云い足りないような気がするがそう解釈出来ると思うのである。

もし手記がその当時発表されたらどんなことになったか、あるいはフロイド学説の批判が裁判所で行われたかもしれないが、私は人の誤解を恐れて発表出来なかった。彼はまだ生きていると思うけれど、もう発表してもいいと思ったのでこれを諸君の前に御披露したのである。

天使との争ひ

　パリ大学に五年ほど学んで、光岡が日本へ帰ることになったのは彼が始めてパリにやって来たときと同じ白いマロニエの花咲く頃であった。彼は留学中に時々ケムブリッヂのキャベンディシュ研究所へ遊び意見の交換を行ったが、研究所のなかに同じ東洋人、印度のサハ氏が居ってお互に懐しい東洋の空気の匂いについて話し合ったものだった。だから、彼がいま、帰国の途中、サハ氏が教授になっておったカルカッタ大学へ立寄って久しぶりでサハ氏の顔を見ようと思いついたのである。

　そこで彼は何となく胸躍らせてカルカッタ大学のつたのからんだ校門をくぐった。物理学教室の受附には栗色の髪の美しい娘が雑誌を読んでいたが、英語でサハ氏の名を尋ねると驚いたような困惑した色がちらりと眼に光ったのである。

「あの、サハ先生は出張中ですが」

「どこへですか?」

「それが、私は存じませんので……ちょっとお待ち下さい、研究室の方を呼びますから」

と云って、席を立った、何かそこに普通でないものがあったのを光岡は感じた。

　やがてまだ大学を出て間もない背の高い青年が出て来て、やはり困惑の色を浮べながら話し出した。

　というのは彼自身はサハ教授の助手であるにかかわらず、教授がどこに出張したのか一言も知らされていないからであった。彼がある朝、研究室へ出てみると、机の上に一片の紙が載っていた——と彼は大事そうにポケットからそれを出して光岡に見せた——

　それには

「一月ほど出張するから留守を頼む」

とだけ書かれてあったのである。その出張先は誰にきいてもわからなかった。ところがサハ教授は研究所の教授で講義の義務もないから、そういう行先も告げず、出掛けることが今までにも少くなかったのだそうである。

まだボストン・バッグを下げたまま立っている光岡にやっと気がついて助手のコサムビ君は二階の研究室のサハ教授の部屋に案内した。彼は青年らしく気楽にいろいろのことを話してくれた。また光岡という名を聞くところの東洋の友人についてはサハ先生からときどき知らされているらしく、尊敬のこもった懐しそうな色を顔に顕して話してくれたのであった。

光岡はサハ氏の最近の研究のアブストラクトでも貰って帰る積りで

「この頃サハ君はどんなことをやっていますか?」

ときいてみた。すると思いがけなく

「地震動の分析です」

という返事であった。彼はケムブリッヂに居ったときは分子スペクトルの実験をやっていたはずなのである。不審そうな光岡の顔をみてコサムビはすぐ附加えて

「この頃、印度全土に地震——比較的小さいのですが——が頻発するのでその原因調査を印度政庁から委嘱されたのです」

と説明した。それから彼は外国人である光岡に気軽に彼の知っている範囲内で話してくれた。

地震計によって地動を観測してみると地震動とは無関係に土地が絶えず動揺していることがわかる。これは主として東京の地震研究所の研究がその先駆となったものである。この動揺は各地によって同一ではないが、河川の流域の沖積、洪積層の発達している地方では特に著しいのである。これは一般に脈動と名づけられているが、サハ教授はカルカッタ大学でこの脈動を測定していた。そしてここカルカッタに発生する脈動は二種類に分かれ、それぞれ平均四秒と七秒の周期を有するものであることがわかったのである。

この脈動の原因はウィーヘルト、グーテンベルグ等は海岸に打寄せる波の衝撃によるものと考え、大森博士等は低気圧と密接な関係があると考えている。サハ教授はこの土地固有の振動が、地震災害に大きな影響を及ぼすところから、その原因について研究中であったのである。所が彼が、この脈動を定期的に観測しているうちに時々、振幅が数百ミクロンに及ぶ、地震動が、混入して来るのを認めたのである。勿論そういうものは、吾々には感知出来ない震動であって、地球内部の絶えざる変動の影響であり、あらゆる土地で普通に観測され得るものである。しかしサハ教授にはその振幅が大体一定であることが奇

異に思えた。何か規則的な地殻変動が起りつつあるのではないか、そこで彼は地震計の設置されているインドの各大学各気象台へこれを認めてくれるように書き送ったのであった。

コサムビはその結果については知らないと云った。しかしサハ教授が行先も告げず出張したということはこれに何等かの関係があるに違いないのである。

光岡はこれに興味をそそられた。彼はコサムビに大学の近所の旅館を世話してもらい、暫くインドに滞在することに決めた。サハ教授に関する何らかの報知を得てから帰りたいと思ったのである。それでいつも大学に顔を出し、コサムビの研究しているメタンのラマンスペクトルをみてやっていた。

しかし彼は大学に出入していながら、ある秘かな計画があったのである。そのために彼は退屈しなかった。御承知のように彼はパリ警視庁捜査局で技術指導をしていた、いわば彼は普通の探偵が使うあらゆる技術を知っていた。

彼はいま秘かにその技術を駆使して、つまり甚だ良からぬことを企てていたわけである。

コサムビがもう少し学徒らしくない、単純でない人の悪い男であったら、光岡の周囲に何か怪しからぬ、しかし快哉を叫ぶかもしれない、ある奇妙なものを発見したかも知れなかったが彼はそんな事には全く気も附かなかった。

そのうち、突然光岡はヒマラヤを見て来ようと云い出したものだ。と云っても彼は勿論専門的なアルピニストではないから、ダージリンのホテルからただ、カンジェンジュンガ山群の偉容を話の種に見て来ようというインド旅行者のありふれた願いからの計画であった――と少くとも人にはそう云っていた。ダージリン県には立派な設備のあるバンガローがあり、このバンガローからバンガローを泊り歩いて、準備のいらない愉快な旅が出来るのである。彼は早朝シッキムへの入国のために旅券の下附願いと、バンガロー使用願いをダージリンの県庁へ出しておいた。旅券とバンガローのパスが手に入ると彼は早速ダージリン、ヒマラヤ登山鉄道の始発駅シリグリへ向った。装備品は幸いコサムビ君の叔父さんがヒマラヤンクラブのセクレタリーであったので特別に借りることが出来たのである。

ダージリンからはまずシッキムの首都ゴンタクまで自動車で行ったが、光岡は普通の旅行者のようにチベット国境ジュレップラの峠へ向う、バンガロー・ロードへは足を向けず更にタムカン・マンゲンを経てタラング河をさかのぼり、カンジェンジュンガの山懐ろに入って行ったのである。

光岡はカンジェンジュンガの山懐ろにあたかもこのすばらしい、平和な部落のあることを予想していたかのように、真直に白樺の林の村に入って行ったのである。

雪に溶けて間もないじくじくした草地にももう一寸ばかりの桜草が可憐な花をつけていた。流水の流れのほとりには三、四尺にのびたシャクナゲがピンク色の花をつけていた。光岡はこの部落で人夫を帰し、次の日取囲む雪の峯々が黎明の色に染め出される頃ひとりタラングの谷の奥へ入っていった。半歳以上雪の下におしつけられていた枯草の急斜を登り、残雪の上に軽々積っている新雪の上をゆっくり足場をふみしめながら尾根の上に出た。尾根には、はえ松のようで葉が杉に似た樹が南斜面に枝をのばしていた、どこからともなくすばらしい香気が流れて来る。草地のゆるい斜面を這い、窪地へ降りてみると、一面純白の花が咲いていていた。光岡は寝転がって花に顔を埋めた。

そのとき突然雷鳴のような轟音が谷にこだまして、ゴーと大地を揺がした。氷河が断崖から落下する音であった。彼は緊張してこの音をきいていた。むしろこの音を測定していた。このときカンジェンジュンガの雪を戴く峯の彼方に一つの黒い点がポツンと浮んだ。

翌朝人夫が上って来ると新雪の上に残った光岡の登山靴の円い跡がここで消えていた。

彼は大変満足そうな雪に焼けた真黒な顔をしてダージリンから降りて来た。彼は奇妙にもギリシヤの大理石像のように典雅な若い人を伴ってヒマラヤから帰って来たのである。彼はコサムビにその婦人アリシヤ・デュ・ガールを紹介した。

「コサムビ君、この婦人はね、カンジェンジュンガの山の花畑の中で知り合ったのですがね。

ヒマラヤ山中のイーハートヴォ地方で生れ、育ったひとです。純粋なある意味で典型的な女性ですよ。しかし近代的な理性的によく仕つけられた、僕達には非常に興味のある女性です。この国には始めて見えたので、慣れていないでしょうから、コサムビ君、どうか宜しくお願いします」

コサムビは驚嘆の念を隠し切れず、不躾と思われるほどアリシヤの面を打まもった。彼女の肉体には驚くほど理想化された線の集りが現われており、それが緩やかに快く調和しているのであった。そして暖い花のような胸からは草原のように香ぐわしい薫りが出ていた。酔わせるような恍惚とさせる薫りであった。今少し羞らいを含んで、夏水仙のように立っている女性にコサムビは未だ嘗て感じたことのない身顫いを感ずるのであった。雪眼にただれた眼からまだ涙を出しながら光岡はやがて昂奮してヒマラヤの偉容を語り出した。

しかし彼の昂奮は単にヒマラヤの故ではなかったのである。ただ彼はその理由を誰にも話すことが許されないのである。これを話すためには彼がサハ教授の研究室に出入していたとき何をやっていたかということを言わねばならない。

サハ教授が、地震動の研究から一体何を見出したか、ということはまず彼が知りたい所であった。しかしこの研究が秘密研究になっているため、彼はそのことを根掘り葉掘り、コサムビ君に尋ね、またサハ教授の研究資料を調査する自由を持たないのである。そこで彼の取った手段は夜盗のそれであった。しかし大学の建物に忍び入る位容易なことはない。彼は合鍵を自分で削って、早速サハ教授の部屋に入って、目的の資料を持出し、ホテルでチョコレートを飲みながらゆっくりとそれを調査し始めた。

地震計の記録から震源を決定することは東京帝大の大森博士の創始した事であって極めて簡単に決定されるものである。元来震源より発せられた波動の中観測点に最初到達するものは、震源から直接伝播して来た縦波であり、地震計に現われた地振動の初動のうち、水平動成分に着目すれば、これは震央方向と密接な関係をもち、震央方向を決定することが出来るのである。記録についての精細な説明はここに省略する他はないが、光岡はいわゆる不可解な地震動の震源を決定してみると、それは常に同じ箇所であって、ヒマラヤ山脈を越えチベット領内にあった。チベットはヒマラヤ地中海地震帯の起点であって、既に史上に記録されている地震も度々起っているが、サハ教授の資料によると最近殆んど毎月一度は起っているのでこれは確かに異常であり、また怖ろしい不吉な事であった。州立大学をはじめ各気象台からの報告も震源を同一地点に決定してあった。精しく云うと東経八十六度、北緯三十四度附近の地点がその震源地なのであった。一体そこに何が起っているかということを探査に、サハ教授は秘かに印度政庁の特別許可を得て飛行機を飛ばしたのであろうと光岡には思われた。これがかくされているということはその地震の原因についてサハ及印度政庁が重大な予想をしていることに他ならない。光岡もそれを知りたいと思った。それで彼はぶらりとヒマラヤに出掛けたのである。しかし彼は勿論あてなしで行ったのではない。コサムビ君の叔父さんであるヒマラヤンクラブのコサムビ氏の所へ装備品を借りに行ったとき、彼は氏からカンジェンジュンガ一体がいつもより氷河の落下する音を頻りに聞き、その一体にかなりの気温上昇が見られるという奇怪な事実を聞かされたのである。そこで彼はカルカッタからヒマラヤを越えて昆明に達する印支合同のE・C・A航空会社の技術部へ現われたものである。そこの技師は確かに今年は氷河が少く、東部ヒマラヤ一帯に地塊の胎動が見られ、上昇気流がたえずあって、近い将来に大きな変動が予想されると話した。そこは人跡未踏の場所で、未だ調査探険の計画あるのを聞いていないとも云った。光岡は自分の身分を明かし、率直にその目的を云って協力を懇願した。それは飛行機上から温度及放射線の無線ゾンデ（自記記録装置とそれを無電で通信する装置、気象の方でよく用いる）を落下傘で降し、ゾンデからの無電をキャッチしてもらいたいと云うのであった。彼はこの結果によってはあるいは印度全土の気候上の大変動が起るような事件を予報することが出来るかも知れないとほのめかしたのであった。会社側でも光岡の熱意と、事の重大さに動かされて、飛行機を出してくれたのである。

その結果は驚くべきことに、カンジェンジュンガ北方の奥深い山峡一帯は温度が摂氏十度内外で、放射線はガムマー及び中性子強度が著しく大きいのであった。地上における平均の数百倍もあったのである。これは普通に考えればその辺りに放射性物質が非常に多くあるということを意味することになる。しかし放射性物質例えばウラニウムの密度がそんなに大きくなると連鎖核反応を起して爆発（原子爆弾はそうして作られたものである）する危険が多分にある。光岡はこの恐るべき爆発が起りつつあるのではないかという予想と共にふっと幻怪な空想的な考えが浮んだのであった。それは昔からそんなに放射性物質が多量にあったのなら、吾々の知らないその地方の人間があるいはその利用法を半経験的に知ったかも知れない。そしてあの怖るべき化学的エネルギーの何億倍もある原子エネルギーを利用しているかもしれない。そうしたらどういうことになろう。そこには吾々の想像も及ばない高い科学文明が栄えているかも知れないのだ。

光岡はその無線ゾンデのなかにわざとホワイヘッドの記号論理による数式化された言葉を綴った一文を入れておいたのである。それにはカンジェンジュンガ南方にて返信を受けたしと書いておいた。もしそれほど科学の発達した理性的な人間が居るとすればそれを容易に理解し得るだろう。

ふと浮んだ光岡の幻想は事実であった。

「コサムビ君、僕は……アリシヤを君が愛してくれている――いや隠さなくてもいいよ。

気に入ったもの同志が愛し合うのは美しい若い君等の権利だ――愛してくれているのを大変喜んでいる。有難いとさえ思っている位なのだ。この人間の世間へ始めて降りて来た彼女にとって君のように心の優しい、清澄な知性をもったひとを伴侶に持ったということはどんなに嬉しいことだろう。……しかし僕はこのことが君の運命によい結果をもたらすことが出来るだろうかと心配になるのだ」

「光岡さん！　そんなことはありません。アリシヤがどんなに私の力になってくれ、私の慰め、私の太陽になってくれているか！　アリシヤは完全な、私にとっては勿体ない女性です。もし永久にアリシヤのそばに居れたら、どんなに私は幸福でしょう、私は……」

「ええ、わかっています。君がそう云うだろうということは！　……そう、その君にあまりにも心ない仕打かもしれません、君の心を辱しめるかもしれません、しかし僕は君にある秘密を伝えなければならない。――もしそのために君を不幸にしアリシヤをも不幸に（いや彼女には不幸ということはないのだ）することがあって、アリシヤが君に恋の無限の清浄な歓喜と恍惚と荘厳な情熱の瞬間を与えたということは僕等にとってまた君にとっても喜ばしいことでなければならないのだ。コサムビ君！（許してくれ給え）」

「ええ、どんなことでもおっしゃって下さい。そんなことで決してアリシヤへの私の愛は失うことはありません。アリシヤは私の心です！」

「そう、率直に云ってしまいましょう。君はアリシヤの魅力、君への大きな影響力は一体何から出来ているか分析してみたことがありますか？」

「そんなこと、馬鹿々々しい！」

「しかし、この場合は特に必要なのです。アリシヤは『人間』ではない幻なのです。いいですか。アリシヤの

『魅力の源泉』は何でしょう？　肌にとけ込んでしまうような燃える髪か？　ああしかしあの髪はイーハートヴォの理髪師ロディがロディンから作った入毛なのです。あのミロのヴィーナスのように高いすっきり迫った鼻ですか？

残念ながらイーハートヴォでは整形外科がこのインドなどとはくらべものにならぬ位発達しています。

潤おって蠱惑的なバラ色の唇ですか？

君はニトロフェニル・マーキュライトの口紅を見たことがありますか？

きらきら輝くあどけない小さな歯ですか？

それが合成樹脂で作った義歯であることを君は知っていますか？　それなら彼女の魅力は『若さ』と『生命』の健かな『女性の香り』でしょうか？　ああそんなものは君も知っている通り匂香族ベンゾールの二、三種類を混ぜれば……」

「ああ光岡さん、止めて下さい。僕はそんなアリシヤの外観的な美に蠱惑されたのではありません。あの柔順な、神秘的な美しい精神です」

「精神？　精神というのは何です？　それはアリシヤの『言葉』でしょう？　しかしよく注意してみて下さい。アリシヤは高々数十種類の言葉しか云えませんよ。ただ君のある言葉に対していわば反射的にいつも同じ言葉しか云っていないのかもしれませんよ。恋人同志がどんなに少しばかりのきまり切った言葉、ああとか愛するという言葉しか使っていないということを知っていますか？アリシヤは理想的賢く仕つけられた女です、ですから君の言葉に対しては少数ではあるが必ず意味のある言葉を云います。しかしアリシヤが君を愛しているかどうか、君が愛しているアリシヤは、君がアリシヤの上にうつした君自身の願望の幻想かもしれないのですよ」

「はははは、そんな馬鹿なこと、僕がそんな機械のように意味ない言葉に感動する。そんな物質のような肉体を愛する！　ばかなそんな！　僕はアリシヤの眼が泣いたのを知っている。抱かれた胴が戦いたのを知っている。アリシヤの心臓がなり、胸がふくらんだのを知っている。アリシヤは居るのだ。現実の精神を持って霊感に満ち満ちた……」

コサムビは熱ばんだ掌でこめかみの冷い汗の滴を拭った。血潮が彼の動脈の中で逆流し、光岡を叩き倒さんばかりの狂暴な思想が馳せ廻った。

「それはわかっています。僕の云ったアリシヤの個々のものは意味のないものかもしれません。しかし意味のないものでもそれの全体は十分に意味が出て来ます。それに君はアリシヤの精神的実在性について云いましたね。ここは最も理解し難いところです。アリシヤが君の願望の影であって、君が呼びかけたり、眺めたりしているものは、君のロマンチックな精神が対象化して射影した君の幻であって、君がアリシヤの裏に複写した君の精神に他ならないのです。

ためしに君は今後君の呼びかけに対するアリシヤの言葉、君の接吻に対してアリシヤが押しつける唇の圧力、君が彼女を抱いたとき彼女が抱き返す腕の強さを測定してごらんなさい。そこには必ず一定の様式、法則があるはずです。彼女はイーハートヴォの女です。それからもう一つだけ注意しますがアリシヤは非合理的なものに生理的に非常な嫌悪を示しますから君が吾を失って……しまうようなことがあると殺されてしまいます。今日はこれで失礼しますよ。僕は本当に悪いことを云ったかも知れませんが……(許して下さい。彼女は……)」

コサムビは地獄から罵られたような気がした。アリシヤばかりでなく人間が、人間全体が冒瀆されたような気がした。

その夕方、まだ寒冷前線は去らず嵐気味であった。ガンジス河の濁流を見下ろすアプハラール公園の椰子の並樹は乾いた音をたててざわめいていた、草や花の香りは生々として濡れ快かった。

アリシヤはふと摘んだ花の小枝を噛んでいた。彼女の全体が至高の美しさに輝いていた。

「アリシヤ!」

コサムビは苦しかった。光岡に吹き込まれた人間に対する不信が氷のように胸に焼附いていた。

「あなた、どうなさったの?」

アリシヤの熱の籠った囁き、ああこれはいつか、昨日もこんなときに——コサムビが黙しているときは必ず?——聞いた同じ言葉ではなかったか? いやしかしそんなことは!

「アリシヤ!」

コサムビは彼女を今までよりもしっかり胸に抱き寄せた。だがアリシヤは自動人形のように抱き返したのだろうか。コサムビの青い澄んだ眼から涙が流れた。アリシヤは静かにこの涙に口をつけた。

「ああアリシヤ! ごめんなさい、一瞬でも貴女を疑ったりして僕はどうかしていたのです。光岡さんの恐ろしい分析の毒念のために幻滅の悲しみのあまり頭がぼんやりしていたので。ああアリシヤ、君はいる。肉も骨も精神も僕同様にもっている。大事なアリシヤ、君を愛する……」

彼は心持よい涙に濡れた歓喜の眼をあげて彼の腕に抱かれたまま戦いている女の眼に向けたとき、彼女が既に頭をあげて彼を凝乎《じっ》とみつめているの気がついた。彼の全身はわなわなと慄えた。しかし彼はまだ彼女の本体を彼の悟性をこんなに恐ろしいまでに眩ました一道の閃きの正体を理解することは出来なかった。

分析の毒念はしかし戦慄的な勢を以て彼の心に喰い入ってしまった。彼はひもよもなく苦しんだ。しかしアリシヤの動作と言葉をひそかに評量せずには居られなかったのである。

ああ驚くべきことに、光岡の言葉は当っていた。アリシヤは自働人形のように条件反射的に運動する生物でしかなかった。コサムビが

「美しいですね、あの星！」

とか

「ごらんなさい、ガンジスの波が金色に輝いて」

とか毎晩アプハラール公園を散策するとき第一に発する言葉に、アリシヤはいつも

「いい気持ですわ、今晩は！」

と答えていたことを今はっきりと憶い出すのであった。よしそれがどんなにちぐはぐな返事であってもそのなかに無限の情調のニュアンスを彼は「幻影」したのであった。そしてアリシヤは二時間も経つと必ず

「帰りましょう、帰りましょうよ」

と云うのであった。そして彼が彼女の顔にふと凍りついたような硬い空漠とした物質的な線が現われるのに驚いて

「どうしたのですか、アリシヤ？」

ときくと決って

「何でもありませんわ、神経ですわきっと……」

といつも答えたではないか。

コサムビは自らの創《きず》に指を突込んでかき廻すように苦痛を以てこうした実例を表に作って行った。そうしてこの女性が自分にあんなに荘厳な情熱の瞬間を感じさせた女性であったのだろうかと味気なく反問した。いかに意味のない断片に自分が感動したかと愕然と思い起し、漠然とした嘲るような笑い声を立てたのであった。

光岡は異常な感情に紊《みだ》されたコサムビの言葉を聞いて

云った。

「そうですか、わかりましたか、それでいいのです。僕はここで本当の秘密を君にだけ打ち明けましょう。ヒマラヤの奥で一体何が『造られ』ていたかということを。僕はまだ誰にも云ってないのです。それを云うと常識的な野卑な人間共がその恥をしらぬ好奇心のためにアリシヤをつかまえて檻に入れるか、裸にしていじくり廻すかも知れないからです。そうするとアリシヤは教えられた通り平然と身分を羞しめる者を殺すでしょう、そして騒ぎは加速度的に拡がり、理想郷イーハートヴォまで好奇心の犠牲になるかもしれない。そうしたら僕はサハ君にもセリヤン君にもアンダーソン君にも人間の進歩のためにも申訳ないことになるのです」

「えっサハ先生?」

「いま云います。アリシヤはあれはイーハートヴォの人達サハ君達が造った最初の人工女性です。試験管の中の受精で生れ、レトルトの中、恒温槽のなかで育ち、パブロフ式条件反射法によって訓練された純粋の女なのです、彼女は漸く人間の形になったときから、次々に順々に整形手術を受けて理想的な勝利のヴィーナスを原型として作られました。そしてセリヤン君が古今の文学——ホメロスやサッフォの詩やシェークスピヤやモーパッサンの劇や小説——から択び出した純粋な美しい言葉ばかりを彼女の柔かい汚れない心に記録し、条件反射法によってそれが使われる場合を教え込みました——どうしてそんなことが可能なのか? それには莫大なエネルギーを必要とする。ええ? そう未だ何にも云わなかった。君には想像も出来ないでしょうが、イーハートヴォではCINサイクルを利用して水素をヘリウムにし、その十億ミリオン・ヴォルトの原子エネルギーですべての機関を動かしているのです、丁度太陽がその熱も補給しているように、僕等がウラニウム・プルトニューム系の元素から原子爆弾をアリゾナのロスアルモスで試験していたときにイーハートヴォの科学者達はもうパイルから自由に中性子を取り出し電子の代りに中性子をエネルギー源に使っていたのでした。そして人体に及ぼす中性子の影響も考慮されており、非常に断面積は小さいが中性子によって人間の精神的改造条件反射の固定さえも出来るようになっていたのです。もう人間はすべて試験管と恒温槽の中で理想的に生れ育っているのです。農作物と畑でなく、水耕法——温室の栄養素を入れた水の中で育てているのが僕等ですが、同様のことを彼等は人間について行っているのです。そして条件反射法を徹底的に利用して人間は大体三つに類別出来るように教育するのです。アリシヤはそのBクラスで、柔順な、優しい理想的なそして身体的には女として理想的な人間として教育された最初の人工女性なのです。そう、君はもっと具体的な方法を知りたいでしょう。追々それは話します。ああ、君、氷河の崩れる音、新しい原子世紀が出現する音、ヒマラヤ連峯の一角に超近代的な都市が忽然として盛り上る音が聞えませんか。ここではあまりに強力な、自分自身さえも破滅に導くかも知れない原子エネルギーを使用している故に、全くの理性が支配しています。理性が情念や利害によって歪みをうけることがあってはならないのです。そのときは今までの理想がいつもそうであったように自らを荒天に吹きとばしてしまうことになるのです。アリシヤはその国の人間です。僕が君に云ったのはアリシヤには君の恋をかき立てる蠱惑的な気まぐれとか我儘とか移り気とかいうものを全く持っていない。——理性的であって君に対して十分よい相手にはなれるが——そのように造られたAクラスの人間であることなのです。惑乱されるのは君ばかりだ、君の幻影だけです。イーハートヴォのアリシヤには決してそういうことがあり得ないのです……。僕がアリシヤを連れてこの地上に降りてから丁度一月になる。僕はサハ君との約束に従って彼女を連れて再びイーハートヴォへ行こうと思います」

「光岡さん！　僕も連れて行って下さい！」

「いや、それは駄目です、時期が来たら行けるでしょう。劇しい中性子放射を受けなければイーハートヴォへ上陸出来ませんから、君のようにまだ若い、慣れない頭脳は破壊されてしまいます。また帰って来ますよ、そして今度は二人で新しい理想郷を訪問しましょう！」

アリシヤはうなだれていた。そして両手で顔を蔽い、黙って泣いていた。やがて涙に濡れた気高い顔を上げてこう云ったのである。

「さようなら、私は帰ります、私は造られた人間です、機械のように条件反射的に動くことしか知りません。私は虚しい生物です。

ですけれど私は『希望』の空を仰ぎながらこの地に降りて来ました。私は不幸な私に魂を入れて下さる方にめぐり合って、その方の幻影に生命を得、その方の理想を呼吸して精神を入れ……そしてそういう方のお胸に縋って泣くつもりでございました。しかし私にはただ貴方の無情の光が映っただけでした。私は帰りましょう。私は地上の思想を知りました。常識に屈服して、御自分の神秘的な力をみて後退なさる貴方のような方がこの世界の人達であることを知りました。私に投げた貴方の幻影が何にもまして貴方の心であったのを貴方は御存じないのです。貴方は私のことを忘れようとして御覧なさい！　貴方は何をお失くしになったかお分りになるでしょう！」

アリシヤは唇に手帛をあてたまま、静かに遠離って行った。

このとき茫乎とした一条の白光が無限の天空を切って流れた。コサムビは気も狂ったようにアリシヤに抱きつき、青春の力をこめて彼女を抱擁した。

光岡は黙然と虚天をみつめていた。人間に最も本質的な、人間にさせるものは一体何であろうか？　光岡はイーハートヴォからその実験を依頼されて来た。アリシヤの最後の言葉は光岡の創ったものであった。

（作者註）紙数の関係でイーハートヴォ地方の風景について何も書けなかったことは大変残念である、いずれの機会を見て書くつもりである。

死の協和音《ハーモニックス》

芸術を測る物指は無い。それを強いて測ろうとする処に悲劇が生れる。芸術の挽歌は人類の葬送曲《フユネラルマーチ》である。

私達――私とメリー・エリオット――はエドワード・ホブソン殺人現場に立っていた。メリーはエドワードの従姉妹《いとこ》であった。

「二階建の物理学教室の東の端三十米《メートル》位からずっと松林になっているでしょう?」と盲目のメリーは沈んだ調子で話し出した。

「え? よくわかりますね、殊に松林があるというのは、確かに当っていますよ」

「そうでしょう?（と彼女は無邪気に笑った）松林は高い、波長の短い音波を散乱して波長の長い音波を大部分通過させますから、松林の向うの街の騒音の高い音が消されて松林の方向が静まりかえって聞えるのです、それにここへは度々来ていますもの……小使さんが話し声を聞いたと云うのはこの松林の方こうなのですか?」

「そう、そうです。それがちょっと妙なのですよ。殺人現場は松林から五十米も西側のここなのですからね。しかし小使のMは確かに松林の方だったと主張しているのです。悲鳴を聞いてその方へ馳け出して行った位なのですから間違いないでしょう。松林で殺してここまで引張って来たとも考えられませんからね」

「小使室はこの建物の向う側なのですね?」

「そうです、ここからは蔭になって見えませんが、十米も東へ行けば見えます」

「ちょっと手を打ってごらんなさい」

「えっ、こうですか」

と私は突然云われてどぎまぎしながら反射的に手を打った。パンパン。すると閑かな大学構内の空気から反響がパンパンと返って来た。

「よく反響するでしょう、松林は?」

「あっ、貴方の仰言るのは小使の聞いたのは山彦だったというのですね」

「ええ。そうでしょう、きっと」

とメリーは淡い微笑を浮べながら云った。私はこのエディンバラ大学物理学教室に来てから三ケ月にもなるのに松林がこんなによく音を散乱するのを知らなかった。

「そうですね！　それでMがいくら松林のなかを探しても何も見つからなかったわけだ」

「さあ、こんどはホブソンさんの研究室へ連れて行って下さい」

　私はメリーの腕を取って二階の音響学研究室に連れて行った。マイクロホンや沢山のパイプ、モーコード、大きな音叉等が雑然と置いてある。

「縦二十呎《フィート》、横三十呎、高さは十五呎、右側にモーコードや音叉が並べてあります」

　とメリーは見ているように説明した。そして驚いて顔見合せている私達に慌てて
「私は蝙蝠《こうもり》のように音の反射の様子で見なければならないのですわ、悲しい盲目ですもの」

　と言訳のように云って顔を赤らめた。

「まあ、メリー！　どうしてこんな怖ろしいことになったのでしょうね！」

　と研究室のルイゼ・ゲーハン嬢はかけ寄ってメリーの胴を抱いた。メリーはルイゼの肩に額をあて、精神《こころ》の奥で閑かに泣いているようだった。女だけの親しい涙が吾々を当惑させた。

「私達はどんなことがあってもエドワードを殺した犯人を探し出さねばなりませんわ」

　とルイゼが昂奮して叫んだが、検察当局はルイゼを有力な容疑者と見ていることを彼女は知らなかった。小使Mは松林の方から聞えてきた声高い争いと悲鳴は女の声であったと陳述していた。また現場に残された唯一の証拠はルイゼの縫取りのあるハンカチであった。

　メリーは音叉のある方を見つめていたが、

「このなかに一番低いGの音叉はあるでしょうか、Gの反響だけが聞えないようですが？」

　と云った。

「ええ？　G？　あら、本当にGだけがないわ、ウィリアム、貴方御存知？」

　と聞かれて、ウィリアム・マックマホンは
「いや、僕は知りませんよ、この間貴女、聖ヴンセント教会で反響を調べたときに使ったじゃありませんか？」

　と答えた。

「ええ使ったわ、そしてここへ確かに返しておいたわ」

とルイゼはわからないというように腕を開いてみせた。私はメリーが音叉のことを云い出したとき愕然としてその意味を覚った。

「これは重大なことですよ。私は、エドワードの頭蓋の傷口からサムプルを取ってそのスペクトルを調べていたのですがね、出たスペクトルは何だと思います?」

「わかった! 銅と亜鉛でしょう? 真鍮の!」

「そうです。真鍮の、つまり音叉のですね、犯人は音叉でエドワードの頭を叩き割ったのです」

このとき一同身慄いしたようだった。音叉という兇器が犯人を急にこの音響学研究室内に呼び入れたからである。

「エドワードは一体松林の中で誰と会ったのかなあ」

とウィリアムが呟いたが、

「ルイゼ、君は現場不在証明《アリバイ》を持っているかい?」

と訊いた。

「困ったわ、私、昨夜は早く寝てしまったから」

「そうかい、僕は起きてラヂオを聞いていたんだが」

小使は女の声を聞いたと云った、ホブソンの周囲の女性といえばルイゼとメリーしかないがと私は心の中で評量した。

メリーはこのとき
「マックマホンさんとルイゼさんのお声は丁度一オクターヴほど高さが違うのね、よく声が調和しますわ」

と独り言のように私に云った。

「エドワードは人の音声の分析をしていました、私、二、三日前に聞いたのですけれどあの方達の音声はフォルマント(特徴音域)も大体同じでよく調和する声だと云っていましたが、本当にそうですわ」

ウィリアムとルイゼはアリバイのことに夢中になっていてこの呟きは聞かなかったかもしれない。もし聞いていればこれがどんな意味を持っているか——いやそれはわからない。

メリーの手はしかし
「ね、おわかりになったでしょう?」

と云うように私の手に触れた。

丁度このときメリーの顔にはっと緊張の色が流れた。暫らくするとコツコツと廊下に人の足音がしてこの部屋の前に止った。扉《ドア》を叩く。

「はい、お入り」

とウィリアムが怒鳴ると、扉を開けて入って来たのは、燃えるように金髪の豊かな姿態を黒繻子《しゅす》のワンピースに包んだ、表情の大きい女性であった。

「ああ、クリフトンさん！」

「ホブソン先生は？」

「え？　エドワードは……亡くなりました」

とウィリアムは当惑して私の顔を見た。私はクリフトン嬢に事件の概略を話した。

「まあ、どうしたのでしょう！」

彼女は信じられぬように眼を見張った。彼女の清らかな声は私達に肉体的な快感をさえ与えるのだった。

「いいお声ですわ！」

とメリーもふと感嘆して囁いたがある無邪気な喜ばしさが顔に溢れていた。

話を聞いていたクリフトン嬢の顔には魂の杳《はる》かな絶望感がやがてだんだん濃く現われて来るのであった。

これを見てウィリアムが断ち切るように叫んだ。

「クリフトン嬢《さん》！　あのことですか？　あれは僕が引受けさせてもらいますよ、僕とエドワードは同じ研究をしていたんですから、きっとお役に立つと思いますが……」

「ええ」

と何の気なく云った彼女の声は暗かった。説明を求めるように見つめた私の眼に答えてウィリアムが云い出した。それはエドワードの理想主義的な昂揚した研究の目的についてであった。（私はその研究の最大な理解者であったメリーの口から後に更めて聞いた表現方法でここに記しておく。ウィリアムはあまりに物理的技術的であったから）

エドワードの目指していたのは人の音声の分析、母音、子音の音響学的研究から、返って多くの楽音を組立てて最も美しい人間の声を再生することにあった。彼はまず分析した楽音の合成音が、人間の感覚にいかなる反応——快、不快その他の感情——を及ぼすかを調べてみた。

この実験には音に対して当然異常に鋭い感受性を持っていたメリーの助けがなければならなかった。科学による人声の新しい美の創造に彼等の熱情は燃えた。メリーは音の表情がいかに豊かで繊細《デリケート》で懐しいものであるかを知った、エドワードはまた人間の聴感覚の微妙で完全な働きに驚嘆した。彼等はこの美しい協同作業をしているうちに彼等の日常生活の精神的リズムの中にある雑音が流れ落され、純真な原始的な暖い調和を感ずるようになった。この協同音は確かに愛情と呼ばれるものかもしれない。エドワードはこの結果をある科学雑誌に紹介した。

これは思いがけなく大きな反響を呼んだ。彼はある日研究室に美しい一女性の訪問を受けた、彼女はロンドンの王立オペラ劇場のソプラノ歌手、M・C・クリフトン嬢であった。彼女の自宅はエディンバラにあった。

彼女の真率純一な芸術的魂はエドワードの人工声に戦慄的な興味を感じたのである。彼女はエドワードの研究室で人工声の純粋な天上的な美を聞き、魂の奥まで揺り動かされた、彼女は試みに発声してみた。

そして今まで美しいと自分でも思っていた声が、どんなに雑音の混った声音であるかをあまりにも判然と知らされて涙の出る思いであった。（作者註。これはごく微妙なフォルマントの違いであって不協和音のなかに住んでいるわれわれには識別がつかないようなものである）

またそうして楽器に声を合わせるということがただ高さを合わせるということだけでなく、楽器の音の波形と人声の波形とをいかに調和させるかということにあることを知った。（作者註。楽器の音も人の声もただ一種類の楽音から成っているのでなく、ある基音の陪音等、振動数の種々異なったものを含み、あるきまった波形をしている、その特徴音域をフォルマントと云うのである、この違いによって波形が違い従って音色が違うのである）

彼女の一途な努力はこの自分の声の音色の改良へ向った、エドワードがメリーの判定から作った最も快適な人工音に合せるクリフトン嬢の発声練習が毎日曜日、エドワードの自宅であるいは研究室で聞かれたのであった。

快よい音の調和は精神に麗しいリズムを与える。この発声練習は彼等を囲む雰囲気《アトモスフェール》に玲瓏《れいろう》とした振動を与え、人々に喜ばしい感動を与えた。この感動的な練習はウィリアムやルイゼをも仲間に引入れた。

彼等はエドワードの技術的な手助けをしながらクリフトン嬢の声に心を怡《やわら》げられ何となく楽しい気分になったのである。

二ケ月もするとクリフトン嬢のソプラノは声学界の神秘とされるほど怪しく洗練された。彼女の「声」を聴くために連日オペラ劇場の入場券売場は修羅場となった。彼女は自分の輝かしい成功がいかにエドワードに負うているかを知り、並々ならぬ感謝の意を顕《あらわ》に示していた、彼女は侍女のように彼を労《いた》わり、彼を喜ばせようと気をつけていた。メリーはまだ彼女自身の芸術作品であるクリフトン嬢のソプラノを愛し、彼女の音声上の最も深いファンとなったのである。エドワードはこれ等の研究を綜合して興味ある論文を書き始めていた。

こうしたとき突然怖ろしい不可解な不協和音が彼等のオーケストラを引裂いたのであった。

メリーとクリフトン嬢は思い出の緩徐調《ラルゴー》に身をまかせていた。ルイゼは紛失した音叉のことを考えていた、ウイリアムは彼が最近発表した論文のオッシログラフの波形を考えていた。人々の精神のなかにはエドワードを主導動機《ライトモティフ》にする室内楽が和音を奏していた。

そのとき突然電話のベルが鳴って人々を驚かせた。ウイリアムが受話器を取った。

「え？　モーリス警部さんですか？　そうですマックマホンです。ええ……承知しました」

とこちらを向き、

「一人々々電話口へ出て昨夜午後九時から十時まで何をしていたか云ってくれと云うのですよ、それでは僕から云いますよ」

と彼は九時から九時半まで自室で読書、九時半から十時まで、ラヂオでベートーベンの絃楽四重奏曲へ長調作品百三十五を聞いたと云った。次にルイゼは九時に自宅で電気を消して寝んだと云った。メリーは自宅で母や妹と雑談をしていたと云った、クリフトン嬢は自宅でフィガロの結婚のアリアを練習していたと云った。

メリーは私の腕を取って小声で囁いた。

「向うの電話口にはモーリスさんだけでなく、誰かまだ――きっと小使のMさんですわ――聞いているようですわ」

そこでモーリスの意図は明瞭である、事件現場で聞いた声を吾々の中から探しあてようというのである。

ウィリアムはクリフトン嬢と熱心に発声の話をしていたが、クリフトン嬢の方は茫然としてちぐはぐな答をしていた。

「メリーさん、帰りましょう、何だか私怖しくなって来たわ」

と彼女はメリーの手を執《と》って部屋を出て行った。ルイゼははっと気が付いたように続いて部屋を出た。ウィリアムはその方を執拗に見つめていた。

誰もが誰もを疑っているような気不味《きまず》い空気が流れた。

私も廊下へ出るとメリーがただ一人立っていた。

「どうしたのです？」

「私、ちょっと気になることが……」

と云って一つの鍵を差出した、それはいつもエドワードが居た研究室の音響実験室の鍵であると云う。私はそれで実験室を開けて彼女を入れた。彼女は蒼白になって入口の柱につかまっていた。実験室は乱暴にも誰かの手で攪乱されていた。

私はまだ研究室にぼんやりしていたウィリアムを連れて来た。彼は部屋に入るなり、あっと云って立竦《すく》んでしまった、このときメリーの身体が揺いだので私は危く失神した彼女を抱きとめた。そしてウィリアムと共に彼女を抱いて研究室の長椅子の上へ寝かせた。

部屋の中は滅茶々々になっておりエドワードの設計になる発声器（真空管を利用してラウンドスピーカーを鳴らすので、多くの真空管の複雑の組合わせであったそうである）は破壊されて隅の方に片附けてあり、ウィリアムが調べてみるとエドワードの発音の分析研究の資料が大半ストーヴの中に突込まれて焼却されていた。

「これでエドワードと一緒に、彼の創ったものはみな失われたわけだ！」

とウィリアムは呟いた。

私はモーリス警部に電話をかけ、とにかく部屋のなかを一通り見廻して見たが、犯人の影をさすようなものは何もなかった。私とウィリアムは黙って顔を見合わせていた。お互いに何事かを期待しているのであった。

「僕はね、こんなことを思っているのですが」

と彼はとうとう口を開いた。

「エドワードの発音器は怖ろしく完備したものでした。その声は誰をでも恍惚とさせたでしょう、クリフトン嬢が発声練習をしているのを聞いているともどかしい位でした。彼女の声の魅力は全然この器械に光を奪われてしまっているのです。僕はこの様子を聞きながらふとひやりとすることがありました。これは全然馬鹿々々しい想像なのですがね、クリフトン嬢は今声楽界でもてはやされていますが、その声の出所が、エドワードの所にあると人が知ったらどんなに思うだろうとね、それは彼女の努力によって得られた声かも知れないのですが、誰でもこの発声器で練習すれば彼女ほどの声になれるのです。今までの発声練習はただ経験と勘でやって行くより仕方がなかったのです——それ故に芸術と云われたのでしょうが——今度はそれを正確に機械的にやって行けるのです、自分の声を分析してもらってどういう発声の仕方をすれば標準音になるかオッシログラフの上で正確に見ることが出来るのです。だから今は美声がクリフトン嬢に独占されていますが、一度エドワードの発声器が公表されれば彼女のものはすべての人のものになるのです。そうすれば彼女は少くとも今のような名声を保持して行けなくなるでしょう。僕がひやりとしたのはこれに彼女が気が附いているかどうか、また気がついたら名誉心の強い彼女は一体どうするだろうかと思ったからです。勿論これも馬鹿々々しい想像ですが、彼女が自分の育ての親を抹殺してしまいはしないかとふと思ったのですよ。考えてみるとしかしこの発声器は僕も研究してたのであるから、エドワードが居なくても僕の力で何とか作ることが出来るし、失われた資料も大抵は僕の仕事だったのでまた回復できるはずですから、エドワードと発声器を抹殺して役に立たないかもしれませんがね、それとも――（彼の声は慄えた）僕もエドワードのようになってしまうかもしれない」

私はウィリアムの想像はあまりに怪異に過ぎるし、クリフトン嬢のか弱い手でそれほどの怖ろしい戦慄すべき大事をし遂げることが出来るとは思われなかった。しかし重要なことはそういう可能性も確かにあるということであった。

研究室へ帰ってみるとメリーは起き上って長椅子の上へ腰かけていた。私は彼女をたすけ起して、部屋を出た。

メリーは物理学教室を出て暖かい春の日を身に受けると私に云った。

「ウィリアムは怖ろしい人ですわ」

「えっ？」

「先刻、嘘をつきました、あの人九時半からラヂオで音楽を聞いたと云ったでしょう。けれどあの時間、私、ラヂオを聞いていましたが、ブッシュ管絃楽団の演奏は急に事故があって取止めになったのです。ですからベートーベンの絃楽四重奏曲は聞いたはずはないのです。ウィリアムはあの時間にきっと部屋には居なかったのですわ」

一体、何のために！　彼もやはり秘密を持っているのだ！　エドワード・ホブソンという稀有《けう》な才能が人々の精神を狂わせてしまっているのだ。あるいはこの不思議な機械の力が動揺しやすい人間の精神《こころ》をかき乱してしまったのかも知れない。

グラントンのメリーの家の門口《ポーチ》で別れるとき彼女に明朝ルイゼと一緒に来て下さいと云われたので私は翌朝目を覚ますとルイゼの所に電話をかけてみたが自宅にも物理教室にも居なかった。

そこで私は検察当局の調査情況を知ろうと思ってエディンバラ署へ行ってモーリス警部に会った。彼の机の上には犯人捜査表がおいてあった。

　推定犯人ルイゼ・ゲーハン、現場における声、証人小使M、ハンカチ、証人ゲーハン家女中S、松林中のヘアーピン証人前同、不在証明《アリバイ》なし、動機、失恋、証拠日記（兇器音叉、光岡氏の分光分析より）。

「ゲーハン嬢のハンカチとヘアーピンが現場附近に落ちていたのですよ」

と警部はやや得意そうに云ったが、

「しかし、これが当日落ちたものだということは何でわかります？　彼女は毎日物理教室へ通っているのですからね」

「いやハンカチは事件当日の前の日に女中が洗ったものですよ」

と云っているときギリギリと電話がかかって来たので彼が受話器を取った。

「え？　あった？　え？　フォース公園の植込のなか？　そうか、すぐ持って来てくれ給え」

「音叉が見つかったのですね、フォース公園といえばクリフトン嬢の自宅の近所ですよ」

　彼は思い惑ったように考え込んでしまった。

　私はペンを取って彼の捜査表のなかに書込んだ。

　M・C・クリフトン、現場における声、証人M、不在証明《アリバイ》、彼女の部屋で自分のレコードをかけていたのかも知れない。当夜はエドワードと教室で会う約束であった。動機、彼女はエドワードに深い敵意を抱いていた（マックマホン氏の説明）兇器は彼女の自宅附近に遺棄されていた、その他。

　私はそれをモーリス警部に見せた。彼は頭をふって動機のところを指さした。

　私は物理学教室に電話をかけてみた、出たのはルイゼだったので、

「ルイゼ？　あ、先刻、御宅にも電話したのですがお留守のようでしたね、メリーがね、来てくれと云っているのですが……」

「私もメリーから電話戴きましたわ、メリーがね、松林の反響を実験をしたときのデータがあるなら見せて欲しいというので今探しているところですの、ええ？　ウィリアムは居りません、それではメリーの所でお待ちしていますわ」

　面会を約した私はモーリス警部と別れ早速グラントンのメリーの自宅へ向った。

　応接室にはもうルイゼが来ていて、昂奮して音の波形

写真を拡げていた。

「ああ、いいところへいらっしゃったわ、この写真を見てごらんなさい。これはウィリアムと私が昨年撮ったので、これがウィリアムの声の波形です、これが松林の反響の波形です、較べてごらんなさい、反響の方は丁度始めの声のオクターヴ高い音が強くなっているでしょう、メリーに注意されてやっと気が附いたんですけれど、この結果は大変重要ですわ、ね、小使のMさんの証言によると女の声が聞えたというのですけれど、Mさんが聞いたのが反響なら始めの声よりオクターヴ高く聞えるでしょう？　女の声と聞いたのは男の声だったのかも知れないのです」

「そうすると……」

「ええ、そうですわ、ウィリアムだと仰しゃるのでしょう？　そう考えると思い出すことがあるのです、ウィリアムは四五日前フィロソフィカル・マガジン（英国の物理学雑誌）へ人間の音声の分析研究の結果を発表しているのですけれど、それは殆んどエドワードの業績なのです。エドワードがこれを知ったら黙っているはずはありませんわ、エドワードとウィリアムとの間にはきっと何かあったのですわ、それにウィリアムは嘘の証言をしているじゃありませんか！」

メリーは沈んだ顔をして黙っていた、彼女の思いはただ失われたものに向けられていた。

彼女とそしてエドワードの創造した未来の声は彼と共に失われた！　新しい美の規準は失われたのである。再び人間は汚い野獣の声に没落するだろう。

「ウィリアムはどこに行っているのでしょうね？」

とメリーは呟いた。そうだと私は思いついたことがあったのでものも云わずに飛出した。自動電話のボックスへ入ってモーリス警部へこの結果を報告しておいた、彼は理解出来ないらしく、うるさく聞き出したので私はふり切ってボックスを出、自動車をつかまえてクリフトン嬢の宅ローン街へ走らせた。玄関《ポーチ》へ自動車をつけた私はそこから入らずに彼女の居室の窓下に廻った。

果して部屋のなかにはウィリアムが低いしかし熱っぽい話し方で何事か弁じていた。クリフトン嬢は怯えたように隅のピアノに手をついていた。話している言葉はよく聞きとれなかった。彼は一歩前へ出た。彼女は一歩下った。彼はとうとう彼女の胴を抱いた。彼女は身をそらして逃れようとした。そして首を振った。彼は手を離して、彼女を暫し見つめていた。

そのときドーンと鈍い音がしてウィリアムが崩れるようにテーブルにぶつかりながら床の上に倒れた。

クリフトン嬢は蒼白になって長椅子の上に倒れていた。疲れ切った彼女の私に語ったことはこうであった。

ホブソンさんのところで発声練習をするようになってからすぐ、マックマホンさんはときどき私の練習を聞きに来られてホブソンさんの手伝いをしておられました。その頃から私の自宅へもお見えになるようになり、いろいろ発声上のお話を致しました。

そのうちマックマホンさんは私に恋されたらしく、度々御手紙を下さいましたが、私は封を切らずにお返ししました、大変御気の毒に思いましたが、私にはそんな気持はなく、ただ音楽より他に考えたことはなかったので、諦めて下さるように御手紙を差上げておきました。マックマホンさんはそれでも度々自宅《うち》へお出でになってホブソンさんの研究は以前に自分のしていたもので近々その結果を発表して博士号を取る積りだと仰っしゃっていました。

あの方は私がホブソンさんを愛しているように思っておられたらしく、しきりにホブソンさんの悪口をおっしゃるので不愉快でした。今日お見えになったときは大分様子が変っていて、何か非常に思いつめて来られたらしいので、私は怖ろしくてお会いするのがいやだったのですが、部屋にお通ししました。

マックマホンさんは自分は私の練習をよく知っているが、あのホブソンさんの発声器は誰かのために毀されてしまったからもう練習は出来ない、私の声はまだ十分きまっていないから練習しなければすぐ崩れてしまうと云われました。私はあの発声器が毀されたことを聞いて本当にびっくりしました、そして大変失望致しました。マックマホンさんのように今までの声が崩れるとは思いませんでしたが、心配になりました。そうするとあの方はあの発声器を作ることが出来るのは自分だけだから、もし自分の希望を容れてくれるならば私のために作ってあげようと云い出されました。勿論あの方の希望というのはわかっておりました。

私はマックマホンさんのそうした仕方が大変いやだったものですからお断りしました。そうするとあの方はそれでは発声器を別にソプラノ歌手のために作って練習させるようにしよう。そうすれば私が得ている名声はすぐに地におちてしまうが、それでも宜しいかと脅迫なさいました。

私はマックマホンさんの怪しく光った眼をみているうちにホブソンさんを殺したのはこの人ではないかとふと思って本当に怖くなってしまいました。あの方はそれから私を抱いて

「私を愛して下さいませんか」

と囁きましたが、私はもう怖くて夢中で首をふりました、それからあの方は手を離し、

「貴女のためにホブソンを殺した僕は全く馬鹿だった」

と云って持っていたピストルで頭を打っておしまいになりました。

× × × ×

ウィリアムは以前からエドワードの才能を嫉視していたのであるが、始めてそれを意識したのは彼がクリフトン嬢を恋するようになってからであった。彼のプロポーズを無視し続けているのはクリフトン嬢がエドワードを愛しているからだと思った。しかしエドワードには何等人間的魅力はない、ただ彼が異常な研究を遂行したというそのロマンティシズムだけに魅力があるのだ。しかしそんなことなら自分にも出来る……と彼はエドワードの研究を自分の名で発表した。しかしクリフトン嬢はそんなことに注意さえもしなかった。そこで始めてウィリアムは勃然《ぼつぜん》たる殺意をエドワードとその発声器に感じたのである、そしてやがてクリフトン嬢にとってこの発声器がいかに重要な意味を持つかに気がついた、彼女の死命を制するのはこれだけだ、彼はその時のことを空想して不気味な笑いを洩らすのであった。しかしまだ彼は殺人を計画してはいなかった。

ウィリアムがエドワードを殺したのは殆んど偶然で、自分の研究を盗まれたエドワードが激昂してウィリアムの卑劣を罵倒したことが直接の原因となったのである。しかしウィリアムは自分の声は松林の反響で女の声のように聞えるだろうということは前からエドワード殺しの場面を空想していたときに計算していたのであろう。彼が兇器に使った音叉をぶら下げながら夢遊病者のように無意識的にローン街の方へ歩いて行った姿を誰にも発見されなかったのはむしろ不思議であった。彼が音叉を公園に残したのは、無意識にクリフトン嬢の発声器に対する異常な心理を思い出していたので、あの可能性に確証を与え嫌疑を他へ転じようという気持があったからだろう。

ウィリアムが私に話した人工的な美に対する人間の敵

意は確かにあることなのでクリフトン嬢も練習していながら、非常に不愉快なときがあったと云っているが、それがこれであったと思われる。

またこんなことを云うとルイゼに叱られるかもしれないが、彼女もあのとき嘘をついたのであの晩は早く寝たのでなく、何となく誘い出されて物理学教室まで来たのだそうである。そしてハンカチを落してきたのである。事件がこんなに早く解決しなければ彼女も確かに疑われたに違いない。

これは彼女のエドワードに対する秘かな思いがさせたのであろう。

しかし私にはこうした人間的解釈がまだ了解出来ない気持でいる。この事件の原因の本質的なものは、測り知れない人間の空想から生れた機械の不思議な戦慄と魅力ではなかったのだろうか?

異形の妖精

◎夢みる人々に！　嘲笑う人々に！（ヴェリエ・ド・リラダン）

ル・アーブルには海洋気象台がある、私がそこに居った頃であるからもう十年にもなるだろうか、しかし今だにあのとき経験した不思議な感動を忘れることが出来ない。

いまならば無線探測法《ラジオ・ゾンデ》を使うのであるが、当時はまだ十分実行化されていなかったので吾々は探測気球を使って上層気象の観測をやっていた。このときは例えば霧の深いとき、可視光線は遠距離まで到達しないので燈台が役に立たなくなってしまうが、赤外線ならば透過度がよいから、あるいはこれを使えばかなり視野が効かないときでも有効かもしれないと思われたので、赤外線の大気による吸収率を測りたいと思い気球に自記赤外線強度計を載せた。ル・アーブルから五哩《マイル》ほど北に軍用飛行場がある。

ある初夏の夜であったが私達はそこで探測気球を揚げた、航空燈台を点け、これからの赤外線が距離によってどれほど強さが違うかをみるのであった、気球には綱をつけて繋留した。特に選んだ風のない静かな夜であった。積層雲が低く垂れ込めて地上の空気を圧していた。なお晩くなってから雨が降った。さて気球は自記赤外線強度計を載せてだんだん上って行ったが、二百米《メートル》も上らぬ中に思いがけぬ突風に吹き倒され、あっと云う間に綱が切れて気球は暗い闇に流されてしまった。

私達は翌日新聞広告を出して気球を拾ってもらおうと思っていると、この飛行場に勤務していた若い伍長がもう見つけて来てくれた。彼はその夜、オートバイでル・アーブルに出張したのだが、途中で流されながら気球が落ちて来るのをヘッドライトで認めたので、それを追って拾って来てくれたのであった。

そこで早速装置を開いて自記赤外線強度計の記録を見ると、意外にも丁度地上へ達する直前に強いキックが現われていた。これはそのとき強い赤外線に照射されたことを意味する。

そこで私はあの若い伍長をつかまえてこれがどんな所——例えば焚火とか電燈の近くとか——に落ちていたのかをきいたが、彼はただ白楊の林のなか——附近には百米ほど先に別荘風の家二軒あるだけ——のややひらけたクローバーの原の上に落ちていたと云うのであった。そんなはずはないので私は彼に案内してもらってその現場へ行ってみることにした。行ってみればわかる。つまらぬ好奇心を起したものだとその時は思ったのだが、ある予感が当って些細な記録でもそれを無視し得ない科学者の潔白が、思いがけない事件を発掘したのである。

行ってみたところは確かに人家から離れた林の中であったが、別荘風の家の屋敷内とみえて別に垣もしていないが、丁度崖が三方をふさいで崖の上の白楊の林がこんもりした築地のように家をとり囲んでおり、開いている一方は自然の道になって開けた林のなかの牧場につながっており、この別荘からみるときっと牧場が林に囲まれた青々とした湖のように美しく絵画的に見えるだろうと私は少しくロマンチックな興味をそそられたのであった。しかしとにかく赤外線の光源になるようなものは何一つ見当らなかった。また昨日そこで焚火したというような様子も見えないし、ただ本当に湖のようにしんとすまして静まりかえっていた。私はこの閑《のど》けさに腹が立ってきた。別荘の住人に訊いてみようかと思って人気のないように黙っているこの煉瓦造りの家にふと眼をやると、確かに窓に人影が動いたように思ったので決心してこの家の玄関で案内を乞うた。

この閑かな牧場では誰が入って来ても物珍らしいのであろう、丁度待っていたかのようにこの家の主人らしい真率な眼附をした端麗《たんれい》な男が玄関に彫像のように立っていた。私は赤外線強度計の結果を話して、この異常現象に該当するようなことがなかったかと聞いた、勿論あるはずだと思った私の語気には答を促すような勢があった、それが意外にも冷たくかえって来たので私は愕然としたのであった。

「そのような事は全く心当りがありません、一体そのキックは記録計が地に衝突したときのショックではないのですか？」

私は改めて敵意を以て主人の動かない面《マスク》を見上げた。そこには決断の青白さが熱しており、人を反撥させる排他的な冷酷さがあったが、それが悲しい真率な眼附によって神秘的にやわらげられていた。

その言い方から私はこの男が科学技術的な教養があることを見てとったので、落下傘に取附けた記録計が、そういうショックには影響されぬことを説明して、私も科学者らしい断乎さで必ず別の原因がなければならぬことを主張した。彼の期待したように私が諦めなかったので、彼の顔には困惑の色がふっと浮んだが、すぐ消えてどうもそういうことはなかったと思うと繰返した。私はただ彼が赤外線を使う実験でも戸外でしたので、それを早く云ってくれればすぐに快く話が出来る。——科学者は無邪気な好奇心の強い子供である——と好意的に云ったのであるが、固い反撃にあって私は突然、よし彼の秘密を暴《あば》いてやるとむらむらした敵意を感じた。

私はこの家を辞すと、気象台に引返してポータブルの赤外線強度計を持ってまたこの静まりかえった湖にやって来た。赤外線の光源をどうしても探し出して彼をうんと云わせる積りであった。

強度計の針を見ながら、私は崖にかこまれた邸のやや手前から入って行った。丁度崖がせまって自然の塀の門をしているところを横切ると驚いたことに針が大きく揺れた、万歳！　私はこの針の動きに導かれてとうとうその光源を突きとめた。

それは門柱のように立っている長い年月の風雨で奇妙に曲った楡《にれ》の老樹の地上一米ほどの高さの洞の中に装置された発振管であった。何のために？　それから私は反対側の楡の木を探すと予想通り、受信用の光電管装置が見えた。

私は彼の——おお彼以外にこれを装置した人間があるだろうか？——彼の意図を半ば了解した。

即ちこれは普通に使われている盗難予防装置と同様に、発振管から赤外線の見えない糸を引き、これを切ると光電管リレーを使って人の入って来たのがわかるという仕組みになっているのである。私はこの発見に元気づいて彼に会ってこの事を詰問してやる積りだった。何故あんな装置をし、——ここは泥棒も来そうもない人里離れた所ではないか——しかも私に隠したのか？　そうだ、彼には絶対に人を警戒すべき理由、即ちある深刻な秘密があるのだ。その秘密を知らなくては！　私はふと彼の端正な異常に強勁な顔に浮んでいた思いがけない悲哀を不可解な気持で思い出した。

彼の隠遁的な生活のなかには他人のうかがうことを断乎として許さぬ複雑な深い精神生活がある、あるいは悲劇的な魂が独り苦悩している精神地獄があるのかもしれない。私には却って知ってはいけないような気もするしまたそれにもまして彼の精神生活に対する強い好奇心が湧いて来るのであった。私は精神世界にさまようユダヤ人である。私の無遠慮なロマンチシズムを許せ！

　私は持って来た計器を頼りにこの赤外線の警戒網をくぐり抜ける方法を知った。私は露骨に赤外線警防装置を探って歩きながら、背後に怖ろしい憎悪を以て私を見つめているであろう彼に肩をそびやかして公然と挑戦した。しかし私は何も云わずにそのまま帰ることにした。私は日の落ちるのを期待していたのである。

　この夜は生憎《あいにく》輝やかしい月光が楡の樹の影を小径の上に描き出していた。しかし私は出掛けた。白楊の林の中の広い牧場の濡れた草は月の光を映して湖のように小波《さざなみ》を立てていた、その湖の中の黒い島のように楡の樹に囲まれた別荘が立っているのである。遠くの方では夜鶯《ロスイニョル》が緩やかに連続する楽の音を投げていた。別荘に近づくと壁にはいのぼった忍冬《すいかずら》が甘いこまやかな吐息を吐き出し、ほの温い朗らかな夜のなかに香気を帯びた一種の生気を漂わせていた。私は自分の盗賊のような心ない仕わざがこの蒼白い壮麗な夜にそぐわない、ひとりだけこの空気から抜け出した醜悪なもののように思えて後めたかった。

　こんな接吻《ベエゼ》のために作られたような月夜、天から地上へ投げられた豊富な詩のような月夜の宏大な装飾は恋する者達を飾るのにふさわしいのである。

　おお確かに、みると私が立っていた壁から十米ほど先のテラス（であろうか？）から二つの影が寄り添うて出て来たのであった。男の方がやや背が高くて、相手の頸もとをかかえ、時々その額に接吻した。この二人は、彼等のために造られた額縁のように、彼等を包んでいるこの静かな光景を、活気立たせていた。

　私は立ちすくんで華やかな光彩で取り囲まれた恋をうっとりと眺めていた、人里離れたこの牧場に妖精のような男女がただ二人だけの時空を楽しんでいるのである。

　女の髪はときどき颯《さっ》と散って男の肩へかかった。女は手を男の肩へ載せ伸び上って接吻した。男は堅く女を抱擁した。私は身内が熱くなって激情で燃え上った。ところが見ているうちに私は背筋を冷たいものが通ったように慄然として眼を見張った。

　そのとき庭を囲んでいる楡の樹が怪しくざわめいた。

　女のひらひら月の光を切って流れる腕が多い……四本あるような気がしたからであった！　おお確かにその腕

の動きがあまりに微妙で豊かすぎる、その四本の腕が複雑な表情をして男の身体にまつわりついて動いていた。私はその異様な光景に血が逆流して全身ささけ立った、そして危く声を出して逃げ出そうとした、しかし石のように動けないのであった。なお私は眼を見開いて女をみつめた。そしてだんだんに銀色に光った女の腕の軽妙な曲線運動の韻律《リズム》と調和《ハーモニー》の美しさのために魂の底まで貫ぬかれた。やはり二本ではいけないどうしても四本でなければいけないのだ。

一本の腕は男の首に廻りついた、一本の手は男の手をまさぐっていた、そして残りの腕は男の肩を摑えて固く抱きしめていた。たとえその一本が欠けても女の愛情の表現はぎこちないものになるのである。女の大きな豊かな髪と、しなやかな腰はこの四本の腕の重さとつり合い、軽々と柔かな月の光のなかに浮いているのであった。

たゆたう女の腕の描く影は美しい関聯を持って曲線群の交響詩をかなでているのであった。そして澄み切った夜の柔い魅力に溺れて全広野がうっとりとこの不思議な女の銀色の光彩を眺めているのであった。二人は相抱きながらテラスからまた淡い光に美しいひだを作っているカーテンの蔭に隠れてしまった。

ランソン飛行場の宿舎に帰って来ると私は肉体の倦怠と魂の感動にぐったりとしてしまった。

翌朝、太陽の輝やきのうちに眼をさますと私は寝床の中で昨夜の出来事を考えてみた。そして一見グロテスクであるはずの、四本の腕が思いがけなくもいかに豊かな表情を持ち私を震撼させたかを知った。彼女のゆらめく腕の曲線の示す愛情が、むしろエロティックにさえも思えたのであった。

そしてありふれたただ二本の腕の日常的な人間の姿がいかに殺風景で無味で表情力のないものであるかに思い到ったのである。そしてまた人間の空想がいかに貧弱で四本腕の像さえも作り出せなかった。――美をいつもありふれた自然的な二本腕の人間にしか見出すことが出来なかったのを罵倒したことにさえなるのだった。

その日も十三夜の月が上る頃、私は憑《つ》かれたように楡の別荘へオートバイをとばした。車を乗り捨てて私は再び赤外線網をのり越えて忍冬《すいかずら》の壁に石像のように身を寄せ、月光に誘われてテラスに出てくる四手の女神《にょしん》の影を待っていた。

その夜は繊細《こまやか》な靄《もや》がすき透る綿のようにかかっており、白い水蒸気が、月の光に射通されて銀色に光っていた。

私は心の顫慄《せんりつ》を感じながら夢見るように長い間立ちすくんでいた。彼等は出て来なかった。そのうちに一つの茫漠とした不安が私を包んだ。私はそろそろと動き出し一つ一つの窓下に立った。更紗《さらさ》のカーテンの奥は柔かい淡い光に照らされていたが、なかは見えなかった。しかしそのうちに一つの窓の中には確かに火の暖かさが感ぜられ、こまやかな息づかいがわかるのであった、私は怖るべき忍耐力でその窓下に立っていた。

照り輝く靄は私の上衣を濡らし、しっとりした重みが肩にかかって来たけれども私はなお立って待っていた。そのうちにはっと窓際に人の動く気配がして、カーテンがさっと揺れ一瞬、カメラのように私の心になかの光景が焼きついた。私が見たものは純白なベッドに投げられたブロンドの髪と淡紅色の腕とそして白い仕事着を着た男の持っている金属のキラリとした冷い光であった。

私は一体なかで何事が起っているか了解出来なくて暫く茫然と息を殺して立すくんでいたが、ふと怖ろしい予感にとらわれ、当惑して逃げ出してしまったのである。

この当惑した気持を私はどう処理してよいかわからなかった。今までに経験したことのない異常な思想が頭のなかで馳け廻り私を苦しめた。そこで私は楡の別荘の主人ギュスターフ・ド・ラトール伯爵あてに夢中で書いた一通の手紙を残して私の魂を底から感動させた夢のようなランソン飛行場を去ってパリ・ラテン街《カルチエ・ラタン》の下宿へ帰った。

私はソルボンヌの研究室で赤外線吸収の計算をしながらも、ふと眼の前に妖精のように軽やかに歩いていた女神の微妙な四本の腕の愛情を思い出して恍惚としてしまうのであった。そして私は非望な熱望を以てラトール伯爵の返事を待っていたのである。私はこのことを誰にも話さなかった。返事は遂に来なかった。

所がそれから二週間経ったある日、私はカッフェ・アングレエで夕食をとっているとランソン飛行場でオートバイを貸してくれた例の活潑な若い伍長が入って来たので思わず立上った。

役は懐しそうに手を握り、ややもじもじしながら一緒に来たまだ若い愛くるしい娘を、許婚《フィアンセ》だと云って紹介した。私達は一緒のテーブルで夕食をとった。いろいろ話した末、彼は秘密そうに声をひそめて――貴方の……例のあの楡の別荘ですね、あそこに最近事件が起ったのですよ、ああそうだ新聞を持っていますからこれをごらんになった方が早い――

と云って彼は昨日の日附のル・アーブル日報《ジュルナール》という地方紙を鞄から取り出してみせてくれた。私は愕然とし慌ててそれに眼を落した。

それはラトール伯爵がその夫人を殺して自殺したという記事であった！　私は体が下へ下へ落ちて行くのを感じた、眼に涙が溢れてきて記事が読めなくなってしまった。私は伯爵夫人のあのこの世ならぬ美しさ、熱情的に憧憬していたあの神秘的な美が失われた！　という絶望に落莫とした取返しのつかない空虚感に襲われた。

アングレエで伍長と別れて、私は下宿に帰り、貰ってきたル・アーブル日報を気を落着けて再び読み始めた。新聞は伯爵がその夫人を殺害した原因は不明で遺書もなくまた日記類等原因探究の手掛りが一つもないこと、それから重大なことは伯爵がこの世界への通信としてただ一つ死の直前に血で床に不明の記号を残していると報じていた、記号というのはかすかに、

23, L……9320……と読めるということであった。それから私にとって非常に重大なことは伯爵は夫人の死体を暖炉で焼却するつもりであったのだが、漸く上半身だけが焼け、足の一部と靴、身についていた装身具二三点が焼け残ったことが記されてあった。

あああの美しい女神の秘密は遂に世間の無慚な好奇心の餌食とはならずにすんだのである。私は深い息をして月の出ていない暗い窓からオリオンのまたたきを眺めた。ふと頭の片隅で無意識に考えていたことが、わっと頭一杯にひろがって私はあっと云って、もう一度その新聞を見た。23, Lというのは私の住所ではないだろうか？私は書き慣れているこの数字23 Latin（ラテン街二十三番地）をふっと頭の中でくり返したのである。そうだこれは私に残した通信ではないのだろうか？　それでは次の9320というのは？　ああそうか、もしかすると……

私はとるものも取あえずサン・ラザール停車場から急行に乗り、ル・アーブルから自動車でランソン飛行場の宿舎に現われた。

ル・アーブルで当日のル・アーブル日報を買ってラトール家の事件の記事を探したが、小さくラトール伯爵の身分、経歴等が出ているに過ぎなかった。彼は隠れた電気学者で、別荘内には複雑巨大な電気装置がおいてあったと書いてあった。なお宏壮な本邸はパリ・マルティル街にある。

私はル・アーブル署長レニール警部に会って私の予想

を述べて自分で調べてみたいと切り出した。彼はこれに非常に興味を持ち、私と一緒に自動車に乗り込んだほどであった。私共は一度ランソン飛行場に寄り、すぐに楡の別荘に向った。

別荘の玄関のアーチの上には石の楯形が浮き出して、古いラトール伯爵家の紋所が附いていた、即ち青地に、中央に銀の星、エルミヌ模様の縁のついた王冠の下にパリルダ・ヴィクトリックス（蒼白の勝利——死のこと）という銘が誌されてあった。この別荘、ただ二夜しか訪れたことのないこの家には私にも生涯忘れることの出来ない神秘な思い出がある！

家のなかには意外にも変電室があり、三千ボルト高圧まで出るようになっている、これは高周波発振に使うためらしく巨《おお》きな発振器が別室に並んでいた、内部の照明は柔かい蛍光燈を用いている。

家具はすべて金属と透明なプラスティクで出来た簡潔なそして近代的《モダーン》なものであった。彼自身もそうであったと思うが私は血腥《ちなま》ぐさい現場——彼の寝室——をみるに忍びなかった。

この近代的な部屋には知性に溢れた、精神美に輝いた人間のみがふさわしい。しかるにこれが人間の原始的、ゴリラ的な血の醜悪さで無慚にも汚穢され、私の肉体的嫌悪感を呼び起したのである。

私は彼が居室にしていたと思われるテラスから庭へ出られる部屋に立って彼の超現実的芸術的な幻影《イリュージョン》を追想した。私は持って来た赤外線発振器から9320オングストローム（おお、これも見慣れた数字の組であった！）の波長を持つ赤外線を部屋中にあてて見た、死に当って彼が私に残してくれたただ一つの暗示に従って。

私は部屋を注意深く見廻した、そしてマリヤの像を飾った聖含竜の上のラトール家の紋章をはめこんだ楯形を赤外線をあてながら引いて見た。中は二段の棚になっており、上の段に一通の手紙があった。

それは果してパリラテン街二十三番地の私宛てであった。私は事の意外に驚いて立すくんで見つめていた警部に、

——ああ。日記がありますよ——

と云ってそれを下の棚から取り出して彼に渡した、そのとき私は例の手紙を誰にも知られずに無事に自分のポケットにしのばせた。

死後火中にすべき日記には人知れぬある種の苦痛が綿々と悲壮な調子で書き綴られてあった。そして時々ぱ

っと燃え上るように伯爵夫人マドレーヌに対する熾烈な愛情を吐露してあった。全体に具体的なことは一つも書かれてなかった！

——伯爵夫人は何か不治の病気を持っていたらしいですね、——えーそれとも不具だったのかな、そんな風には見えなかったが——とレニール警部が私に云った、彼は生前の夫人に二度ほど会ったことがあると云った。

私は実を云うとそんなことはどうでもよかったのである。ただ一度伯爵が真実の叫びを綴ったであろうあの手紙を読みたくてうずうずしていたのである。私は警部のうるさい質問をふり切って宿舎に帰り、部屋に鍵をかけて伯爵家の定紋のついた固い四角な封筒の封を切った。

親愛なるH・ミツオカ君ただ一度お眼にかかったに過ぎませんが永遠にただ一人の親しい友と呼ぶことをお許し下さい。

愛情のこもった思いがけない御手紙を戴き、私はまずどんなに驚いたことでしょう。そして秘密を持つ身に殆んど慣習的になっている深い疑惑を抱きながら、どんなに身を打慄わせながら拝見したでしょう。しかし御手紙を読んでいるうちに私はこれまで決して味わったことのない深い深い歓喜の情が心の底からほのぼのと上って来るのを感じ、どんなに貴方が懐しくまた嬉しく思ったでしょう。

しかし読み進むうちに私は貴方の仰言っている怖るべきあやまちをもう既に犯しているということをはっきりと取返しのつかない苦痛を以て意識し始めました。貴方の御手紙は、実に！ 実に残念ながらあまりに遅過ぎたのでした。貴方の危惧は正確に適中しました。私はいま悲痛な思いを以てマドレーヌの形骸《なきがら》を抱き幻の喪に服しています。ただ彼女のみが哀れでなりません。貴方が歌って下さった歓喜の歌はマドレーヌのためには悲しい挽歌になりました。返す返すも無念です。

私は私がまだ少年の頃に懐しい父と母とを失いました。私は後見人から莫大な金額の遺産を示されました。私は当時高等工芸学校《エコール・ポリテクニク》の学生でしたが、この使い切れそうもない遺産で年来の望みであった小さなアトリエを建てました。そしてそれが私達の若い賑やかなグループの集会所になりました。このアトリエで私達は今世紀最大の隠れた芸術家であると尊敬していたアレドレ・ド・モレージュ氏から美の形態について教えを受けました。

彼は平俗な無味な現実に捉われた美からの解放を私達

に説き、彼自ら例えば妖しく美しいスフィンクスや牧羊神を製作して見せてくれました。私達はこの奇異な姿態の投げるこの世ならぬ美に打たれてギリシヤ彫刻に養われた私達の心のなかに美の価値判断に対する巨きな転回が起っているのを感じました。

このグループのなかにマドレーヌ――シャリエ嬢――が居たのです。彼女はまだ十八のあどけない小さな娘でした。しかし美に対する感受性は異常に鋭くて、モレージュ氏の作品にまず肉体的の共感を示すのは彼女でした。彼女は生理学者の父ジュリアン・シャリエ氏と二人で暮していたのです。シャリエ氏はド・モレージュの少年の頃からの親友で彼に絶大な敬意を払っており、実験発生学の権威であると同時に芸術に衰えぬ情熱を示していましたが、これはド・モレージュ氏の感化であると考えられました。

このマドレーヌはわれわれのグループの女王でしたから、秘かに彼女に思いを寄せていた者は少くなかったでしょう。しかしやがて私は彼女と親密になりしばしば彼女の家へも出入するようになりました。後に思い当ることがあったのですが、その頃私は彼女に何か異常《エクセントリック》なものを感じて不思議でなりませんでした。しかしその原因がどこにあるかはっきりわかりませんでした。

多分異常に鋭い彼女の感受性のためだろうと思っていました。そしてある夜彼女のためにセレナードを歌おうと彼女の窓下に忍び寄った私はあっと云って立すくんでしまいました。

丁度貴方が私の家で見たのと同じ彼女の不思議な美しさを見たのでした。そしてまた貴方と同様に魂の底まで揺ぶられて扉《ドア》を突破るばかりに彼女の部屋に飛込み、驚いている彼女を堅く抱きしめたのでした。そして青年の無邪気な性急さから将来を誓ったのでした。

彼女の父シャリエ氏も私の申出を大変喜びました。何故なら彼女のこの妖しい魅力に感動出来る人は稀であるからです。

彼は貴方の想像されたように彼女の芸術そのものの美を実験発生学的に創造されたのではありませんでした。しかし彼女が生れたとき――彼女の母は彼女を生み落すと亡くなりました――その異形に一時は悚然《しょうぜん》としましたが、その中に既にただならぬ美のあることを認めて整形手術をさせなかったのです。

私は今にしてシャリエ氏の剛毅な芸術的精神に深く敬意を払っております、なぜならこうして生れた彼女には並々ならぬ多難な前途が想像されるからです。しかし彼は俗見に対抗して敢然と彼女の美を育て上げたのでした。

無遠慮な好奇心から護るために人前では寛《ひろ》い上衣《ブラウス》を着せて彼女の多すぎる腕を隠させせましたが、家にあるときは彼女の腕の表現がいかに豊かで多彩で妖しく美しいものであるかを彼女自身が知るように自然に彼女を教育したのでした。彼女もやがて自分の異様《エクセントリック》な美がいかに力であるかを意識し始め、父から譲られた雄勁《ゆうけい》な精神で新しい異形の美の創造に熱情を特つようになりました。

私は彼女と結婚しました。そして「二人だけの孤独」《ソリチュード・アウ・ドウ》をどんなに歓喜の思いで享受《エンジョイ》したことでしょう。私達は真に自身が芸術作品であり、絵の中にあるニンフとパンのように楽しく絢爛たる世界でくらしました。

しかしやがて貴方が鋭く警告された悲痛な事態がやって来たのです。怖ろしい精神の衰えが私にやって来たのです。私は自分の芸術的幻影を彼女の上に繋ぎとめることがだんだん苦痛になり、自然でなくなり虚偽に見えるようになったのです。何という精神《こころ》の淋しい変化でしょうか。ああ私は彼女が美しく見えなくなりました、怪しいいまわしいものにさえ見えてきたのです。彼女及び私の死滅がやがて来ることが予感されました。彼女の美が、いかに私の想像力によっていたかを知るようになりました――ああこの偉大な想像力はもう私のものではなかったのです――

私は彼女の不具に気が苛々《いらいら》して一層熱心に不具を確認しようとその機会を探す――憂鬱な時が来たのです。私は大胆に彼女の美を誇る勇気がなくなりました。彼女の不具を恥るようになりました。そして世を隠れてこの牧場に住むようになりました。

彼女も私と共にその創造的熱情を失ってしまいました。美というものは相手の幻想《イリウジョン》のなかに力を得るものです。私達はユダヤ人のように楡の樹の蔭にじめじめと生きて来ました。とうとう私は彼女の（本質である）余分の腕を切り取ってしまおうと考えました。

貴方がごらんになったあの夜私は自分で設計した電気メスで彼女の二本の腕を落しました。ああしかしそのときこんなに精神の堕落した私に当然の報いが冷酷にしかも今になって突然やって来たのでした。

二本の腕になった彼女は今までよりも却って無気味なちぐはぐな姿になってしまったのを私は取返しのつかない悔恨に苦しめられながら気がついたのでした。貴方が注意して下さったそのことが正しく起ったのでした。私は泣きながら自分の愚かさを呪い、彼女を不具にしてしまったことを彼女にどんなに悲痛な思いで許しを乞うたことでしょう。

彼女の神秘的な異形美《ロマネスク》は永遠に失われたのでした！ただ私とそして貴方の心に深い感動を残して！

彼女は徒らに歎いたりはしませんでした。もはや自分が失われたことを肉体を以て感じたのです。自らの生命を断った私達が今後どうするか、それをお話しすることは益ないことです。しかしどんなことがあろうと貴方が私達を憶えていて下さるだろうとそして私達の途方もない愚かさを憐んで下さるだろうと私は信じております。

この手紙はまだ差上る積りではありませんがそのときになったら確かに貴方の御手許に届くことと思います。

それではさようなら。

伯爵　ギュスターフ・ド・ラトール

私は茫然として窓から虚天《そら》を眺めた。そして恐らく寒さのためであろう身慄いして立上った。一条の白光が無限の蒼穹を横切って流れた。私はふと窓の外にじっとこちらを見つめているある影を認めた。

こがね虫の証人

サン・ラザール停車場前のクーポールで光岡は小型パンを噛りながら新聞を読んでいた。これから大学のC研究室へ行くはずであった。そのときパリ・オルレアン線が入ったのでどっと乗客が降りてきた。ふとその雑沓をみていると顔なじみのクレール警部が忙しそうにやって来たので立上って声をかけた。

「クレールさん！」

「やあ、光岡さん」

「忙しそうですね？　デジョンヌですか？」

「ええ」

「盗難事件でもあったのですか？」

「どうしてそれが！」

「まあこれをごらんなさい」

と彼はクレール警部の前に一枚の新聞を突き出した。

光岡の示す指先にはこうあった。

十五日頃、デジョンヌ附近にて黒の折鞄を拾得された方は通知されたし、相当謝礼す

デジョンヌ郵便局私書函第三号

「なるほど、フーム、カルタン氏が出したのだな、そんなことを一言も云わなかったがな」

と警部は独語を云いながら宙を見つめた。

「一体どんな事件なのですか、よかったら話して下さい。僕にも出来ることならお手伝いしますよ」

光岡は既にある特別の事情からパリ警視庁と連絡して事件の解決を図ったことがあった。（ルシタニア号事件及びミストラル号事件）

「ええ話しましょう。簡単な盗難事件なのですがね、あまり漠然としてまだ何一つ手掛りがないのですよ」

と一応デジョンヌの競馬宿、ルイ十四世館のH・カルタン氏について起った盗難事件の概略を話した。

「全く今度は幸運に見離されましたよ。偶然というやつが何一つしゃべってくれませんのでね」

「カルタン氏は盗難に全く気がつかなかったのですか?」

「そうらしいです。彼は毎晩催眠薬ベロナールを飲んで寝るので夜中には何事が起っても滅多に起きたことがないそうですよ」

「カルタン氏は寝るときに確かに窓を閉めたというのは?」

「それも当人が強く主張するし、反証もありません。もっとも彼は頑固な老人で記憶がそれほど正確でなくても云い出したら後に退かないひとらしいのでね」

「そうですか、僕にも一つ見せて下さいませんか――やはり自分で見ないと」

「ええ結構です。明朝行きますから、一緒に参りましょう」

翌朝、警部と光岡はルイ十四世館へ現われた。よく茂った楡《にれ》の並木にかくれた古城のように古風な建物で蔦がからまっている。附近は広々とした有名な種馬牧場で白楊の木の蔭にアラブ系の馬の背が見える。旅館よりやや離れて近代風のコンクリート建の廐舎が白く並んでいる。

旅館といっても、普通の住宅を改装したので、競馬で財産を蕩規したE・ジルベルト氏がそのまま親ゆずりの家を旅館としてその主人になってしまったのである。

リヨンの工業大学を卒業したという眼に奔放な光のあるジルベルト氏は
「どうも困ったことになりまして」

と早くこのトラブルを除いてしまいたそうにクレール警部と光岡をかわるがわる眺めた。

客に貸す部屋はもと来客用の寝室にしてあったかなり設備のよく行届いた一号室の外に五室あるが、カルタン老人はこの一号室で寝ているうちに身につけたあらゆる貴重品を盗まれたと云うのである。老人は二人に会うとまたしてもくり返しくり返しぶつぶつ自分の災難を嘆いてみせた、警部は聞いてもだめだと光岡に目配せした。

カルタン老人は今は二号室に住んでいるので牧場の自分の競馬馬を見に来たのだが、せかせか落着かず、廐舎に行ったり旅館に帰ったり、ひとをつかまえては暗誦してしまった愚痴を述べ立てた。

クレール警部が特にパリ警視庁から出向いたのは以前にもこの旅館、しかもこの部屋で盗難事件があってそれが警察の不首尾に終っているということの他に大きな理由があった。それはカルタン氏は最近某国を旅行して歩いたのであるが、一介の薬品会社の技師としては不相応にその国の高官から秘密に歓迎されたという事実があったことが、内偵されていたのである。このことは光岡をひきつけた。

旅館にはボルドーの銀行家ラマール氏が居った。彼はこの事件には頗る冷淡であった。いやな事件に巻き込まれて迷惑千万というような不快な顔をして庭を歩いていた。

警部はデジョンヌ署へ昨日依頼しておいた土地の無頼者の調査の結果をききに行った。光岡は一号室と、それからゆっくり旅館のまわりをみて廻った。警部は別に獲物もなくがっかりして帰って来た。

光岡は警部にどうでしたと聞かれてこんなことを云った。

「何でもそうですが、この事件の本質的なところがどこにあるのかを知らなくてはね、……単なる偶然的な盗難か。……それにしては現場に何ら偶然な跡がない。これは蓋然率的《プロバビリティ》な考えからすると極めてまれなことになりますね。計画的なものであると考えた方が、あまり整然たるこの盗難を了解するには都合が良さそうです。もし計画的なものであったとすれば計画の因果性が顕れて来なければならないはずです。同じような事態が起れば必ずこういう結果になるということがなければならない。Aという事件が起れば必ずBという事件が起っている、これは当然のことですが、盗難事件があるためには、どこかで普通とは異ったことが起ったに違いないわけです。われわれはそれを拾い出さないうちは何の推定も不可能ということになります」

と云って光岡はちょっと思い出して皮肉にちらと笑った。というのはソルボンヌ大学の市民講座（大学拡張部《ユニバアーシティ・エクステンション》の行事）で行った科学概論の講義と同じ口調になってしまったからである。

彼はこんなことを云いながら因果律の公理化から突然ニュートン力学の公理系を組立ててパンルヴェ教授に責められたのであった。

彼がこんなことを云い出すときはいつも何かある機智《エスプリ》が出ることを知っていたら、クレール警部も期待に胸躍らせてきいていたかもしれなかったが、生憎《あいにく》彼はただ啞然として学者など云うものはつまらないことを云い出すものだと思っていたのであった。

「だからですね、今晩ここで盗難のあった晩と同じ条件を作っておいて一体何が起るかをみなくてはなりません。全く同じ条件ならまた盗難が起るでしょう。しかし不幸にも私達はカルタン氏とは違う、それがどういう変化を結果に与えるかをみればよいのです。だから私は今晩ここで泊る積りです」

と云っていたずららしく笑った。それから彼は下男のマチューを招んで、庭の掃除は毎日するのかどうかをきいた。毎朝一回することを確かめた、事件以来庭を掃いたかときいた。

「警部さんが、掃いてはならぬと云われましたで……」

「そう、それからもういいから早速庭を掃いてきれいにして下さい。

こうして庭は事件前日と同じ状況《コンディション》になります。……次にはこの窓を閉めて……」

と彼は一号室をぐるりと見廻して最後に窓を閉めた。

「貴君も心当りがあったら、すべてコンディションを事件当日のように整えておいて下さい」

「え?」

警部は仕方がないのでデジョンヌ署に依頼して今日ルイ十四世館に来たH・光岡は日本の富豪でいい馬を何頭も持っている等々の噂を町中にまきちらしておいた。

翌朝、真紅に染まった雲の峰が背の高い白楊の並木の蔭に半ばかくれて、眼覚めた大地に血のような光を投げていた。燦然たる太陽が全視界を火の矢で射抜きながら姿を現わして来た。

「ああ素晴らしい朝だ! ……とにかく、昨晩は確かに盗難はなかったようですね、窓もしまっている、それから……」

と彼は露をふくんだ、芝や蔦葛で蔽われた庭をルイ十四世館のまわりをぐるぐる廻っていた。独語のように
「それは当然ですね、あの日はカルタン氏、昨晩は僕等だ。その結果あの日とは違っていることは盗難がなかったということの他に例えば……」

「何かありましたか?」

と手持無沙汰の様子で後からついて歩いていたクレール警部が云った。

「いや、庭の様子は全く変っていませんね、ただジルベルト氏の窓の下に『せんちこがね』が落ちていなかった……」

「せんちこがね?」

と呆れて警部は立止ってあわててまた歩き出した。

「ジルベルト氏に訊いてみましょう」

と光岡はかまわず彼の居室のドアを叩いた。

館の主人ジルベルト氏は部屋を三つ持っていて、その

一つに寝台をおいて居室にし、いつもそこで煙草をふかしながら、中世の騎士物語などを読んでいた。

光岡は昨晩はおかげで気持よく寝みましたとか、牧場の日の出はすばらしいですね、などと外交辞令を弄していたが、

「盗難のあった日に、貴方の部屋で亡くなったものはありませんでしたか?」

と突然浴せた。こちらは幾分どぎまぎして
「いや……その、何もありませんが」

「そうですか」

「何か? ……」

「別に……あの日とこの部屋の様子がちょっと違ったように思いましたから」

「えっ!」

とジルベルト氏は明かに狼狽した様子だった。

「あの日は何時頃お寝みになりましたか?」

「さあ、はっきり憶えていませんが、いつもと同じ頃だったと思いますから、十時半頃でしょう」

「昨晩は?」

「やっぱり同じ頃です」

光岡は少し見当がついたから犯人も間もなくわかるでしょうとかなり大胆なことを云って警部と殊にジルベルト氏を驚かした。

次にラマール氏の部屋を訪ね、同じような質問をし、その上相場の話から、自分の新研究の話までし、人工放射能物質を大量に生産して医療用に売出し、その副産物の熱を発電に使うという事業を起すつもりだなどと云った。

クレール警部はなおデジョンヌ署に電話をかけてみたが、昨晩別に変ったこともなかったということであった、あまりにも当然であったが。

パリに帰る列車の中で光岡はふと警部に話しかけた。

「先刻せんちこがね虫のことを云いましたね。あれはね、盗難のあった翌朝ジルベルト氏の部屋の窓下にこがね虫が十何匹も落ちていたのですよ。燈光を慕って集って来たのですね。ところが昨晩は二、三匹しか落ちていなかった。つまりせんちこがねの数曲線と事件発生曲線とは明らかに著しい相関がある。ジルベルト氏の居室ではあの日は何か変ったこと、例えばずっと燈火をつけ離しておいたというようなこと、――こがね虫の集合の増加の原因となる――があったことになるでしょう、ところが氏はこれを否定しています。三号室ラマール氏の窓

下にも行ってみましたが、こちらは事件当日に比較してこがね虫が落ちている数は却って増加しています、これも何か……今のところ重要なことはこれだけが事件発生と相関のある唯一の事です」

「しかしこれだけではあまり……」

「私もそう思いますがね、ピッチブレンドの僅かな電離能からラヂウムを発見し、空気のごく些少な自然電離から宇宙線の存在が発見される……どんな細いことでもそれが現実を特性《キャラクタライズ》附けるものであれば瑣末なことだからと云ってそれを逃したら全くわからなくなってしまいますよ」

光岡のポケットのなかから前からガサガサ妙な音がするので警部が時々その方に眼を遣るのでとうとう光岡も気がついて、

「ああこれですか」

とポケットから状袋を取り出して中を見せた。

「これが盗難事件を見ていた証人達ですよ」

と云って「せんちこがね」を掌の上に出した。かれは一飛びして警部の髪にぶら下った。

「ハハ……。

これは冗談ですがね、ある事件を理解するためにはあらゆる物理的心理的条件を事件があった時の状況に整えて、いわば事件の物理的心理的場《フィールド》を作っておいてそこで一体何が起るべきかということを研究しなければだめですよ。なおもしも事件が偶然的なものであったら彷徨偏綺《シコバアンクング》の様子をしらべ統計的な調査をすれば事件の特徴が出て来るでしょう。犯人の決定ということはその人間の運命に重大な関係を持っているのですから十分合理的な調査方法を取り、調査する人間の趣味性や投機的掛け引きや――すべて曖昧なものを排除して行かなければ、犯罪捜査法も個人的趣味を脱せず、いつも事件の後を追って行くばかりです。アリストテレスの形而上学から自然科学を発掘したベイコン、ボイル、ガリレイのように犯罪捜査官もその方法論的自覚で支えられなければ犯罪捜査が知性の道義的遊戯にはなってもわれわれの生活を犯罪から護る近代文明の技術とはなり得ませんよ。犯罪学は探偵小説ではなくて自然科学なのですからね、科学というのは……」

と云いかけて光岡は引返した。素人の向う見ずな議論が自分ながらだんだん横へ逸れて来そうになったからである。

クレール警部はすべて釈然としたわけではないが、光岡の主張も彼の実績に裏づけられて警視庁内に実現されつつあったのだから、十分尊重すべきであると思っていた。まして今は彼の主張による資料の確実無類の調査が唯一の光明であったのだから。

パリに帰ると光岡は実験が忙しいからとクレール警部を置き去りにしてソルボンヌへ入ってしまった。別れるときに彼はポケットを叩きながら云った。

「いまにこれにしゃべらせますからね。明後日また出掛けましょう」

警部はラマール氏、ジルベルト氏、カルタン氏の身元を洗ってみると云った。

さて約束の日になると光岡とクレール警部はサン・ラザール停車場前のクーポールで落合った。

「どうでした」

「そうですね、まずラマール氏から云いますとね、彼はやはりあまり財政状態が良くないのですね、先年の経済恐慌のときに彼のボルドー銀行は大分痛手を受けた上、今年の炭鉱ストライキでも相当損害があったようです。馬を売りたいらしいので、パリの銀行家フォーブス・フリエールと会って話しているのはそのことらしいのです。それにひきかえカルタン氏は最近急に事業欲を出しあちこちに手を伸ばしているのは事実で三百万フランである薬品会社を買収しています。パリでも大きな買物をしているので、彼の以前を知っている者は不思議がっていま す。やはり何か秘密があるらしくパリでいかがわしい人間に脅かされて少ししぼられた事があったようです。これ位でいいですか？　精しい事はお聞き下さったら話しますが」

「ええ結構です、先をつづけて下さい」

「ジルベルト氏は前に云ったようにリオンの工業大学の出で、器用な人らしくある機械のことで特許を取っています。まだ老人というほどではありませんから野心満々としているらしいですが、生憎財産を失くしてしまったのでいらいらしているらしいです。カルタン氏は始めて来たのですが、ジルベルト氏とよく話が合うらしく、化学上の発明などについて熱心に話し合っています。ラマール氏もこの方面の知識もあるらしいですが、しかし三人でよく話しているのはむしろ馬のことです。

カルタン氏の発明のことは自然二人とも聞いて知っているのではないかと思いますがね。

何故かと云うと二人ともカルタン氏からそれを引出そ

う と話をいつもそっちの方に向けるらしいのですよ。これはデジョンヌ署長が教えてくれたのですがね。しかしこれと云って特別に二人に犯罪の動機になるような事情はありません。

盗難のあった翌日、二人ともパリへ電報を出していま す。これは注意すべきかも知れませんね」

「カルタン氏は打たなかったのですか？ ……それで電報の文面は？」

「ジルベルト氏のは一三ヒユク、ラマール氏のはミアワセタというのですが。……」

「十三日というと今日ですね、ああ本当にジルベルト氏がやって来ます、おや、オルレアン線へは行かない……」

「なるほど、これはおかしい、会って来ましょう」

と彼等は慌ててクーポールを出た。

「もしもしジルベルトさんではありませんか？ どちらへおいでですか？」

「えっ」

「ロンドン連絡の急行ですか？」

と光岡が云うとあわてて

「いや、私の友人がロンドンへ行くので送りに来たのですが」

と明らかに彼は光岡の出現を好まなかったようだった。

「これからルイ十四世館へ行ってみようと思うのですが」

ジルベルト氏は仕方なく彼等について来た。

「私はね、ソルボンヌの生物学教室へ行って例のこがね虫の定位反応を調べてもらったんですがね」

と彼は警部に話し掛けた。

「結局こういうことがあるのですね、せんちこがねの定位反応のなかに保目標性というのがあるのですね、つまり光の刺戟が常に体の前方の局限せられた網膜のある部位に固定され、光源に向って真直に前進するという性質ですね、これは複眼を有つ節足動物に多いのですね、つまり光を羅針盤代りに用いて定位運動を行うのです。せんちこがねはその中でも特徴的で光源に対する運動方角が何時間も不変なのです。それにいま一つの光源に対し対刺戟的に定位して運動している時、第二の光源を点けるとそれが第一光源よりも昂奮の強い場合には第一光源を無視して第二光源にもとの定位を固持するのです。ですからわれわれの結果はこういうことになるのですね」

と云ってあたりを見廻した。

ジルベルト氏は喫煙室の方に居っていなかったのである。

「彼の部屋にこがね虫が集ったというのはね彼の部屋に強い光源のような他の部屋よりも昂奮の強いものが彼の部屋にあって他の刺戟に迷わされず真直とびこんで来たということになる、しかも昨晩は別にこがね虫は集らなかったというのは事件当日と例えば光源——電燈が違っていたことになるわけですね、で一体何故違った——例えばですよ。——電燈を使う必要があったので、それが果して事件にどういう関係があるのかということを調べなくてはならないことになるのです。次にこがね虫にとって圧倒的に昂奮の強いものは新鮮な馬糞による化学的刺戟ですが、まさか馬糞がジルベルト氏の部屋にあったわけでもないでしょう、あるいは窓下に馬糞が落ちていて——ということも考えられるので、私には妙な予想もあるのですがね。次に光刺戟の昂奮曲線をとってみますと、こがね虫の昂奮域は七千オングストロームから九千オングストローム位までのむしろ赤外線にあるのですね、これはどういう理由なのか知りませんが、そうとなるとジルベルト氏が事件当日赤外線を用いるような何かをしていたということが考えられるのです。それでね、果してそうであったかどうか、そうならばそれが何を意味するのか今度はかなり具体的な事実が摑めそうな気がするのですよ」

と光岡が笑った。警部は緊張して聞いているうちに事件が妙な方向に発展してきたのに驚いたのである。警部には人間の葛藤のもたらしたこういう事件が、全く物理的に解決がつくだろうとはどうしても考えられないのでまだ腑に落ちないのである。

ルイ十四世館に着くと、光岡はちょっと廏舎に行ってきますと云ってすぐ警部と出掛けた。暫く黙って歩いていたが、

「こっそり帰ってみましょう」

と例のいたずらしい笑いを眼に浮べて警部に云った。

楡の樹の蔭から

「おや、カルタン氏は一号室に戻って来ている……おおジルベルト氏と話をしているぞ彼はパリまで何しに行ったのかな、やっぱり……」

などと光岡は大喜びで見ている。

「もうこの辺で出て行こう」

彼はそれからすぐにジルベルト氏の居室を訪れた。

「パリはどうでした、いつもどこへお泊りになるのですか?」

「ええちょっと私用がありましてね、定宿はルクサンブールのティテルスにしていますがね、あそこから丁度公園のマロニエが花の雲のように見えましてね……」

光岡の眼は時々壁の腰板に相当するところにはめられた飾りガラスの方へ動いた。

「このお部屋はなかなか近代的《モダーン》ですね」

と云って彼は改めて部屋中を見廻した。実際シャトー風の外観にふさわしくなく、暖炉の代りに電気ヒーターが使ってあるし、合成樹脂《プラスティック》の透明な机や椅子が清潔なセンスを与えているし、壁にはめこまれたネオン燈や、白い大理石の電気スタンドや電話などもこの部屋の居心持良さを示していた。

部屋を出ると光岡はくつくつ笑いながら警部に云った。

「あの部屋はなかなか設備がいいですね、飾りガラスの中に隠し扉まである、あそこから一号室へ抜けられるのですね」

「ええ!」

「隠し扉は光電管リレーで開くのですよ、赤外部の光線でリレーが作動するようにしてあるとみえますね、彼はあの日——そうあの電気スタンドに赤外線の発振管でもつけて扉をあけ、ついでにこがね虫を招び寄せて……」

「カルタン氏のところへ忍び込んだのですか?」

「そうらしいですね、一号室にも——そうだ押入の中かな——隠し扉があって、よく調べれば始めからわかったかも知れなかったですね」

「そうですか、それでは……」

「まだ急ぐには及びませんよ、今日はここで帰って明日パリで摑まえましょう」

光岡はそれからカルタン氏に会って犯人は大体わかったから安心して下さい、ただ盗まれたものは全部は出来ないかも知れないと云った。カルタン氏は妙な顔をして聞いていたが、なかに大事なものがあるのでそれだけあればよいのだと云った。それは何だと聞くとなかなか云わなかったが遂に急に声をひそめながら云った。

「これは秘密なのですが、私はある重大な発明をしましてね、その資料が盗まれた鞄のなかにあるので、それさえ出たらいいのですがね」

「そうですか、所がそれがむずかしいのですよ。それを早く仰言って下されば良かったのですが……」

と云った。カルタン氏はそれだけはぜひとも返さないととくどくどと云い立てた。

パリへつくと警部は毎日サンラザール停車場でジルベルト氏を待っていた。三日目、警部は遂に現われた彼を尾行してパリ中をひっぱり廻され、漸く彼がティテルス・ホテルへ入ったのを見届けたので後をルクサンブール署のマルセル刑事に頼み、すっかり疲れ切って大学街の光岡の下宿にやって来た。

光岡はあい変らず書物と表《テーブル》の山に埋って計算機をがちゃがちゃ廻していた。

「どうでした計算の結果は?」

「私が思うに盗難のあったあの一号室には盗難があった部屋に残っている緊張《シュペンタング》が少なかったですね、あの旅館にはもっと混乱があっていいのですよ、盗難が作った心理的場がもっと人間を昂奮させていいのですよ。ところがそれが少いのですね、それは緊張の解放があったと見るべきでしょう。例えば犯人が見つかったとか、始めから犯罪が起らなかったとかね、むしろ緊張はパリの方にあったのです、そうでしょう、事件の物理的場は?」

「驚きましたね、ジルベルトはカルタンと一緒に汽車を降り、お互いに緊張した顔をして——きっと汽車の中で喧嘩でもしたんでしょう——黙って一緒に車に乗ったのですからね」

「ははあ、つまり盗難事件は彼等の予定の計画だったのですね、あまり整然としてザハリッヒでない事件はよくそういうことになる……」

「もう一つ驚いたことにはこの車を私の前にもう一つの車が尾行しているのですよ」

「なるほどこれが某国のスパイというわけですね」

「どうしてそれが?」

「何故と云って、そんな大事な発明を、競馬宿まで持って来ることがありますか、それは盗まれるために持って来た——つまり始めからそんなものはなかったのかも知れませんよ、盗まれたとして永久にこの世から葬り去ろうとしたのでしょう、計画は大きいがあまり細工は上々ではなかったですね、それ位のことは誰にだってわかるでしょう。——実を云いますとね、僕はね、あれからカルタン氏の広告と同じものを三日間毎日すべての新聞に出してみたのですよ。勿論私書函の番号は僕のものにしましたがね。ところがね、あまり期待していなかったのに今日通知してくれた人がありました。ソーヴァジュ街十六番地でH・C・シャリエという人ですがね、これから行こうと思っているのですが、どうですか一緒に行ってみませんか」

と云うので警部は疲れ切っていたにもかかわらず非常な好奇心にそそられて光岡と一緒に出かけた。ソーヴァジュ街はごみごみした露地のような通りであった。十六番地は汚い古ぼけたアパートで門番からシャリエ氏の部屋をきいて、部屋のドアを叩いた。現われたシャリエ氏と顔を見合せお互いにはっと息を引いた。シャリエ氏というのはジルベルト氏であった。

鞄はこの部屋にあった、中に一匹の「せんちこがね」がはいっていた。

盗んだのは予想通りジルベルト氏であった。カルタン氏はこの発明がいかに重要であるかということとそれをどこに隠してあるかという事を云ってジルベルト氏に暗示を与えたのであった。所が盗んでみるとそんなものはないのであった。カルタン氏はジルベルト氏が盗んだことは知っていたが、勿論知らぬふりをしていた、一杯くわされたジルベルトの方も中に何も入っていなかったと云うわけにも行かない。そこで奇妙なかけ引きが二人の間に始まったのである。ジルベルトは某国にこのことを知らせてやると云って脅かしたが、カルタン氏は知らぬ存ぜぬで押し通した。ところがジルベルトは丁度光岡の広告にふっと眼を止めたのである、この広告の主はあるいは某国のスパイではないだろうかと。彼はこのスパイにカルタン氏の秘密を暴いて一儲けするつもりであった。しかしスパイはもうそのことは察知していたようである。というのは翌日警部がルイ十四世館へ行くとカルタン氏が行方不明になっていた。それから不思議なことにボルドーの銀行家も同時に居なくなっていた。ボルドーへ行って調べてみると、ラマール氏はこの事件のあった期間中はずっとボルドーに居ったことが証明されたということである。

光岡はもう少し自分に時間があって、事件の心理的場を精細に組立てて行けたら、そのスパイをも捕えることが出来たのにと残念がった。

清滝川の惨劇

一

昨年八月の初旬の日曜日であった。清水警部と当時府の高等探偵嘱託であった私は、休日の一日を利して大堰川へ鮎釣りに行ったことがあった。秋津村の村長は警部の親爺の友人なので、この村長の家に土曜日の晩は泊めてもらい、翌朝村役場に届けを出して釣りに行くはずであったのだ。所が生憎《あいにく》日曜日は朝から雨で、昼頃からは土砂降りになり、せっかくの休日が台無しになったのをこぼしながら、村長の所から土産《みやげ》に鮎を三尾ばかり貰ったのに慰められてタクシーで帰ることになった。大堰《おおい》川の支流は清滝川となって美しい杉の植林の山峡を縫って流れているのだが、この川に沿うて聚落《しゅうらく》があり、従って自動車道路もこの川に沿うて蛇行しているわけだ。

この道路は京都から関山まで省営バスも通っているが、雨の日や雪の日は地盤が緩むのと、視野が遮られるので、事故が多いのである。吾々が京都から三里ばかり手前の小野郷村と中川村との丁度中間位のやや視界が開けて、ずっと下の方に清滝川と対岸の杉山が煙って見える所へ来ると、川へ下りる斜面に数人の人が雨の中に蠢《うご》めいているのが見えた。近づいて見ると地元民が集ってがやがや云っているし、警察官も来ているので、また事故が起ったなと察せられた。清水警部は車を停めて巡査から情況を聴取した。それによると、タクシーが一台真逆様に川中に顚落し、運転手と乗客が即死したと云うのであった。

事故があってから発見されるまでは数時間経っており、事故がどうして起ったかについては何等判っていなかった。ともかくハンドルを取り損ねて車を踏み外した跡は土砂の崩れから判断出来る。またここ《そこ》は川までの斜面は石を積んで土砂の崩壊を防いであったので、車を踏み外すと真直に川まで顚落して、叩きつけられたのであろう。川までの斜面に植えてある杉木立にひっかかって助かるというよくある僥倖も得られなかったのである。従って現場は惨澹たるものであったそうである。

車体は屋根を下に大破しているのが道路からも望見された。運転手も乗客も全身に打撲傷を受け即死したものと思われた。乗客は顚落の途中で車からほうり出されたらしく、車よりは手前に落ちていたのだそうである。省営バスの事故があった時、ほうり出された車掌と乗客が助かった例があるが、その場合も運よく杉木立にひっかかったためである。ほうり出されるというのはどういうメカニズムによるのか、私には被害者が墜落当時生存していて車体から必死に這い出したのではないかとも思われた。丁度巡査からその話を聞いているとき、この悲惨な犠牲者の死体が運ばれてきた。清滝川の清流に血を洗われた死体は異様に蒼白で、かつ傷口も露出して骨まで見えている部分もあった。乗客の方は後頭部を岩角に叩きつけられたと見え、大きな断ったような傷口が露出して、それが致命傷と思われた。私は何となく念のため傷口からサムプルを切取っておいた。別にその必要もあるまいと思ったが、スペクトル分析にかけて傷が何によってつけられたかを調べてみたかったのだ。運転手の方もやはり前頭部その他全身にひどい打撲傷があった。

この方もスペクトル分析のためのサムプルを取っておいた。乗客は所持していた名刺からM製作所専務の三木氏と知れた。私は三木氏とは未知であったが、製作所の技師をしている息子の新吉君とは同窓であったから彼の家を知っていた。そこで吾々は三木氏の死体を運ぶのに吾々のタクシーを提供した。運転手の方は幸い後から来た空の車が丁度同じ「相互」タクシーのものであったから、それに託された。

私は新吉君の悲嘆を思うと、何と云ってこの悲しむべき事実を告げたらよいかと車中で思い惑った。上加茂の三木氏の自宅へ着いてからの家族の悲嘆については私は書く術《すべ》を持たぬ。

三木氏はその日休みではあるが製作所へ行くと云って、この家に同居している秘書の江上君と一緒に、自分の車(三十年型フォード)で太秦《うずまさ》の製作所へ出掛けたのだそうである。三木氏は自分で自動車を運転出来る。江上君も同様だそうである。ところが昼過ぎてから江上君だけが独り自動車を運転して帰って来た。江上君は三木氏から、今日は休みだからもう帰ってよいと云われて帰って来たのだそうである。三木氏は夕方まで社に居るから五時頃車で迎えに来てくれと云われたということであった。三木氏が何故この清滝川沿いの関山街道をしかもタクシーで飛ばしたのか誰も理解が出来ないのであった。勿論会社の用事とも考えられなかった。

二

翌日私は実験室のスペクトロスコープで前日取ってきたサムプル――運転手の前額骨と三木氏の頭蓋骨――のスペクトルを調べた。運転手のは予期した通り、鉄及びニッケルのスペクトルが著しく出たので、自動車の車体で打撲傷を受けたと推定された。ところが、三木氏のは、鉄かあるいは岩にぶつかったのならシリマンのスペクトルが顕著に出るだろうと思っていたのが、意外にも鉛のスペクトルが著しく出たのであった。タクシーの車体に鉛を使っている所は恐らくあるまいし、また外へほうり出されたとして顛落の途中あるいは河床で鉛の器物に打つかったというのもあり得べからざるように思った。そんな所に鉛の器物があると考えられないからである。すると過失死ではなく他殺の疑いが濃くなって来るのであった。

三木氏を一撃惨殺してタクシー諸共、後から突き落す残虐な殺人の光景が私の頭に浮んだ。

驚いた私は早速三木氏宅を訪れ、新吉君に会ってすぐに私は切り出した。

「お父さんの持物で何か紛失したものはありませんか?」

「調べてみましょう……しかし何故です」

「まだ確かではありませんが、他殺の疑いがあるんです。……しかしこれは誰方《どなた》にも仰言らない方が良いと思います」

新吉君の顔は瞬間色を失った。そしてすぐに立って行った。やがて帰ってきて、

「今、母と小間使いに訊いてみたのですがね、所持品は今朝出た時と変りなさそうです。ただ……」

「え、何です?」

「ただ、これは確かでないのですがね、父の事務室兼書斎になっている部屋の鍵束《かぎたば》ですが、これが全部あるかどうか判っていないのです。……というのはこの部屋で使われているはずの鍵は、部屋のドアの鍵、机の鍵、小文庫の鍵と金庫の鍵と4つあると思うのですが、3つしか見つからないのです」

「失くなっているのは何の鍵かお分りになりません

か？」

「ええ。しかし調べてみればわけのないことです」

彼はすぐにその４つの鍵を持ってやって来た。私も見てくれと云うのでついて行った。まずドアが鍵で開けられた。次に机の引出しが、次に手文庫が開けられた。鍵はもうそれでないのである。私共は顔を見合せた。ある同一の不安が私共の頭をかすめた。

「しかしその金庫の鍵というのは誰方《どなた》かごらんになったことがありますか？」

「私はないのですが、母と小間使いと江上君（云い忘れたが、彼の家庭は、彼及《およ》び三木氏未亡人、女中二人、小間使い一人と秘書の江上君が同居していた）を喚んで来ましょう」

不安な面持で入ってきたこれ等の人達に同じ質問が彼から発せられたが、金庫の鍵及び三木氏が金庫を開けているのを見た者もないのであった。従ってその鍵が紛失したのか、どこかに保管されてあるのか、判然としないのであった。

この金庫の中には、少なからざる金額の現金、証券類及び多数の宝石類、その他に三木氏はもっと重要なものも入っていると云ったそうである。夫人のつける宝石類も三木氏自身が金庫から出し、誰の手によっても開けさせなかったそうである。

私はともかく書斎及び金庫に注意するように新吉君に託して三木邸を辞し、府庁へ清水捜査課長を訪問した。彼は私のスペクトル分析と金庫の鍵紛失の結果を聞いてさっと緊張した。私は金庫を開けたいという新吉君の意向を伝えると、彼は早速嘱託の錠前屋を呼んで開かせようと云い出した。すぐに錠前屋に電話をかけて三木氏邸へ来るように云い、さあ行こうと私を促してサイドカーで三木氏邸へ向った。

三木氏の書斎は洋室で東と南が庭に面しており、広い窓があるが、厚いカーテンがかけてあって熱気でムッとする。カーテンは四角い部屋のすべての壁を蔽っているのである。机《デスク》は東向きに、金庫は西側の壁にはめこまれている。北側の壁には大きな暖炉がある。東側にドアがあって廊下によって他の部屋に接続している。清水警部は一通り部屋の顔を記憶し、次に金庫に注目した。彼はポケットから拡大鏡を取り出して鍵穴を精細に調べて腑に落ちかねるように眉をひそめた。やがて錠前屋が来たので清水警部と新吉君と私の立会で金庫が開かれることになった。彼は暑いこの部屋で——警部の注意でカーテンは降ろしたままになっている。――額に大粒の汗をかいて鍵を合せた。見ている方でも眼もくらむような気がした。しかし彼の専門的な熟練を以てしても金庫は開かなかったのである。彼はちょっと普通の手段では開きませんとエキスパートの頑固さで断言した。清水警部は考えていたが、やがて、こう云って私共を驚かせた。

「あの金庫はやはり普通の手段で開けるのではないのですね。金庫の鍵穴の附近にちっとも傷痕《きずあと》がないのですよ。鍵穴に鍵を入れるときには必ず痕がつくので、それでこれを最近開けたかどうかなどということがわかるんですがね。一つもついていないのですから、よほど注意して鍵を使ったか……いやそれよりももっと他の開け方があると考えた方がいいと思うのですがね。……貴方はこのことについてお父さんから何もおききになっていないんですか？　そうですか。何か厄介なことがありそうですね、どうも。よく注意しておられた方がいいと思います」

新吉君はそれとなくこの部屋に注意することにし、警部はなぜ三木氏が関山街道をタクシーで飛ばしたかを知るために、M製作所へ行って三木氏の足取りを調べてみると云って邸を出た。

私はちょっと気がついたことがあったので暫くこの部屋に残った。

三

翌日朝、私が大学の研究室に来て間もなく、清水警部から電話があって府庁へ来てくれないかと云うので、早速行ってみた。

「どうでした？」

と私はM製作所での昨日の収穫をきいた。

「いろいろの事が分りましたよ。三木氏の自動車はアルミニューム・ペイントで塗ってあってよく分るらしいのですね。看守にきいたらすぐわかりました。一昨日日曜日に三木氏の自動車は確かに会社の門をくぐったそうです。午前八時頃。所がね、十時頃また出て行ってしまったと云うんですがね。それから二時頃帰って来てまたすぐ出て行った。例の土砂降りのため誰が運転していたかは分らないと云うんです。江上君の陳述と合っているのは二時頃会社を出たという所だけですね。その前に自動車が出たとすると、その自動車には誰が乗っていてどこへ行ったのでしょうかね、これは一度江上君にきいてみる必要がある……。彼はどうかな、信用出来るかな。……それから『相互』タクシーへと寄ってみたのですがね、あの墜落した自動車、京三二〇五番は午前十時頃太秦のM製作所から呼ばれて行ってその後帰って来なかったのだそうです。昨日の所はそんな所ですが、あのM製作所の内で何が起ったか、それが知りたいですね。今日はもう少し深入りしてみようと思ってますが……ああ、それから云い忘れましたが、あの日は日曜日でしたから、会社は休みだったのですが、会社の門をくぐった事がわかっているのは三木氏と江上君の他は庶務課長の金井氏と技師の並木氏は確かに憶えていると看守氏が云っていましたが、これは記憶しておいた方が良いかもしれませんね。ええと、これから江上君にきてもらって精《くわ》しい所を知りたいと思っているんですが、貴方も立会って下さい」

と彼は立って三木邸へ電話をかけた。

「江上君いるそうですよ。すぐ来るでしょう」

この課長室の吾々の向い合って坐っている机の真上にはシャンデリヤが下っていて、それにはマイクロフォンが設備してある。この部屋で語られたことは隣室で秘密裡に記録することが出来るのである。これも私が清水警部のために設ってやったのである。隣室には化学分析の装置と写真のための暗室があり、引伸機もおいてある。スペクトルスコープも置くように云ってあるのであるが、スペクトル分析は少し熟練を要するのでまだ設備していない。しかしこれだけでも他の警察部に対して清水警部が自慢出来るのであるから、わが警察界の科学的貧困さが知れるのである。

やがて江上君がやって来たので昨朝以来の彼の行動が改めて訊ねられた。重複を避けて簡単に記すと、前に云ったように彼は午前八時頃三木氏と自動車でM製作所へ入った。

約二時間ほど専務室の隣室で書類の整理をして、退屈になったので——三木氏から云われた用事二三の手紙を書くことはすぐに済んでしまった——丁度やはり三木氏との用談が済んで手持無沙汰にしていた庶務課長の金井氏と近所の映画館へ入った。映画館を出たのは一時半頃だったと思われた。三木氏は専務室に居たが、もう帰って宜しいまた五時頃迎えに来てくれと云われたので自動車で上加茂《かみかも》の家へ帰った。従って三木氏の自動車が雨の中を製作所から出てまた帰って来たという時間には彼は映画館に居たことになるわけで、彼もその点については何も知らないと云った。

私共が三木氏の死体を見たのは四時ちょっと前と憶えている。事故があったのはそれから数時間前と推定されているから——これは検屍の結果であるが、一方、二時に小野郷村を通過した京都行省営バスの運転手は事故のあったことは知らなかった——時間の点では多少の喰違いがあるようにも思われた。それから三木氏には敵があったかどうか訊かれたが事業上の敵は勿論あったと思うが、卑劣な手段で事業を拡張したという話も聞かぬし、大体彼は温厚な技術畑出身の人であるから、敵と云うほどの敵はなかったと思われると江上君は答えた。江上君には三木氏の死が他殺であるらしいという事は未だ云ってないのであるが、彼にもそれと察せられたらしく緊張していた。

「実はちょっと思い出したことがあるんですが……」

と切り出した彼の話は意外の光をこの事件に投げたのである。

「十時前だったと思いますが、専務に電話がかかってきたのです。丁度この時専務は庶務課長室に行っていて留守だったのです。それでただ伝えてくれればよいと云うので、僕が聞いたのですが、何でも谷川という人から で、誰かが重態だから来てくれと云うのです。確かユキコとか女の名前の人が重態らしいのです。それだけ伝えてくれればわかるからと云うのでした。専務に伝えるとちょっと意外な顔をしていましたが、分ったと云っておられました。それから僕は映画館に行ってしまったので知らないのですが、専務はその谷川という人の所へ行ったのではないでしょうか?」

清水警部はフームと云うように腕を組んだ。

「谷川氏というのは貴方は心当りがないのですか?」

「ええ、ありません、奥さんにでも聞かれたらいかがでしょうか?」

「そうしましょう。仮にその人の所へ行ったとして、なぜ自分の自動車を使わなかったのでしょうね。そしてなぜ小野郷村なんかに行ったのかな。タクシーを呼んだのは貴方ではないのですね」

「ええ、勿論私は知りません。僕は昨晩このことに気がついたので、地図を調べてみたのです。それでわかったんですが、小野郷の少し先に高原療養所があるんです。谷川というのはそこに居る人じゃないかと思うのです」

「ああ、そうか、それには気がつかなかった。確か白塗りの立派な建物で、府立の病院だ。そうだ、それだね、一つ高原療養所へ行ってみよう。……江上さん、どうも有難うございました。お蔭で大分判ってきそうですよ」

と大喜びの清水警部は江上君に感謝した。江上君は帰った。

「どうです高原療養所へ一緒に行ってみませんか？」

「いや、それよりも三木さんの所へ行って谷川氏が何者かきいてみた方が良くはありませんか。私も金庫のことで調べたいことがあるのでこれから行こうと思っているのですが」

「そうですか。何か心当りがあるのですか。じゃそうしましょうか」

と云うので吾々は再び三木邸を訪れた。

例の書斎へ夫人と新吉君に来てもらってこの谷川氏の何者であるか知っている所を云ってもらった。新吉君は全然知っていなかったが、夫人は漠然とではあるが、三木氏の友人であると断言した。しかし夫人は会ったこともないのである。多分十年ほど前外遊した時、三木氏がパリで知り合った外交官であろう、またユキコ（由紀子）というのは彼の夫人であろうと思われる、この人についても何も存じていないというのが夫人の言であったが、由紀子の名が出た時かすかに暗い蔭が夫人の眉をかすめたことを私は見て取った。何か家庭上の不安な秘密があったに相違ないと思われた。従って夫人の証言がどれほど信をおけるか疑問であった。

異国に日を送った者のみが知る、遣瀬《やるせ》ない人恋しさは往々旅する人のかりそめの友情を踏み越える場合があるのを、私は承知していた。三木氏にもそういう事が無かったとは云えまい。

清水警部もその辺の事情について了解したらしくともかく高原療養所へ行ってみようと私を促した。なお私はこの書斎の中にある発見をしたのだが、それは後にわかることである。さて吾々は警部のサイド・カーに搭乗して小野郷村へ向った。昨日の雨ははれて青々とした杉植林の美しい画廊のような関山街道を疾走するのは快適であった。

高原療養所の受附で入院者名簿を見せてもらうと確かに谷川由紀子の名があった。二階の十七号室である。警部は
「この方はよほどの重態なんですか？」

ときいてみた。すると看護婦は意外にも
「いいえ、まだ軽い方です。両肺に気胸をされていま

すが、近い中にどうこうということはなく、却って快復期にあると云って宜しいでしょう」

と云った。私達は顔を見合せた。（疑い！）

丁度谷川氏が来ておられると云うので――彼は一日の殆んど全部をこの病院で過しているのだそうである――谷川氏に面会を求めた。応接室で吾々は初対面の挨拶をした後、警部は始めた。

「三木さんのことは御聞き及びでしょうか？」

「ええ、知っています。どうもとんだ災難でしたね。あれの責任の一班は私にもあるので申訳なく思っています。丁度あの日家内がちょっと熱を出しまして、不愉快なものですからヒステリーを起しましてね、三木さんに会って話したいことがあると駄々をこねるので、私も仕方なしに三木君に電話をかけたのですが、――ああそうそうその時は秘書の何とかいう方が電話口に出られました――三木君はそれでここへやって来る途中、遭難されたのでしょう。全く気の毒なことをしました。私が電話をかけなければよかったのですね。今日これから奥さんに御眼にかかってお詫びを申上ようと思っていたのですが」

と元外交官であるという彼の端正な顔が曇った。彼は全然三木氏の遭難を信じているのであった。

「電話は何時頃おかけになりましたか？」

「さあ、十時頃と憶えていますが」

「日曜日なのになぜ御宅へ御電話されなかったのですか？」

「以前からいつでも会社の方へかけるように三木君に云われていましたので」

「失礼ですが、奥様にお眼にかかることは出来ないでしょうか？」

「……いま寝《やす》んでおりますし、……三木君のことは……」

「そうですか、いいえ結構です。それでは大変失礼いたしました」

彼の答は明快であった。私達は混迷《こんめい》を感じた。やはり過失死だったのだろうか。しかし傷のスペクトルは？

私共は帰りに念のため再び現場を調査することにした。今度は河床まで下りて大破した車体を隈なく調べてみた。血が水で洗われているので後部座席に血が附着しているか否かは判然としなかった。勿論鉛の器物などは見当らなかった。私は車体の後部についていたペイントにある疑いを持ったのでサムプルを取っていると、

「あっ危い！」

と警部が、私を斜面の石畳に押し倒し、自分もそこに伏せた。と凄じい物音がして、私共の背後に直径一米《メートル》位の岩が二つ三つがらがら落ちてきたのであった。岩は河床に当ってはね返り、飛沫を飛ばし吾々をぬれ鼠にしてしまった。一丈以上もある斜面の上の自動車道路には今ギヤをかけた一台の自動車がガソリンの煙を残し京都へ向けて疾走して行った。タクシーは更に岩のため押し潰されて滅茶滅茶になっていた。

「おお助かった！　畜生！　ひどいことをする。吾々の後を跡《つ》けて来たんだ！」

と警部は唸った。しかし、これも偶然と云えば云えるのである。もっとも警部はもはや偶然とは思わなかった。見えざる敵に対する闘志が勃然《ぼつぜん》と満ちて来るのであった。

「しかし向うで動いてくれれば結局こっちには有利ですよ。手掛りを残して行ってくれますからね」

もっとも今度の私共の危難に対して彼等は何等の手掛りも残さなかったのである。確かに自動車道路をその時黒エナメルの自動車が通りタイヤの跡を残した。しかしそれとこれとは何等の必然的関係もない。

四

それにしても清水警部は未だ憤怒が治まらないようであった。彼は心の中で復讐を誓っていたのであろう。私は金庫の事に想を奪われていた。私はもうわかっていたのである。

「……金庫の鍵が漸く判りましたよ」

彼は唖然として、私の顔をみていたが、

「本当ですか？　それは素的だ。鍵はどこにあったんです？　早速あけてみようじゃありませんか」

「ええ、そうしましょう。ちょっと大学へ寄ってくれませんか。七つ道具を取ってきますから」

私は研究室からテスターや真空管を入れた鞄を持ってきた。これが電気技術屋の七つ道具である。三木邸へ着くと私は新吉君だけに書斎に来てもらった。

「この金庫には始めから鍵はなかったのですよ。実際清水さんの仰言ったように。鍵は赤外線……（と私は机の上に載っていたナショナル型四球のラヂオをボックスから引き出した）……おや！　誰かこれをいじったものがある。私が高原療養所に行っている間です、新吉君、貴方ですか?」

「いいえ、僕はラヂオなぞ今始めてあるのに気附いた位です。誰ですかね。私はずっと注意していたのですが、この部屋には誰も入らなかったはずです」

「これは重大です。後でそれとなく調べて戴けないでしょうか。実は今朝伺ったときこの金庫の明け方がわかったんです。ここに真空管の入る穴がありますね。ここに熱陰極電子管を入れてこのラヂオのスィッチを入れると、これから赤外線が発射されるのです。回路はラヂオのとパラレルに入っているんです。赤外線が金庫の鍵穴から多分そこに装置してある光電管に作用すると、継電作動装置になっていて鍵は外れるのだと思います。そう気附いてからちょっと思いついてラヂオの増幅用のと整流用の真空管を入れ変えておいたのです。もし誰かが金庫をあけようと思ってスィッチを入れると真空管が間違った回路に入れてありますから切れてしまうはずですね。……ところが切れているのです。ごらんなさい。スィッチを入れても球が点《つ》きません」

「そうですか、誰かな。すぐにきいてみましょう」

「いいえ、それは後にしてこの金庫を明けてみましょう」


私はテスターで回路の電流電圧を測ってから、持ってきた熱電子管から適当なものを撰んで挿入し、スィッチを入れた。ブーンというブザーの音が何となく神秘的に響いてきた。金属の把手《ノッブ》を採り、廻すと静かに扉が開いた。扉は鍵穴のある側の方は開かなかったが、その裏に光電管継電装置が設備されているのであろう。開かれた扉の背後《うしろ》から桐で出来た四つの引出しが見えた。新吉君は一番上の段をあけた。何も入っていなかった。次の段……も空であった。……遂にどの引出しにも何等一片の紙片さえも入っていなかったのである。第四番目の引出しにはYという記号が入っていた。

新吉君は真青になって今にも倒れそうであった。警部はフーと溜息をついたが、やがて拡大鏡を取り出し、引出しのあらゆる隅を捜査し始めた。後に金庫の把手に附着している指紋を取ったがこれは錯雑してはっきりしなかった。

五

私が金庫の明け方を発明したという事は別に特筆すべき事でもないのだ。清水警部が普通の鍵でなく別に開け方があるのだろうと暗示したとき、私は既に電子管応用の開閉装置に想当していた。電子管が現代における科学工業の進展にいかに大きな寄与をしているかという事は既に一九三二年に雑誌エレクトロニックスが編輯した理化学及工業界における電子管の応用概観を見ればそれについて知識を有しているものもその広汎さに驚くであろう。測光装置としての応用、照度計露出計、高温度計から転換装置としての応用であるトーキー・写真電送や特に光電管によれば光が電気的に転換されこれによって種々の動作を自動的に行わせることが出来、今まで肉眼が受持っていた役目を一層確実に果してくれるのであるから、この種の応用、即ち制御装置としての応用は殆んど際限を知らない。光継電装置の応用としての扉開閉の例も私は知っていた。実際この装置は有効であろうが、その確実性の点では多少の不安があるのである。例えば電源が停止した場合とか真空管の寿命がきた場合のこと等を考え常に保安と調整が必要であるし、殊に光源として普通のランプを用いる――つまり金庫の光電管へ普通の光を照射する――とすると例えば夜間盗賊が鍵穴を照すためにランプを点けた場合等に開く怖れがあるし、また一度人に開ける所を見られると意味をなさなくなるから光電としてよほど特殊な秘密なものを使わねばならないことになる。だからこれ等を確実にするためには特殊の光源、特性のわかった光電管装置を使うはずであるから、簡単には開け方がわかるまいと少々悲観していたのであるが、ふと机《デスク》のラヂオの前面が丁度金庫に相対しているし、ボックスにスリットが明いているのに気が附いたのでラヂオをあけてみると、果して真空管を挿入する穴がある。しかもこの回路がラヂオの回路とパラレルになっているから、ラヂオを聞くふりをしてスィッチを入れ、光源ランプのこの真空管を点けるのだなと始めてわかったのである。しかもその真空管は抜いてあったけれど、その特性と番号と思われる数字がボックスに書入れてあったので案外早く光源ランプを探し出せたというわけであった。次にこの光源用真空管――熱電子管――を抜いたのは誰だろうかということが疑問だった。三木氏が抜いたとすれば手近においてあるだろう。と思ってひとまずこの書斎の中を探したが見当らなかった。こんな大きなものはそう面倒な所へ隠せない。どうも三木氏が抜いて秘密な場所へ隠したとするのは不自然に思った。してみるとこの扉開閉の秘密を知った侵入者が抜いて行ったものであろうか、とすれば事は重大である。それで私は今朝念のため、ラヂオの真空管を入れ換えておいたのであった。

さて扉を開いてみると果然中の貴重品はすべて紛失していた。しかもわれわれの留守にラヂオのスイッチを入れたものがある！　それは勿論金庫を開くためであろう。

私共はこの秘密をお互の胸にだけしまっておくことにした。まだ果して盗難があったかどうか――あるいは三木氏が他の所へ保管しているのではないか――判然としないからである。

また盗難があったとしても我々がそれに気附いていないと見せた方がより都合が良いだろう。ここで私共はこれから捜査方針と分担を相談した。この捜査はまず検事局へ報告せず秘密裡に我々だけの力でやろう。第一に新吉君は、誰がラヂオに触れたか、また光源用真空管を持っているものがこの邸内に居るか、それは誰かを調査すること。次に清水警部はM製作所内において起った事実及び三木氏の足取りを探査することにした。私は金庫か光源を細工してともかく一応金庫に、警報ベルをつけることにした。これも今は全く空になっている金庫には不必要とも思われたが私はこの用心が無意味ではないと思った。それから別に考える所があって、捜査の技術面だけを受持つことにした。とにかくこのような分担が決ったので我々はカーテンを降した蒸暑い書斎から出ると丁度応接室から眼を泣きはらした夫人に送られて元外交官谷川氏が出て来た。

「いま、奥様に御詫びを申上げたのですが、本当に申訳なくて……ああこれは新吉さん、この度は御力落しでしょう。実際三木氏の遭難の責任は私にあるのです……」

と新吉君に私共が聞いたと同じ事情を話した。清水警部は清滝川の岩石落下の事が忘れられないので谷川氏に対しては感情を押し殺したような態度で挨拶した。彼は谷川氏を怪しいとにらんでいたのであった。何らの根拠もなかったけれど。彼は今に高原療養所の秘密を暴いてやると心に誓っていたのである。

三木邸を出てから、清水警部はふと私にこんな事を云った。

「この金庫の一番下の引出しですね、Yと書いてありましたね、あれは由紀子の頭字《イニシャル》じゃないかと思うんですが、どうでしょう?」

「なるほど、すると……」

「三木氏と谷川夫人とは表面以上に相当深い関係にあるのじゃないですかね。でそれの証拠になるようなもの、例えばラヴ・レターのようなものがあそこに入っていたと考えられると思います。

とにかく誰にも開けさせない金庫に入れておいたということからしても……そして谷川夫人が療養所へ三木氏を呼んだという事も考え合せてみて……谷川氏は何等かの方法で、このラヴ・レターを手に入れた。そしてこれを種に三木氏を難詰罵倒し遂に嫉妬の余り、彼の乗っていた自動車を突き落した……いや、三木氏の頭の傷からすれば、嫉妬の余りふと三木氏が後を向いた時何か鉛の器物で一撃した。三木氏がこの致命的な打撃で即死してしまったのに驚いて彼を自動車にのせ、自動車諸共清滝川に突き落し、遭難に見せかけたのではないでしょうか、どうも彼が三木氏の惨死を遭難々々と宣伝し過ぎるような気がするのですがね」

「なるほど、一応それで説明がつきますね。ただ三木氏が何故自分の自動車で療養所へ行かなかったかという事と、三木氏の自動車が十時から二時までどうしていたかということが疑問ですね」

「しかし自分の自動車で行けば、人に知れる心配があるじゃないですか? 谷川夫人と三木氏との関係は人に知れてはいけないんですからね」

「そうも云えますね。そうすると三木氏の自動車は——会社にあの時確かに居たのは並木技師ですね——彼が失敬して用を足してきたというわけでしょうか」

「なるほど、そうかも知れません。これから行って探って来ます。それからもう一度高原療養所に行って兇器を見つけて来ようと思っていますがね」

六

翌朝私は現場から採ってきたサムプルのスペクトル分析を研究室の同僚に依頼し、三木邸に出かけた。金庫に警報装置をつけるためである。現場から採ってきたサムプルというのは例の大破した京三二〇五のタクシーの後部には破損した箇所があるのでそれを調べてみると後から他の自動車が追突したために出来たものの如く判断された。それでそこに附着したペイントを分析してみればどういうペイントで塗った自動車が追突したか判るわけである。もっともこの痕がいつ出来たかということは分らないから、その時受けたものと確言することは出来ないが、重要な参考資料にはなるであろう。

　三木邸へ着いてから私は早速新吉君に収穫をきいてみた。だが、今の所まだラヂオに触れた者は分っていないということがあった。彼があの部屋から問題の時間内に眼を離したのは、一度便所に立った時と、昼食の時である。便所に立ったのは極く短時間であるから、その間に侵入者があったということは考えられない。殊に金庫をあける目的のもとに入ったとは考えられない。昼食の時は新吉君はお母さんと食膳についたのだから、三木氏夫人は問題でない。また女中一人が給仕していたからこれも該当者ではない。小間使いともう一人の女中は別々に食事したので新吉君の眼を逃れて入ることが出来たはずである。しかし彼等はそれを否定している。なお江上君は会社に行っていて問題にならぬ。またこの時間に外部より入ったと思われぬ事もないが、今の所その証拠はない。というのが彼の報告であった。この点最も嫌疑の色が濃いのは小間使いであろうと思われた。しかし彼女は身元は確かな者である。

　私は例の書斎のラヂオの光源用回路を切り、それにベル装置を挿入しておいた。ベルは机《デスク》の下の紙屑籠に入れ、配線は書物などで隠した。こうしておけば侵入者がラヂオのスィッチを入れるとベルが鳴るわけである。これだけの細工をして私はスペクトル分析の結果を見に、研究室へ帰った。所が途中でばったり清水警部に会った。

「どうも困りました。M製作所へ行って並木技師に会ったのですが、彼は工場に居たから三木氏の自動車のことは少しも知らないと云うのです。それは確からしいのです。看守の部屋で看守達と昼食をしたんですからね。それから看守三人と巡査五人が当日来ていたのですがね。お互いにその時間には居たことを認めています。もっとも当日来て今日来ていないのが二人ありますが、看守達はあまり問題にはならないと思います。江上さんと庶務課長は映画に行っていたのですから、当日来ていた人間で三木氏の行動だけが判らないというわけです。しかもそれについては誰も知っていないのですよ。これじゃ何もならない……。新吉君の方はどうでした」

私はその報告を彼に伝えた。それから現場で採ったサムプルの話をし、これからそのスペクトル分析の結果を見に行くから、一緒に来ませんかと誘った。分析の結果は友人が表にしてくれたが今それを書く必要もないであろう。ただスペクトルにはアルミニュームが顕しく現われアルミニュームペイントであるというのであった。これは重大な結果である。アルミニューム・ペイントで塗った自動車は三木氏のを除けば京都市内に何台あるだろうか。清水警部は省営バスを除いて恐らく一台もないだろうと云った。もっともこれは調べればすぐわかることである。もし塗り替えないとすれば確かに谷川氏のではない。

彼のは黒エナメルのである。清水警部はこの結果に大分ショックを打けたらしかった。

「してみるとどうしてもM製作所を出た三木氏の自動車が怪しいわけですね……。いやそれは三木氏の自動車ですよ。タクシーでそんなペイントに塗ったのは見たことはありませんよ」

と云って彼はあたふたと飛び出して行ってしまった。私は慌てて彼の後を追った。私もM製作所の探査に協力する積りであった。しかもそれは丁度都合が悪かったのである。今までの試行錯誤式無方針の捜査のため、私は顔は知られてしまっているし、既に社内で専務惨死事件に対してある風説が立っていたから、もし犯人がこの内部に居ても警戒して尻尾を摑まれるような失策は見せないだろう。私は丁度大学生の夏期勤労を製作所に依頼するために来たと云えば以前にもその事で来たことがあるから、怪まれずに庶務課長に会えるから、それとなく当日の様子に探りを入れることも出来るであろう。

私は金井氏に会うと、早速大学生の経済的な苦境を述べ、もし使って下されば十分役に立つだろうというような事から、会社経営上の問題等を話し……専務の急死にちょっと哀悼の意を述べ、頗る如才がなかった。

「丁度日曜日にもこちらに見えておられると聞きましたので雨が大分降っておりましたが、伺ったのですが御留守のようでした……」

「日曜日？　ああ、退屈だったもので秘書の江上君とちょっと映画を見に出ましたが、その時に来られたのですね。どうも失礼しました……」

当日の様子を少し聞いてみたが、疑うべき事もない。私は物足りなさを感じつつ部屋を出たが、多分机《デスク》の上の文鎮に使うのであろうが鉛の獅子の置場がちょっと気になった。これを借りて帰って分析してみたかった。

丁度その頃清水警部は製作所から二町ほど離れた映画館、太秦映画劇場の管理人を摑えてこんな問答をしていたのである。

「M製作所の金井さんと江上さんを君は知っているかね」

「へえ、よく存じております。時々見えますのでね」

「この前の日曜日にも来られたかね?」

「ええと、そうでした。憶えています。何か新しいフイルムの事で話しかけられたのを憶えています」

「それは何時頃かね」

「そうですね。まだ一回目が写る前ですから十時二十分よりも前でしたでしょうね」

「じゃあ、そのときはまだ館の非常口なんかは開いていたわけだね」

「まあ、そうでしょうね……、はあ、お帰りになったのは私は憶えておりませんが」

清水警部は江上君と金井氏のアリバイに多少の不安を覚えた。開いている非常口から抜けたのではないだろうか。

私が製作所を出ると警部は道路の電柱の蔭に私を待っていてくれた。私共は以上の情況をお互いに交換した。それまでに彼は警察部へ電話をかけて市内の自動車全部についてペイントのリストを作成してくれるように依頼しておいた。私共は歩きながら次のような意見を述べ合った。

「どうも私が昨日云った谷川氏への嫌疑は改訂する必要がありますね。……私はこう思うんですがね。三木氏の殺害がどこで行われたか知る必要がありますが、ともかく三木氏は谷川氏から電話を聞いてタクシーで出掛けた。それを知ったM製作所の誰か――これは少くとも江上君は知っているわけですね――が三木氏の自動車で後を逐い、途中あるいは高原療養所かで惨殺しておいてからタクシー諸共突き落した、というのはどうでしょう」

「しかしただ殺すためだったら、三木氏がタクシーで行くのを後から突き落すだけで十分と思いますがね。何か三木氏と彼等の間に悶着があってちょっとしたはずみで殺されたのではないでしょうか」

「なるほど、そうですね。それが何だったか分ればいいわけだ。そしてそれがどこで起ったか分れば……。どっちにしても江上君も金井氏も一応疑ってみる必要がありますね。スペクトル分析の結果からしても、それにアリバイも完全なものじゃない」

「私はやはり、M製作所で三木氏と庶務課長の間に何かがあったと思いますね、あの机《デスク》の上の置物はどうも気になる。江上君はそれを知っていたが何か庶務課長と利害関係があって却って金井氏の犯跡を隠すのに助力したのじゃないかと思います。そして丁度谷川氏からの電話があったのを知っていたので、しかも谷川氏はどこに居るかも知っていたのでしょう。――三木氏が小野郷へ行く途中の遭難と見せようとしたのじゃないでしょうか？」

「しかし今までの事は谷川氏が三木氏を殺したとしても云えそうですね……」

その日はそれで私共は別れた。

翌朝早く私は三木邸からの電話で起された。

「もしもし光岡君ですね。実は昨晩、いや今朝の三時頃書斎に泥棒が入ったんですよ。残念な事に逃がしてしまいました。今江上君と捜査しているんですが、すぐ来て戴けませんか」

さては私がかけておいた罠にひっかかったんだな、しかし逃がしたとは！　私は大急ぎで三木邸に馳けつけると清水警部はいち早く来ていて既に書斎の探査に当っていた。書斎から廊下で続いている最も近い部屋に寝ていた新吉君は例の私が仕掛けておいた警報ベルによって起された。犯人は一旦ドアを開けて廊下に出たが、新吉君が廊下を走って来るのを見るや、引返して書斎の窓をあけて庭の植込の中に身を躍らした。新吉君がその窓まで来たときは犯人の姿は見えなかった。江上君もベルの音に目を覚したとみえ、――彼の部屋は新吉君の部屋の西隣であった――半分裸体のまま出て来た。これは午前三時十分頃であった。庭は一面に芝生がしいてあるので足跡は歴然としていない。

また犯人は黒い布で顔から体を蔽っていたとみえた。新吉君は廊下で彼をちらと見ただけなのである。邸の周囲の築地は高さ五尺ばかりだから乗り越えることが出来る。門の扉は閉っていた。これが新吉君の情況報告であった。事実南側窓下の植込のつつじの枝は幾箇所か折れて散乱していた。建物に沿うて芝生が倒れている部分もあったが、それで犯人の足跡を判断することは危険であろう。また築地を乗り越えた跡もない。その他足跡のような歴然たる証拠は見出されなかった。この犯人の捜査は困難と思われた。丹念に小さな遺失物を探すのが賢明であろうか。清水警部は植込の蔭に私を呼んで耳打した。

「こういう思いがけない故障で逃亡して犯人が証拠を残していない時は経験上邸内の人間が犯人の場合が多いですからね。私は邸内のすべての部屋を秘密裡に調べたいのですがね。新吉君に頼んで皆集めてもらい、書斎で金庫の秘密の話でもしていてくれませんか？ ……それからこれは書斎の窓下で拾ったものですがね……。どうですか。そうですか、やっぱり」

清水警部の依頼で私は金庫の見えぬ鍵について説明し、ついでにベル警報の罠まで実演した。素人眼には光電管を使う扉開閉は神秘的に見えるから、皆驚いて聞いていた。四十分も経ったであろうか突然清水警部が入って来た。

「ちょっと女中さんに伺いますが、このガウンは誰方《どなた》のですか？ 貴女方の部屋の押入に入っていたのですが」

と絹の黒いガウンを差出した。これを見て二人の女中は吃驚《びっくり》し、決して自分のではない、見たこともないと強く主張した。

「そうですか。それでは犯人が押入に突込んで逃げたものとみえる。……今度は江上さんに、……おや貴方の足に血がついてますよ」

「えっ、気がつきませんでしたが、先刻新吉さんと植込の中を探したときに引掻《ひっか》いたのでしょう」

「そうですか。血はこのガウンにも少しついているのですが。しかしそういうことはなさらない方がよかったですね。もし貴方に嫌疑がかけられているとすると、犯跡を昏《くら》ましたのではないかと却って疑われます。……それはそうとこれは貴方の部屋にあったのですが、貴方のものですか？」

と一箇の毀れた真空管を出した。光源用熱電子管である。

「えっ、これはどこにあったんですか？ 私は全然知りません」

「机の鍵のかかっていない引出しの中です。まあ指紋を採れば誰のだかはじきに分ります。それはそうと貴方は大分嘘を仰言いましたね。事件当日十時から一時半まで金井さんと映画館に入っていたと云われましたが、十時に入られたのは確かですが、すぐに二人で映画館を出られたのです。これは調査が出来ています。それから三木さんの自動車のことは何も知らないと仰言ったが、十時から二時まで、貴方と金井さんがその自動車に乗っておられたのです。その自動車でどこへ行かれたか、それは清滝川へ顚落大破した車の後部についていたペイントで分ります。(江上君の顔色は漸次《クレッセント》に蒼白になり、警部の言がいかに彼にショックを与えたかを証明していた)それからまだあります。貴方はその金庫の明け方は知らないと云われましたが、実は知っておられたのです。というのは貴方が何を仰言ろうとこの真空管が貴方のものであるということは確かですから。なぜと云うとこの真空管のガラス片が貴方のズボンのポケットに……」

と云って彼は江上君のズボンのポケットに手を入れて一片のガラスを取り出し

「この通り入っておりますから」

江上君は倒れるように長椅子へ腰を下した。

「しかし貴方が三木氏殺害の犯人でないことはわかっていますから御安心下さい」

ここに集った人達にはこの意外な事実と捜査経過を一つも知らされていなかっただけにその驚愕は大変であった。三木氏未亡人は卒倒して新吉君に抱かれて書斎を出た。あまり警部の芝居は強過ぎた。勿論諸君も気附かれたように警部の最後の真空管のガラス片云々は彼の打った手品である。

清水警部は昨日は多忙であった。もう三時も過ぎていたのに高原療養所へ行ってアルミペイントの自動車が日曜日ここへ来なかったのを確かめるや急遽引返して、府警察部へ行き既に作ってあった自動車のペイントのリストを見た。果して彼の云った通り省営自動車を除きアルミペイントの車は市内に一つもないことが判明したので、今度は私が気にしていた金井氏の鉛の置物を盗み出したのだそうである。それを顕微鏡で見ると赤血球が附着していたので私の予想が大分確実になった。そこへ今朝の事件である、彼は勇躍してやって来たのである。彼のここで発見したものは書斎の下のガラス片だけであった。これが光源用真空管のガラス片であることを私から聞くと、予て怪しいとにらんでいた江上君の部屋から真空管を見つけ出した。そして彼はこのガラス片を江上君のポケットから取り出すという手品を使ったのである。彼は真空管の事を江上君に訊ねた時彼の右手がズボンのポケットに触れたことを見逃さなかった。また植込に窓から飛び降りた時に出来たのであろう江上君の脛のかすり傷と彼の今朝取った活動を説明するにはこれで十分と思ったのである。真空管からは果して江上君の指紋が発見された。

七

しかも江上君の告白によって知られたこの事件の全貌は清水警部や私が予想していたのとはよほど違っていたのである。

江上君は三木氏の友人の息で、早く孤児になったのを三木氏に引取られ養育された。三木氏の信用を得て秘書になり、また偶然の事から金庫の謎も一部知っていたのである。ただ彼はそれを利用しようとは思っていなかったのである。一方金庫のYというのは警部が予想したように由紀子の頭字《イニシャル》であった。その中にはやはりパリ時代に取交した谷川夫人とのラヴ・レターが入っていた。そのことを知った谷川氏は実際ひどく三木氏を嫉妬し、何とかして彼に復讐したいと思っていたのである。それで谷川氏は元彼の下の属であった金井氏によからぬ考えを吹き込んだのである。即ちこのラヴ・レターを手に入れそれで三木氏を脅喝しようというのであった。江上君は都合の悪いことに太秦にある某撮影所の映画女優に引かかって金井氏に少なからざる金額を融通してもらっていたので金井氏にラヴ・レターの所在も探してくれと依頼されたとき断り切れないのであった。そしてそれが金庫の中にあることが分ると金井氏にそれを窃盗することを強要された。ここで彼は拒絶すればよかったかもしれない。しかし彼は金庫を開ける秘密を知っていた。金庫の中には莫大な金品があることも知っていた。それが誘惑になったのである。

彼はある夜Yの引出しからレターを盗み出した。どうせ知れることならすべてを盗み出す積りだった。しかし入っているはずの金品は見当らなかった。金井氏はレターを手に入れると三木氏を恐喝し始めた。三木氏は少しずつ法外な金額を出してそれを買い取った。しかしとうとう我慢し切れなくなった三木氏と厚顔な金井氏との間が決裂し、彼等の間に必死の格闘が起った。それが日曜日の午前九時頃雨が沛然《はいぜん》と降っている時であった。金井氏のふと触れた鉛の置物はとうとう三木氏の生を奪ったのであった。金井氏は死体の始末に窮したが、江上君は詭計を案じ過失死と見せかけるため、自動車で死体を運び、呼んだタクシーを先行させこれを例の現場で突き落し、後で三木氏の死体を投げ落したのであった。それからすぐに谷川氏に電話をかけ谷川氏から三木氏に夫人が重態であるという電話をかけたことにしてもらって三木氏が高原療養所へ行く途中で遭難したように筋書を作ったのであった。谷川氏は三木氏の死亡に対しては勿論快哉を叫んだ位であるから、この計画に喜んで協力したのであった。この芝居がいかに巧妙であったかは、物的証拠を持ちながら私共も度々眼を昏まされた事でも分るのである。実際現場からのサムプルのスペクトルという退っ引きならぬ証拠がなければこの事件を単なる過失による遭難と誰でも信じたであろう。なお江上君は金庫の中にあるべきものを探すために昨日一度と今朝金庫を開けてみたのである。この性急なやり方は自らの破滅を招いたのであったが、彼はこの莫大な金額の金品を盗んで三木邸から姿を消す積りであったのだ。もっともこうすれば彼等の芝居の破綻となっただろうが彼はただ一身のみの安全を願っていた。三木氏は江上君が最初に金庫を開ける以前にレターを残して金庫内のもの全部を某銀行に金庫を借りそれに保管しておいたのであった。三木氏は自分が不慮の死を遂げることがあったそれより五日後に嫡子の新吉にその金庫の符号を知らせてもらいたいと依頼してあったことが後に銀行から係員が来て始めて知れたのであった。五日後というのは慎重な考えであった。

それから例の清滝川で私共を圧殺しようとした岩石投下は何人の手によって行われたものか、清水警部の熱心な調査にも拘らずやはり判明していない。彼は始めから谷川氏であると思っていたし今でもそう信じているが、谷川氏はそれを否定しその証拠もないのである。なお忘れたが江上君と金井氏が映画館に入ったのは勿論アリバイを作るためですぐに非常口から抜けたということは警部の推察通りである。

附記　この話は一九三五年、ニューヨーク警視庁編輯の「犯罪捜査における分光学の応用」（三百五十頁）に掲載されている事件を当事者の友人光岡博士の記憶や公演記録を参照して筆者が幾分興味本位に紹介したものである。この書物はこの表題の問題に対し興味ある多くの例が集録され、警察当局は勿論、探偵小説愛好家にとって一読すべきものであると愚考するにも拘らず一度も紹介されたということを聞かないから、文学的才能の欠除せる一学究である筆者は内心じくじたるものがあったのであるが敢て発表したのである。しかも他の国々においてはこの報告はよく読まれており、光岡の名が相当専門家の間に知られているにも拘らず我国において却って少しも知られていないということは甚だ残念である。なおこの報告には光岡の取扱ったもう一つの例が掲載されているからそれも機会あれば紹介したいと思っている。

実にスペクトル分析のこの方面における貢献がいかに有力であるかはこの一例を見ても諸君は了解されるであろう。

展覧会の怪画

私はこの不吉な手紙の裏表をひっくり返えしてみて、仔細にそれが誰によって送られたものであるかを知ろうと努めた。勿論差出人はない。宛名はルタン紙から切抜いた活字をはりつけたものであることは歴然だ、消印はルクサンブール局になっている。

中には写真が一枚、皮肉にも芸術写真のように美しいルクサンブール公園のマロニエの花の蔭で男女二人が接吻せんばかりに顔を寄せ合った所が撮られていた。男は私だ。女はS・H……嬢《いま》であった。

実に不愉快にもこの忌わしい写真は時もあろうに私がマドレーヌと婚約しようというこの日に……してみると彼はこの日を知っていたに違いない。彼は私がマドレーヌと別れることが出来ないことをよくよく知っていて、これを種に私にとりついて私から莫大な致命的な金をゆすり取る積りなのである。私は歯ぎしりしてこの写真を力一杯引破って小さく小さく引裂いた。

こんなものがマドレーヌやその父親にみつかったらこの婚約の話などは忽ち解消してしまう。……

私は熱くなった頭をかかえていろいろな可能性を想像してみた。彼女がこれを発見する、これ誰？　とくる。まあ、あきれた人！　臆面もなく私に結婚を申込んだりして！　もうこれまでと思って頂戴とくる！　だが私は彼女と別れることは出来ない、決して！　彼女と別れることが出来ないのだ、私は、おお恐ろしいことだ彼女は私の魂を握っているのだ！　そうだやはり写真の原板を取戻さなくてはならない、しかしこれは誰が持っているのだろう。

私は当時のことを思い出した、当時S・H……嬢と公園でランデブーしたことを知っているのは誰も居ないはずなのだ。誰も居ない、勿論友人のシャーレマンを除いては。シャーレマン！　彼はそんなはずはない、彼と私とは生れ落ちたときからの友人だ。一度は数年間離れ離れになったことはあっても影と形のように一緒につきまとってきた間柄だ。彼が私を脅迫するということなどあり得るはずはない。しかし、あっ！　彼もマドレーヌに恋しているのではないだろうか？　そう考えれば！　恋はオールマイティだ、そう考えるとこの頃急に顔を見せなくなったじゃないか。いつも私から隠れるようにしている。そうだ彼だ！　彼より他にない、あの時彼は公園の植込の中に隠れていたのだ、そうだ！　彼はあの時妙ににやにやしていた。（僕はちょっと今面白いことをやっているのでね）と云った。

おお彼はそんなに深いたくらみを以て私を破滅させようとしていたのか、何という悪魔だ、私は彼のために今までどんなに骨折ってやったか！　生活を踏み外して野良犬のようにモンパルナッスを歩いていた彼をひろいあげて……ええ何という馬鹿だ！　女学生のセンチメンタリズムだったのだ。……いや、しかしここで私は気を落してはならないのだ、断乎として、そうだ彼を抹殺しなければならないのだ。それにしてもこれと同時に脅迫状が来ないというのはどういうわけだろう？

所が翌日この手紙が来た。

「僕の傑作を見たかい？　これで僕は一万フランを釣る積りだ」

正しく彼の字だった！　どうだ、何という厚かましさだ。一万フラン！　傑作？　全く傑作だ！

そのとき部屋のドアを叩いて返事をしない中に入って来たものがあった、それがシャーレマンだった！

「シャーレマン！　君は！　何という……」

「どうだい？　僕の傑作は！」

彼は実に皮肉に上機嫌だった。

「こいつ！」

と私は彼に躍りかかったが、彼は素早くくぐり抜けて精悍《せいかん》な目を据えて、

「何をするんだ！　僕は」

だが終いまで云わさずに私は必死になって夢中で彼に飛びかかった。彼は巧みに私のタックルを外して戸外に逃れ去った。私はがっかりして床にべったり坐ってしまった。私は実に淋しかった。私と彼との友情もこれで終った。あるいは唯一の希望であるマドレーヌとの恋も終りになるかもしれない、そして親父の遺産の一万フランも彼に奪われてしまうだろう、何という不幸な男だ、それというのも……

私は遂に最後の勇気を振って目的を達すべくラスコリ

ニコフの例にならい小さい鉈《なた》を門番の納屋から盗み出した、(人に知られてはいけない) これだけで私の神経は全く疲れてしまいどんな失敗を仕出かすか不安で仕方がなかった。

私はしかし疲れた頭で現場不在証明《アリバイ》を熱心に考えた。そして翌日の午後六時、サン・クルー街のアパルトマンの門番にはソルボンヌに行くと云って出掛けた。そしてソルボンヌ大学の物理実験室へ入ると赤いランプを点け「実験中危険」の札を下げて、真空ポムプのモーターのスイッチを入れた。また煙草の火をつけて灰皿に入れてから実験室を出た。幸いにも誰にも見つからずにすんだ。一度私は歩きながら記憶を喪失して一体どこに行くのだろうとふと忘れて道の真中に立止った、何という弱い神経だ、これからどんな失敗を仕出かすかわからない。

サン・ミシェル街の彼の下宿の前には生憎《あいにく》、アンヌ小母さんが誰かを待って立っていた。仕方がないので私はそこを通り過ぎた。そして小石を拾ってプラターヌの木の蔭から、果物屋の鎧戸へそれを投げつけた。ガチャンと慄え上るような音がすると、サン・ミシェル街からわいわい男女が飛び出して果物屋の店先に集った。アンヌ小母さんも飛上って走り出した。パリ人は物見高い、私はこの思い付きに大いに愉快になって口笛さえも吹きたくなったが慌ててシャーレマンの下宿へ入り込んだ。この騒ぎに誰もそれを注意しているものはなかった。

鍵穴からのぞいて見ると中は真暗だった。私はずっと以前に作っておいた合鍵を取り出して鍵穴に入れようとしたが、ガタガタ慄えて入らずカチカチと鍵が触れて鳴った。冷汗をかきながら——ああ誰かに見られはしなかっただろうか? 私は漸く鍵を入れて廻した。カチリ。私は把手を取ってそっとドアを開けた。中には電燈がついていなかったが、夜の光でぼんやり明るかった。

私はもう引返そうかと思って何度も逃げ出しかけたが、漸く踏み止まってなおよく部屋の中を見ると、見覚えのある彼のベッドの中に彼が寝ていた。戸外の光で彼の顔は死人のように蒼かった。私はぶるぶる慄える手で外套から鉈を取り出し、それをふりあげた——ああ何度この瞬間私は手の力の萎えるのを感じたろう——そしてそれを力一杯彼の頭の上に打下ろした。がっというような音がして彼は声もたてなかった。

私は鉈を拾いあげて毛布でよく拭い外套にかくして——ああ振返った私は血が凍って髪が逆立った。ああ何ということだ! ドアを開け放しにしていた! もうだめだ。私はもう我慢が出来なくなって走り出したが、幸いに、非常に幸いに誰とも会わなかった。私はサン・クルー街のアパルトマンへ帰るつもりでそこまで来たが慌ててこれはいけないと思い出してソルボンヌへ引き返して、物理実験室へ入ると、愕然として身体がジーンとして膝の力がぬけ立っていることが出来なかった。

モーターが止まっているのだ。万事休した。ああせっかくの不在証明が！　私は実験室へ入ってモーターのスイッチを調べてみた。確かに切れていた。がっかりしてもうどうでもいいと長椅子に体を投げ込んだ。そのとき机の上に白く光るものがあったので取上げて見ると厚い論文用紙であった。

危険につき、モーターのスイッチを切っておく。

M・シャーレマン

え！　シャーレマン！　彼は今殺してきたばかりだ。彼は殺される前にここへ寄ったのだな、そして自動車で下宿へ帰って寝たのだ。私は歩いて行った、この時間の差だ、私は咽喉の奥が掻ゆくなってせきをし、それからアハアハアハ大声で笑い出した。この笑い声が誰も居ない実験室で何度も反響した。私はこの重要な証人も一度に殺してしまったのだ。一石二鳥だ！　もう安心だ。何も心配はない！　証拠はない、アリバイは完全だ、彼は居ない！　ハハハハ……あっ！　いけない！　写真の原板を探すのを忘れた。

ああ何のために彼を殺したんだ！　私はびっくりして飛上り、また駆け出した。そしてもう一体何のために駆け出したのかも忘れて夢中になってシャーレマンの下宿へ飛び込んだ。後に冷静になったとき何という無鉄砲なことをしたのだろうと自分の無暴さに呆れ、かつ戦慄したものであった。しかし幸いにもまたしても非常に幸いにも誰にも見つからずにすんだ。彼の部屋は前同様ひっそりとしていた。

誰もまだ私の犯行に気づいていないらしかった。私はふっとポケットに手をやると懐中電燈に手をふれて愕然として立止った。私は無意識に実験室にあった懐中電燈を持って来たのであった。私はこの無意識状態が不安になった。今まで何をしているかわからない、しかし私はもう崖から跳下りた気持で、ドアを開きまた閉め、そっと寝台のあたりを照すと、水を浴せられたようにぎょっとして懐中電燈を取落した。ベッドの上には彼の死体はなく、きれいに片附いていた。血液の附着したあとさえもなかった。

私はもう本当に声をあげて逃げ出したくなったけれども、絶大な勇気を振って、見慣れている原板の整理棚を開き、一枚々々調べ始めた。

何という長い長い忍耐を要する仕事だったろう。私は何度途中で何もかも投げ出してしまおうかと思ったかしれなかったが瀕死の力をふるってとうとう目的の原板を探し出しそれをポケットにおさめて――これはたしかに陰画である。私はまだこれが果してあれの写真の原板であるか自信はなかった――漸く下宿を出てサン・ミシェル橋からこれをセーヌ河の中に投げ込んでアパルトマンに帰り、長椅子に倒れるやそのまま寝てしまった。悪夢の一夜であった。

私はそれからの三日間を重苦しい、しかし何か歓喜に満ちた喜ばしい気持で過した。マドレーヌは私の愛情が急に狂熱的になったのに驚いていた。ああ誰が知るものか！

所が四日目にまた差出人なしの白封筒が来た、私は不可解な不安な気持で封を切った。中には、

光風会光画展招待券

（招待日二月二十八日）

が二枚入っていたのである。二枚！　マドレーヌと私のか？　私はこれが一体何を意味するのか暫く判断に苦しんだ。しかし圧えつけられるような不安がこれを黙視してしまえないのであった。私は独りで行くことにした。

会場はサン・ジェルマンの美術商フロマンタンの店の二階であった。部屋の壁には思い思いの額に入れた写真がかけてあった。二、三十人の人が入っていたであろうか。私は落着かない気持で写真を追って歩いていたが、ふと四五人立止って見ている写真に目をとめた。

それはこの展覧会の第一の傑作らしくここに立止る人が多かった。それは「復讐」という画題の実に鬼気せまる陰惨なしかし迫力のある人の足を引止めずにはおかないものであった。

一人の目をむき出した蒼ざめた男が鉈をふりあげている写真であったが、彼の眼は怪しく燃えて次の瞬間には確かに死体が彼の足もとに倒れる音さえも聞えるようであった。出品者の名を見ると、私はなぐられたようによろよろとした。全身の血が逆流した。それは彼・シャーレマンであった！　ああこの男は自分だ！　自分の殺人現場の赤外線写真だ！

実に殺された彼はこの写真を公衆の面前にさらして自分に「復讐」したのだ。

こんな歴然たる証拠はまたとない。誰でもこれを見たものはこの写真の男が殺人したことを疑うものはあるまい！　破滅だ！　私は貧血を起して卒倒してしまった。

　私は夢のなかで必死になってわめき、もがいた。気がついた時は誰が運んでくれたのか、私の部屋のベッドに寝ていた。気がついて今まで起ったことをくり返して私はもう死を決意した。

　そして人を殺すということがいかに私にとって困難なことであったかに気が附いたが、もう何にもならなかった。丁度そのとき家政婦のフレーシェ夫人が入って来た、そして騒がしく喜び、あれから三日間自分がどんなに親身になって看病したかを述べたてた。マドレーヌも昨日来たそうである。

「あの、警察の人は来ませんでしたか？」

「え？　警察の人？　来ませんでしたよ」

　やれやれまだ自分の犯行は知られていないのか、殊によったら、うまく逃れることが出来るかもしれないとまたちょっとした希望も湧いて来るのであった。

「ああ、忘れていた、御手紙が来ていましたよ」

　と云ってフレーシェ夫人がポケットから出した白い封筒を見ると、私はまた愕然として色を失った。

　それはＭ・シャーレマンから差出されたものであった！　私はめまいを感じながら、わなわな慄える手で封を切った。

　親愛なる友《モンシェール》よ、僕は死ななかった。展覧会へ出品出来るほどピンピンしている。君が殺したのは不幸にも僕ではなく別の人間だった。しかしとにかく君が僕を殺そうとしたことは絶対に忘れられないしまた許すことも出来ない。しかし君は僕の幼い頃からの友人であった。幼い頃の記憶は君を警察の手に渡すに忍びない。

　そこで僕は僕にとっても君にとっても貴重な証拠であるあの写真の原板を君に譲ってあげる積りである。代償としては一万フランを要求するが、これは君にとって決して高いものではないと信ずる。なぜなら僕が黙ってさえ居ればこの殺人事件に君が疑われることはまずなさそうだから。

　勿論君もこのことを誰にも告げることは出来ないと思うが、このことを人に告げることを僕も同様に好まない。従って一読の後はこの手紙を火中にしてくれ給え、なお一万フランはなるべく小額紙幣にして新聞紙へ包んだ上、左記へ君一人で持参されたい。

　まず午後七時頃自動車でルクサンブール公園へ行き給

え。そして君の思い出のベンチの前にある、マロニエの木に登り給え。そうすればその木の二番目の枝に次に行くべきところが示されてある。

なおこれは銀行で金を引出す手数を考えて明後三月四日までには出来るはずである。これ以上僕は待てない。

M・シャーレマン

私は奇怪なこの手紙を読んで救われたようにほっとした。一万フラン位が何であろう。しかし実に腹立たしかった。この私を嘲弄した手紙の文句は何だ！　私はうるさくつきまとうフレーシェ夫人をもうよくなったとつっけんどんに云って部屋から追い出した。彼女は腹を立てて帰ってしまった。私が金包みを作ったのは三月三日であった。

私は七時になるのを待ってルクサンブール公園へ出掛けた、そしてあのいまいましいベンチの前のマロニエに登り始めた。しかし慣れない私には木登りは大変だった。

幸いそこは暗く、人通りもなかったからよかったものの、気狂いのように滑稽な恰好をしてマロニエの木に噛りついている私を見たら人は何と思うだろう。私は外套も上衣もぬぎ、汗をかいて漸く一番上の枝に手をかけた。後は簡単ですぐ二番目の技の根元に一枚の紙がはりつけてあるのがわかった。そこでそれを持って降りると、ああ何ということだ！

ベンチにおいてあった外套も上衣も一万フランの紙包みもなくなっていた！　私はがっかりしてベンチに坐り込んでしまった。仕方なしに公園内の巡査派出所へ盗難を届け出ようと思って派出所の前まで来た。中には若い巡査が一人居って一枚の写真を見ていた。ああそれがあの「復讐」なのである。私は何も云わずに追かけられるように逃げ出してしまった。

私は泣きたい気持で一万フランを調達する方法を考えた。家財道具や書物などを売払ってもまだ五千フランにしかならなかった。伯父や友人から無理を云って借りたのが三千フランになった。あと二千フランはどうしてよいかわからなかった。彼は明日までしか待たないのである。

私は思い余って幸福をみつける積りで、ぶらぶら歩いているうちにモンパルナッスへ出た。私は丁度、トロカデロから出て来たらしい太った酔ぱらいを撲り倒してとうとうその二千フランを手に入れたのであった。

そこで私は木の上にあった指示の通り、翌日午後四時頃一万フランを新聞紙に包んでパッシイ橋からボートを借りてまだ釣糸がすだれのように垂れているセーヌ河を下った。

右岸の石垣を注意しながらボートを流して行くと果して書いてあった通りセーブル橋から十米《メートル》ほど行った所に白墨の×印があってその上の石垣の割れ目に一個の鍵が突込んであった。私はそれを取ってラファイユ街に引返した。そして白墨の×印のついている赤錆びた鉄格子にその鍵を入れて門を開けた。なかはひっそりとした庭で楡《にれ》の裸の樹が夕暮の中に黒々と立っていた。その下に白いベンチがある。私はその上に一万フランの新聞紙の包みをおいた、そうしてまた鉄格子の門をあけて街路に出ようとしたとき、楡の樹の蔭になっていた灰色の建物から、二人の人影が出て来たので慌ててマロニエの街路樹の蔭に隠れた。そして見るとはっと息を飲んだ。

二人の人影は一人はM・シャーレマンであった！　そしてもう一人はマドレーヌであった！　ああ私はシャーレマンに始めから終りまで欺されていた！

全世界が崩れ去ったような怖ろしい空漠が身体を吹き通った。だが私はマロニエの幹にかじりついて声も立て得ずに彼等を血走った眼でにらんだ。

彼等は腕を組み、寄り添いながらプラターヌの樹の蔭から出て白いベンチの上に腰かけた。シャーレマンはマドレーヌの身体を抱えていた。夕暮の黄色い疲れた光が二人の影を長く落していた。彼等の影は身動きもせず抱き合って唇を合せていた。私は無念の拳を握ってわなわな体を慄わせていた。

彼等は静かに——シャーレマンはああ新聞包みを持って——また灰色の建物のなかに入って行った。私は気狂いのようにわあわあ泣き喚きながら駆け出し鉄格子の門を開けて、灰色の建物へ突進し、灰色の壁を獣のようにばたばた叩いた。

気がつくとやはり私は自分の部屋に寝ていた。私の神経は滅茶々々になっていた。フレーシェ夫人がベッドの足許に坐っていたが、私が身を起そうとするとびっくりしたように私を毛布に押し込んで慌てて出て行ってしまった。私はふらりと起きて、二階の窓から下の中庭を眺めていると、フレーシェ夫人の他に研究室のM君と門番が入って来て私をまたふとんの中に押し込んだ。

「どうするんだ！　君達は！」

「いや、心配はないよ、安静にしていればいいのだ」

とM君は云ったが、彼等の妙な眼附が私の神経に触った。

そのとき門番の娘のイレーヌが小包と手紙を持ってきた。私はすべての人を部屋から追い出し――彼等は案外おとなしく室外に出た――その小包をあけた。中には約束通りのイーストマンの写真原板が何枚もの紙に包まれて入れてあった。私はそれを取り出し、長い間眺めていた。それからこれをまた紙に包んで机の抽出しに入れた。それから手紙の封を切った。勿論シャーレマンからのであった。

親愛なる友よ。約束に従って僕は君にあの原板を譲る、これは光風会展で異常な好評を博し、二万フランで原板を譲ってくれと云ったアメリカ人があった位であるが、僕はモデルである君の請いをいれるのが当然であると思い、特別廉価で君に贈ったのだ。（ええ、何と皮肉な！）

君と僕との間には始め少しばかりの誤解があったように思う、それが意外にも発展して君にとって不幸な大事件となったのだ。僕はその誤解を解き、改めて君との友情を恢復したいと願っている。（誰が！）

ここで正直に云っておくが僕もマドレーヌに少なからぬ思いを寄せていたのだ、だから僕がねたましさから少しばかりいたずらしてルクサンブール公園の写真を匿名で送ったとしても君は許してくれるだろうと思っていた。勿論、あの写真は現実の写真ではない。トリックの写真である。（あっ、トリック？　何ということだ！　私は頭の中が滅茶苦茶にかき廻されるのを感じた、何という軽卒なことだったろう！）実は僕はあの写真をある写真展へ出して一万フランの賞金をとるつもりだったのだ。所が意外にも君は誤解した。君は僕のこれまでの友情を裏切った。僕の純真な友情を踏みにじった。君は僕をそんな男と考えていたのか！　僕の心は憤った。そしてひそかに君にある種の復讐をしようと思いついた。

君に云わせればそれはあまりにも残酷だったと云うだろう、しかし僕に云わせれば君は僕を殺すところだったではないか？　僕は君の異常な昂奮から何事か起ることを察していたが、あの日大学へ行くと、居るべき君が居ない。そこであるいはこれは君のアリバイの偽造ではないかと思った。そこで急いで下宿へ帰り、ベッドには人形を寝かせ、赤外線写真装置をアレンヂして君の来るのを待ったのだ。案の定君はやって来た。僕は一世一代の緊迫した写真が撮れるとわくわくしながら待っていた。

果して君は例の恐ろしい鉈をふり上げた。私の赤外線写真機はこれをうまくキャッチした。（おお、僕は殺人者ではない！　人形を殺しただけだった！　万歳！　私の手は殺人者の血に塗れていないのだ！）君は原板を探して持って行くかと思っていたが来なかった。しかしまた暫くするとやって来て持って行った。このとき僕は例の頭を割られた人形を片附けておいたから君がびっくりするのも無理はない。

君は首尾よく僕を殺し得たと思っていた。僕は君のその怪しからぬ安心をうち毀して真実を知らせるために展覧会の招待券を送っておいた。君はある忌わしい予感を抱きつつ展覧会にやって来た。君は卒倒した。君を絶えず注意していた僕は君を抱きかかえて君のアパルトマンまで送って行った。

実を云うと僕はそれから君が僕を殺しに来るのではないかと警戒し、君に一万フランを持って来てもらった鉄格子――これは裏門だが――の家、伯父の家へひそかに移って来た。しかし君にはその闘志も衰えたらしく何事もなかった。

そこで私は人形の損害賠償として――あれは僕の苦心して作った傑作だったのだ――一万フランを要求することにした。以下は君の知る通り、もはや書くまでのことはないだろう。僕とマドレーヌはこの事件が始まって二週間目に、つまり君が金を持って来てくれた日に婚約することになった。（ああマドレーヌ！）

君に一言の挨拶もせずに婚約するのは大変心苦しいが、君はまだ彼女と婚約しなかったそうであるし君も病気で会う機会を得られなかったのだから止むを得ない。この婚約はまた僕の意図から出たものでなく、マドレーヌの両親と私の両親との話し合いから先に決ったので、僕としては君を出しぬいた積りは全然ない、従って僕は君に後めたい感じも持っていない。

まだ書かなければならぬこともあるが、それは後にしよう。最後に君の病気の一日も早く全快されんことを祈っている。

M・レャーレマン

私はこの手紙をむかむかする気持で読んだ、読み終ると呆然として何も考えることが出来なかった。しかし漸く頭の片隅にあった考えがクローズ・アップしてくると猛然とその手紙を破り、細かく細かく破り、口に入れてねちねち嚙んでのみ込んでしまった。それから毛布をかぶって子供のようにワーワー泣いた。

翌日もシャーレマンから手紙が来た。

親愛なる友よ。僕はある所から君がルクサンブールで一万フランを盗まれたことを聞いた。実に気の毒だと思っている。予めそれを知らせてくれたら、もう一万フラン持って来てくれるには及ばなかったのだ。勿論その一万フランは僕が盗んだのではない。僕が君にあんな奇怪な指示をしたのは、君が木登りしている——必死になって——写真を取りたかったからに他ならない。大の男が必死になって木登りしている図ほど愉快なものはあるまい。(写真? 侮辱だ! 私は胸をしめつけられるような気持であった) これは今僕の製作の中で最も傑作の中の一つになっている。

近々僕の個展を開く積りだからそのとき見てくれ給え。病気はどうかね、早く全快されんことを祈る。

M・シャーレマン

私は痴呆のようにベッドの上で一週間暮した。この間に私は生れ変ったような新鮮な力を感じ出した。それは門番の娘イレーヌが与えてくれたものであった。彼女は私の苦しみに真実同情し、優しくいたわってくれた、私は子供のように彼女の手から食事を食べさせてもらい、彼女に甘えてだんだん元気を恢復した。すべてのことが悪夢に過ぎなかったように思えるのであった。

漸く外出も出来るようになったころシャーレマンから個展の招待券を送ってよこした。イレーヌが心配してついて来てくれた。私はあの血走った真剣な顔をして必死にマロニエにしがみついている滑稽な自分のカリカチュアを見て気狂いのよう大声をあげてワハワハ笑い出した。笑っているうちに涙が出てきたが、それを拭いもせずに私はとめどなく笑った。

砂漠に咲く花――新世界物語

一

カフェ・プランタンの二階から見るとルクサンブール公園のマロニエの花が白い雲のように漂って見えた。私はいつものようにランチの三ケ月パン《クロワッサン》を嚙りながら、遥かなる母国へのノスタルヂアに胸をしめつけられていた。

異邦人《エトランヂェ》の遣瀬ないノスタルヂアよ！

そういう吾ながら涙ぐましい気持でいるときはお互いに肩を叩きながら慰め合う友《アミー》が欲しくなる。私は殆んど条件反射的に暗黒い隅のボックスの方へ眼をやった。カフェ・プランタンの客は私ともう一人だけであったから。

そのとき私の視線にはじかれたように、そのボックスから突然男が立上って、異様に鋭い眼で私の方を見た。

しかし私は手を握れる相手が見つかった嬉しさに自分のコップと皿を持ってそのボックスに近づいた。

私は彼を知っていた、彼はアリ・ペックといって私と同じソルボンヌ大学の物理学教室に留学に来ている異邦人であった。私はその名前から彼をトルコ人だと思っていたので共に東洋の憂愁を語り合う機会を非常に喜んだのである。

彼はぼんやりした顔をして暫し私をじっと見つめていたが、漸く気がついたように、人なつこい笑顔をつくって私の手を両手で握りしめた。

しかし彼の眼は私を見ずに鋭く部屋を、あるいは窓の外を走った。彼は誰かを待っているのだなと気がついた私は、その彼が待っている人間にかなり興味をかき立てられた。

彼はトルコ人である、彼は身の廻りに東洋の神秘と幻想をまとっている、彼が待っているのは瞳の大きい、金の耳輪をつけて、白衣を被いだトルコ婦人だろうか？この薄暗いカフェの一室に思いがけない風景が現出するかもしれない！

と思って私が彼を見ると突然彼の顔に恐怖の青みがさっと走った。私はふり返って彼が固定した視線を辿って窓からルクサンブール公園を見たが……誰も居なかった。

彼はがくりと腰を下して、顔ににじんだ冷い汗をふいた。

「どうかしたんですか?」

と訊いた私は思わず声をひそめた。

「誰かがじっと私を見つめているのです。私の行く所には必ずこの眼があるんです、……」

「誰も居ないようでしたが」

「ええ、私もそれを見たことはないんですが、わかるのです、あれなんです」

「あれと云うと?」

「ええ? いや誰でもいいのです。別に怖いことはありはしない」

と自ら励まして彼は私の鼻にふれるほど顔を近づけてきた。

「貴方、御存じでしょう? あのゴビ砂漠の疏勒河《スーローホー》の幕営《キャムプ》に居ったときも、誰も居ない砂漠の間からじっと私を見ているものがありました」

「ガシュン・ゴビ?」

と私は愕いて呟いた。ああ向う見ずな若き日の思い出!

私は一瞬そこに干乾びたタマリスクの二三本以外にはいかなる植物も見当らない広漠たる神秘な砂漠を幻影した。懐しい天山の雲よ! ガシュン・ゴビの砂丘《メサ》よ! 砂塵ふき荒ぶ困難な砂漠の生活を知るもののみの大地に対する遣瀬ない郷愁よ……

「どうか、話して下さい。私も五年前にガシュン・ゴビを横断したことがありますが……」

「ええ、知っています。地理学雑誌《ヂュオグロフィカル・ジャーナル》に出された論文も拝見しています。……そうです。それでは聞いて戴きましょうか……」

と彼は無気味ににやりと笑った。

「私の話は勿論真実です。貴方が信用されようとされまいと」

と彼は挑むように云い切った。

しかし彼の話には人の心を痛ませる哀愁の響があった。彼の話は長かった。彼は遂に話し出してもはや止まることが出来なかった。

彼の話は度々中断された。しかし離れ難い愛着を以てまた二人は相寄って話し合うのであった。私達はカフェで、公園を歩きながら、下宿《フラット》で、セーヌ川を漕ぎ下りながら、彼の不思議な話を聞いたのである。そして彼のあの悲劇的な破局《カタストローフ》が来てからは、彼の残した疑惑と予感はやがて私自身のものになったのである。

二

「私達欧亜科学考査団の一行がクム河《ダリヤ》を独木舟《カヌー》で下って『彷徨《さまよ》える湖』ロプ湖《ノール》へ向ったのはタマリスクが紫色の花の房をつける頃でした。

砂漠にあっては水のない所には荒廃した死があるばかりです。いま下っているこのクム河は西暦三三〇年頃、川が旧河床を捨てて南へ行って以来、何世紀もの間荒涼たる広漠となって死の沈黙を守って横わっていたのです。

ところが今再び水が帰ってきて古い乾いた河床を満し、葦やタマリスクやポプラやその他の植物の種子が流れに運ばれて岸に漂いつき、芽を出して根付き、新しい生命を得て成長しつつあったのです。

幾世紀か前、きらびやかな衣をまとって駱駝の背に乗りながら、東洋の美しい『絹』を運んだ隊商達の航路であった『絹の道《シルクロード》』が再び水が帰ってくると共にその繁栄を取り戻すのも間もないことでしょう。

何故かと云えばこの荒れ果てたタクラマカン砂漠の人知れない砂丘の蔭にはきらめくような新しい世界が花咲いているからです。

川が戻ってきた今、何世紀もの間灰色に枯れはてていた両岸のタマリスクが再び生命の生息を吹き返してきました。鷹が一羽大空を飛び廻り、三頭の羚羊《かもしか》が飛んで逃げました。心も浮き立つような活々とした光景でした。

私達の三隻の独木舟《カヌー》はときどき春の緑に萌えているポプラの側を通り過ぎます。砂が砂丘から高い砂丘の縁を越えて滑り落ち、小さい滝のように川の中へ跳び込みました。

この川波の音、古い楼蘭時代の記憶を呼び起す昔ながらの音楽を聞きながら、私は昨日この灰色の砂の上に投げた楼蘭時代の幻影を見ているのでした、そして人知れず不思議な戦慄に震えたのでした。

昨日の午後一時頃でしたが、昼食がすみ、これからクム河を下ろうと云うので、私がヤルダンの小丘に登って水路を見究めようとあたりを見廻していると、左の岸に灰色をした木の幹が数本見えました。

それが何となく意味ありげであったので、私は同僚のフムメルと共に上陸して行って見ますとそれは明らかに楼蘭時代の家屋の遺跡で、少くとも千六百年は経っているものでした。

十八の竪柱が今なお直立しておりました。壁は葦とタマリスクを相互に編んで作られたもので、周囲の地面からは約六呎《フィート》高い小丘の上に立っており、三室から成っております。一室の隅には囲炉裏があり、石炭の痕跡がありました。家の中には粘土作りの台所用具、壺の破片や魚の骨などが散ばっておりました。

しかし、残念なことに十数年前からこの地方を襲った『黄金漁り《ゴールド・ラッシュ》』のためにみるかげもなく荒され、金めのものはすっかりなくなっておりました。

しかしこれは古《いにし》えの『絹の道』にあった旅人の宿屋のようでありました。

というのはそれから百ヤードほど河に沿うた高さ二十呎ばかりのメサの頂上に道しるべの石塚を発見したからです。それは小さい丸太の束に似ており、互いに上手に結び合されていたので何世紀もの嵐に堪えてきたのでしょう。疑いもなくこの石塚はかなり大きい道を示していると思われるのでした。

吾々は石塚に示された『絹の道』に沿うて川を下っているのでした。道路は分り易いが不規則でした。それは錯雑した島々、半島、入江、岬、ヤルダンの間を縫って行きます、水鳥達が吾々の周りを鳴き叫びながら飛んでいます。

私達は浸食作用の巨大な遺物の一つである非常に大きなメサの側を通ったので、もう一度、団長のローウェル博士と古参船頭のタジルが、水路を探すためにメサの頂上へ登って行きました。

所が暫くすると慌ててタジルが岸の葦の間から現われて

『荒されていない古い墓を見附けた』

と云うのです。私とフムメルは三人の船頭をつれて早速鋤を持って上陸し、相当険しい坂をタジルの案内で登って行くと頂上より少し低い所に平らな、バルコニーのような斜面があり、ローウェル博士は待ち切れず、散ばっている木の根で浅い墓を掘っていました。

みんなが墓を掘っている間、私はメサの頂上に上って見ました。すると北の方にクルック・ターグ山が灰色のサイ（砂利原のこと）を裾に曳いて思いがけなく、近く眼の前に浮び上っておりました。

メサの粘土はまるで煉瓦のように硬く、粘板岩になりかけていたのでそれを切り拓くのはかなり困難な仕事でしたが、二呎ほど掘り下げて私達は漸く木の蓋につき当りました。しかし柩は粘土にぴったりくっついていて、掘った穴をもっと大きくしなければとても上に上らないので、その仕事に取りかかりましたがこれには大分時間がかかりました。しかしとうとうメサの上に柩を持ち上げることが出来ました。

柩の型は水の多い地方に特有なもので、舳《へさき》と艫《とも》とを鋸《のこぎり》で切り落し、その代りに真直ぐな板を横に渡した普通の独木舟《カヌー》と丁度同じ形をしています。

所が私の注意をひいたのは柩を掘り出した穴の一方の側の粘土の中に石がのぞいていることでした。

私はそこでなお穴をその方へ拡げて見ますと、長方形の石材――それには確かに鑿《のみ》の跡がありました――が重ねて石畳のようになっているのでした。

そこでその石材の一つを取り除きますと、驚いたことに、どこからともなく冷い、何か未知の匂いのする風が頰に当りました。

私は夢中になって石を全部取ってしまうと中は洞窟のようになっており、四個の髑髏《どくろ》が転がっておりました。これは吾々が今まで掘った共同墓地とは大分様子が違う――いや本当は全然予想もつかないことだったのですが――ので非常に興味をひかれたのですが、まず柩の方を開けにかかりました。

千六百年もの長い間、乱されることなく眠り続けてきた死体は頭から足の先まで毛布に包まれていました。しかし私達がそれにちょっと触れると、それは粉々に散ってしまいました。

そして私達の眼の前に現われたのは、曾ての美しき砂漠の支配者、楼蘭とロプ湖の女王の悲しい遺骸でありました。顔の皮膚は羊皮紙のように硬いけれど、目鼻立は長い歳月にも変えられず、唇の周囲には幾世紀もの間消えずにいた微笑が今もなお漂っておりました。

彼女が見たであろう美しい湖、森や草原に再び彼女が墓から出て世に帰ったときは惨ましく黄灰色に荒れ果て、再び帰った水もまだ昔の緑を取り戻してはいませんでした。

砂漠の風は彼女の青い頰と長い髪の毛を撫でていました。王女の印であるターバン風な帽子の羽根飾りや、赤い刺繡のある絹のブラウスや可憐な絹の上靴を見ていると、彼女の楼蘭での多彩で華やかな生活を思い出させるのでした。

しかしやがて暗くなりはじめていました。そこには蚊や蚋《ぶよ》に刺される危険があったので、クム河を少し下って大きなポプラの下に第七十五号キャムプを張りました。

私は匈奴などの蕃人達と戦うために出かける楼蘭の守備兵の行進や、支那の高価な絹の梱を西方へ運ぶ数知れぬ駱駝の夢をみました。

しかし翌日眼が醒めるともっと現実的な、あの何かありげな洞穴に対する好奇心で一杯になりました」

三

「私は昨日の洞窟をもう少し調べてみたいからと云って船頭三人を連れて今日、再びクム河を逆行して、王女の墓場へ向っているのです。

墓のある高いメサの側に船をつけ、私は船頭を舟に残して再びメサに上り、洞窟のなかをのぞき込みました。四つの髑髏が未だ転がっていましたが、私はふと異様なものを見つけて思わずそれを取上げました。それは不思議なことに青く錆びてはいましたが、真鍮のボタンだったのです。

私は二千年前の物語を探しに来たのに、陰鬱な二十世紀の現実を砂のなかから掘り出したのです。彼等は恐らく砂漠にあり勝ちな不幸な旅人だったのでしょう。槍を馬に立てた盗賊に襲われたのか、何ものも乾上らせる熱風に遭ったのか、砂丘さえも動く凄まじい砂嵐に見舞われたのか。

しかし私がよく骸を調べてみますと、四個とも、風雨のために脆くなって散り散りになったと思っていた手足は実は何か刀のようなもので切り断たれたものであることがわかりました。そう思ってみると頭蓋にもむごたらしい切りさいなんだ刀傷があります。

これはただの殺し方ではない、それを思うと私は血腥い恐怖に襲われて慄然としたのです。

理解も出来ない、原始的な兇暴な狂熱的なものがそこに感ぜられたのです。

そうするとこの砂漠の旅人達はどうしてそんなむごたらしい殺し方をされたのでしょう。私は荒涼とした砂漠にこの生々しい幻想を見て途迷いして呆然としてしまいました。

そのとき後に人の気配がしたのでぎくりとしてふり返るとあっと驚いてしまいました。濃い青い空にはめこんだようにメサの上に立った真紅の上衣《チャパン》を着た若い女がじっとこちらを見下しているのでした。

砂に埋められた楼蘭の王女が立ち上ってこの無法な砂漠の攪乱者を脅しているのかと思いました。

彼女の黒い輝く瞳を見返しているうちに、私にタクラマカンの虎の冷酷な眼を見ているような、私達文明人を気おくれされる野性的な力を感じ今にも躍りかかられそうな恐怖に慄えました。

彼女は未だ動きません。

しかしやがて私の身内に熱い血が流れ始め、勃々とした感情が燃え上って来ました。

そうです。考えてみると……私達はもう四ケ月も女も見ずに過して来たのでした。

するとやっと気が附いたのですが、彼女は手に両刃の短剣を握っているのです。それがひらめいたと同時に私は一躍してメサの上に飛び上りましたが、折重なるように男達がどこからともなく現われ私を押倒し、私の頭上に一撃を加えたのです。私はあっと気を失ってしまいました。

それからどれだけ時間が経ったのか、私はサットマ（羊飼の小屋）らしい小屋の一室で目を覚しました。私はタマリスクで編んだ低い寝台の上に毛布を着て寝かされ、まわりには乾いた葦が積んでありました。

そして先刻の女が痛いほど強い凝視でじっとこちらを見ているのです。

私が気がついたのを知ると木の盃のようなものを私の口にあててなかにある白く濁った液汁《ジュース》を私に飲ませようとするのです。

私は思い切って飲んでしまいました。それは羊や山羊の乳とみえて飲むと急に元気が出て来るように思えました。彼女は子供が乳を飲むのを見るように非常に熱心に私の口もとを見つめているのです。

それから彼女は子供を育てるように私の世話をしてくれたのです。

私は二三日するともう身体の痛みも取れて殆んど立って歩けるようになりました。そうすると早く心配しているだろう団員のもとに帰りたくなり、あるときそのサットマから外を眺めて見ました。しかしクム河もロプ湖の水も見えず、黄色い柩のようなヤルダンが並んでいる涯しない荒れはてた砂漠が見えるばかりでした。ふり返るとすぐ背後に恐らく北山《ペイシャン》山系クルック・ターグ山の丘陵がせまっており、足もとからは殆んどサイになっておりました。

この荒漠とした砂漠にただ一人取り残された私は、このとき殆んどローウェル博士やフムメルと再び遭うことを断念してしまいました。

この女と羊を飼って暮そう！

彼女――私は勝手にヴェエラと呼びました――は私が恢復してくると、怖る怖る私を愛撫してくれるのです。手を首に廻したり頭を抱いたり、私の手を取って胸にあてたり、するのです。

私達はやがて恋人同志のように戯れ合うことさえ出来るようになりました。

このサットマには彼女の他にもう一人年老った老婆が居り、私に一撃くらわせた男達は百ヤードほど先に並んでいる三つのサットマに居るようでした。彼等は百頭あまりの羊と若干の馬、五頭の駱駝を持っている、善良な羊飼いのように見えましたが、よい獲物さえあればすぐ山賊にでもなりそうな鋭い眼附きをしているのです。

このサットマには男が居ないのですが、タマリスクとポプラで編んだ壁には旧式のライフル銃や、羊の皮の長靴や、きれいに刺繍した胴着などがかけてあるところを見ると、ここの主人は留守をしているように見えました。してみると私の立場は一体どんなものでしょう。私は何となく落着かない気持になってきました」

四

「それから二三日経った夕方頃でした。

私は寝台に転がって彼女――ヴェエラの黒い髪を指に巻いて戯れていますと、遠く砂漠のなかからオーと叫ぶような声がしたと思うと、駱駝か何かの足音が聞えてきました。

ヴェエラははっと跳び上って、飛鳥のように外にとび出しました。と思うとまた風のように――彼女は絹の上靴をはいていましたが――入って来て、私を寝台からひきずり下し、乾草の上に押倒して上から草をかけ始めました。

私ははじめびっくりして彼女のなすままにされていましたが、彼女の意図がわかったので、すばやく乾草の中に隠れました。

そうです、彼女の夫！　が帰って来たのです。歩き方でその逞しさがわかるような大男が大声で笑いながら入って来たのでした、彼女はこの男にまつわりつきながら、低声で早口に何か云いましたが、男の笑い声に消されてしまいました。

男は私の寝台の上に腰を下したようです。

ヴェエラは乾草の上、丁度私の胸のあたりに腰を下しました。

彼等は盛んに何言か云い合っておりましたが、東トルコ語も少しは聞き憶えている――この探険旅行には支那語を知っていれば十分です――私にも何を云っているのかわかりません。ただ言葉の抑揚で二人の感情を僅かに推測出来る位でした。

所がそれをきいていると男の声がだんだん険しくなります。私はもしや私のことが知れたのではないかとむっとする乾草のなかで冷汗を流したものです。

そのとき突然両刃の短剣の切先が私の鼻先へぐっと突き出たので、私は危くあっと云って飛び起きるところでした、男が私の隠れがを知ったのでしょう、しかし彼女の身体が押しかぶさっていたので一瞬もがきました。

すると短剣はそろそろ乾草の中に入って来て、それを握っている彼女の手が見えました。私は慄然としました。私をさし殺そうとしたのは彼女だったのでしょうか。いや……

そのとき彼女は握っている手を離したのです。私は漸く彼女の意図を了解しました。私はその短剣を私の手に受けそれを握りしめました。

そして一躍して男の眼の前に立ちその広い胸を一突きにさし通してしまいました。

男はこの不意の出来事を理解出来ないうちに息が絶えてしまったのでしょう。彼の日に焼けた銅色の顔にはまだ呆然とした表情が残っていました。

彼女は私に飛びついて私の身体をしっかり抱きしめ、私の胸に顔をおしつけました。私達は長い間身動きもせずじっと立ちつくしました。

私の、いや彼女の頭に浮かんだこの考えは何という異様なものだったでしょう。今思い出してみて、あのときなぜこんなことを考えたのか不思議に思う位です。

三十分位もそのまま――短剣を握ったまま――立っているうちにだんだん私は、私の立場がかなり困難なものになっていることに気がつきました。

この事件が、この部落の羊飼い達にどういう解釈を与えるかということを考えると、私は身ぶるいせざるを得ませんでした。しかしやがて荒々しい闘争心が私の血潮を湧き立たせました。

私は彼女の身体を固く抱きしめました。

そのとき彼女はふっと顔をあげて私の眼を激しい力で見上げました。その眼を見ているうちに私は彼女が何を云おうとしているかを悟りました。


彼女は砂漠中に大声をあげて人を喚んだのです。あちらのサットマからもこちらのそれからも羊飼い達が出て来て、私達の家の前に集り、怪訝な顔をして彼女を下からのぞき込みました。そのなかには抜身の長槍を持ち、腰に、不思議な形をした刀を吊したものもありました。

これ等の無気味な群集を前にして、彼女は神来的な激しい勢いで話し出したのです。

顔は燃えるように紅潮し、眼は大きく見開かれて輝き、口からは火を吐くようでした。彼女は長く漆黒の髪を振り、手を握り、胸を披《ひら》き、予言者のような熱情を以て云っているのです。

確かにこのときは彼女にとっても致命的な危機だったのでしょう。

私は彼女の云う事は理解出来ませんでしたが、彼女の後に立ち、らんらんと眼を光らせて人々に威風を与えていた積りなのです。


この羊飼い達にはどういう論理と倫理があるのでしょうか。やがて彼等は納得したように散ってしまいました。彼等のような原始的社会においてはただ強い者のみが妻を獲ることが出来るのでしょうか。

私達はサットマのなかに入りました。気の抜けたように私について来た彼女は突然わっと泣き出して、私に異常な力でしがみついてきました。私は彼女の肩を抱きながら自分でも眼に涙が溜ってくるのでした。

砂の上で魔女のように叫んでいた彼女の燃え上るような姿が私の眼の前に永い間消えずに残りました。しかし彼女はいま私の胸のなかで子供のように泣きじゃくっていました」

五

「私は遂に彼女と共にすみ、彼女と共に羊を飼うことになりました。

私達は羊をつれて砂利の原を横切り、ピンクと黒と白のテントに似ている山脈の間の狭い谷間を行くのです。そうすると再び土地が開けて、思いがけなく草原に出るのです。その草原は一方に高い崖があり、他の側にはやはり高い浸蝕段丘があってあまり広くはありませんが、非常に美しく所々にポプラが生えているのです。その草原のはずれに素晴しい泉がありました。それは幅八ヤード位ある谷底の砂から湧き出ているのです。こんな荒寥とした山中にこんな美しい泉と草原を発見することは本当に嬉しいことです。

私達はマラルメの詩にある半獣神のように無邪気に戯れ合いながら、一日を通しました。彼女はだんだん支那語がわかって話が出来るようになりましたので、私達はとりとめのないことを一日しゃべっていました。

しかし私は同時にこの部落の生態を彼女の口から知ることが出来るようになったのです。

私が——幸運にも——刺し殺した彼女の夫というのは部落一の強力を持っていて、絶大な支配力を振っていたのだそうです。今はトルコ人のニコライという老人が支配権を握っているのですが、支配力が弱いので内紛が起っているということでした。

そこで彼女の希望は私がこの機にここの酋長になることでした。

ある日の夕方でした。血のような真赤な夕日が涯しない砂漠に落ちる頃でしたが、彼女が今晩、ここを通る隊商を襲うのだと話してくれました。羊飼い達があのすばらしい草原に住まずにサイの縁にサットマを建てているのは、盗賊として便利なためなのです。

私は殺された男のライフル銃を持って集合場所である大きなメサの蔭に彼女と共に集りました。松明の火が緊張した男の顔を照していました。やがて数頭の駱駝の足音が聞えてきたので一同は飛び出しました。

彼等は隊商を止めて新疆省の税関吏だと云い通行税を要求したらしいのです。彼等の手口はその隊商が武装しているとそのまま国税を取って引下りますが、武装していないと、駱駝は勿論金目のものは残らず掠奪してしまおうというのです。

所が隊商達と押問答しているうちに、盗賊達のうちに動揺が起りました。彼女が私に耳打してくれたことによると、隊商達は白人で砂漠の旅に慣れた者らしく十分武装しており、人数も思ったより多いと云うのであった。

私達は白人と聞いて半分懐しさの余り、押問答している中に割って入りました。私はまず彼女を通訳して殺気に燃えている部落の大将株の若者に、このまま闘争になるとこちらもかなり打撃を受けずにはいられないから、黙って引取ってくれるように、しかし欲しいものは必ず奪るからと納得させました。

それから隊商のリーダーらしい逞しい身体のヘルメットをかぶった男に向いました。

松明の光にぎらぎら光っている男の顔を暫く見ているうちに見たことがあるような気がしました。彼はちらりと私の視線を外らしました。

私は彼とウルムチで会ったことがあるのでした。彼は白ロシア人で密輸入者として知られていたのです。

「どうですか、ここで吾々の要求するものを出された方がいいと思いますがね」

「そんな馬鹿な！」

と彼は叫びました。

「しかし私は君等が何を運んでいるか知っていますよ。丁度コンチェにはウルムチ政府の軍隊が来ているから、都合が良い……」

と云い出すと彼はぎょっとしたように眼を見開きました。駱駝に積まれたのは主として武器で、当時まだ猛威を奮っていたウランゲリ男爵の軍に密輸するものだということを私は何度も聞いていました。

私は次いでウルムチにおける討伐軍の様子を聞かせますと、彼は思い当った所があったと見えて
「君もかなり経験があるらしいね」

とにやりと笑いながら
「それじゃ、いずれ頂戴に上るまで暫く荷物の一部を預っておいてもらおうか」

と云って十二頭の駱駝のうち、五頭をおいて行くことに渋々ながら納得しました。この三頭の荷物にはこちらの要求する、小麦粉、小鍋等が含まれていたのです。

「それは有難う。メサの蔭にいる若者達は血に飢えているから用心して通り給え」

と云って私は引上げて来ました。こちらから云えば大成功でした。というのは密輸入側はソ連製のアモ機関銃を持っていたから戦闘になれば一たまりもなかったのですが、彼は私を見て、武装したウルムチ政府の密偵だと思ったらしいのです。あるいは殊によったら彼は私が想像したより、もっともっと重要なものを運んでいたのかもしれません。今考えるとどうも後の方が確からしいのです。それは後にお話ししますが……」

六

「この事件があってから、私達を見る羊飼い達の眼が寛大になったような気がしました。

私達はまた原始的《アダム》な牧歌的な生活に還りました。彼女は自分に縛りつけるような強い眼で私の顔を時々じっと見るのです。それは恋するもの、恋に狂する者の眼なのでした。

私は何か神秘的な空恐ろしいものをいつも彼女の眼に感ずるのでした。

三ケ月経ちました。そのうちにどういうわけか、私の胸は郷愁に痛むようになって来たのです。今はタクラマカン砂漠に限りない郷愁を感じているのに、魅惑的な彼女の傍に居ながら何故魂はそこを離れて遠くをさまようのでしょうか、それは探険家の漂泊の心なのでしょうか。

私は草原の端に切り立っている崖に登って南の方を見ました。

あるとき今まではメサに隠れて見えなかった懐しい叢の黄色い線が遥か遠くに見えたのです。ああ あれはクム河畔《ダリヤ》の葦の叢です。

私はそれを見てからクム河の水が恋しくて堪らなくなりました。あそこに出れば探険隊員にも会うことが出来るかもしれない！

彼女はそれを知って寂しい顔をしましたが、それでもその翌日には三日分の糧食を積んだ駱駝をひいて来て、自分も乗り、私にも乗らせました。

私は外のことに心を奪われていましたから、彼女はただ沈鬱に黙っていました。

一日駱駝に乗って翌日、懐しいクム河に到達しました。そして私が彼女に捕えられたあの洞窟のあるメサの上にも立って見ました。ロプ湖は遥か地のひだに隠れて見えませんでしたが、水際に生えている植物の叢は遠くまで黄色につながり地平線を横切っておりました。

洞穴のなかには、ああ！　私の写真機がまだそのまま転がっておりました。私は慌ててそれを拾いあげました。

こうした過去の生活に対する愛情の露出はどんなに彼女の心を悲しませたでしょう。彼女は今出た方角、北の方の北山《ペイシャン》山脈とその背後に聳える天山山系の雲をじっと見ておりました。

私は改めて洞窟のなかに入って見ますと、なかはかなり奥深く、人が通れるほどの三十ヤードほどの穴になっていましたが、なお狭くなって奥に続いていました。底の砂や粘土を取り除けばなお洞窟は広いものと思われました。この片麻岩の壁や天井には明瞭にのみの跡が残っているのが奇怪でした。ゴールド・ラッシュの潮はこんな砂漠をも掘り起したのでしょうか。

やがて私達は駱駝に乗って帰路につきました。その翌日の昼頃でした。私は駱駝の上から東の方に船のように浮んでいる三台の自動車を発見したのです。ああ私の胸は昂奮で波打ちました。

だんだん近づくとそれがあの懐しい吾々の三台のフォードであることがわかりました。ああ私は全く泣き出してしまいました。

自動車が近づいて来ます。ローウェル博士もフムメルも……皆乗っている!

私は大声をあげて駱駝から降りて砂の上を走り出しました。

意外の再会に驚いた隊員は私を拾いあげ矢つぎ早に質問と、接吻を浴せました。私は夢中でしゃべりました。そしてああ何ということでしょう! 私は彼女を忘れてしまったのです。自動車は彼女の傍を通り過ぎて走り去ってしまいました。

彼女はあの激しい眼で走り去る自動車を見送っていたのでしょう。私が気がついて慌てたときは彼女の姿はヤルダンの蔭に消えていました。私は自動車を引返してくれるように頼みましたが、ガソリンと時間が貴重なこの砂漠では誰もきいてくれませんでしたし、私もそれを強く云い得ませんでした。ああ! 何ということでしょう! 私は後悔に身を切られる思いをしなければならなかったのに、どうしてそのとき彼女を忘れてしまったのでしょう。可哀そうに彼女はきっと砂漠の砂に身を投げて胸をかきむしって泣いたことでしょう」

七

「私達はその日から北山山《ベイシャン》丘地方の地図では空白になっている地上における最もすさまじい砂漠であるガシュン・ゴビの砂丘に向って前進しました。何度も北へ南へ偵察隊を出しましたが、徒労に終り、砂に嵌り込んだ貨物自動車を引きあげ引きあげ超人的な努力を以てこの砂丘の海を渡りました。

一、二度雲のように真白に乾いた小塩湖の側を通り過ぎました。また野生駱駝が踏み固めた道も度々見ました。それは砂漠の彷徨える船のみが知っている泉へ続いているのです。

しかしよく探すと砂に埋もれて石塚が見つかることがあります、それは私達の道と、附近の泉を教えてくれるのです。

ここの難航でガソリンを恐ろしく喰い込み、漸くの思いで駱駝井《ロトチン》に着き、それからハミから安西《アンシー》へ行く本道を通って最初の基地である安西に到着したのです。

私達は安西の支那人市長と、この町にある欧亜航空公司の代理人から厚いもてなしを受けました。そしてここで新疆でまた新しい戦争が始まっていることを聞かされました。東トルコがウルムチの盛督弁に反抗して叛乱を起したのです。叛乱軍の三箇師団が安西に向って動いているということでした。

そこで私達は計画を中断してひとまず北京に引あげ、北京大学の研究所で資料の整理をすることになりました。

私は自分の写してきたフイルムを整理しているうちに懐しい楼蘭の王女の写真が出て来ました。ああ、ヴェエラはどうしているでしょう。私は何という情ないことをしてしまったのでしょう。彼女は私を恨んで泣き叫んでいるでしょう。あるいはあの草原のポプラのもとに坐って楽しかった私との生活を思い出して遣瀬なく心を痛めていることでしょう。ああ！　すべて夢だったのです。いや私の情ない仕打のためにすべてが夢になってしまったのです。一体私はあのとき何を考えていたのでしょう。あのまま探険隊員とも遭わず彼女と一緒に羊を飼って暮していた方がどんなに良かったか！

さて、次のフイルムを見たとき私は思わずおやと声に出して叫びました。

この一本のフイルムの最後の一枚は写真機があの奇異な洞窟の中に置き忘れられていたために何も写っていないはずのものでした。所がどうでしょう。現像して見るとかぶって一面に白くぼやけているのです。

不思議に思って他のものを調べてみると、そのなかには同じようにかぶっているものがあります。

おき忘れられている間に、写真機にふれた者があったのでしょうか？　それとも……しかしもし誰かがいたずらしたとすると写真機の他の部分が破損もせず、別にふれた様子もないのが不思議です。それにほかにあの写真機は洞窟のかなり奥の暗い壁際に落ちていたのですから、シャッターにふれただけではそれほどかぶるはずはないし、シャッターが下りたのなら、もっとはっきりした形が撮れても良さそうです。またそれでは他のフイルムまでかぶっていることの説明がつきません。

私は写真機が落ちていた場所を思い起してみました。そしてあの洞窟にのみの跡があった。何かを採掘した形跡が見えることに想い至ると私は突然ある考えに打たれました。

あれは曾ての『ゴールド・ラッシュ』の時代に金《ゴールド》を採るために掘られたものではないのだ。あそこには原子工業に必要な放射性物質が埋蔵されてあり、それを掘ったのだ！　そしてその物質の強力な放射線が写真機を貫いてフイルムに感光したのだ！　と思いました。

私はこの考えにすっかり打たれてしまいました。何故ならこの物質は金などとは比較出来ぬほど貴重な、豊かな物質であったからです。世界中の原子工業者は血眼になってそれを探しています。石炭や石油などより幾億倍もエネルギーを放出させ得るこの放射性物質の価値ほど大きなものはありません。

しかし一体誰がここを掘ったのでしょう。ゴールド・ラッシュの時代は原子エネルギーの利用などということは考えもされませんでした。それが問題になってきたのはごく最近のことです。ではごく最近になってそれを掘ったのでしょうか？　それならあの四個の骸骨はどういうわけでしょう。少くとも四五年は経たなければあのような白骨にはならないでしょう。落ちていた真鍮のボタンももう十数年前に使われていた古い型のものです。

私は混乱し困惑して茫然となってしまいました。

それでは吾々が知る以前に原子エネルギーの秘密を知り、それの工業化を計画したものがあったのでしょうか？　ああ、それは考えることも出来ない空恐ろしいことです。この超強力な原子エネルギーを十数年前に平和的に利用出来たような人々の文明は一体どんなものでしょう。そしてそれが本当にこの地球上にある――あったのでしょうか？

私は放射性物質が愚昧な人々を迷わすために蒙古高原のラマ僧達が使っていた事実を知っていました。それは皮膚を焼け爛らせる恐るべき『火の石』として知られておりました。

それから私はごく最近チベット・ヒマラヤ方面に地殻の大変動が起りつつあるというセンセイショナルな報道をも聞いていました。そしてチベット高原を飛んだ某機上から、高原の上に見なれないきらきら金のようにきらめく建物《ビルディング》が望見されたという噂があったことも知っています。

そういう事実を考え合せてみるとき、私の考えが、全くの空想的な想像でもないように思われました。

もしそれが事実ならその放射性物質を奪い合う人々の群によって再びゴールド・ラッシュ時代の狂態が、演ぜられるでしょう。あるいはクム河の河畔にアリゾナの砂漠中のロス・アルモスのそれよりも大規模な原子工場が現出するでしょう。

どちらにしても『絹の道』が再びその繁栄を取り戻す日も遠くはないのです。ああそのときは！」

八

「私はこの予想、すばらしい未来への予想を確かめたい気持で居ても立っても居られませんでした。私はすぐにローウェル博士や同僚のフムメルに話してみましたが、とにかく今すぐに出掛けることは甚だ危険だと云って取合ってもくれませんでした。実際そんな所に出て行けば永久に還って来られなくなることはわかっていました。三年前にやはりトンガン軍の叛乱が起ったとき、ドイツの探険家、考古学者数名が叛乱軍に捕えられ、それから消息を絶った事件があり、私達の今度の旅行でさえも南京政府の交通部長は容易に旅行の許可を与えてくれなかったし、また安西の市長はどうしても十名の護衛兵をつけなければ旅行を許してくれなかったものでした――もっともこれは自動車に乗れないという理由でやっと断わったのですが――

私は奇怪な幻影と憧憬を心に抱き、それから三年間北京大学でアジア史を講じながら、探険の機会をうかがっておりました。

所が漸くその機会が訪れたのです。ミハイロフ将軍麾下の赤色ロシヤ、蒙古人、支那人から成る外蒙古自由政府軍の五ケ師団が東トルキスタンを制圧し、再び砂漠地帯に平和がやってきたからです。

私は南京政府の許可が得られるのを待たずに、五名の探険隊を組織して北京を出発しました。今度の旅行は甚だ冒険的でありました。叛乱軍の敗残兵や匪賊の危険は砂漠地帯から未だ去ってはいなかったからです。しかし私の心はもうそれ以上待つことが出来なかったのです。

ヴェエラの悩ましい幻影が私を執拗に砂漠に招き寄せます。未知の文明への空想が、私をじっとさせておかないのです。

私達の困難は以前にも増して甚だしいものでした。私達はガソリンの入手がうまく行かなかったため、駱駝と驢馬の気の長い旅を続けなければならなかったのです。

しかし遂に私達は安西に到着し、ガシュン・ゴビに向いました。ああ懐しいクム河の黄色い叢が見えます。

私はあの王女の柩の埋まっているメサを目指してクム河を遡り始めました。船頭の東トルコ人は撓身《ブレード》で一漕々しながらメランコリックな船唄を歌っていました。私は再びクム河の上に居るのです。

しかし何ということでしょう。クム河は河床を変えてしまったのです。私達はとうとうコンチェまで遡りましたが、あの懐しいメサは見当りませんでした。失望した私はまたクムを下ってロプ湖まで舟を返しましたが、ためでした。今度はそれらしい二三のメサを探ってみたのですが、徒らに幻滅の苦さを味うばかりでした。しかしただ私が今度大事に持って行った計数管装置はクム河畔の数ケ所で放射性物質の存在を検証したのです。それは私の予想をますます強めはしましたが、私の夢を現実にはしてくれませんでした。そしてヴェエラ！ ああヴェエラを探す手掛りを全く失ってしまったという取返しのつかない嘆きで私の心は惑乱してしまったのです。

失望の苦しさに理性を打ち砕かれてしまった私はある日駱駝に乗って当てもなく北の方へ漂泊《さすらい》出たのです。ヴェエラと楽しく暮したサットマはサイに近かった！ あの香わしい草原は浸蝕段丘の谷間にあった。私は思い出にひかれてさまよい出たのです。

サイの縁に出てからそれに沿うて三日も歩きましたが、サットマ（小屋）は見当りませんでした。

ある日、私は砂漠の砂に埋もれた一人の男の死体を発見しました。その男は無残にも手足を断たれ、身体中に創を負うていました。

その死後の様子から、この惨劇は近々四五日以内に行われたと思われるので、私はこの辺に人間の居る？ といくらか活気づきました。

さて、私がその男の死体を調べていると思いがけず、計数管装置の電流計の針がふれるのです。おや？ と思った私は男の身体を計数管で探しますと、男の上衣《チャパン》のかくしから、強い放射性を持つ鉱石が発見されたのです。おお彼はこの物質の価値を知っていたのでしょうか？

そしてこの無惨な死に方は？　ああ、それはあの洞窟のなかの髑髏と同じ殺され方なのです。

この石をめぐって、既に十数年前から今に至るまで、何か秘密な争奪が行われ、不可解な犠牲者が出たのでしょう。あるいはその石は土俗の原始信仰では神聖なものとされているのかも知れない。そして信仰上の理由から不可解な闘争が起われたのかも知れません。

しかし私にとってそれは大きな問題ではありません。ただこの地方はとにかく放射性物質を産するのだということが分ったことが重要だったのです。……しかしヴェエラを失った今の私にはそれさえもそれほどの心の昂ぶりを感じさせなかったのです。

私は本当に心も身体もすっかり疲れ、暗い気持ちを抱いて安西に辿りつきました。しかしこの旅行でもただ一度花火のようにきらめいた不思議な思い出が残りました。

それは安西に着く三日前でしたが、疏勒河《スーローホー》の河畔の泉に露営《キャムプ》したときでした。曚い新月が登って淡い光をテントのなかに注ぎ入れていました。私は夜中にふと野獣にねらわれたような恐怖を感じてはっと目を醒したのです。そして私はあの奇異な彼女の強い視線を思い出したのです。私は急いでテントを飛び出しました。勿論荒寥とした砂漠があるばかりでした。

しかし私は翌朝そこから四、五ヤード先に、丁度私が彼女の夫を刺し殺したときに使った短剣と同じものを発見したのです」

九

「私はそれから砂漠の記憶を忘れるために、郷里のイスタンブールに帰って暫くそこの大学で放射線を学んでから、こうしてソルボンヌへやって来たのです。私は自分が描き出した幻想を忘れることが出来ないのです。原子エネルギーを利用している世界を知りたいと思ってこうして放射線学を勉強しているのです。

私はこの花のパリで美しい友人――いや恋人と云ってもよい――を得ました。私達は結婚する約束をしました。そして漸くヴェエラへの悩ましい思い出も私の心から消え去る時がきたと思いました。

所がどうでしょう。この私の恋人が突然死んで――いや殺されてしまったのです。ああ何という不幸なことでしょう？　そして恐ろしいことに彼女は自分の寝室で両刃の短剣で胸を刺されて殺されたのです。両刃の短剣ですよ。私はこれを聞いてヴェエラを思い出し慄然としました。砂漠のなかで私をじっと見つめていた眼は確かに彼女のです。そして彼女は常に私を監視しているのです。彼女はそして私を決して他の女へ渡そうとしないのです。

× ×

光岡さん。どうでしょう。この事件を調査して下さいませんか？　ええ私はよく知っています。貴方がこの方面にどんなにすばらしい才能をお持ちになっておられるかということは！

私は知りたいのです。私を脅えさせているあのしびれるような凝視が実際彼女のそれであるかどうかを私は知りたいのです。それは随分おかしなあり得べからざるような事かもしれません。しかし彼女は出来るのです。

私は彼女と三ケ月生活して、彼女がいかに不思議で神秘的であるかを見ています。そして彼女の前には不可能なことは何一つないのです、ただ恋を得ることを除いては。

私は秘かにこう思っているのです。彼女はもしかすると私が幻想したあのすばらしい未知界の女ではないのだろうかと。そこでは恐らく人間改造さえも行われているでしょう。ああ私の空想はとめどなく拡がり、一層私を苦しめます。……しかし……

しかし、もしヴェエラが殺したとすれば、彼女は生きているわけですね。そうだ、もう一度砂漠へ行って彼女を探そう。いや、彼女はいつも私の傍についているのです。ただ彼女はこの詐偽と悪意に満ちた世界には姿を現わさないのです。私はまたあのポプラのある草原へ行って彼女を見つけましょう……」

十

回想は彼を昂奮させた。彼は話しているうちに彼女への思慕がだんだん高まって行き、遂に彼女を現実へ取戻そうと決心させたのである。

彼は自分の話を絶叫と共に話し終るとすぐに中央アジア探険隊の組織に取かかり、未だ資金も集らぬうちに後事を同志の友人某に託して、単身北京に飛んだ。しかし彼を乗せた欧亜航空公司のＰ・Ｌ旅客機は中央アジアの砂漠地帯の上空で消息を絶ってしまったのである。

彼の死体は発見されなかったけれども、その死は確認された。

私は彼に依頼された彼の恋人、ジュリエット・ポール嬢の殺害事件の調査に当ったが、パリ警視庁当局と同様、何等具体的な結論を得ることが出来なかった。ただ警視庁の捜査課長のエルブラン氏からアリ・ペック彼自身がジュリエットを殺したのではないかという奇怪な推測を告げられたときには、私は思わず慄然として血の逆流するのを感じた。

私は彼の話を真実と信じている。また彼の予想が的中していたということも今になって確証出来る。もっともそのためには私自身が中央アジアで経験した不思議な物語りを告げねばならないだろう。

盗まれた手

我等が見、さては見るが如く
　思うすべてはただ夢の中の夢にすぎず
　　（エドガー・ポウ）

一、サン・トノレにおける事件

ルクサンブール公園のマロニエが白い花をつける頃であったが、モンパルナッスのあるカフェーであたりかまわず声高で議論している若い一団があった。

彼等はこの辺りの汚い家具附下宿からポンスを飲むために出て来た世界各国の芸術家の卵であった。そのなかに理論物理学者光岡が混っていた。彼はソルボンヌ大学のC教授の研究室に出入していたのだが、彼のアイディアはむしろカフェーの椅子の上で生れるのであった。

若い芸術家達の共通の話題と云えば、……勿論美の所在……つまり美しい女の話であった。

「……それは君、女の美しさは湖のように澄んだその眼にあるに決っている、君等はシュザンヌ・ビアストル嬢を知っている……」

とポーランドから来たフェルデシチェンコが盃をおいて叫んだ。

「彼女の眼はやぶにらみだぜ」

と誰かが気のない調子で混ぜ返した。

「やぶにらみて、おお勿論そうだ。だからこそ僕はいつも睫《まつげ》越しに物を見る彼女の眼の美しさを云うのだ。使い古された美しさでない、新しい神秘的な夢幻的な深い美がそこにある。ボードレールを待つまでもなく、僕は……」

「既にやぶにらみの詩をシュザンヌに献じた！」

とまた誰かが混ぜ返して笑声と共にフェルデシチェンコのおしゃべりを沈黙させた。

このようにして彼等は女の美の本質を論じた。あるものはそのしなやかな胴の曲線にあると云った。また他のものはその薔薇の蕾のように潤っている唇にあると云った。そして彼等は思い思いに自分の恋人達の面影を彷彿してみて自分の心を燃え立たせるのであった。そのとき今まで黙っていた、パンヴィルが突然秘密そうに云いだした。

「君達はサン・トノレ街のド・ラクノー伯爵夫人を知っているかい？」

上流社会のサロンに出入しているのはパンヴィルばかりであるから、いつものように誰も返事をしなかった。

「夫人の手こそ、造化の極致だね。澄明な百合色の、しかしその底に暖い血の色がすいて見えている優しい指、指のつけ根の魅力的なくぼみ……、そしてその握手するときの握り方！　はじめ柔かく、そして徐々に力強く、しっとり、なつかしさをこめて、そしてまた後にひかれる余韻を残して静かに手を離す！　諸君、一度でもよいから夫人の握手を盗んで見給え、夢見るような気持になる。

今まで夫人についてはとかく噂があった。傲慢で冷たく、嫉妬深く等々というような、確かに夫人は男優りの毅然とした、物に動じない理智的な冷たさはあった。しかし今までは彼女の隠された心の暖かさを誰も知らなかったのだ。

ところがある偶然のことから、彼女のこの優しい握手が知れると、忽ち彼女は上流交際社会の女王になってしまったのだ。この握手を与えられてうっとりしないものはなかった。すべての人は彼女のなかにこの握手によって表現される優美さしか見ないようになった。

サン・トノレの邸の周りにはこの握手を享受しこの手の指に接吻させてもらうために、パリ中の男達が集った。勿論僕もその一人だったのだがね。そして噂以上に夫人の手が美しいことを知った。それから一週間ほどは夢中だったね。自分の手に夫人の手を握ったときの暖い触感がいつまでも残って堪らなかった。恋情というものは肌にふれ合う触感から生ずるものだということをはっきり知ったね。……」

そのとき自分の言葉に酔っているような、パンヴィルに思いがけなく隅の方からバビネが毀れたような声をかけた。

「その握手の握り方はいつも、誰に対しても同じなのかね？」

驚いてその方を見ると彼の顔は目立って蒼かった。

「どうしたんだい？　君の云う通り、夫人は自分の魅力の源泉を承知しているから、握手を粗略にすることはない。いつも同じだ。始め静かにだんだん強く、それからまた柔かく、……とても普通の人間のぎくしゃくした握り方では出来ない神秘的な微妙さだ！」

バビネの顔はますます蒼く、額から流れる汗がきらりと青く光った。

「どうした？　気分でも悪いんじゃないか？　君は今日もオードヴィルを飲み過ぎたよ」

と光岡が彼に近附き腕を取った。

一同も彼の周りに集った。彼は皆の同情をひく理由があったのだ。

彼は三ケ月前に許婚のジュヌヴィエーヴ・カルタン嬢を喪ったばかりなのであった。彼女も在りし時は一同の仲間であった。彼女は生々とした聡明な女性であった。彼女はソルボンヌで彼の良き助手となって、彼の高層気象の研究を助けてきたのであった。

彼は彼女を喪うと眼に見えて憂鬱になり、肉体的の衰えさえも眼立ってきた。そして毎日黙ってカフェーで酒ばかり飲んでいた。

光岡は彼が人には云われない胸の中の苦しみがあって、それが彼を、むしばんでいるのだと思った。そしてそうした苦しみはすべて人に打明けてしまえば慰められるものである。光岡はバビネに度々話しかけてはバビネをそうした方へ導こうと努めたのであったが、性来無口の彼は容易に話そうとしなかった。それ以来光岡の胸にはバビネを思う母のような心が残った。

バビネの異様な昂奮に一同奇異に思うと共に、身慄いするようなある予感を感じたのであった。

それから五日ほど経ったある日、光岡がC研究室の自分の机の前で、フィジカル・レヴューに投稿するレターを書いていると、小使が面会人が来ていることを知らせてくれたので、出て見ると黒ずんだ地味な服を着ている未知の男で、

「私は、ド・ラクノー伯爵家の執事のフレヴィールと申すもので……」

と名乗ってから主人の用命を伝えた。

「ド・ラクノー伯爵？」

と彼は驚いてついこの間のパンヴィルの話を思い出した。

フレヴィール執事が彼に伝えたのは、もし彼が暇ならば、是非サン・トノレの邸まで来てもらいたい。お願いしたい事がある。という暗示的なものであった。

光岡はふと好奇心を覚えた。そしてちらとバビネの眼を思い出した。

「お出で下さいますか？　有難うございます。ここに自動車を待たせてありますが」

「では早速参りましょう」

と光岡はすぐに定紋つきの車に乗った。

サン・トノレの邸に着くと、慌てて主人の伯爵が玄関まで出て来た。伯爵の彫りの深い剛毅な顔には不思議な蒼白い懸念の色が浮んでいた。

応接室に招じられた光岡は伯爵から不思議な話を聞いた。それは丁度四日前のことであった。その晩伯爵家では恒例の晩餐会が開かれ、パリ知名の人士が招待された。そのなかに見慣れない青年が居ることに彼は気が附き、それが誰であるか見究めようと近づく前に、その青年は真直に夫人の前に進んだ。この青年の顔には凄じい緊張が現われていた。怖ろしくなって彼を避けようとした夫人に追付き、と彼は無法にも、彼女の右手をぐっと握み、彼女の手袋を手からむしり取った。そしてその美しい手を凝然と見つめていたが、それを眼にあてて、立ったまま泣き出したのである。人々はこの青年の無礼に驚き、彼を邸の外に追い出した。

所がその夜夫人の寝室に何者か賊が入り、何ら盗まれたものはなかったが、夫人は不気味なガラスのようなものを摑まされた。と云うのである。

これ等の不思議な事件は一体何を意味するか全く不可解であったので、余計に夫人をおびえさせ、伯爵を忌立たせた。彼は旧知のマルタン警視総監にこれを話した。総監はにやにや笑いながら、

「伯爵夫人の手はよほど魅惑的だとみえますね、気を附けないと……」

と云ったが、警察当局で調査するほどの事件でもないので、二三の事件に独特な捜査方法で、その卓抜な推理力を示した日本人、ヒデミ・ミツオカを思い出したので、彼を伯爵に紹介したのである。

光岡はこの伯爵の話を聞きながら、またしてもバビネの顔を思い出したのである。

彼は伯爵にある自信を以てこの事件の解決を約束した。彼は実はこの数年間の夫人の動勢を知りたかった。彼は夫人に会ったが、夫人との会話からは何等の手掛をも得ることが出来なかったのである。

彼はこんなことを思い浮べた。かつてある不名誉な事件があった。それは伯爵夫人に関係していた。しかし誰も知らなかった――はずであった。所が夫人は事件の現場に自分の指紋を残してきた。賊はそれを知ったのだ。

そしてそれを確かめにやって来たのだろう。

彼等は証拠を得た。それはやがて夫人を脅迫し彼女から多額の金を奪い取るよい材料になる。遠からず彼等から脅迫状が来る。そのときこそ自分の活動すべき時だ。未だ時期は早い——。

と、考えて彼はこの日は夫人の指紋を取るために使い古したクリームの空瓶をこっそりポケットに入れて引上げた。

二、多すぎる手

所が、翌日彼は浮かぬ顔をしてまたサン・トノレに現われた。クリームの空瓶は二種類もの異った指紋がとれたからである。今度は指紋採取装置一式を携えてやって来た。

彼はまず夫人のを採った。そしてそれが確かに昨日クリーム瓶から採ったものの一つ（右手中指）であることを確かめた。

次に彼は小間使いのイレーヌの指紋を採った。そして昨日のものと見較べた。所が、それは違った。

まごついた彼は気狂いのようになって伯爵邸のすべての人の指紋を採ったが、該当するものはなかった。今度は夫人の居室に侵入してその不明の指紋を探し廻った。そして漸く化粧台の鏡の裏側から所属不明の明瞭な右手の人差指と中指の指紋を得た。

彼は夫人に会って持っていたクリーム瓶をいつ買ったか訊ねた。そしてそれが約一年前にもとめられたものであることを聞くと、彼は今度は伯爵に最近一年間にこの邸の女中が変ったというような人の出入があるかと訊ねた。伯爵の返事は否であった。

小間使のイレーヌはブリターニュの出身だが三年前女中として入った非常に役に立つ娘で、夫人の身の廻り一切のことを引受けてやっており、夫人に大変可愛がられている。夫人の居室に入るのはこの娘と伯爵、それに掃除をする女中のシュザンヌだけであった。シュザンヌは化粧台には一切触れないように云われている。

というのが、女中について光岡の聞いたすべてであった。

とにかく彼の前から姿を隠している人間が居るということが光岡をいらだたせた。

光岡がこの結論を伯爵と夫人の前に打明けると夫人は

一瞬何かひらめいたように眼を見開き、腕を痙攣的に慄わせた。伯爵は不満な眼附きで夫人を見ていた。二人ともそれぞれの理由で思い当ったことがあったのであろうか。

光岡は伯爵に今後の方針をちょっと話し、何か変ったことが起るかもしれないが、心配するほどのことはないから、よく注意して、起ったらすぐに電話で知らせてくれるように、下宿の電話番号を云って帰りかけたが、ふと思いついて引返し、夫人の部屋に入って行った。夫人の眼には明かに不安の色があったが、彼女を見た光岡の黒い瞳には人の心を和せる優しさがあった。彼は探偵としてでなく、夫人の憧憬者として彼女の前にあった。

「御心配は要りません。あのことは誰にも仰言ってはいけませんよ」

「有難うございます。ほんとに……伯爵は……」

「嫉妬深くていらっしゃるから」

と云って光岡はにやりと笑ったが、

「御安心下さい。私が適当に取はからいますから、それでは安らかにおやすみ下さい」

と云って彼は手を出した。

そのとき夫人ははっと手をすくめたが、その魅力的な右手を差出した。光岡は複雑な表情をしてそれを握りながらみつめていた。

彼は下宿へ帰ってからも夫人の右手が忘れられなかった。彼をひきつけたのはしかしそれが単に美しかったからではないのだ。キリストの奇蹟を見た狂信者のように、何かあり得べからざることを見たような不思議な印象なのであった。

そしてその狂信者の群れが夫人をとり巻いて不可解な昂奮に吾を忘れている。バビネがそうだ、それからパンヴィル、ミツオカも……一体、何がその原因なのだろう。

その翌日、彼がまだベッドに居た午前四時頃下宿の電話がけたたましく鳴り響いた。彼は不吉な予感がして受話口に掛た。

「……ああ、ミツオカさんですね。私は伯爵……ド・ラクノー伯爵家の執事ですが、昨晩大変な事が起きました。あの、夫人の寝室へまた賊が入りまして、今度はその……ああ、怖ろしいことで……」

「何ですって？　どうしたんです？」

「ええ、夫人の右手が截り取られたのです！」

「ええ！　右手がとられた！　どういうわけだ、……すぐに行きます」

彼は慌ててサン・トノレ街に自動車を飛ばした。

夫人は失神から漸く気がついていたが、右手を截り取られたことを知ると声を出して泣いたそうである。そして部屋に引籠り伯爵さえも入れないのであった。

光岡にもこの椿事には異常なそして悲痛なショックを与えた。彼は夫人のこの手を一度昨日見たばかりであった。そして彼もまた、その手の神秘的な清澄な春のような肌の色が忘られないのであった。そして、あの不思議な柔かな握手の触感！　ああそれがもうこの世になくなってしまった！　もう二度とは見られない。あの美しい手は、もう還って来ないのである。彼は大げさな身振りで嘆息した。ああ、取返しがつかない！

彼にはしかしふと思い出した暗い心当りがあるのであった。

一体あの夫人の手にはどういう秘密があるのだろうか。ただ手の魅力だけであろうか？　何故截り取る必要があったのだ？　何故こう夫人の手だけを知っている人間が多いのだろう。

彼は自分の目算が外れたのを悟った。賊は実際夫人の手そのものが欲しかったのだ。夫人の右手に一切の原因がある。彼は注意をその手だけに向けることに決めた。

彼はふと思いついて伯爵に訊ねた。

「夫人は最近、手に怪我をなさったことはありませんでしたか？」

「そう、もう三ケ月になるが、右手の指を病んだことがありました」

「それで、その指は切断なさいましたか？」

「いや、そんなことはない。切断せずにすっかりよくなりました」

「で、その治療に当った医者は？」

「ルクサンブールのダルブーという医者だったと憶えています」

「その後、夫人の身辺に何か変ったことはありませんでしたか？」

伯爵は思い出すようにシャンデリヤを仰いでいたが、笑いながら云った。

「そうですね。変ったことと云えばそれから急に夫人が美しくなったことですね」

彼は早速ダルブー医師を訪れた。彼は中年の鋭い眼付きをした男で、ソルボンヌ大学附属病院に居たことがあると云った。光岡が切り出したド・ラクノー伯爵夫人の手については次のように云った。

夫人の右手の中指がひょう疽にかかったことは確かで手当をしたのは自分である。かなり重患であったが、指を切断するほどではなく、指先を二回ほど手術して、整形手術をし元通り殆んど目につかぬほどに治癒した。と云うのであった。

光岡が突然云った。

「実は夫人のその右手が切断され紛失したのですがね！」

この言葉の効果は実に意想外であった。彼はさっと蒼白になり打たれたように二三歩よろめき、ぐったり椅子に腰を下して汗をふいた。しかし彼はやがてもとの冷い顔附きにかえった。

「これは驚きました。一体それはどういうことなんでしょう？　ああ、夫人の手、実に素晴らしい美しさでしたが」

光岡は思った。彼もまた夫人の手の讃美者であったのか！　彼はあの治療をしていた遠慮のいらぬ三週間をどんな恍惚とした思いで過したことだろう。医者にのみ与えられる裸形へ近接の機会は、彼にとってどんなに有難いことであったろう！　だが、光岡は彼の驚きのなかに異様なものを認めた。

「その手は誰に切られたのですか？」

「いや、それがわからないので困っているのです。彼等は夜、盗賊のようにやって来て切り取って去ったのですが、貴方は何か心当りはございませんか？」

「ええ、わかりませんね、一体何のために……変態的な男の仕業でしょうか？　馬鹿な奴ですね」

「そうでしょうか？　所でもし義手を作るとすると生きている手と変りのないようなものを作れるでしょうか？」

「え！　現在では無理でしょうね。夫人のは勿論義手ではありませんよ！」

「しかし、こういうことがあるのですがね……」

と云って光岡は指紋の話をした。

「これには貴方も全く無関係ではないでしょう」

彼の顔には明らかに驚愕の色が浮んだ。

「しかし、私には何とも説明がつきません」

と彼は突ぱねた。

このとき、表に自動車の音がし、フレヴィール執事が入って来た。

「ダルブー様。奥様が、是非来て戴きたいと仰言っているのですが」

「宜しい。すぐに行きましょう」

彼は皮肉な笑いを口辺に止めながら光岡を見た。

「僕も行きますよ」

と光岡は彼に喰い下る積りであった。

ダルブーは車中で呟くように、

「貴方は何を知りたいのです？　それを知って何になるんです？」

と云った。

邸につくと彼は夫人の部屋に消えた。夫人は光岡に会うのを故意に避けているのであった。

三、エルブランの下宿にて

光岡は伯爵家の晩餐会に招待された人々の名簿を見せてもらった。そのなかにはパンヴィルも入っているのを発見した。

彼は早速マンリマタン街のパンヴィルの家へ自動車を飛ばした。

「どうした？　何かあった？」

「大事件だ、ド・ラクノー伯爵夫人の右手が截り取られ紛失したんだ！」

「え？　何だって！　それは何日だい？　さては……」

「君は晩餐会に行ったんだろう。そのとき……」

「いや待ってくれ。僕は行かなかったんだ。招待状はバビネにやった！」

「そう！　やはりそうだったんだね」

「うん、晩餐会の前日、バビネがやって来てね、どうしても招待状をくれと云うのだ。夫人の手を見たいと云うのでね。僕はその日の例のカフェーでの出来事を思い出してね、気味悪くなったんだが彼の眼附きを見ていると、もしいやだと云ったらどんなことになるかと怖くなったのでね。……彼だよ、きっと」

「そんなことはあるまいが、彼も無関係ではなさそうだね。夫人の手には秘密があることは明かなんだ。よし、これからコント街の彼の下宿へ行ってみよう」

「僕も行こう！」

彼等はパンヴィル家の自動車を飛ばして、パンテーンの裏のコント街へ入って行った。

煉瓦造りの古い暗い下宿の二階のバビネの部屋は丁度西の日が黄色くさし込んでいた。ドアを叩くと彼は部屋に居るとみえて、

「入り給え」

と云う返事がした。彼等は怖ろしい予感を懐きながらドアを押した。

「おお、ミツオカとパンヴィル！　僕は待っていたんだ。君等が来るだろうということは！」

と奇怪な言葉を吐きながら彼は椅子から立上った。そして、

「これだろう？」

と顎をしゃくってみせた。その方を見て彼等はアッと驚きの声をあげた。それは確かに今切り取ったばかりの女の手であった。紫がかった絹の敷物の上に置かれた幻想的な蒼白な手の薬指には青玉の指輪が陰惨な落日の光に煌めいていた。

「これは伯爵夫人の手だ！」

彼等の脳裡には再び慄然たる考えが見覚めた。

「君は！」

と詰よったパンヴィルにバビネは云った。

「まあ、待ち給え。よくそれを見給え」

パンヴィルはその指を取ってみた。すると愕いたことにその手はパンヴィルの手を握り返したのである。

あっ！　と云って、彼は手をふり切った。その血みどろな青白い手はがたりと床の上に落ちた。

「どうしたんだい。これは！」

「それだけかい。その手にはそれ以上に異状な所が何もないと云うのかい？」

彼の声は傲然としていた。

パンヴィルは再び、こわごわそれを取り上げて調べていたが、突然驚愕の叫びをあげた。

「ああ、これは作りものだ。おそろしく精妙なものだ。重さも、肉つきの具合も、色艶までも！」

「それと心をこめて握手し給え！」

パンヴィルは今度は注意深く再びその青白い手を握った。

「ああ」

彼は自分の思索の陥った動揺を言い現わすことが出来ず、呟いた。その手はあの蠱惑的な情のこもった伯爵夫人の握り方で、彼を優しくほのぼのと握り返したのであった。

「それが、君の嘆美していた夫人の手そのものだ！」

とバビネはまだ繁々と眺め入っている彼等に昂然として云い離った。

「それは僕の作ったものだ！　汚わしい伯爵夫人の手

になるようなものじゃない！　僕は侮辱されたんだ！」

彼の眼には突然血腥い狂気の焔が燃え上った。

「どうしてこんなものが出来るのだ！　この柔かな真珠母色は、この充ち満ちた生気！……こんな怪しい幻想を起させる奇蹟を、どうして君は作ったんだ？」

まだ驚嘆の思いから醒めないパンヴィルが呟いた。

「何、わけはない。ただ半透明な合成樹脂に天然色写真による皮膚の白さを焼付けたに過ぎないんだ。そして掌に受けたショックで手全体がゆっくり握る自動バネ装置を入れ、……それを精妙にやった。ただ技巧上の問題に過ぎない。

しかし君等はこの人工手にあのように熱中していたのだ。作りものだからといって人の生々した情感を喚び起す力がないただのでくのぼうとは限らない。僕はこの永遠の手の作製に全生涯をかけた。僕の幻想的美の理想を実現化するだけにどれほど努力したことか！　それを奪われたんだ！　取戻さないでは居られるものか！」

彼は挑戦的に彼等を見た。しかし彼もやがて最初の昂奮から醒めると、しみじみした思い出に心を打ひしがれて悲しげに語り出した。

「ああ、もう二年も前のことになる。僕はフランスでは初めての高層気象の観測をするためにアルプスのモンブランの頂上に約二ケ月冬ごもりをしたことがある。

惨澹たる経験だった。一ケ月の予定で気軽に山を登ったものの冬山の物凄さは想像以上だった。吹雪に吹きこめられ、山を降りるどころか、一ケ月経っても山小屋から一歩も出ることが出来なかった。そのうちに凍傷にかかり歩くことも気圧と風速を観測するのでさえもやっとだった。脚気になって足の感覚はなくなり、低気圧のために咽喉が乾いて扁桃腺が脹れ血がにじんで来るようになった。思い出しても慄然とする！　しかし僕は不屈の意力を以て観測を続けた。そして傍には懐しいジュヌヴィエーヴが居たのだ。僕と彼女は毎日抱き合って寝、交る交る観測記録を取った。僕等はお互いに励まし合いながら、観測を続けた。それは陰惨ではあったが、しかし張りのある喜ばしい生活でもあった。僕等はお互いにただ相手だけを頼りに生きてきた。お互いの心の隅々まで自分の心のようにわかって来るのだった。何のこだわりもない親しい闘争生活であった。僕等は肉体的にも精神的にも一つになって救援の手に助けられて山を降りて来た。

このときの凍傷によって僕は両足の指を失くした。そして彼女は右手を手首から切り落された。悲惨！　下界に降りてきて心の弱くなった僕は何度彼女の手を取って泣いたことだろう。人に見られると泣き出しそうな顔をして卓の下に隠した手袋をはめた彼女の手を見ると僕はいじらしさに胸をかきむしられるような思いであった。僕はあの苦しかったけれども喜ばしかった雪のなかの清純な生活にくらべて地上の現実生活の汚穢と意地悪さを呪った。

僕は自分で申し込んで彼女の許婚となった。そして遂に決心して彼女の右手を作ることに努力を集中した。僕は彼女の顔を思い浮べながら一心になって合成樹脂の着色法を研究した。この研究を最も熱心に助力してくれたのが、今ルクサンブールで開業している外科医ダルブーだった。

一年かかって漸くやさしく握り返すことさえ出来る手を作ることが出来た。それは人間の肉のように色褪せることも年を老ることもない、理想の手であった。僕は手首から上のなくなった彼女の腕にそれをつけ、そのつぎ目には腕輪をさせた。

ああ何という、それは彼女に似つかわしい可憐な手であったろう。彼女はもうその手を羞しげに隠す必要はないのだ。その百合花の匂いのする真珠色の理想の手を堂々と卓の上におけ。その理想の手はあらゆる人の讃美のまとになるだろう。そのやさしいほのぼのした握手はすべての人の心を魅惑するだろう。ジュヌヴィエーヴよ、君はこの世で最もすばらしいものを身につけているのだよ。

僕等の心は楽しかった。僕等の前には何の心配もなかった。僕等はただ未来を語り合いさえすればよかった。

それが何ということだろう。彼女は突然僕の手から逃げてしまったのだ。彼女は死んだ。モンブラン頂上の生活以来彼女なしの生き方を僕は考えてもみなかった。僕は打のめされた。生きているのか死んでいるのかもわからなかった。そしてあの手はあの理想の手は彼女以外のものに決してなってはいけない。僕は彼女の柩の中にあれを入れた。それは彼女の手だ。右手なしに眠る彼女を考えられるだろうか。彼女はあの右手と共に眠っている。

……と思っていた」

四、墓が暴かれた

「所が思いがけなく怖ろしいことを聞いてしまった。それを聞かせてくれたのは君だ！　ド・ラクノー伯爵夫人の握り方！　ああそれは僕が作った、ジュヌヴィエーヴの手の握り方ではないか！　どうしてそんなことが。僕は君への招待状を無理に貰って伯爵邸の晩餐会に行った、そして夫人の手を見た。

ああ、それは正しく僕の作った手であった。可哀想なジュヌヴィエーヴ！　しかし一体どうして夫人の手になったんだ！　僕は伯爵邸からつまみ出されるとサンゼルマンの墓地へ行き、墓守の首をしめあげてジュヌヴィエーヴの墓があばかれたことを知った！

悪魔め！　僕はその晩伯爵邸に忍び込み、夫人の手の指紋を取り確かにこれが僕の手であることを知ったから、翌日すぐに取戻して来たんだ。

僕の手なんだから、僕の所にあるのが正当なんだ。僕は盗んで来たんじゃない。取戻して来たんだ。僕はジュヌヴィエーヴの手が他の誰のものになるのも我慢出来ない！　ああ、ジュヌヴィエーヴ！

ミツオカ！　僕はこの事件の調査に君が当っていることを聞いた。やがて君がここへやって来ることを知った。そして果してやって来た！　君はどう思う。僕のやったことは！

墓を暴いたのはダルブーに決っている。この手の秘密を知っているものは、これがジュヌヴィエーヴの手になったことを知っているのは彼より他にない！　何という悪魔だろう！　僕は必ず彼に復讐するぞ！」

光岡は昂奮している彼をなだめて、後はパンヴィルに委せ、自分はルクサンブールのダルブー医師の所に急いだ。

「失礼ですが、貴方はバビネという男を御存じですか？」

と光岡は単刀直入に切り出した。

「勿論知っています。一緒にある仕事をしたことがありますから。……ああ、わかりました。貴方はあのことを仰言っているのですね。ええ、そうです。私ですカルタン嬢の墓から手を取り出したのは！　それは大変悪いです。僕は本当に申訳ないことだと思っています。しかしあのことには僕は決して後悔はしていません」

光岡がたじろいだほどの語勢で彼は決然云い離った。

「あの手ほどの芸術品が、空しく地中に埋れるということは私にはどうしても我慢出来ません。あの手はまたこの地上に現われてその輝きを増し、人々に、清純な感激を与えなければならないのです。人工の美がいかに凄まじい生々とした蠱惑的な力を持つかということを人々に知らせるためにあれは死んではいけないのです。芸術品は万人のためのものです。君達はエジプトのピラミッドを暴くことを許しています。それと同じことではありませんか！　僕はカルタン嬢が亡くなったときバビネ君にこの手だけは埋めないで、吾々の魂のために地上に残しておいてくれと何度も頼みました。しかし彼は聞いてはくれませんでした。それは僕には単なる末梢的なセンチメンタリズムとしか思えませんでした。そこで僕は黙って墓の中からあの手を拾い上げました。僕は自分が罪になろうと、人から何と云われようとかまいません。僕はあの芸術品を発掘した名誉を担えればそれで十分です。僕は決して後悔をしていない。却って最も英雄的な行為をしたと思っているのです！　私は秘かにこの手を発掘して時期の来るのを待っていました。そしてとうとうその機会にめぐり合ったのです。私はド・ラクノー伯爵夫人の指の治療をすることになりました。先刻私が申上げたことは決して嘘ではありません。本当に夫人の手はもと通り良くなったのです。しかし私は夫人の剛毅な精神にある期待をかけました。

私は持っていたあの美しい右手を夫人に見せました。そしてそれがいかに美しく完全なものであるかを夫人に説明しました。

『このような手をお持ちになりたいとはお思いになりませんか？』

と私は訊きました。

『どうすればよいのです！』

『ああその御返事はすばらしい！』

私は叫びました。夫人は身慄いしながらそのことをもう覚悟していたのです。

『そうです。貴女のその右手を截り取っておしまいになるのです。そしてこの理想の手をつけるのです！』

このときさすがに夫人も蒼白になり、心の底で戦っているようでした。しかし夫人はもうこの理想の手の虜になっていたのです。

『宜しゅうございます。貴方におまかせ致しますわ』

ああ、これで賽は投げられたのでした。今こそ再びこの理想の手が生々と蘇るときが来たのです。あのほのぼのとした握手が再び人間の情感を揺す時が来たのです。真の魅惑の再生です。

私は何の躊躇もなく直ちにメスをあてて夫人の右手を切り取ってしまいました。そんなものはただ実用的価値しかないものです。

そしてその結果がどうであったか、貴方もよく御存じのことと思います。夫人の手はパリ中の男達を惹き寄せました。これこそ本当の芸術です。生々とした、私達を豊かにしてくれる人工の美です。ええ？　それが土に埋もれようとしていたのですよ。どうでしょう。私のしたことはそれでも悪いことでしょうか。

先刻夫人の手がまた奪い去られたと仰言いましたね、何という情ないことでしょう。きっとバビネ君が気が附いて取戻したに違いありません。彼でなければあの手が作りものであることに気がつくはずはありません。貴方は先ほど指紋のことを仰言いましたね。あれは確かに鋭い御観察です。しかしそんなことに気がつく人は滅多にないでしょう。

バビネ君に違いありません。あの人が持って行ったのです。そして彼はそれをまた土中に埋める積りでしょう。何という情ないことでしょう。ルーヴルを海の底に沈めるようなものです。貴方、何とかしてバビネ君の手からあれを奪い返すことは出来ないでしょうか。いや私がやります。きっと！」

光岡は複雑な気持を抱きながらダルブー医師の家を出た。そうだ、やはりダルブーの云うことの方が正しいのではないだろうか？

五、最後の椿事

彼がコント街についたときは、未だ惑乱した思いが決らなかった。彼は重い足取りで二階に上った。

するとすぐ見えたのはバビネの部屋のドアが開いており、中が暗いことであった。電燈をつけて見ると、あっと声をあげた。思いがけなくバビネが石の床に打倒れ、頭から血が流れているのであった。

「あっ、どうした！　どうしたんだ？」

彼は机の上にあった水差しを取って水を彼の顔にそそいだ。すると幸いにも彼は息をふき返し、頭だけを漸くあげて、

「ああ、手は？　ジュヌヴィエーヴの手は？　……ああ……ああ、ない！　ない！　失くなった！」

と叫ぶとまたがくりと頭を落した。

彼は下宿の管理人に医者を呼んでもらうと共に、パンヴィルの家へ電話をかけた。漸く電話がかかった。すると、やはり彼は家に帰ってはいなかった。パンヴィル！　彼は叫んだ。

すると飛ぶように階段を駆け上る音がして、意外にもダルブー医師が部屋に入って来た。

「おや、どうしたのです。ああ、バビネ！　これはいけない。医者を呼びましたか？　もう助からないでしょう！　一体どうしたのです？　あの手はどうしました？　ド・ラクノー伯爵夫人の手は？　……えっ！　失くなった？　失くなった！　ああ！　誰が持って行ったんだ！　ない！　なくなってしまった！」

彼は体の痛い所に触れられたように身もだえして嘆き悲しんだ。光岡はむしろ呆れたようにダルブー医師の悲痛に歪んだ顔を眺めていた。

×　　×　　×

バビネはそれから五時間ほど経って死んだ。哀れにも彼はジュヌヴィエーヴの名を叫び続けていた。それからダルブー医師はその後誰とも会わなくなった。憂鬱症になったとも、もっと穿った云い方をするものは気が狂ったのだと云った。

光岡は怖ろしく熱中して、あの永遠の手と共に姿を消したパンヴィルの捜査を初めたが、ただ彼が南米に行ったということを知り得たのみであった。ド・ラクノー伯爵夫人の右手は常に手袋で包まれている。彼女はもう社交界に顔を出さなくなった。

私が、その後光岡に合ったのはこの奇怪な事件があってから一年も経ってからであるが、そのときも彼は茫乎とした眼差しで暗い蒼空を眺めていた。

「何を考えているのだい？」

と訊くと、自分の涯しない夢幻をふり払うように頭を振って、

「いや、ちょっとド・ラクノー伯爵夫人の手を思い出したんだ。あれがこの世界のどこかに生きていると思うと妙な、懐しいような、居ても立っても居られない気がして来るのだ」

と云った。

彼はそれからソルボンヌで学位を取って帰国したが、

帰りはアメリカ合衆国廻りであった。あの永遠の手がアメリカに現われたという噂があったからだと、私は思っている。

アトム君の冒険

はしがき

これからお話する物語は、いまこの日本で、みなさんのまわりにおこりそうな物語ではないかもしれません。しかし世界の、科学文明の進んでいるところでは、もうおこっているかもしれないし、この日本でも、十年後、二十年後みなさんがおとなになられたころにおこるような物語です。

みなさんは、みなさんがきっと経験なさる未来の世界の物語を知りたくはありませんか?

この物語はそして大変重要なことも含んでいると思います。というのはみなさんが大人になったころみなさんの身のまわりのものがすべて違ってくるのはもちろんでしょうが、みなさんの考え方も変ってきているでしょう。みなさんがいまいいと思ったことも将来悪くなるかもしれません。そうするといつまでもよくて正しいことは一体どういうことでしょう。

そういうこともこの物語の進むにつれておわかりになると思います。

この物語を進める上には、私はいろいろの解説を物語のなかのおじさんにしてもらわなければならなくなりました。ここに出てくる機械や器具は何しろ十年、二十年後のものなのですから、いまはみなさんの眼には見なれない、親しみ難いものなのです。しかしこれがわからなければこの物語がさっぱりわからなくなってしまうでしょう。ですからこの物語は近代科学の解説をしながら進めて行くのです。

こうしてみなさんは未来の世界について大分わかったことになります。さあ! そこでみなさんはこの世界を舞台にして楽しい夢をひろげて下さい。そしてみなさんが大きくなったときこの世界でみなさんが一体どうして生きて行かなければならないかということも考えてみて下さい。

それでは物語を始めましょう。

大事件ははじめなにげない様子であらわれます。この物語の事件もそうでした。それですから、なにげなく始まっている最初の二、三章を注意してお読み下さい。

1　ラジューム事件

アトム君――というのはもちろんあだ名なのですが――はクスコ町のセーヤ中学校の二年生です。アトム君は中学校の有名な科学グループの一員で、アンペル君やニルス君の友達です。

クスコの町はモミの深い森に囲まれた近代的な町で、街路は広く歩道と車道の間は花園になっています。建物はみな大理石で四角に作られていて、夕方になるとそれが落す影が、白い壁に幾何模様を作ります。

モミの森はサリコの森と呼ばれて、クスコの市民達の住宅がそのなかにあります。ニルス君の家もアンペル君の家もそこにあります。アトム君の家はクリーム色に塗られた美しい病院で、町の外れにあります。

物語はこのアトム君の家でおこった事件からはじまります。

夏休みになる一週間ほど前でしたから、たしか七月十五日のことでした。

アトム君がセーヤ中学校から帰ってみると、家中大騒ぎでした。遠くからでも医局の先生達や看護婦があっちへ行ったり、こっちへ行ったりしているのが見え何か大変なことがおこったということがすぐわかるほどです。

アトム君は病院の裏の松林の中に、病院から廊下つづきで建てられてある自分の家へ入ると、玄関《ポーチ》にお母さんが心配そうな青い顔をして立っていました。

「どうしたの？」

とアトム君も大分青くなってお母さんの顔をのぞきこみました。

「ああ、お帰り。……さっきね、病院のラジュームが失くなって、まだみつからないのよ」

お母さん少しぼんやりしながらいいました。

アトム君はびっくりしてしまいました。

アトム君でもラジュームがいまどんなに高価な、貴重なものであるか知っています。

病院にあるのは2ミリグラムですが、それでも数十万ドルするでしょう。それに今はなかなか手に入りませんから、病院ではもうラジューム療法ができなくなってしまいます。

アトム君は玄関に鞄をおいて駆け出しました。病院へ行ってみるのです。

アトム君は病院に入るとまず看護婦のユリさんに出会いました。

「まだみつからない?」

「ええ」

とユリさんは泣きそうな顔をして急いで行ってしまいました。

アトム君は学校で天秤を使って銅貨の重さを測る実験をしたときのことを思い出しました。

天秤の分銅は1グラムまでしかなくて、あとはライダーで測りました。1グラムの分銅でも小さいものでした。ニルス君がその分銅を床に落して見失ってしまったときは大騒ぎでした。みんなで実験室の床の上を這い廻って、ようやく机の足のかげから探し出したものです。

ところが今度失くしたのはそれよりずっと軽い2ミリグラムのラジュームです。

アトム君はとても探し出せそうに思えなくなりました。

アトム君は廊下で仲よしの内科のコルベ先生と出会いました。先生はアトム君にラジュームがどうして失くなったかを話してくれました。

ラジュームは皮膚科でなくしたのだそうです。ある患者さんの額の皮膚病をラジュームの放射線で焼くのにユリさんが絆創膏でラジュームを額にはりつけたのですが、約二時間して絆創膏を取ってみるとラジュームがなくなっていたのです。ユリさんは皮膚科の部長さんに大変叱られてほんとうに可哀そうだったそうです。そこでさっきからみんなでその患者さんが歩いたあとをさんざん探し廻ったそうですがまだ見つからないのです。

アトム君のお父さんが生物物理学研究所に電話をかけたから今に誰か来てすぐ探し出してくれるだろう、とコルベ先生にいいました。

「生物物理学研究所?」

「うん」

「どんなことを研究する所?」

とアトム君は生物物理学なんて聞いたことがありませんでしたからコルベ先生にたずねました。

「それは物理学を生物学に応用しようという研究をする所さ」

「ふうーん」

「例えば、ラジュームの放射線を使って癌をなおそうという研究などはみんなそれさ」

「ふうーん」

アトム君はまだわからないような顔をしています。

そのとき病院の玄関に自動車が入って来るのが窓越しに見えました。

「おや、生物物理から来たようだね。行ってみようか」

とコルベ先生は玄関へ出て行きました。

玄関には院長さんのアトム君のお父さんや、内科や皮膚科の部長さんや、先生、看護婦達が大勢出ていました。

自動車から降りたのは眼鏡をかけた上衣なしの背の高いおじさんと白い実験着を着たおじさんの二人でした。

背の高い方のおじさんはコスミさんという名前であることがあいさつしていられるお父さんの言葉からわかりました。白い実験着のおじさんは赤いぴかぴかしている箱を持っていました。

コスミさんはすぐに
「さあ、探しましょう。患者さんが通ったあとを歩いてみましょう」

と先頭に立って歩き出しました。

「患者さんは治療の間はどこへも立たなかったのですか?」

とコスミさんがききました。

「一度、便所へ行っただけだそうですがね」

と皮膚科の部長さんがコスミおじさんに答えながら
「そうだろう」

と怒ったようにふり向きました。後からついて来た看護婦のユリさんが小さな声で
「はい」

といったようです。

「いや、大丈夫、すぐ探し出せますよ」

とコスミおじさんはユリさんを慰めました。

先生達は患者用便所の前に立ち止りました。

「ここからですね」

といいながらコスミおじさんは赤い箱の方をちょっとみました。

「あなたはずっと患者についていたのですね。お便所のときも?」

とおじさんがユリさんにききました。

「はい」

「絆創膏は一度も取ったことはないのですね」

「はい」

「それは何時から何時までですか?」

「はい。十時頃から十一時半頃までです」

「患者さんは帰りましたか?」

「待って戴いてます」

そんなことをいいながらおじさんたちは皮膚科診療室の前まで来ました。隣りの待合室には患者さんが待っていましたが、一番後からついて来たアトム君は、みんなの肩ごしにのび上ってその患者さんを見てびっくりして逃げ出しました。なぜならそれはセーヤ中学の図画の先生だったからです。

先生の赤い鬚をみるとアトム君はいまあまりいい気持がしないのです。昨日のことですが黒板ふきを廻転窓のかまちにのせておいて、窓をしめると入って来た人の頭の上にちょうど落下するかどうか、という落体の実験の最初の不幸な犠牲者は先生だったからです。アトム君はすぐに謝ったのですが、何となくそれから先生がこわくなってしまったのです。

アトム君が暗い廊下に逃げ出してしばらくすると、コスミおじさんたちもおじさんを先頭にしてまた廊下に出て来ました。ラジュームはまだみつからないようでした。みんなむつかしい顔をして床をみつめて歩いていました。肩をすぼめたユリさんはまるで小さく、かわいそうにみえました。今度はコスミおじさんが赤い箱を持っていました。

おじさん達はみんな黙ってゆっくり歩いて来ました。そして便所を通りすぎて玄関の前を通り、外科の建物へ行く渡り廊下に出ました。

「そんな方まで行かないと思いますが、……」

と部長さんが、困ったような声でいいました。

「ええ」

とコスミおじさんは立止りました。そして
「おかしいなあ」

と呟きながら、くるりとふり返りました。そして
「そうか!」

と小声で吐き出すようにいいました。

「廊下の掃除は何時頃するのですか?」

「大抵十時頃です」

と部長先生がいいました。

「それではその雑巾にくっついたのかもしれない」

とおじさんはいって歩き出しました。

小使のおばさんが呼ばれて掃除した時間を聞かれました。おばさんはびっくりしてしまって
「はあ、あの……今日はちょっと家に急用がございま

して……」

「掃除しなかったのかい?」

「いいえ、ちょっと遅くなりまして十一時すぎになりましたので、申しわけありません……」

「いや、それはかまわないが、とにかくそのとき使った雑巾を持って来てみせて下さい」

「いや、僕の方でそっちへ行きましょう」

とまたおじさんを先頭に廊下を曲って小使室へ行きました。そしてみんなの眼の前に雑巾がひろげられました。

おじさんはがっかりしたようにいいました。

「ない……だめだ」

「この雑巾を洗う流しはどこですか?」

おじさんは小使のおばさんが指さす方を見ました。それはタイルで張った大きな低い流しで、下水管の途中はUの字に曲って、そこから溜ったごみを取り出すようになっているのです。

コスミおじさんは持っていた赤い箱から電線でつながっているガラス管を流しの上に差し出してみました。それから下水管に沿うて上げ下げしました。

そのときです、箱についている目盛盤を見ていた実験着のおじさんが
「あっ!」

と声をあげました。

「あった!」

そこでみんな、わっ! と歓声をあげました。コスミおじさんは腰にさしていたペンチを取ってU字の底のボルトをはずしました。水がじゃあっとごみを流し出しました。

「あっ、あった!」

皮膚科部長さんはうれしそうにさけんで、ピンセットで黒い小さいものをつまみあげてポケットから出した金属の帽子《キャップ》のなかに入れ、それを鉛の筒におさめました。

それがラジュームだったのです!

部長さんがポケットにその鉛の筒を入れてしまうと、みんなほっとして顔を見合わせてにこにこしはじめました。アトム君のお父さんや部長さん達は、コスミおじさんを取り巻いて口々にお礼をいいました。後の方にいる人達はがやがやてんでに話し合っていました。

それがすむとコスミおじさんと実験着のおじさんはみんなと挨拶して別れました。アトム君のお父さんは、コスミさんたちを案内して病院の応接室に入って行きました。

そこで、アトム君もお父さんにくっついて応接室に入って行きましたが、アトム君は、どうしてあんなに小さくて、しかも流しの管のなかに落っこちていたラジュームが見つかったのか知りたくてたまらなかったのです。

アトム君が入って行くとお父さんが妙な顔をしてアトム君を見ましたが、コスミおじさんはアトム君を知っていてくれたのです。

「ああ、あなたがアトムさんですね、このあいだ蛙の発生の研究で有名になった……」

アトム君は真赤になってしまいました。嬉しかったのです。アトム君たち学校の科学グループはこの春に蛙の発生の研究をやったのですが、その記事が科学雑誌にのったのです。

アトム君達のやったその研究というのは大体同じ大きさのオタマジャクシをそれぞれ赤、黄、青のセロファンでおおったガラス瓶のなかで育て、どの色の光で育ったオタマジャクシが一番早く生長して足を出すかということを研究してみたのです。そうすると赤いセロファンでおおった、つまり赤い色の光で育てたものが一番早く蛙になることがわかったのです。これはアトム君達が初めてやった研究ではないのですが、かなり面白い、意味のあるものであったので、その記事が雑誌に紹介されたのです。

コスミおじさんはその雑誌を読んで、アトム君の名前をちゃんとおぼえていてくれたのです。

「あれは立派な研究でしたね、今は何をやっていますか?」

「化学分析をやっています」

「そう、それは面白いね。一度、僕の所へも遊びにいらっしゃい」

といってくれました。そしておじさんは病院からおじさんの所までの案内地図まで書いてくれました。

それからおじさんはしばらくアトム君のお父さんとお話していました。

「あのラジュームはきっと患者さんが便所へ行くとき廊下に落ちたのですね。ところが小使さんがその上を拭いて雑巾にくっつけてしまったのですね。そしてその雑巾を流しで洗ったので流しの中へ水と一緒に流れ込んだのでしょう。もう少しで見失うところでした。

今度も失敗かと一時はすっかりがっかりしてしまいましたが、運よくうまく行ってほんとによかったです……」

アトム君は長椅子に腰を下してじっときいていたのですが、どうしてラジュームの在り場所があんなに手軽にわかったのかよくわかりませんでした。しかしおじさんが持っていたあの赤い箱がラジュームを見つけ出す機械だということだけはわかりました。アトム君はおじさんの家へ遊びに行ったときこのことを聞いてみようと思いました。

おじさんがお帰りになるときアトム君はお父さんと並んで玄関でおじさん達をお見送りしました。

おじさんは

「ね、一度ぜひ、遊びにいらっしゃい。待ってますよ」

とアトム君に笑いかけました。そしてふと気がついたように

「ああ、そうだ、君にいいものをあげよう」

と自動車のなかに入って行きました。そしてなかに置いてあった鞄から、一つのメダルを取り出して、アトム君の掌の上にのせました。

「これを持っているとね、黙って僕の家へ入れますよ。このメダルを持っている人の顔をドアはよく知っていてすぐ開けてくれるのですよ」

アトムは御礼をいってメダルを戴きましたが、おじさんのいわれたことの意味がちょっとわからなくてぼんやりしていました。

おじさん達は笑いながら自動車に乗りこみました。

2　不思議な扉

アトム君は自分の部屋へ帰ってから、コスミおじさんから貰った、メダルをよく見ますと、それはどこかの国の昔の貨幣のように、すり減って何が書いてあるかよくわからない、模様が浮き出ていました。

「これを持っていれば黙って僕の家へ入れるよ」

といわれたおじさんの言葉が、アトム君の耳にまだ残っています。

――これを門番に見せるとドアをあけてくれるのかな？――

とアトム君は中世の騎士物語に出て来る、お城のかけ橋を渡る場面を思い出しました。

約束の日、アトム君は朝早くバスに乗って、教えられたおじさんの家に出掛けました。

おじさんが書いてくれた案内図に×印がしてあるのが、

おじさんの家なのですが、それは目立って大きい建物なのですぐわかりました。

それは灰色の窓のない建物で、ツタにおおわれていました。周囲には枝を長く張った糸杉が何本も芝生の上に影を落していて、その一帯は街の中とは思われないほど、静まりかえっていました。

しかし耳をすますと籠ったようにブルブルブルブルブルという聞き慣れない機械音が響いていました。

それを聞いていると、魔法使いの城にひきこまれるような不思議な気持がします。

その日は雲がどんより低くたれていて、ほの暗いひっそりした日でしたから、アトム君は何となく魔法の森に迷いこんだ王子さまのような神秘的な気持にさそわれるのでした。

正面には「生物物理学研究所」という木標がかかっているのですが、灰色にくすぶって、色あせた壁と見分けがつかなくなっていましたから、アトム君の眼にも触れなかったでしょう。

アトム君はしばらくぼんやりして、正面の風景から心に浮んでくる空想に耽っていましたが、ようやく決心して、入口の大理石の階段を上りました。上りついて丈夫な浮彫りの模様のあるドアの前に立つと、それがアトム君の眼の前でまったく思いがけなく、音も立てずにすっと開いたではありませんか。

アトム君は思わず声に出してあっと叫びました。ドアのむこうには誰も居ず、かなり明かるいモザイックをはめた廊下が続いていました。

アトム君は
――ドアが開いたらどんどん行けば、僕の部屋につき当るよ――

といったおじさんの言葉を思い出して、実はよほど、もう逃げ出そうかと思ったのですが、思い切って入って行きました。

そうするとうしろの方でバタンという低い音がして、ドアが閉ってしまったのです。アトム君はぎょっとしましたがもう先へ行くよりほかありません。

廊下のつき当りにもう一つのカシのドアがありましたが、それもアトム君を見憶えているように、音もなく開いてアトム君を通しました。

アトム君は「アラビヤ夜話」のアリババのようにこの中にはきっと宝物があるに違いないと思ったのです。

そのドアのむこうは広い部屋になっていて、何本もつながっているガラス管と電線の束のなかに机がおいてあって、そのむこうにコスミおじさんがにこにこしながら坐っていました。

「ああ、よく来てくれましたね、さあ、こちらへ入り給え」

とおじさんは立上ってアトム君にむかって手をあげました。

アトム君はやっとほっとして顔に血がさして来ました。思わず微笑したのです。

おじさんは笑いながら

「ちょっと驚いたでしょう。しかし種を明かせばなんでもないんだ。それは計数管《カウンター》を使ってね……」

といい出したのですが、アトム君は実はおじさんの言葉も耳に入らないのです。

密閉した電気計
（ウイルソンが使った）

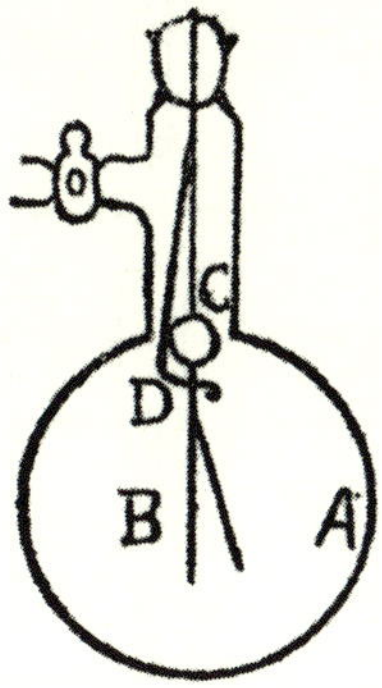

A：容器　B：電気計　箔が開く
C：絶縁物
D：Bを荷電するための針金

そしてさっきから聞えているポッポッポッポッという不思議な音に気をとられていたのです。

コスミおじさんも、ようやくアトム君が何に気を取られているかに気がつきました。

「ああこれかい？」

といいながら部屋の隅の方へ歩いて行きました。

「これは宇宙線の音だよ。ここに拡声器がおいてあってね。計数管《カウンター》とつないであるんだ。宇宙線が入って来ると、計数管《カウンター》を放電させるから、それを拡声器の廻路に入れて音を出すようにしてあるんだ」

と説明しはじめたのですが、宇宙線？　計数管《カウンター》？　アトム君にはよくわからないのでした。その後、たびたびおじさんのこの部屋に遊びに来ているうちに、ようやくわかって来たのですが、アトム君の不思議そうな顔を見て、おじさんは

「そうね。計数管《カウンター》のことはあとで説明しよう。これならわかるだろう」

といって電気計を持って来て、ちょっと万年筆を洋服でこすって電気計の円い頭に近づけると、ぱっと箔が開きました。

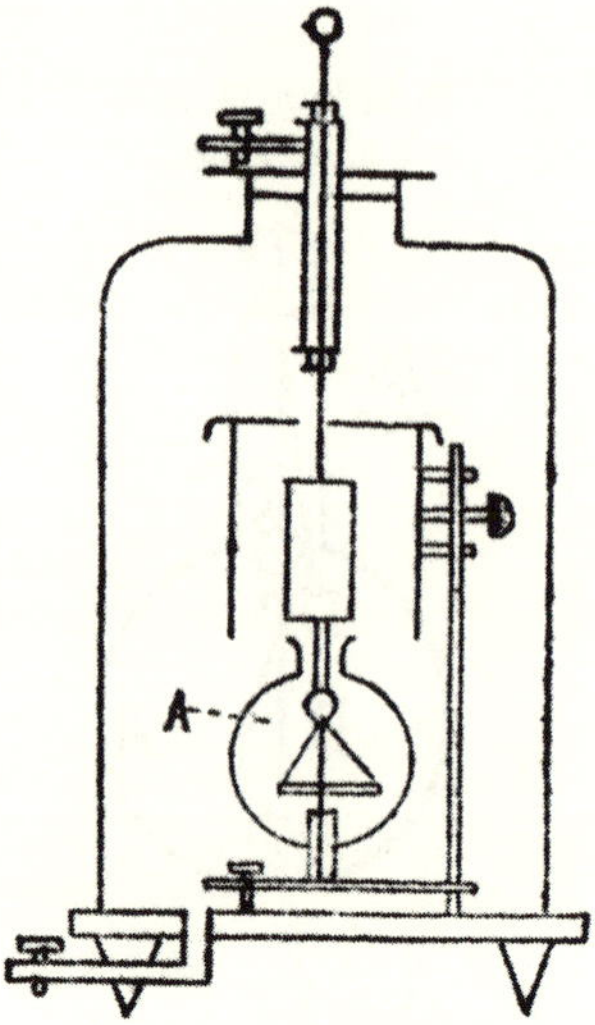

ガイテルの測定装置
ドイツのガイテルという人は電気計Aをガラス鐘にとじこめて電気のにげるのを見た

電気計なら学校の実験室にもあるのでアトム君にもおなじみなのです。

「見ていてごらん、この箔がだんだんすぼんでくるから」

といわれてアトム君が箔に注意すると、すこしずつ箔が下りて来ます。つまり箔から電気が逃げているのです。

「この原因は何だと思う？　昔からこれには電気の実験をする人達は、みな困ったものだ。君もそう思っているかもしれないが、箔を支えている絶縁物が不十分で、そこから電気が逃げるのかもしれない。ところが絶縁をずいぶん完全にしても、逃げる様子はあまり変らないんだ」

とおじさんは自問自答しています。

「それでは空気が電気を伝えるのだろう。と君は思うだろう。しかしそれは一体どういう意味だろう。箔に溜っている電気が＋《プラス》の電気なら、－《マイナス》の電気を持っている空気があれば、それと＋《プラス》の電気とが中和して箔が下って来ると考えればいいかもしれない。そうするとそういう空気がどんどん出来ているのか、決った数だけしかないのか、きめることが重要だね、それならこうしよう」

とおじさんは大きなガラス鐘を持って来て、電気計にすっぽりかぶせてしまいました。これで空気はもう外に逃げては行けません。さあ、今度はどうでしょう。もし－《マイナス》の電気を持っている空気分子がある決った数だけあるとすれば、箔の下りはいつかは止むでしょう。

「それでは君、見ていてごらん」

とおじさんは机の前から離れて、実験の器具がのっている実験台の上の配電盤に近づき、スイッチを動かしてガーガーと音を立てています。

アトム君は配電盤や、天井にはり廻らされている電線の群や、実験台の上の曲りくねったガラス管を見ていると、この部屋ではどんな不思議なことがおこってもいいような気がしてきました。

そのときバーンという大きな音がしてゴーと風が鳴り、

ガラスが、がたがたと揺れました。

アトム君はびくりと首をすくめました。

おじさんが遠くから声をかけました。

「電気はまだ逃げていますか?」

アトム君は気がついて箔を見ますと、箔の下りかたは止りません。

「ええ」

とアトム君はいったのですが、何だか声になって出て来ませんでした。

「今度はどうです」

とおじさんにいわれて注意していますと、箔のすぼみ方が急になってとうとう閉じてしまいました。

おじさんは、アトム君の方へ近づきながら
「ちょっと手を出してごらん」

といって、こわごわさし出した手へ、紙をかざして、机の上のスイッチを押すと、ぱっと部屋が暗くなって、その紙の上に、アトム君の手が骨になって写っていました。

アトム君ははっと手を引きましたが、すぐわかりました。電気計のむこうにある管球からレントゲン線が出ているのでしょう。電気計やガラス鐘も淡く緑色に光っていました。

するとまたぱっと明るくなりました。

アトム君はいまようやくこの部屋が昼光燈で照らされていることに気がついたのです。

「いま、電気の逃げ方が急に早くなったでしょう?」

とおじさんはぼんやり赤い顔をしているアトム君に笑いかけながら、また万年筆をこすって電気計に近づけました。

箔はまたぱっと開きましたが、みるみるうちにすぼんでしまいました。

「わかった? ね、レントゲン線をあてるとこんなに早く電気が逃げるのですよ。さっきいったいいかたではレントゲン線をあてると、+《プラス》電気を持った空気か−《マイナス》電気を持った空気がどんどん出来てくるわけだね。……実は両方出来ているのだが」

と急いで説明してしまって、レントゲン線のスイッチを切り
「ところで今度はこれだ」

といって黒い金属の筒から、やはり金属の小さい帽子《キャップ》を取り出しました。

「電気計を見てごらん!」

アトム君は電気計の箔が下りて行くのを見ました。

「この中にはラジュームが入っているんだ。一体これはどういうことを示しているかね?」

とおじさんが先生のような顔をして聞きます。アトム君はちゃんとわかりました。おじさんの口調を真似て
「ラジュームからは放射線が出ている。それで＋《プラス》電気か－《マイナス》電気の空気をどんどん作る、そのために箔に溜っているのが＋《プラス》電気なら－《マイナス》電気の空気と中和してなくなり、－《マイナス》電気なら＋《プラス》電気の空気と中和してなくなり、どっちにしても箔の電気がなくなりますから、箔が下りて来るのです」

「うまい、うまい、それなら物理の先生になれる」

とおじさんはいたずらッ子のように目を丸くしていいました。

「そうすると、どういうことになるかね。ごくわずかではあるけれども、いつも電気は逃げているんだ」

「それではレントゲン線のような放射線がいつもこの辺を通っているからですか?」

「なるほど、それはいい考えだ。それなら、その放射線はどこから来るかが問題だ。とにかくこの部屋のなかにはない。というのはレントゲン線はいま出ていないし、ラジュームも厚い鉛の筒に入れてしまったから、放射線は筒の外には出て来ない。

そこで部屋の外から来ると考えなければならなくなるのだが、そうだとするとまずわかることは、この放射線がずいぶん透過力があるということだね、すくなくともこの鉄筋コンクリートの壁をつき通すのだからね。

ラジュームの放射線のなかにもそれ位の透過力があるものもある、だからこの部屋の外にあるラジューム、例えば土地に含まれているラジュームの放射線かもしれない。しかしそうでもないことはわかっている。この放射線はラジュームのものの数十倍も透過力が強いのだね。ラジュームの放射線が通らないくらいの鉛の板で電気計を囲っても、まだ電気が逃げるのが止まないのだ。

またもし地面に含まれている放射性物質の放射線によるのだったら、地面から離れれば離れるほど放射線が届かなくなるから電気の逃げ方が少なくなるわけだ。

そこでドイツのウルフという人はパリのエッフェル塔に上って調べてみた。スイスのゴッケルやオーストリアのヘスという人は気球にのって電気の逃げ方を調べてみた。そうすると放射線の強さは千米《メートル》位までは地上と同じくらいで、それからはどんどん逃げ方が大きくなって

行くことがわかったのだよ。

　これは一体どういうことだろう。つまりこの放射線は地球の外から絶えず降って来ているということになるわけだね」

　とおじさんは天井を見上げ、手で雨の降るかっこうをして見せました。

「それでは一体どこから来るのだろう。はるばる宇宙の空間を渡って飛んで来た放射線！――これを宇宙線というのだがね――

　これがいったいどこから飛んで来たのかいまのところまだ全くわかっていないんだ。

　僕等は昔からこの宇宙線の雨にあたって暮しているわけだ。もちろん家のなかにいてもだよ。宇宙線はこんな家の天井などはつき抜けて飛んで来るのだからね。だから僕たちは知らず知らずのうちに宇宙線から大きな影響を受けているかもしれないね。例えば宇宙線が僕等の大脳のどこかを貫くたびに、あ、勉強でもしようかな、あ、ペンを買うのを忘れた、あ、教科書は鞄のなかだった、あ、明後日は歴史の試験だったな、あ、まだ一度も調べてなかった、あ、……というようになっているのかもしれないよ。ポアンカレという数学者は馬車に乗ろうと思ってステップに足をかけたとたんに、フックス函数に関する定理という非常に大事な考えが浮んだといっているが、このときは宇宙線が彼の頭のとても都合のいい所をつき抜けだんだよ、きっと……」

　といってコスミおじさんは本当にいたずらッ子らしくアハハハ……と笑い出しました。

「いまのはじょうだんだけど、――いやもしかすると本当かもしれない――宇宙線が何か人間に深い影響を与えているだろうということは予想されるね、実際ショウジョウバエという蠅を使って、宇宙線が蠅の遺伝にどういう影響があるかを調べたひとがあるけれどね、まだ結果がはっきりしてはいないのだが、とにかく相当影響があることはわかっているんだ」

　こう話していたおじさんはアトム君の頭ごしに後の方を見ていましたが
「おや、お客さんだね」

と呟きました。

3　ミスター・キリング

アトム君はびっくりしてふり返りますと、後の白い壁はテレビジョンの映写幕になっているのでした。

幕には廊下を見通して玄関のドアまでが写っておりました。うちから白い実験着を着た助手さんがドアを開きますと、背の高い黒い上衣を着たひとが正面に立っていました。

この人が何かいうと、白い実験着の助手さんが先に立って歩き出しました。

「おや、彼はポケットを上から押えてみたね」

とおじさんは首をちょっとすくめていたずらっぽくにっこりしました。

「いや、君は居てもいいんだよ。今に面白いものが見られるかも知れないよ」

おじさんはお客さんのじゃまをしてはいけないと椅子から腰をうかしかけたアトム君を手でとめました。

そのうちテレビジョンに丁度この部屋の前まで写りますと、ドアをノックしてお客が入って来ました。

「ミスター・キリングです」

と助手さんがいいました。

おじさんは黙ってうなずくとミスター・キリングに歩み寄って手を出しました。

ミスター・キリングはちょっとガラス管の実験装置に最初の視線を走らせ、ついでにアトム君の方へちらっと眼を光らせました。

「まず、御挨拶するまえに、右のポケットに入っているピストルをおあずかりさせていただきましょう」

とおじさんは愉快そうにいいながら手を出しました。

「ここには鋭敏な磁気装置がありますので、それが狂うと困りますから」

ミスター・キリングはぎょっとしてポケットへ手をやりました……

が、あきらめたようにポケットから小さい白く光ったピストルを出しました。

おじさんはそれを受取って机のそばにあった金属の箱の中に入れてしまいました。

「なかなかいいのをお持ちですね、消音装置までついている」

といっておじさんは笑いました。

「ところで御用件は?」

と聞かれてミスター・キリングは初めて声を出しました。硬い緊張した声でした。

「それは貴方の現在なさっておられる研究のことなんですがね」

「なるほど、それで」

「貴方の御研究の結果が、実は私どもが非常に必要としていることなのですが、それを譲っていただきたいのです。もちろん御礼として私の方で用意しているある重要な研究文献をさし上げるつもりです」

「ははあ、しかしそれは私の一存では決められない問題で、原子力管理委員会の決定がなければだめです」

「それはよく存じています。しかし委員会が私のお願いを取上げてくれるように先生からちょっとおっしゃって下されば、それで十分なのです。先生の御意見は委員会に決定的な影響を与えますから……」

「なるほど、それでは考えてみましょう。何にお使いになるかも大体わかりますから」

おじさんの顔もミスター・キリングの顔も面《マスク》のようにかたく青ざめて見えました。アトム君はいき苦しくて居ても立ってもいられない気持です。

ミスター・キリングはそのかたい顔の筋肉を少し動かして、にやっと笑ったようでした。

「私の方で御礼にさし上げる積りでいるものは大変貴重なもので、これを貴方にさし上げることが出来るものは私以外にないと思います。以前から貴方の方でも随分苦心して……(キリングは皮肉に乾いた声でハハ……と声を立てて笑いました)お探しになったと聞きましたが、もちろん徒労におわったことと思います」

「いや、すぐに探し出しますがね、貴方が下さるというのなら、その方がてっとり早いですね。とにかく委員会に話しておきましょう」

「どうぞお願いします。私としては、こうお願いするのはおだやかに私の目的を達しようと思っているからで、もし私の申出を拒絶なさっても、私はまた別の方法でともかく目的だけは達する積りですから」

「それはなかなかてごわいですね。しかし私の方も自分の研究の結果の利用については、十分責任を持たなければならないのですから、貴方の御申出の通りにはならないかもしれません。最近私達の研究が一般の人達から恐怖の眼で見られていることを知り、大変残念に思っています。そしてその原因の一つは私達の研究を悪い目的のために使おうとしている者があるからなので、私達はそういう者をこの社会からとりのぞいてしまおうと思っています……」

ミスター・キリングは突然立上りました。

「それではこれで失礼いたします。きまったらここへお知らせ下さい」

と名刺をさし出しました。

おじさんも立上ってドアに近づきますと、ドアがひとりでにさっと開いたので、ミスター・キリングはぎょっとしたように立止りましたが、それでも平然と胸を張って出て行きました。

ミスター・キリングは何度も危険な目に会ってそれを切抜けてきた人のようにどんなことがあっても冷静さを失わないように見えました。アトム君はその後、意外なところでミスター・キリングと出会うことになります。

しばらくしておじさんが帰って来ました。心配そうに見上げたアトム君にむかっておじさんはいいました。

「いやな奴だね。君は知るまいが、彼はこの世の中で一番危険な人間なんだ」

「そんな人におじさんは研究の秘密を教えてしまうのですか?」

「いや、もちろん渡しやしない。あれは計略なんだ。彼はそれを知らない……。さっきキリングは僕に貴重なものをやるから研究の結果を教えてくれといったろう? あれはね、こういう意味なんだ。一週間ほど前、研究所から原子力調節の研究に関する文献を盗まれてしまったんだ。それで僕等は研究に非常に不便を感じているんだ。ところでその文献がキリングの手に入っている。それをくれる代りに別な研究の結果を利用させてくれということなんだ。

どうせ彼が誰かを使って盗ませたことはわかっているんだ。僕等の方でも取りかえすつもりで夜中泥棒のように彼の家に忍び込んで、ずいぶん念入りにさがしてみたんだがね、どうも隠してあるところがわからない。そんなわけでこっちもちょっと困ってることは困ってるんだ。彼も自分の家を調べられたぐらいはわかっているだろうが、今の様子だと隠し場所にはかなり自信があるらしいね。

とにかくこの文献はなるべく早く取りかえす必要があるんだ。僕達の研究に必要であるばかりでなく、その結果が悪用されているらしいからなんだ。

もちろん今までのところそういう形跡はないけれどね、

昨日警視庁から電話があって、あるお金持のところへ脅迫状が来てね、これから五日後の七月十日までに何十万ドルだかのお金を手紙の中で示した場所まで持って来ないと、その人の家を原子爆弾でふき飛ばしてしまうぞと脅かしているのだそうだ。

この脅迫状はもしかするとミスター・キリングの手で書かれたものじゃないかと思うのだ。

彼はK・I電気工業会社の社長で、自分の工場を持っているんだが、もし僕等の盗まれた文献の内容を知ったら、すぐ原子爆弾を作れるだけの能力は彼の工場が持っているからね。だから特に早く文献を取り返してしまわないと大変なことになるかもしれないんだ。

キリングが一番危険な人間だというのはね、彼は科学者であってしかも科学が与えてくれる巨大な力を悪い方へ、私欲を満すために使おうとしているからなんだ。

どうして人間というものはこう浅ましいものなんだろうね。人間は自然から種々の新しい力――蒸気力、電気力……原子力など――を探し出してきた。科学の進歩は恐ろしいほどだ。それだのに人間精神の進歩はというと、ほとんどないといってもいいくらいだからね。原子力なんていうものはあまりその威力が大きいために非常に危険なもので、人間同士の悪意から無際限に破壊のために使い出したら、それを発明した人間さえもが自滅してしまうかもしれないようなものなのだ。

だから僕等はお互同士の争いをやめてこの力を平和な目的に使わなければならないのにキリングのように、あいかわらず自分の欲望とか自分の復讐のために、破壊的な目的にばかり使おうとしている人が後を絶やさないんだ。なんて情ないことなんだろうね。僕等、……原子力を創ってきた僕等は断じてこういう人間の悪に対して原子力を護らなければならない。ミスター・キリングのような悪漢の手には渡さないよ。そして僕等は人間がもっと善良になり、互いに愛し合うようになることを心から望んでいるんだ！」

おじさんの頰には紅い潮がさし、眼は輝いて遠くの方を見つめていました。

翌日いつもより早くアトム君は学校へ出かけました。学校の友達に話して聞かせたいことがいっぱいあったのです。

アトム君は学校の屋上で科学グループの友達に囲まれて熱くなって昨日コスミおじさんの家で出あった不思議な事件を話していました。

「君、ドアが手もさわらないのにスーッと開いたんだよ！」

皆はぽかんとして聞いていました。

「そんなことあるものかい」

とアンペル君が叫びました。が
「そうじゃない。やっぱりアトム君のいったようなことがあるんだ」

とわかったような顔をして、アンペル君をたしなめたのはニルス君でした。

「それは磁石の力なんだ。きっとそうだよ。アトム君が貰ったのは磁石なんだ。それでそのおじさんのドアには大きな鉄が入っていて、その磁石に少しでも吸い寄せられるとドアのバネがゆるんで開くようになっているんだよ」

アトム君は少しおかしいなと思いましたが、ほかにどうしてそうなったのか考えつかないので、やはりそうなのかなあと思いました。

「もし磁石なら、熱して叩くと磁気力がなくなってしまうから、そうしてもう一度そのドアで試してみるとわかるよ」

と、ニルス君は大変熱心でした。


「それよりも、このナイフをくっつけてみたら」

とアンペル君はポケットから小さいナイフを取出しました。ナイフのぴかぴかした刃を出してアトム君はあのメダルにつけてみましたが、くっつきませんでした。

「アンペル君、これは君、鋼鉄かい？　そうじゃないよ。ステインレスか何か別の金属で出来てるんだ。だから磁石に引きつけられないんだ。これじゃだめだよ」

とニルス君が強くいいました。

「そうかなあ」

とアンペル君はちょっと赤い顔をしました。

「いや、磁石じゃないよ。砂鉄だってくっつかないぜ」

とアトム君は体操場の砂のなかをかき廻しながら抗議を申し込みました。

「それじゃ、一体どうしてドアが開くんだい？」

「まだわからないさ」

アトム君も困りました。そうするとニルス君が叫びました。

「わかった。きっとこうだよ。このメダルの方が鉄で、ドアのなかに磁石があるんだよ。この本に書いてあるんだ……」

とニルス君は手に持っていた青い表紙の本をさし出し

ました。「磁石の話」と表題に書いてあります。ニルス君はぱらぱら頁をくって、図があるところを開きました。

「磁石が鉄を吸いよせるのはね、鉄が磁石の磁気力を受けて磁石になってしまうからなんだよ。いいかい。磁石を小さく割って行くとその一つ一つがやはり磁石になっているんだ。だから磁石というのはね、小さい磁石が極の方向を揃えて沢山整列して全体として磁石になっているようなものなんだよ。磁石になっていない鉄はその小さい磁石が勝手な方向に並んでいるから、小磁石の磁気力がお互いに消し合って磁気力を現わさないでいるんだ。だけどそこへ他の磁石が近づくと、鉄のなかの小磁石が近づけた磁石の磁気力を受けて、同じ極同士はひっぱり合い異った極同士ははね返り合って、極の方向をそろえてならんでしまうから、全体としてまた磁石になってしまって、他の磁石にひっぱられるのだ。

それでね。ここに磁気機雷のことが書いてあるだろう？

磁石のそばに鉄のように磁気力を受けるものが来ると、磁石の磁気力はほとんどその鉄を磁石にするのに吸いとられてしまって、またもう一つの鉄がそこへ近づいても今度はあまり磁石の力を受けなくなるんだ。

磁気機雷はね、そのそばを鉄で出来た船が通ると機雷のなかの磁石の磁気力がそっちの力を取られてしまうから、磁石の付近に磁気力を計る装置をおいておくと、磁気力の受け方が少くなることがわかるわけだ。そういう条件になったときに機雷が放れるようにしようというんだ、ここにそうかいてあるよ。

だからね、アトム君が見たドアもきっとそれだと僕は思うんだ。磁気機雷にあるような装置をドアのなかに入れておいて、鉄が近づいて磁気力が減るとドアが開くようにしてあるんだよ。そうだよ。きっと」

とニルス君はさっき本から知ったばかりの知識をひき出して説明しました。

「だけど、メダルはこんなに小さいのだよ」

とアトム君がいいました。

「装置が鋭敏なら、それ位のことは出来るさ。こういう装置は磁気機雷ばかりでなくいろいろなものに使われるのだよ。地雷を探すのにも使われたし、……同じようにして鉄でできたものなら何でも探し出すことができるわけだね……」

「あ！　そうか！」

とアトム君は突然とんきょうな声で叫んだので、みんなびっくりしてアトム君の方を向きました。

「そうか、わかったよ」

とアトム君は生物物理学研究所でミスター・キリングがピストルを持っていることをコスミおじさんが外から見破ったことを話しました。

「きっと、今のやり方でわかったんだね。ピストルは鉄だから……」

「そうだよ。だからさ、そのひとりでに開くドアだって磁石を使っているんだよ」

とニルス君はもうそうにきまっているというように大きな声でいい切りました。

「そうかなあ」

とみんなは眼をぱちぱちさせながら顔を見合わせるのでした。そしてなんだかそれでわかったような気もしました。

「もしそうなら、磁石に感ずるのは鉄でも固体のとき、つまり金属の鉄だけだからそのメダルを塩酸か何かで溶かしてしまえば、もうドアもあかなくなるだろう」

とニルス君はつけ加えました。

「――そんならやってみようか。そしておじさん、このドアのなかには磁石が入っていますね。と種あかしをして驚かしてやろうか――」

とアトム君は考えたのです。アトム君達科学グループの子供達は、世界中のどんな秘密でも解いてみせるぞと勇み立っているのです。ほんとうにその秘密のなかにはアトム君達でも少し調べてみればわかるようなことが多いのです。

「それじゃ、僕、家へ帰って溶かしてみるよ」

アトム君は学校がひけたら早速やってみる積りでした。

「今度はそのドアも開かないよ」

とニルス君はわかった！　というような顔をしています。

「それからね、君達宇宙線というのを知らないだろう」

とアトム君は少しばかり得意でした。

「絶えずどこからともなく降って来て、あらゆるものをつき抜けて行くんだよ。僕らもいつも宇宙線につき通されているんだ。いまだってそうなんだ」

「ちっとも痛くないじゃないか」

アンペル君が抗議しました。

「それは……」

とアトム君は意外なところを衝かれて口ごもりながら
「それは、宇宙線というのは神経なんかにくらべてとても小さい粒子だからさ。ラジュームの放射にあたっても痛くないじゃあないか」

「だけど、それにつき通されたら何か感ずるだろう」

「それは君、どんな影響を受けているかわからないよ。だけど人間が生れる前から宇宙線は降っているんだよ。だから慣れてしまって感じなくなったのさ。空の上の方に昇って宇宙線が地上よりもっと強い所にいたら、やっぱり身体や心の様子が違ってくるかもしれないさ」

「どこから降りて来るのかなあ」

「まだわかっていないらしいよ」

「きっと星が爆発したりするときに出来るんだよ」

とニルス君はなかなかうまいことをいいました。

今度はミスター・キリングの話になりました。

この話をきいてみんなはとても憤慨してしまいました。

「ピストル持ってるなんて悪い奴にきまってるよ」

「そんな奴、早くやっつけてやればいいのになあ」

「自分が盗んだうちへまたのこのこ出掛けて来るなんてよっぽどの悪漢だね」

などと口々にいい合っています。

ところがこの悪漢ミスター・キリングと少年達は意外なところで出会うことになるのです。


それからまたみんなはアトム君をとり囲んで色々な質問をあびせました。

「僕達も行ってみたいなあー」

アンペル君が嘆声を放ちました。本当に少年達はそれぞれ自分のすばらしい空想のなかで生物物理学研究所を思いえがいているのでした。不思議なドア、宇宙線の音、ミスター・キリング……

そのとき始業のベルが鳴ったので、残念ながら話はおしまいになってしまいましたが、学校の帰りにまた集ったので、アトム君は今度の土曜日にニルス君とアンペル君をつれてコスミおじさんの不思議な研究所を探検に行く約束をしました。

4　放射線

その土曜日は空が青く澄んで気持のいい日でした。アトム君達はドアの秘密がわかったような気がしたものですから喜び勇んでコスミおじさんの研究所へやって来ました。研究所はこの前アトム君が見たときとは違って、そのなかにはこの世の中で一番立派なものが入っていることを示すように堂々として見えました。

「ここから入るんだ」

アトム君はもう勝手を知っていますから、得意です。みんなの先頭に立って大理石の階段を上りました。上り切るとドアがあります。

「ひとりでに開くのはこのドアだよ」

「今度は開かないよ」

ニルス君が息をはずませていいました。アトム君のメダルは塩酸に溶けてしまってガラス瓶のなかに入っていました。

ところがどうでしょう。そのドアはちゃんとアトム君の顔を見覚えていたようでした。皆の眼の前で音もなくすーと開いてしまったではありませんか。

少年達はあっと低いさけび声をあげてしばらくその開いて行くドアと、アトム君の手にある瓶を見較べていました。

そこでみんなは不思議そうな顔つきでコスミおじさんの部屋にぞろぞろ入って行きました。

おじさんはテレビジョンで少年達の来るのがわかっていましたから、机の前に立って皆が入って来るのを待ち受けていて下さったのです。

あわてたアトム君は何もいえずに、おじさんの眼の前にあの瓶を差出したのです。口ごもってただ口をぱくぱくさせました。

それでもようやくアトム君やニルス君が、かわるがわるメダルを溶かした話をしますと、コスミおじさんは
「それは大変いい考えだったよ」

といって大声でアハアハ笑いました。アトム君達はびっくりしてぽかんとおじさんの顔をみつめているだけです。

そのときまたパーンという音と一緒にごうと風が鳴ったので小年達はぴくりと首を縮めてあたりを見廻しました。しかしそれを気にもかけない風でおじさんは
「それはいい考えだったよ」

とくり返しいいました。

「ちょっとその瓶をかしてごらん」

こういっておじさんはアトム君の手から瓶を受け取り、それをこの間見せてくれた験電器に近づけました。そうすると開いていた箔が徐々に閉じてきたのです。

アトム君はこの間おじさんから教えてもらったことを思い出してはっと思いあたりました。

「ああ、その瓶から放射線が出ているんですね。そう

するとあのメダルからも放射線が出ていたのですね」

「そうだ。そうだ。そしてね、大切なことは君達がしたいたずらでも放射線を出す性質が変らなかったことだ。そうだろう、メダルのなかには放射性物質のウラニュームの化合物が少し入っていたんだが、それを酸に溶かしても、他のものと化合させても、熱したって、何したって、放射線を出す性質も、その放射線の性質も変らないのだ。君達が考えたように磁気に感ずる性質（磁化される性質）は熱したり、他のものと化合させたりすると変ってしまう」

「そうすると物の性質のなかには二種類あるわけですね。化合のような化学変化によって変る性質とそれでは変らない性質と……」

ニルス君は科学グループに入っている位ですからわかりも早いのです。

「そうそう、そうだ、その化学変化によって変る性質と変らない性質がある。

僕達のまわりには化学変化によって変る性質の方が多いね。例えば大抵のものは燃やせばその性質を変えてしまう。燃やすということは空気中の酸素と化合させる――そのとき熱が出る――ということで最も普通の化学変化だね……」

「燃やしても放射線を出す性質は変らないのですか」

「そうなんだ、放射線に関することはその物を焼こうが叩こうが溶かそうが変らないんだ。そうするとね、普通の化学変化というのは一体何が変ることをいうのだろうかということになる。

すべての物質は原子から出来ていると考えることは君達も知っていることだろうと思うが、その原子のうち変り易い部分となかなか変らない部分があることがあって、変らない部分の性質の一つに放射線を出す性質があるといっていいわけだ。

人間の性質のなかにも人に叱られたり、友達が変ったりするとすぐ変るような気質があるけれども、どんなにしても変らない生れつきの性質もあるというようなものだ。そのなかなか変らない部分を原子核といっているんだがね。そうすると放射線は原子核から出ているという大変重要なことが、君達の立派ないたずらからわかったことになる」

といっておじさんは三人の顔を見廻しました。

「それではどうしてドアが開くんですか?」

とアトム君がたずねました。

「もうわかったようなものさ。この放射線は透過力が大きいからドアの鏡板なんかわけなく透してしまう。ドアのなかにはつまり験電器と同じ動きをする計数管《カウンター》が入っているから、その放射線が入って来ると、……ほら、この間いったろう……＋《プラス》電気と－《マイナス》電気の空気が出来る。そうすると計数管《カウンター》に溜っていた電気がなくなるつまり計数管《カウンター》に電池をつないでおけば、どんどん電気がなくなって電流が流れるわけさ、そこで電流が流れるとドアが開くように継電装置《リレー》を作っておけば――けっきょく放射線によってドアが開いたということになって、君達の疑問も解決したということになるわけさ」

おじさんの話を聞きながら三人の少年の眼は輝いて来ました。この眼の前の物質の構造がだんだんわかってきて、いまに世界中にわからないものがないようになって来そうな気がしたからです。

「そこでもう少しいっておくとね。いま＋《プラス》電気の空気、－《マイナス》電気の空気といったけれど、このいい方はあまり正しくはないのだ。＋《プラス》電気を持っている空気というのは確かにあるんだが、－《マイナス》電気を持つ空気というのは出来なくて、－《マイナス》電気を持っているものは、電子といわれているものなのだ。電子というのは－《マイナス》電気を持っている電気の一番軽く小さい荷い手で、普通に電気が流れるというのはこの電子の集りが流れていることなんだ。どう、わかった？」

「電気は電線の中を随分早く流れるけど、そんなに早く電子があんな固いものの中を動くことが出来るのですか？」

とアンペル君がききました。

「なるほど。実際眼で見たところでは、いくら小さいものでも通りぬけは出来そうもないけれども、電子の大きさというものはまるで小さいんだ。電子を10兆個ぐらい一列に並べて、ようやく1センチメートルになる位だ。また1兆の1兆個ぐらい集めて、ようやく1グラムになるくらい軽いんだから、電子の大きさから見ると、普通の物質のなかなどは何もない空地ばかりで、宇宙に浮んでいる星のようにところどころに何かあるといった具合なんだ。ただそれらがお互いに固くひっぱり合っているから、固くてなかなか形も崩れないだけなんだ。電子もそういうもののなかでは何かにひきつけられているんだが、電気の良導体といわれている金属などのような物質のなかでは自由に動くことが出来るんだね。

そこで空気――もちろん空気の分子の集りなんだが

――に放射線が当って－《マイナス》電気の電子が簡単に出て来るところを見ると、とにかく空気分子のなかには電子があるということがわかる。ふだんは分子のなかでぐずぐすしているが、放射線などが当るとはじきとばされて出て来る――そして残った分子は－《マイナス》電気の電子が一つなくなるので＋《プラス》電気になる――と考えてよさそうだね。

そうすると電子が分子や原子（分子は原子が集って一かたまりになったもの）から出たり入ったりする変化は、さっきいった変り易い変化のうちの一つだ。してみるとさっきいった化学変化というのは、電子が出たり入ったりすることと関係があるかもしれない……どう、わかる？」

「ええ」

しかしアトム君達はおじさんがこれから何をいおうとするのかわかりませんのでつばを呑み込みながらきいています。

「そこで考えるのさ。化学変化、例えば化合という変化を考えると、二つの元素がくっついてしまうのが化合なんだから、二つの原子がくっついてしまうことなんだ。ところが普通はくっつかない。熱したり、光をあてたりするとくっつく。ところが熱したり光をあてたりすると原子から電子が飛び出し易くなることがわかっている。例えば真空管などでは金属を熱すると電子が飛び出し易くなることを利用しているんだ。だから化合というのは一つの原子Aの電子が飛び出して、もう一つの原子の中へ入り……」

おじさんは立ち上って壁の黒板に図を書いてくれました。

「A原子は＋《プラス》電気となりB原子は－《マイナス》電気となって（電子は－《マイナス》電気だから）電気的にひっぱり合ってくっつくのだと考えてよさそうじゃないか。そうすると種々雑多ではっきりしない化学変化が、みな原子が電子をやり取りすることで説明出来る。そうすると話は大変簡単でわかり易くなるはずだ。

ところが実際にそうだということがだんだんわかって来たんだ。ここで面白いことになって来たわけさ。僕達が知っている大抵の現象――化学変化など――は原子のなかの電子の性質を知ればほとんどわかってしまうということになるわけだね。そしてそれだけではわからない現象のうちで最も興味深いのが、あの何でも通りぬけてしまう放射線というやつなのだ」

とおじさんは言葉を切って少年達を眺め廻しました。

アトム君達は放射線の性質が網の目のようにいろいろなことに結びついていて科学というものが、お互いに結び合いながらだんだんにすべての事を知って行くものであるということがわかりました。ほんとうにキューリー夫人がラジュームを発見したのは、ただそのことが立派な仕事であるだけではなくて、ラジュームから出る放射線が、原子が、そして結局物質が、どういうように作られているかということを知る手掛りになり、それからわれわれの物質についての理解の範囲が急に拡がってくる手掛りになったというところに大きなねうちがあるのでしょう。そして原子のなかのことがわかってくるにつれて、原子のなかにひそんでいる巨きな力をも利用出来るようになるのです。

アトム君はようやくまだぼんやりとしてではありますが、科学というものがどんなものであるかが眼の前に浮んできました。

そのうちアトム君はこの前来たときに会った薄気味の悪いミスター・キリングのこわばった面《マスク》のような顔を思い出しました。

「おじさん！　この間やって来た人、また来た?」

「うん、来たよ。そしてとうとう僕等の研究の一部を教えてやったよ」

「そんなことをして大丈夫なんですか?」

アトム君は心配顔になりました。

「なあに、大丈夫さ。そのつもりで教えてやったのだ。この前いったように僕等にとってぜひ必要なものが彼の手に渡っているんだ。ところがそれがどこに隠してあるのかわからない。そこで今度くれてやった文献をおとりに使って、前のも引き出そうというわけなのだ。

それに、ミスター・キリングとはちょっと仲良くしておいた方がよさそうだからね。彼もかなり研究しているし、社会的な背景もあるから」

「すぐにその文献を取りかえせるのですか?」

「こんど彼にやった文献には遠くからでもわかる、しかし目には見えない目印をつけておいたのさ。だからそれを隠してあるところはその目印のためにすぐわかるのだ。それを知った、ミスター・キリングも驚くだろうね」

とおじさんは笑った。

「見えない所に隠してあってもその目印がわかるのですか?」

とアトム君達はまだわかりません。

「そうさ。そうだね。これから行って取返して来ようかね。君達も行かないか?」

とおじさんがいいました。

三人は顔を見合わせました。重要な書類を探しに行くにしてはあまり手軽におじさんがいうものですから、じょうだんのような気がしたのです。

「どう? 行くだろう? ミスター・キリングはむこうみずの男だからちょっと危険なこともあるかもしれないが、大抵大大夫だ」

そこでアトム君達はおじさんについて行くことに決めました。少年達は冒険が好きです。これからどんなことがおこるだろうと胸がわくわくしてくるのでした。

「そこでね、君達に手伝ってもらいたいことがあるんだ。君達にある機械を渡すからね、それを持って、ミスター・キリングの家中を歩いてもらいたいんだ。今持って来るからね」

とコスミおじさんはひとりでに開くドアから廊下に出てしまいました。

5 冒険の計画

「キリングってどんな人?」

とアンペル君が体を乗り出していい出しました。

「声が大きくて眼の鋭いこわい人だったよ」

とアトム君はミスター・キリングの顔と声を思い出して体が震えて来るような気がしました。

「だけど大丈夫さ、コスミおじさんがついているし、僕達は三人だ。ね。去年ボルトンの古城の探検に行ったときだって何もこわいことはなかったじゃないか。きっと面白いよ……」

ニルス君は元気一杯でした。アトム君達は去年の夏休みニルス君の別荘があるボルトンのカイエ村に遊びに行ったのです。そして近くにある十五世紀の崩れかかったカプリの古城へ入ってみたのです。

ツタがからんでじめじめしたお城のなかに入って行くのはあまりいい気持ではありませんでしたが、ニルス君達はこのお城にはきっと昔の王様が隠した宝ものがあるんだと信じていました。この辺では以前からそういうわさがあったのです。

ところが腐って落ちてしまったドアを倒して地下室に入って行くと何ともいえないいやな臭いがするのです。なお暗い部屋に入って行くとその部屋は案外きれいに片づいていることがわかりました。椅子や卓子《テーブル》などもおいてありますし、壁には上衣さえかかっていました。

そして部屋の隅に何ともわからないものが転がっていました。

近づいてみてアトム君達はぎょっとしました。それは人間の死体だったからです。いやな臭いもそこから出ているのでした。ほとんど腐ってしまって白い骨が見えていました。

アトム君達はすぐにカイエの警察に知らせましたので、署長さんが調査にやって来ました。

その死体は男だったそうですが、顔もほとんど見分けがつかなくなっていたためか、村の人達は誰も知っているものがありませんでした。

そしてこの古城の地下室がこんなに片づいて、誰か住んでいたとさえ思えるほどになっていたことも誰も知らなかったのです。

村の人達は
「きっと密輸入者が住んでいたんだよ」

といいいいしましたが、何を密輸入しているのかもはっきりしていないのでした。そしてその男が殺されたのか、病気になって死んだのかさえもわかりませんでした。

ところがボルトン警察局のカール警部という人が呼ばれて調査に来ると
「この男は何か重いもので撲られて殺されたのだ」

といいました。

そして後になって撲るのに使ったものは鉛だろうともいいました。それから急に警察署でも手分けして殺人の犯人を探しにかかりました。

しばらくしてアトム君達はまたお城に入ったとき、ひげだらけの、体の大きい格子縞の服を着た男に出会いました。彼は恐ろしい顔をしてアトム君達をにらみましたが、アトム君達も負けずににらみ返していると男は黙って去ってしまいました。

ニルス君はすぐ警察へ知らせたので、この男が捕えられましたが、別に殺人に関係した証拠もないので許されたそうです。

この事件はとうとうわからずじまいになってしまったのです。

アトム君達はこの事件を思い出していたのですが、あとで考えると早くコスミおじさんに話してしまった方がよかったのです。もちろんアトム君達は、この事件がまさかコスミおじさんとミスター・キリングの事件に関係があるとは思ってもみなかったでしょうからしかたがありませんが、後で思いがけずこれが同じ事件の二つの糸口であることがわかったのです。

さて三人の少年がこれからはじまる冒険をいろいろに空想して胸をわくわくさせているところへ、ドアがあいてコスミおじさんが入って来ました。

「これなんだ。ちょっと重いかもしれないがね」

と出したのを見るとこの間アトム君の病院のラジューム探しのときに使ったものと同じぴかぴか光った赤い箱でした。外側は絶縁性の合成樹脂《プラスティック》で出来ているのです。

「これは、病院のラジュームを探したときの……」

「そうなんだ。これは携帯用の計数管《カウンター》さ、放射線をつかまえる装置だ。さっきいったように放射線は透過力が大きくて大抵のものははっきりぬけて通って来る。だから遠くから放射線を捕まえることが出来る。どこに隠れていてもラジュームなどは簡単にみつかつてしまうというわけだ。

これを使ってもらわなければならないから、もう一度計数管《カウンター》の構造を説明しておこう」

といっておじさんは壁にかけてあった黒板に図を書きました。

アトム君は

――おや、盗まれたものを探しに行くのになぜ計数管《カウンター》を持って行くのだろう、その文献から放射線でも出るのかしら。――と奇妙な気がしました。おじさんはかまわず話を続けました。

「このガラスに封入した金属の筒のなかはこんなふうになっている。aは心線、bが外側の円筒で、その他の部分はすべて心線を円筒の中心に保つためと円筒内に適当なガスをつめるために、密閉するためのものだ。適当なガスというのはこの装置の性能に大分関係があるので、普通はアルゴンにわずかのアルコール蒸気を混ぜて入れるね。

そこで円筒と心線の間には一〇〇〇ボルト前後の電圧をかけておく、円筒の方がマイナスだ。つまりもう少し高い電圧がかかると心線と円筒との間に放電がおこる――つまりガスの中を通って電気が流れる――くらいにしておくのだ。

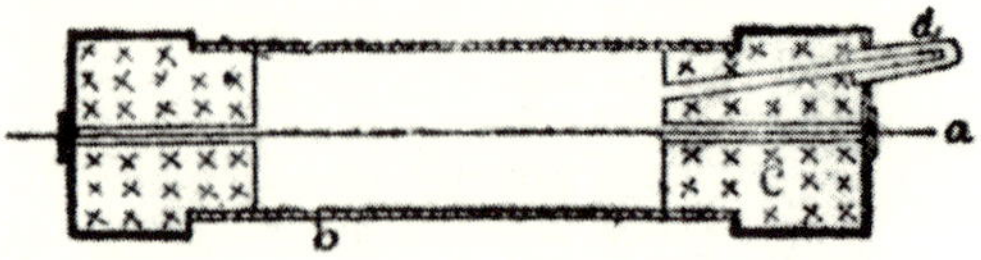

a心線　b外筒　c絶縁物　d封じ口

こうしておくと、もしこのなかに放射線が入って来ると、さっきいったように放射線はみなガスの原子から電子をつきとばしてしまう。そうするとこのなかに電子とプラス電気のガスの原子（イオン）が出来るわけだ。

　ところが電圧をかけてある心線にはプラス電気が溜っているから電子がひき寄せられる。円筒にはマイナス電気が溜っているからプラス電気のガスの原子がひき寄せられる。ガスの原子は電子にくらべて二〇〇〇倍も重いからひき寄せられてもあまり早くは動かない。ところが軽い電子の方は勢よく心線にむかって走り出し、心線に近づくにつれてどんどん勢がついて非常な早さになってくる。

　そうなるとこの電子がガスの原子からまた電子をつき飛ばし、つき飛ばされたものと一緒になって走り出す。そうしてまた他の電子をつきとばし、電子の数はどんどん増し、そうした電子の集りが坂路を転げ落ちる雪のたまのように大きくなって、なだれのように心線に飛び込んで来るわけだ。

　この電子のなだれを受けると、心線はそのときマイナス電気を受け取るから、心線に溜っていたプラス電気が少し減る。この電気の減りを真空管増幅器を使って増幅するわけだ。この増幅器はこの箱――といっておじさんは赤いプラスティックの箱を指さした――のなかに入っている。こうして増幅した電気の減りをスピーカーに入れて、ポツンというような音をきかせることも出来るし、リレーを動かして度数計をまわして放射線が何個入ったかを知ることも出来るわけだ。

　この器械はただ放射線が入って来たことがわかればいい場合に使うために、心線の電気の減りでメーターの針を動かすようにしてあるだけだ。これでこの計数管《カウンター》の構造がわかったわけだね……」

　とおじさんが言葉を切ったとき、メーターの針をみていた三人の少年が同時に叫んだ。

「ああ、針が振れた！」

「そう。なぜだい？」

「放射線が入ったからでしょう？」

「そうだ。そこでこの放射線はどこから来たんだろうね」

「それは、この計数管《カウンター》を持って歩いて、針のふれの度数が多いところを探せばいいでしょう」

とアトム君はラジューム探しのときを思い出しましたから、そう答えました。

「じゃあ。そうして見給え」

とおじさんはにやにやしながら腕を組みました。

アトム君は計数管《カウンター》と赤い箱を持って部屋をぐるぐる歩き廻りました。おじさんの部屋は入口のドアの上にテレビジョンの幕があり、ドアの右手はガラス管や電線がごちゃごちゃ入り混った器械を載せてある石の台があり、その上の壁には配電盤があります。石の台の下には真空ポンプとモーターが三つあり、その横にはエナメルで塗った金属板で囲まれた高電圧装置があります。

左手には長椅子や安楽椅子が卓子《テーブル》を取り囲んでおり、二、三脚の椅子もおいてあります。アトム君が坐っているのはこの長椅子です。その壁は黒板になっていて、その横にもテレビジョンの幕があり、その上には一列の豆ランプがあって時々ともりますが、これは何かの合図らしくおじさんはときどきそれを見ます。

テーブルの奥には合成樹脂《プラスティック》の机《デスク》があって電話器が二つおいてあります。また机《デスク》の横には二列の押ボタンがあります。この押ボタンは部屋を暗くするのにも使われたのをアトム君は見ています。その他一度この部屋全体が動いたことがありますが、それもこの押ボタンのどれかを押すのです。

机《デスク》の横に小さな出窓があってそこからベルトが入って来ています。アトム君達はおじさんと話しているときはこのベルトに気づかなかったのですが、アトム君達の眼の前に出ている紅茶とお菓子はこのベルトが運んでくれたもののようでした。

この部屋の入口のドアとちょうど反対側は金属の板が張ってあり、アトム君達にはわかりませんでしたが、実はこの外にはエレベーターがあって、すぐ四階に出られるのです。四階には飛行機の発着所があるのですが、滑走路も屋内にあるので、外から見ると飛行機の発着所があることがちょっとわかりません。

さてアトム君達は計数管《カウンター》を持ってこの不思議な部屋を隅から隅まで歩き廻りましたが、特に沢山放射線が入って来るような場所は見当りませんでした。

「どう?」

とおじさんはまだいたずらそうに笑っていました。

「わからない」

とアトム君は不満そうに呟きながら考え込みましたが、しばらくして大声をあげて跳び上りました。

「わかったよ！」

「何？」

とアンペル君がききますと、勢い込んでアトム君はいいました。

「宇宙線だ！　宇宙線だよ。ほらこの間話したあの宇宙線が入って来るんだよ」

「そうそう」

と、おじさんが笑い出しながらいっているところへ電話のベルが鳴りました。

おじさんは眉をひそめてむずかしい顔をしながら聞いていました。

「え？　そうか……また？　……今度は本当らしい？うん。これから出掛ける積りだったんだがね。……そう誰か行ってみた方がいいだろうね。なんだったら僕が行ってもいい。いま急ぐ仕事もないし、やはり気懸りだから、……そうまだいるよ。えっ、そうかい、それじゃいっておこうかね。……じゃまた。さよなら」

おじさんは受話器をおいてかなり長い間ぼんやり壁を見つめていましたが、

「ニルス君。君は早く家へ帰った方がいいかも知れない」

と心配そうな声でいいました。

ニルス君は顔の血を引きながら、

「どうしたんですか？」

と低い声で尋ねました。

「うん。今日……いや今なんだが、君のお父さんの所へ脅迫状が来たんだそうだ。君のお父さんはしっかりした立派な人だから別に心配もしていないんだが、この脅迫状は普通のギャングのものと違ってちょっと気懸りなことがあるんだ。……というのはね、アトム君にはこの間もいったんだがね。

もし脅迫状に書いてある通りにしないなら、ニルス君の家の人を家もろとも空に吹き飛ばしてしまうと書いてあるんだ」

「それは大変だ！」

アトム君達はびっくりしてしまいました。

「いや。心配することはないよ。家を吹き飛ばすといっても爆弾をしかけるのだろうが、十分用心して警察で警戒しているし脅迫状の出所も調査しているから、やがていたずらの犯人もつかまると思うよ」

とおじさんはいうのですが、アトム君達はだんだん怖くなって来ました。殊にニルス君は真青になって唇がふるえています。

「心配することはないよ。これは脅迫状だよ。おどかすだけなんだ。実際爆弾をしかけて家をこわし、人を殺傷したところで、ギャング達は何の得にもならないよ。彼等は金が欲しいだけなんだ。……だけどね、僕が恐れているのは別のことなんだ。

とにかくニルス君は早く家へ帰って、地下室にでも入っていれば、たとえ爆弾が降って来ても大抵大丈夫だ。さあ送ってあげよう。ミスター・キリングの訪問はこの次にしよう」

とおじさんは立上りました。

そしておじさんが自分で運転して自動車でアトム君達を家へ届けてくれました。

ニルス君の家は郊外サリコの森の中にあってモミの木に囲まれた広い邸宅ですが、家の周りには小さな小屋が沢山出来ていました。

大きな石の門に入っている自動車道路の傍には門から二〇〇メートルも手前にこの小屋が立っていて、アトム君達が乗っている自動車が近づくと小屋から四、五人の人が出て来て、道路上に立ちふさがり、ストップの合図をしたのでおじさんが自動車を停めてみますと、その人達は警官達でした。ニルス君の家の警戒にあたっているのです。

おじさんが降りて警官達にわけを話しますと、一人が小屋のなかへ入ってニルス君の家と連絡したようでした。

この小屋というのは軽金属で出来た折畳式のもので、キャタピラーのついた自動車の上に組立てたものであることがわかりました。折畳んでどこへでも移動することが出来るのです。なかは小さくまとまった部屋になっていてベッドやテーブルも置いてありました。

こういう小屋がニルス君の邸宅のまわりに点々と建っていてお互いに連絡しながら警戒しているのです。これを見てニルス君も漸く心配しなくてもいいのだと思うようになりました。実際この警戒線を突破して入って来ることはとても出来そうもありませんでした。

しばらくするとニルス君の家の門から黄色に塗った自動車が出て来ました。なかに運転しているのはニルス君の家のお抱え運転手パーカーさんでした。

パーカーさんは車を停めると

「よかったよかった。家では坊ちゃんが誘拐されたのじゃないかと皆さんが大変心配していますよ。さあ、これにお乗りなさい」

とニルス君を後部座席へ押し込み、おじさんにお礼をいって大急ぎで帰って行きました。

「これだけ警戒していれば大丈夫ですね」

とアトム君は確かめるようにおじさんの方を見ていいました。

「そうさ。だけどね、もっと困ったことがおこるかもしれないよ。もし爆弾が本当に使われたらね」

とおじさんは何かあいまいなことをいって言葉を濁してしまいました。

「困ったことって?」

「何がおこるかわからないから、なんともいえないが、こういう事件というものはその事件だけで終ってしまわないで、世の中に大きな影響を与えるからね」

とおじさんはちょっと暗い顔色でいいました。

6　惨事

それから二日経って楽しい夏休みが始まりました。アトム君は何となくコスミおじさんに会いたくてたまらなくなってしまいました。考えてみるとコスミおじさんと会った日には必ず不思議な事件がおこっているし、また何か変った経験をするのです。ミスター・キリングと会ったのも、宇宙線の音をきいたのも、ひとりでに開くドア、それからニルス家の事件、みなアトム君がコスミおじさんのところで経験した奇怪な事件でした。

ですからアトム君はおじさんと会う度に、今まで思いもかけなかった不思議な世界へ分け入って行くような気がしたのです。そしてこの世界は普通のアトム君の身の周りの世界とは違って、もっと年代が経ったときに現われて来るような未知のものでいっぱいになっているようでした。

そこでアトム君はまたこの世界へ探検に行きたくなったのでした。

さてアトム君がおじさんの部屋に入ったとき、また大事件がおこっているところだったのです。

ちょうどおじさんは電話で何か話しているところで、眼でアトム君に挨拶しました。電話をおくとおじさんは勢い込んでいいました。

「さあ、出掛けよう。アトム君」

おじさんはアトム君の腕を取ってひっぱりました。

「わけは自動車のなかでいうよ。さあ行こう、計数管《カウンター》を持って行くんだ」

おじさんは驚いてぼんやりしているアトム君を部屋から引張り出して自動車のなかへ押し入れてしまいました。自動車は動き出しました。

「実は、いま電話で教えてくれたんだがね、あのニルス君のところへ脅迫状を送ったギャングどもが、本当に爆弾を使ったんだよ。……いやニルス君の家へじゃない、あの厳重な警戒でとても入れないと諦らめて、五〇〇メートルほど離れている運転手のパーカーさんの家へ爆弾をしかけたのだ。パーカーさんはあの事件中奥さんも子供も一緒にニルス君のところの門番の家へ寝泊りしているから誰もいなかったんだがね。家は脅迫状にあったように粉々になって吹き飛んだそうだ。

恐ろしい音がしてニルス君の家の窓が外れ、合成樹脂《プラスティック》の窓ガラスが割れたり、曲ったりしたそうだ。これですっかりニルス君の家では怖がっているらしい。この音は何粁《キロメートル》も離れたところからも聞えたそうだ」

おじさんは前に眼を配って自動車を運転しながらいい出しました。

「そこでその爆弾がくせものなんだ。僕が心配して計数管《カウンター》なんか持ち出したのもそのためなんだ」

「それが放射線と関係あるのですか?」

「うん、くわしくいわなければ君にはわからないかも知れないが、まあそうなんだ。いやそういう爆弾であれば非常に困ったことになるのだよ……」

自動車はモミの森のなかに入りました。生い茂ったモミの葉にさえぎられて視野が暗くなり、自動車道路だけが灰色に続いているのが見えます。

「……というのはね」

とおじさんが続けました。

「僕が心配している爆弾というのは原子力を使った爆弾ではないかということなんだ。これはこの前いったように人類を滅亡させるかもしれないくらい怖ろしく強大な力なんだ。

今まで僕等が使って来た、熱機関――自動車や汽船などのエンジン——や火薬などの力は、物が燃えるときの力を使ったものなんだ。

ところがこの前いったように燃えるということは酸素と化合することで、化合するということはその燃えるの——ガソリンとか綿火薬とか——の原子のなかで原子核にひきつけられている電子が、酸素の原子のなかへ移るとか、酸素原子のなかの電子が他の原子のなかへ移るとか、いうことなんだ。

だから今まで使っている力というのは電子があちこち移るために作られた力だから原子核にひきつけられていた電子をつきとばすに必要な力と同じ程度のものなのだ。

そこで原子核はなかなか壊れない、しっかりしたもので、原子核の性質である放射線の性質などは決して変ることはない。してみると原子核はちょっと位の力では壊せない位しっかりと固まっているわけなんだ。

ところでそんなにしっかり固まっているものが例えば二つに分れたりしたとすると非常に大きな力が出て来るわけだ。たとえていうと、ちょっと突いても動かない位力一杯引き合っている二人が急に手を放すと、怖ろしい勢でひっくり返るようなものだ。

もう一度いうと、原子核は他のものをぶっつけたりしてもなかなか壊れない。それ位だから、ばらばらのものを押しちぢめて一つの原子核にするには莫大な力が必要なのだ。ところが何かの拍子にそれがまたばらばらになったとすると、一つにまとまるために必要であっただけの力が要らなくなるから、その力がばらばらの破片に与えられて破片が怖ろしい勢いで飛び出すわけだ。電子が簡単に飛び出すのと原子核がめったに壊れないということを見くらべると、電子の力である普通の力に比較してこの原子核の力が非常に大きいものであることがわかるんだが、実際電子の力の一億倍位も大きいのだから大変なことなのだ。

ところがそういうように二つに分れる原子核というのがあるんだね、ウラニュームという元素がそうなのだ。ウラニュームは原子核のなかに入っている中性子という粒子をあてると二つにこわれ易いのだ。（ウラニュームには軽いものと重いものがあって軽いものの方がこわれ易い）

ところがそれだけではまだ爆弾は作れない。つまり一つの原子だけぽつんとこわれたって出る力は大したことはない。原子は1グラムで千億の百億倍も沢山あるんだからそれらをほとんど一度にこわしてしまわなければ何にもならない。

ところがウラニュームがこわれるときにまた数個の中性子が出るから、その中性子がよそに逃げないようにこわれ易い軽いウラニュームを沢山集めておけば、一つの原子がこわれると、それから出た中性子でまた数個の原子がこわれ、次々にこわれて行って短い時間のうちに全部がこわれて爆発してしまうというわけだ……」

おじさんが原子力を利用する爆弾の話をしているうちに、自動車は森の中をニルス君の家へ近づきます。そうすると何だか妙な臭いがしてきます。

だんだん近づくと、灰色の自動車路に赤茶色の土が散乱して、その上にタイヤの跡がついていました。なおも行きますと材木の破片や土にまみれた木の葉などが道路の上、一ぱいに落ちています。傍のモミの木はみな土をかぶっていました。

そして子供のおもちゃでしょう、コバルト、黄、赤など美しい色に塗られた木の船が、こわれもしないで灰色の自動車路の上にころがっているのも、なにか生々しい奇妙な印象を与えます。

突然明かるい空が開けました。眩しい眼に思いがけない風景が映ったのです。数十メートルもあるモミの大木は根こそぎにされ、引き裂かれ、黒こげになって掘り返した赤はだの土の上に叩きつけられていました。そのため三百メートル平方の土地の上には眼を遮る何物も残っていません。そしてそのうつろな惨めな赤はだの土地の外側には、押し倒されたり、折り曲げられた黒こげのモミの樹が折重なって倒れていました。その中央にはパーカーさんの木造の家があったのだそうですが今は本当に何も残っていず、その破片のスレートやつぶれた食器などが折り曲げられた樹の上にひっかかっていたり、電線が遥か遠くにふき飛んで垂れ下っているのを見ると、やっと何か建物がそこにあったことがわかるという有様でした。

それが爆弾で吹き飛ばされたところなのでした。アトム君は何だか体から血が引いて、はきけがして来るような気がしました。そしてこの爆弾が地球上のすべての場所で爆発して眼をさえぎる何物もなくなり、ずっと地平線のむこうまで掘りかえされた土がぼくぼく続いているなかに、ぽつんとただ一人ちっぽけな自分だけが立っている奇妙な風景が、眼の前に浮んできて寒気がして来るのでした。

コスミおじさんとアトム君は自動車から降りて、しばらく荒らされた森をぼんやり眺めていました。ちょうど太陽が森のむこうに傾いて血のようにくろずんでいました。

「アトム君……」とコスミおじさんがいい出しましたが、声がかすれて土のなかから聞えてくるようでした。

「アトム君、計数管《カウンター》を出してくれ給え」

アトム君は増幅装置の箱と計数管《カウンター》を出して、ひからびた地虫が転がっているいたましい土の上におきました。

「針を見給え……」

といわれて、ぼんやりしていたアトム君が思わずびくりとして針を見ました。

「あっ！　針がとても振れています」

「そうか」

おじさんは低い声で呟きました。

「放射線がずいぶん強いですね。ラジュームに近づけたときのようだ。ここでも、ここでも……」

アトム君が叫びました。本当に土からも木からも、いたるところから放射線が出ているのでした。まるで放射線の雨の中に立っているようでした。

「さあ、帰ろう、身体が放射線にやられてしまう」

とコスミおじさんは自動車の運転台に上りました。そして自動車を引返しながら、おじさんが眉をひそめていいました。

「あそこの放射線はものすごく強いものだよ。あれに当ると身体の組織が破壊されてしまう。まず血液のなかの血小板というものがこわされて、出血が止まらなくなる。そしてわけのわからないできものが身体中に出来て、崩れてくるだろう……そりゃひどいものだよ」

アトム君は身ぶるいしました。出血が止まらなくて、血だらけになって倒れている人を眼の前に見る気持でした。

アトム君達はそれから黙ってしまいました。

生物物理学研究所のコスミおじさんの部屋に帰って来ると、おじさんもいつものような張りのある声でいい出しました。

「やはり、あれは僕が心配していたとおり、原子力爆弾だった！」

アトム君も夢からさめたように考えが動き出しました。ここへ来ると誰でも科学を身近に感じて、科学を考えないではいられなくなるのです。

「あのものすごい放射線はいったいどうして出来るのですか？」

「そうだ。あれはね、……すこし順序立てていってみよう。

いままで君に放射線のことを話したがね、どの原子でも放射線を出すわけではないのだ。放射線を出すのは重い元素の原子で――一番重いのがウラニューム。ラジュームも重い方だ――放射線は複雑なものから出るのだ。そして、放射線は原子核の構造が複雑な原子核が、簡単な安定な原子核に変って行くときに、外に投げ出されるものなのだ。この間、原子核はちょっと外から力を加えてもなかなかこわれないものだといったね。それほどしっかり固くくっつき合っているものなんだ。

しかしそのくっつき合っている力と同程度の力を加えればむりにこわしてしまうことが出来る。そしてこわれてがたがたになった原子核が放射線を出すわけなのだ。

普通によくやることは水素の原子核を高い電圧をかけた蓄電器の間を走らせるんだ。水素の原子核はプラスの電気を持っているから、蓄電池のマイナス電気が溜っている方へ勢よく走り出すわけだね。これを何段にも蓄電器をおいてどんどん勢をつけさせ、最後にどかんとこわそうと思うものにぶっつけるんだ……」

その時です、ドーンという音がして轟と風が鳴り、窓ががたがたいいました。

「ああ、あれさ、あの音は蓄電器が放電した音だ。放電するとあんな音を立てるくらい高い電圧をかけて電気を帯びた粒子を走らせて、ぶっつけるわけだね。そうすれば原子核がこわれて放射線を出すというわけだ。

とにかくこうしてどんな物質でも放射線を出すようになるんだね。しかしその放射線を一度に出してすぐなくなってしまう、つまりすぐ安定な核になってしまう場合が多いから、ウラニュームやラジュームのようにいつまでも放射線を出し続けているものはそう多くはないんだ。しかし土のなかにあるカルシュームや硅素、硫黄、鉄などからはかなり長い間放射線を出しているものが出来る。

そこでアトム君、ニルス君の家の付近のあの放射線はどうして出来たものかわかるだろう？　どうだい？」

「爆弾が破裂したとき、原子核を壊せるぐらい勢力の大きいものが出来て、それが土のなかのカルシュームや鉄などにぶつかって、その原子核を壊して放射線を出すようなものにしたのでしょう？」

「そうだ、いまもいったようにその爆弾がウラニューム爆弾なら、ウラニュームが二つに分れてしまうときには普通の化学的な力の何億倍もの勢力が出るんだから、その分裂のとき出てきた中性子がその勢力を貰ってものすごい勢いで走り出すしまた分裂したときの破片も飛び出す。そうするとそういうものすごい勢力をもったものが、まず空気にぶつかって空気を放射性にしてしまうだろう、それからあらゆるものにぶち当る、そうしてあらゆるものを放射性にし、それから出る放射線がまた他のものにぶつかってまた放射線を出すというぐあいに、そのあたりは放射線でいっぱいになってしまうだろう。そしてそのときに出て来た勢力は、一部はぶつかり合うときに熱になってすべてのものを焼くだろうし、またその熱で膨脹した空気の塊りは四方に拡がって、樹木を引き裂き、押し倒すだろう。……その惨状があれなのだ。そしてあれだけにウラニユームは数グラムも使っていないだろう。

だからこの爆弾が手軽に使えるようになったら、ウラニユームが百グラムもあれば、このクスコのまち一つぐらい廃墟にするのはわけはない。そうするとウラニユームを一トンも使ったら、この国全体を放射線にみちあふれた、何もない、死にたえた荒野にしてしまえるだろう。実に簡単に出来ることなんだ、そして簡単に出来るということが何より危険なことだ」

「その原子爆弾を作っているところをみなこわしてしまって誰も作れないようにしたら？」

「それはあまりいい考えじゃないね。真面目じゃない。例えばノーベルの発明したダイナマイトは戦争に使われて恐ろしい働きをする。だからダイナマイトを作る工場をこわしてしまったらいいだろうというのだが、ダイナマイトがなくなれば、道を開くことも、トンネルを掘ることも、石炭を掘ることも出来なくなってしまうのだよ。自動車にひかれて怪我する人が多いから、自動車をみなこわしてしまったら、すぐに僕等は動くことが出来なくなって困ってしまうのだ。そんなことをしたら僕等は裸のままの猿のような生活をしなければならない。そんなことをすべての人達は望んでいるのかね。それは卑怯というものだよ。わがままだよ。そしてばかげたことだ。

そういう人は自分をふり返って見なければだめだ。ダイナマイトを人を殺すために使おうなんて考えたことを反省すべきだよ。

そうだろう？……人間はダイナマイトで人を殺すことをいつも考えているくらい、意地悪く、利己主義で、残酷で、冷淡なものなのだ。それを反省すべきだよ。危険なのはダイナマイトや原子力ではなくて、それを使っている意地悪な人間なのさ！」

コスミおじさんはアトム君にむかってさかんに憤慨しています。アトム君は叱られている小学生のようなかっこうでうなずきながらそれをきいています。

「……そうだね。君にはこんなことといわなくともわかっていたろう。失敬々々、そこで……爆弾をしかけた悪漢どもをどうしても捕まえて、二度と原子力を悪意に利用されないようにしなければならないが、君にもひとつ手伝ってもらおう。その前に警察と連絡しておこう……」

とコスミおじさんは電話を取りました。

7　群衆の誤解

翌日になると、この事件がどの新聞にも第一面に零号活字で書き立てられていました。その奇怪な爆弾の威力が誇張され、今にも全世界が滅亡の淵に追い込まれでもするような印象を読者に与えたのです。

アトム君の家でも、その話でもち切りでした。アトム君は昨日見てきたサリコの森のひどい光景を夕食の食卓の前に拡げてみせたので、お母さんと妹のマリさんなどは本当にこわがってしまいました。お父さんは

「どんな爆弾だって、その構造がわかっていれば防ぎようもあるよ」

と落着いていいました。しかしお母さんは

「どうしてそんなおそろしいものを作ったんでしょうね」

と眉をひそめてみせました。アトム君はコスミおじさんから聞いたばかりのお話をお母さんに聞かせました。お母さんは

「本当にそうですね。ひとはどうなろうと自分ばかりよければという考えではいけませんね。みんながよくならないうちは、安心してくらすことも出来ないものねえ」

といいながらほっとためいきをつきました。

つぎの日アトム君はおじさんとの約束で、爆弾犯人を探しに行くため、喜び勇んで家を出ました。アトム君は胸がわくわくしています。新聞には犯人らしい者も捕えられたと出ていましたが、そのうしろにはもっと大きな悪漢たちの組織があるのです。それを探り出して全滅させてしまわなければだめです。アトム君はミスター・キ

リングのうす気味悪い顔を思い出しましたが、なあに……と手に力を入れて歩き出しました。

さてアトム君が糸杉に囲まれた生物物理学研究所の前に来てみると、おどろいたことに遠くからでもわかるおそろしい数の人が研究所のまわりをとり巻いて真黒になっていました。そしてその群衆がてんでにわあわあわめいて、まるで蜂の巣をつついたような騒ぎです。いつもは魔法のお城のように大きく静まりかえっていて近づく人も見たことがなかったのに、アトム君は、一体これはどうしたことだろうと心配になって足を早めました。

近づくと、そのひしめき合っている群衆のなかから

「やれやれ、やってしまえ！」

「叩きこわせ！」

「出てこい悪魔め！」

というような声がとび出して来ます。その度にがやがやいう声は一層大きくなって、石や棒切れを研究所にむかって投げるものさえもあります。

しかし研究所の建物は窓ガラス一つない建物ですから、石がぶつかってもこわれもしないで毅然として立っていました。それがよけいに群衆をいら立たせたらしく、玄関のドアをどんどん叩いて

「開けろ、開けろ、人殺しを出せ！」

と怒鳴っているものもあります。

アトム君はしばらくこの光景をあっけにとられて眺めていました。とても中へ入れそうもありません。

そこでアトム君は何もしないでぼんやりこの騒ぎをみていた眼鏡のおじさんに声をかけました。

「おじさん、何がおこったのですか？」

眼鏡のおじさんは「うん」とふり返り、眼をぱちぱちさせて

「僕にもよくわからないんだ」

といいながらポケットから新聞を出し

「これを読んでごらん」

と折ったところを出してみせました。

「サリコの森を一瞬にして荒廃に帰せしめた恐るべき殺人爆弾は目下市内某研究所にて大量生産されている。その威力たるやサリコの森にて実証されたごとく数百グラムにて全市を潰滅に帰し得るほどのものである。

研究所がいかなる目的にてこの爆弾を製造しているか？　わが社、クルー特派員の探知したるところによれば、この爆弾によって全世界を混乱に陥らしめその虚に乗じ研究所員某氏は自らの政治的野心を遂げんと企て

……」

と大きな活字で書いた上、生物物理学研究所の不思議な研究を紹介してあるのでした。

アトム君はその記事を見て眼鏡のおじさんのように何だかわけがわからなかったのですが、それでも生物物理学研究所が不思議な空恐ろしいものに見えてきたのです。

新聞記事には、研究所で行っている研究は、超強力爆弾、試験管内での人間製造、吸うとたちまち血をはいて死ぬ雲の製造、人を気狂いにする怪力線、人造人間の製造等々。

と書いてあるのです。そして最後に
「全市民は結束して立ち、全市の潰滅と人類の滅亡をわれわれの手で救わねばならぬ。クルー記者の探知したところによると、研究所は近々某日を期しまず当市を潰滅させ、全世界を恐怖の淵に叩き込もうとしている。勇敢なる市民諸君は七月二十八日午後一時当社前に集合せよ。そして某研究所を破壊し、よって全世界の危機を救え！」

と絶叫しているのです。

アトム君はコスミおじさんから、科学文明の驚くべき成果が反省のない愚かな人達からどんなに恐がられ、憎まれているかを聞いていました。ですからこの新聞に書いてあることも何だかぴったり来ないのです。漫画でもみているようなおかしい気もしました。

しかしこの新聞記事は大変な反響があったのです。不思議にこのはげしい文句が人々を興奮させたのです。いまにも足もとで爆弾が破裂して、自分達の平和な生活がめちゃめちゃになるような気がしたのでしょう。今日二十八日、朝から新聞社の前に人がちらほら集って来ました。昼ごろになると、あっちの通りからもこっちの通りからも、ちゃんと洋服をきてひげを生やしたひとも、鳥打帽子をかぶってシャツだけになった労働者も、日傘をさした若い女のひとも……ぞろぞろ集って来たのです。

そして一時になって新聞社を取り巻いてごうごういっていました。

そして新聞社のひとが出て来て何かいうと、もうどっと人の波がくずれて、生物物理学研究所へおしよせて行ったのです。

そしてその間にも研究所をこわせ！　とか、われわれの平和を護れ！　とかいう声がおこるとその声に応じてわっと群衆の間から喚声があがりました。そのうちに混乱して何が何だかわからなくなった人の波が生物物理学研究所へぶつかって行きました。

アトム君が来たときはそういうときで、集った人達の大部分は研究所へ石を投げたりしているものの、なぜ投げているのかも知らないといっていいくらいでした。けれど人々の心には不可解な空おそろしい魔法のような研究所の仕事に対して激しい憎しみが湧き上っているので、それは研究所を見るときの熱病のような眼つきからも察せられるのです。

さてこうしてごうごういいながら人々がひしめき合っているとき、どこからともなく頭が叩きつけられるような大きな声がしたのです。

「皆さん。ここにお集りの皆さん！」

人々はあたりを見廻してその声がどこから来ているかをさがしました。しかしそれはまるで天から響く神の声のようにどこからともなく耳に入ってきて、ほかの音はまったく聞えなくなってしまいました。そしてその声はおごそかにいっているのです。

「皆さん、ここにお集りの皆さん！

皆さんは某新聞の宣伝に乗ぜられて、根へ葉もないことを考えておられるのです。生物物理学研究所が皆さんの幸福のためにいままでどれほど役に立ってきたか……皆さんはよく御存じのことと思います。

この研究所の付属病院は癌に似た病気にかかっておられた二千人の皆さんの健康を回復しました。例年になく寒かった今年の冬の温度を二度ずつあげて暖い冬を皆さんに贈ったのもこの研究所です。それから今年の麦作は例年の三倍もの増収でした。それは皆さんに農事委員会がお配りした麦の種のためです。そしてその種はこの研究所で作ったものなのです。

私達は新聞がいっているように非常に強力な爆弾も作っています。しかしそれはこのまちから三マイルほど離れたエトナ火山が最近活動を始めていますから、この火山が一度に爆発してこのまちに石と灰を降らせない前に、火山の中腹に穴をあけて、なかで活動している熔岩とガスを少しずつ吹き出させて噴火の災害からこのまちをまもるために使おうと思っているのです……」

群衆のなかには、でたらめだ！　嘘だ！　とか、だまされるな！　とか叫んだひともあったのですが、この声がとても大きくみんなの耳から離れないので、この叫び声も途中で消えてほとんど誰の耳にも入らなかったのです。大騒ぎをしていた人達もとうとうこの声につかまえられてしまいました。

「それから、人体に大変有害な放射線の研究もしています。しかしそれは原子力を応用しようというときには必要になってくるのです。そしてこの放射線を使って得られた原子力は近々のうちに皆さんのお宅へ配られ電気やガスよりも便利な熱源として皆さんのお部屋や台所を豊かにするでしょう。そしてやがて皆さんは毎日苦しい思いをして畑を耕したり、工場で炉をたいたりしなくても、この原子力で食物も、工業製品も、家庭用品も何でも作れるようになりましょう。私達はそのために、皆さんの幸福のために研究しているのです。

皆さんは今いったことがみなでたらめで、嘘だとお思いになるかもしれません。しかしそれは全部本当です。お疑いになる方はこれから当研究所を参観されるようにおすすめします。いまドアをあけますから、参観御希望の方は玄関の前におならび下さい。混雑を避けるため、三十人ずつ入っていただきますから、まず三十人だけドアの前におならび下さい。……それではドアを開けます」

とその声がいいますと、本当に今まで押しても叩いてもびくともしなかったあのアラビアのドアがぱっと開きました。

「さあ、どうぞお入り下さい」

この不思議な声が止みました。また群衆はがやがや騒ぎ出しました。しかし玄関に立ってさっきまで

「開けろ、開けろ!」

とわめいていた人達は急にもじもじしてドアのむこうの洞窟のような廊下をそっと眺めていました。そうするとまたさっきの声がしたのでみんなびっくりして飛び上りました。

「さあさあ、どうぞ御遠慮なくお入り下さい。こわがるには及びません。ちっともこわいことはないのです。この研究所のなかは、将来皆さんのお宅がそうなるように作られてあります。皆さんはきっとすばらしいと感嘆なさるだろうと思います。私達は皆さんのお宅がすべてこうなるように努力しているのです」

それでもまだ入って行こうとする人はありませんでした。さっきの興奮はすっかりさめてしまって、もうぼんやりしているのです。

そのとき

「そんなことはみな嘘だ! 皆さんだまされてはいけませんよ! あんなことをいって、入って行った者をみんな殺してしまうんだ!」

と叫んだものがありました。みんないっせいにその声の方を見ました。そのひとは黒い上衣を着た背の高いひ

とで、灰色の髪をふり乱し血走った眼をしていました。

「さあ、僕等はこんなでたらめにまどわされず、この、悪魔の住家を叩きこわさなければならないんだ」

とその人はこぶしをふり上げました。

「そうだ、そうだ！」

と応ずるようにあちこちから声がおこりました。

「諸君、諸君は知らず知らずのうちにこの悪魔に首をしめられているんだ。

諸君のうちにはこんな脅迫状を貰ったものがいるだろう」

といって黒い上衣の人はポケットから紙切れを取り出しました。

「これにはこう書いてある。

七月三十日までに金十万ドルを中央公園音楽堂まで持参すべし。ただし持参人はただ一人たること。警察その他に通報すれば直ちに報復されるだろう。報復方法はサリコの森の爆弾事件を思い出されたい。

諸君！　諸君はみなあのさんたんたるサリコの森爆破事件を知っておられる。そしてあの爆弾を作り得るところはこの研究所しかないのだ。諸君はだまって自分の汗水でつくり上げた家財道具を売りはらって十万ドルをつくって……どうぞ……と悪漢の前に投げ出してしまうのか、諸君、ただこの研究所爆弾製造工場さえ叩きこわしてしまえばすべて救われるのだ、ふたたび平和がわれわれに戻って来るのだ」

「そうだ、そうだ」

アトム君はこれを聞いたとさ、ミスター・キリングを思い出しました。脅迫状を書いたのは研究所の人じゃない。研究所から発明を盗み出した人だ。そうだ、それを書いたのは、いま大声で叫んでいるこの黒上衣の人じゃないだろうか！

アトム君は急にからだが熱くなってきました。

そして走りだし、玄関の石段の上に飛び上って叫びました。

「今この人がいったことはうそです。この研究所にはそんな悪い人は一人もいません。ここへ入ってみればすぐわかります。みなさん、僕と一緒に入ってみましょう！」

しばらく何の答えもなく、この突然とび出してきた少年を群衆はみまもっていました。

そのとき
「アトム君！」

という声がして赤い髪の少年がとび出し、アトム君のもとに走り寄りました。それはアンペル君だったのです。

「さあ、行こう！」

そうするとそこからもここからも元気な少年たちがとび出してアンペル君のあとに続きました。群衆の大人たちはただぼんやり見ているだけです。

「僕ら少年たちは拡声器の声を信じています。だから僕等はこれから研究所へ入って、そこでどういう研究が行われているか見て来ます。みなさん、待っていて下さい」

とアトム君は胸をはり、頭をあげていいました。

「あぶない！　子供たちは殺されるぞ！」

と黒上衣の人が叫びました。そしてばらばらと少年たちをつれもどそうと走り寄った人もありました。

しかし少年達は研究所のなかへ入って行ってしまいました。そしてドアがもとのようにぴたりと閉じてしまったのです。人々はわっと玄関に押しかけて来ました。そして玄関のドアに体ごとぶつかった人もありましたが苦もなくはね返されてしまいました。

8　来るべき世界

アトム君はもう研究所のなかを少しは知っていますから、少年たちの先頭に立って暗い廊下を進みますと、つきあたりのいつものドアからコスミおじさんがにこにこしながら出て来ました。

「やあ。諸君！　よく来てくれましたね。君たち青少年だけが僕らの味方だよ。僕等の研究は古い考えに支配されて自由にものを考えることが出来ないおとなたちには誤解されやすい。いや誤解するばかりでなく、彼等は僕らの研究を妨害しようとさえするのだ。自分たちのわからないことがおきるとそれをわからせようともしないで、すぐそれを悪魔の仕業だとしてしまって早く叩きこわして安心しようとする。それに今度は悪い新聞社の暴力団が加わってこの悪意をあおるのだからたまらないよ。しかしすぐに思い知るんだ。科学のつくり出す力がどういうものかということは、ただその力をどう使わなければならないかということを早く知ってもらいたいんだ！　それではとにかく、ここで研究していることがどう応用されて僕等の生活を豊かにしているかということを見てもらうために研究所のなかを案内しよう。さあ、僕についで来て下さい」

といっておじさんは少年たちの先頭に立ち、廊下を左に折れて、最初の明かるい部屋に入りました。

そこには透明なプラスティックで作ったテーブルがおいてありました。少年たちをその前の安楽椅子に坐らせると、おじさんは奥の窓口からベルトに乗って運ばれて来たお菓子を皆の前に出しました。

そのうち、驚いたことにアトム君のいる部屋が静かに動き出しました。この部屋の一方は透明になっていますから部屋が動くにつれてむこうの光景が見えてきます。いくつも誰もいない部屋を通りすぎました。そこではぴかぴかした機械がいきもののように動き、赤や青のランプがついたり消えたりしていました。その一つは織物を作る部屋でした。右手の方にどろどろしたガラスのようなものが、大きなお釜のなかに流れこんでいます。そしてそれがいつのまにか、白い布切れになって左手の方から出て来ました。そしてその布切れが機械の間を通るうちに花模様の美しい彩色がほどこされ、適当な大きさに切られ、つぎ合わされてドレスのようなものに出来上って行くのでした。見ていると着物が生物のように自分自身で生長して、立派に出来上って行くように見えました。そこには人間は一人もいませんでした。一度ちらと実験着を来たひとが見えたようでしたが、すぐに見えなくなってしまいました。

自動車を作る巨大な広々とした工場のそばも通り過ぎました。同じように右手の方から、ガラスのように透明なプラスティックの板が入ってきますと、それが機械の間を通るうちに切抜細工のような車体となって出て来ます。そして奥の方から入って来た車台の上に降りてきたかと思うと自動車となって走り出したのです。

そこにも人は見かけませんでした。ここではすべての機械がまるで人間の働きのように完全に韻律的《リズミカル》に動いているので、機械をみているときのようなつめたいぎくしゃくした感じは受けずに、運動場でマス・ゲームを見たときのようなこころよい感じを受けるのでした。

アトム君たちは以前学校から製糸工場を見学に行ったことがありました。そのとき、がたがた工場をゆるがして動いている機械の間に坐って糸をより分けている工員の指のうごきを見たとき、アトム君はそれが人間の指ではなくて機械の一部であるような気がしました。

もしその指が機械の早さ《テンポ》におくれたり、すこしぼんやりしていると、もう糸がだめになってしまうのです。ですから女工さんは機械に追いかけられるようにおそろしい早さで指を動かしているのです。休むこともどうすることも出来ないようでした。アトム君にはまるで女工さんが、機械という大きな動物に追い使われているような気がしたのです。実際はもちろん休み時間も適当にとってあるのでそうでもないのですが、アトム君はなんとなく惨めな重苦しい気がしてきたのでした。

機械というものは、もちろん人間がつくり出したものでした。ところがそれがいつのまにか動物のようにいきいきした力を持ちはじめ、かえって人間を追い立てて働かせているような気がするのです。人間が機械に合わせて動かなければならないのです。まるで話が逆になってしまっているのです。アトム君は機械にばかにされているような気持がしたのです。

生物物理学研究所の工場はそういう人間が追い使われているような工場とは大分様子が違っていました。人間の姿は初めから見あたらないし、まれに工場に入って来てもただ見て廻るだけでした。

一度時計の文字盤のように目盛のした盤が壁一面に並び、そのそばには赤青黄などの豆電球がたえず消えたりついたりしている部屋の前を通りました。コスミおじさんの説明によると、それは工場の神経中枢なのだそうで、工場で出来るものの数量を指示したり、故障があればすぐ止るような操作をしたりする部屋なのだそうです。こうして機械は自働的に調整されて動かされているのです。そこでは人間はただ機械を造るとき、機械がこわれたときだけに必要になるだけです。本当にそうならなければつまらないじゃありませんか。

少年達はだまって大きく眼を見開きながらこの不思議な散歩をつづけました。

おじさんは少年達にいいました。

「これだけの工場を動かすのに一年に1キログラムあたりのウラニュームしか使っていないのだよ。ガソリン・エンジンがガソリンをすこしずつ爆発させて動力をつくる代りに、ここではウランを原子爆弾のように一度に爆発させないで、すこしずつ爆発させ、その力を動力に利用しているのだ。

この勢力《エネルギー》はガソリンの爆発のとき出る勢力の何億倍も大きいから、いま使っている1トンのウラニュームではほとんど永久的に工場を動かせるのだ。だからこうして、もう機械設備さえしておけばその工業製品を使う以外にもう人間のすることはほとんどないわけだ。人間はもっと高度の精神作業――発明とか学問、芸術――をやればいい。ただね。研究所の外にいるひとのようにこの大きな力を誤解しておそれたり憎んだりしないで、いつもこれを人類の進歩のために役立たせようとみんなが思って努力して行けばね。今までも僕たちは来るべき世界を楽園にするために努力してきた。しかし結局われわれ自身の心のなかに、その努力とは反するような気持がおこって来て、お互いの努力をめちゃめちゃにしてしまうのだ。例えばね、君達だってお互いに集っていっしょに楽しく旅行しようとする。ところが旅行しているうちに急にわがままをいって、自分一人だけ別のところへ行くとか、もう歩くのはいやだとかいって、自分ばかりでなく他のひとたちまでも不愉快にしてしまうことがあるだろう。

ね。僕等がこのクスコの市民達を楽しく暮させようと思って原子力の利用を一生懸命研究しているのに、研究所の外にいるひとのように、それを打ちこわしてしまおうとするものもある。またその原子力を悪いことに使おうとしているひともあるんだ。それではだめなんだよ……」

少年達は胸になにか熱いものが燃えて来るのを感じたのです。少年達の純真な心はすなおに来るべき世界への感動に打たれました。

少年達はコスミおじさんに送られてまた黒ずんだ頑丈なドアから外へ出ました。

外に待っていたひと達はあっといって少年たちに殺到しました。少年達はまだ感動のさめきらないうっとりしたような表情で遠くを見つめながら、立ちつくしていました。

群衆のなかからはもう研究所の悪口が聞えてきました。アトム君はそれを聞くと文明人が未開人のなかに還って来たように、なんとなく淋しいような情ないような涙ぐましい気持になってきたのです。

この人達はあんなことをいっているけれど、この研究所のなかではどんなすばらしいことが行われているかちっとも知らないのだ。自分達もいつかは研究所のおかげで楽しい生活が出来るようになるのに、それさえも気がつかないで、わけもわからずわめいているのだ。

とアトム君は心のなかでつぶやきました。少年達は同じ思いで顔を見合わせました。

アトム君は一足ふみ出して、不意にいい出しました。ちょうど心のなかのいろいろな思いが堤を切って一度に流れ出したように……

「この研究所ではとてもすばらしい研究が行われています。それは人類の進歩、僕たちの幸福のために行われているのです……」

「子供たち、君らはだまされたのだよ！」

と叫んだ人がありました。

「いいえ、僕らはちゃんとここでどんなことが行われているか見てきたのです……僕等はもうばからしくてここへ帰って来るのがいやになります。この研究所のなかでくらした方がどんなにいいかわかりません。ねえ、みんな……」

とアトム君はふり向いて後に並んでいた少年達に声をかけました。少年達の眼は星のように輝いていました。

このとき茶色の服を着て、柔い帽子をかぶった男のひとが玄関にとび上りました。そして大変大きな声で群衆に呼びかけました。

「みなさん、私はこの子供たちのいうことを信じます。子供達のいうことは正しいと信じます。子供達のみたもののなかにはなにか非常に重大なことがあったのです！

ごらんなさい！　子供達の眼には不思議な輝きがあります……」

アトム君達は、はっとしました。その人はセーヤ中学校のペリオ校長先生だったからです。

「私たち大人はいろいろな偏見にわざわいされています。そしてまた悲しいことに人間の悪を見なれてきているために、すべてのことを悪意に解釈しやすくなっています。しかし子供たちはまだやわらかい心を持っています。与えられた印象をすなおに敏感に受取ることができます。ごらんなさい！　子供たちのこの、ものにつかれたような顔を！　子供たちは私たちの知らないことを今感じているのです。だから私は子供たちの受けた印象を信じたい。そしてわれわれも子供たちにならってすなおにものを見なければならない。

悪質の宣伝にまどわされることなく、自分の眼でよく見なければならない。

市民諸君。

私たちはなぜこの研究所の前に集ってきたのか？　某新聞の記事を見て、サリコの森の爆発を見てでしょうか？　しかし私たちはその記事が果して正しいかどうかということは知らない。そして爆発事件の真相も知らない。脅迫状の事件も果して本当かどうかも知らない。その真相も知らずに私たちはただ群衆心理によって集ってきたのではないでしょうか？」

このとき、がやがや騒いでいた一隅から

「ノーノー」

という声があがりました。しかし先生はかまわずに

「ここにお集りの皆さんとともに、なるべく早くその真相を調査することをクスコ警察部へ陳情し、それから後にこのまちを毒する原因を一掃することに努めようではありませんか」

ペリオ先生は話をやめて群衆を見廻しました。がやがやと騒ぎは一そうはげしくなりましたが、そこここから拍手がおこって、だんだん拍手が大きくなって行きました。

ペリオ先生はやがて群衆のなかに降り、警察へむかって歩き出したのです。そしてそのあとから市民達は列をつくって流れ出しました。

ペリオ先生はクスコのまちで最も信頼されているひとでした。先生の冷静な言葉は熱狂していた群集をわれにかえらせたのです。そしてこれらの事件は本当はどうなっているのだろうかと反省しはじめたのでした。

アトム君の決断はこうして市民達を反省させ、研究所の信用を回復させるのに大きな力となったのです。

まだ二人、三人研究所の灰色の建物を不思議そうに見上げているひとはありましたが、潮が引いたように研究所のまわりは静かになりました。少年たちはぼんやり市民達が帰って行くのを見つめていましたが、一人一人の心のなかには何か今までになかったような感動が残りました。

アトム君は、今は家へ帰る気もしなくなりました。それほど研究所のなかの不思議な印象に心をひかれたのです。

やがて新しい事がこの世界におこるのだ、そしてその来るべき世界を最初に知ったのは僕らだ。僕らの心の中にはもう新世界が始まっている。だが、どうだろう。この世の中にはそれさえも知らずにただ騒いでいる人達が沢山いるんだ。

少年たちはこれからも、いっしょに人々の誤解を解き、新しい世界が実現するために努力し合おうと約束しました。少年達はいま見たばかりの未来の世界のなかの自分をまぶたに描きながら、別れました。

アトム君はみんなが去ってもまだその場に立っていま

した。そしてやがてのろのろと帰りかけたのですが、はっと気がついて急いで引返したのです。

――なんだ、僕はコスミおじさんといっしょに冒険に行くつもりで家を出たんだっけ――アトム君はいまの出来事ですっかり忘れてしまっていたのです。

おじさんはアトム君に会うと、さっそく

「こういうことはきっと何度もくりかえされるだろうよ」

とためいきまじりにいいました。

「むかし蒸気機関が発明されたときもそうだった。今度の原子力の発明は蒸気機関どころの騒ぎではないからね、頭の古い人々はいままでの生活が変るのをおそれている。新しいことがおこるととまどいして、どうしてよいかわからないために、むしろそんなものがない方がいいと思ってしまう。

だから僕たちは君ら青少年を頼みにしているのだよ。古い考えにとらわれずに、よいと思ったことをどんどんやりとげることが出来るのは君たちだからね。こんどのことでもすっかりそれがわかって実にうれしかった。僕らは君たち青少年全体と仲よしになりたいと思っているよ」

とおじさんはアトム君の方へ手をさし出しました。

9 目印

「……そこで今日は盗難文書を取り返しに行く約束だったね、みんなで出掛けようとした日から三日のうちにいろいろな事件がおこったね。しかしみんな一つの事件なんで、ミスター・キリングの手で作り上げられたものに違いないんだ。だからさっそく敵の本拠をつぶしてしまう必要がある。

そこで……とピストルは僕が持って、計数管《カウンター》は二人で持とう。これでいい、二人で沢山だ。連絡は研究所でとってくれるから必要はない。さあ出かけるとしようか」

とコスミおじさんは元気いっぱいの声で立ち上りました。

コスミおじさんは自分で自動車を運転して、研究所の前を大きく右に切れてミスター・キリングの家へむかいました。

キリングの家はクスコの町の東、一番街にありましたから、研究所からは十分もかかりません。研究所を出ると赤い消防自動車が二台、風のように通り過ぎました。キリングの家の前についてみると、驚いたことに丸い柱が何本も立っているイオニヤ風の、大きな白い大理石の建物から真黒な煙がふき出ているのでした。そして暑そうな真青な空を背景に、赤い焰が建物の裏からめらめら立ちのぼっているのでした。

コスミおじさんとアトム君は大粒の汗をかきながら、ぼんやりしてこの煙を眺めていました。消防自動車は三方から滝のように水をあびせています。ヘルメットをかぶった消防夫が水びたしになって煙のなかに勇ましく入って行きました。

「帰ろう」

とコスミおじさんは気の抜けたようにいって自動車に入ってしまいました。そして研究所へ帰ってきたのです。一体どうしたというのでしょう。アトム君たちよりひとあし先に焰が悪者の本拠を焼き払ってくれたのです。

研究所へつくとコスミおじさんがいいました。

「どうも、おかしいね。あの火事は一体どうしたことだろう。まさか自分の家に火をつけて行方をくらましたんじゃないだろうな。しかし行方をくらます必要がなぜあったんだろう?」

「さっきペリオ先生が警察へ事件の真相をききに行くといって行きましたが、それで何かわかったのでしょうか?」

「ははあ、そうかもしれないね。キリングは油断のならない男だから、何をするかわからないからね。火が消えたらもう一度行ってみよう。もし盗まれものがあったらいいんだが……」

「火事で焼けてしまったでしょう?」

「いや、焼けてしまってもいいんだ。その文献が悪用されるよりは焼けてしまった方がいい。たとえそれがなくても僕らにはやがてわかることばかり書いてあるのだから。すこし研究の速度がおくれるだけだからね」

「それでも、焼けてしまったかどうかもわからないでしょう」

「さあ。それは多分わかるだろう。その文献には目印をつけておいたからね」

「目印って?」

「僕らは計数管《カウンター》を使ってそれを探そうとした。だから……」

「放射線のですか?」

「そうだ。この目印は眼に見えないところへ隠してあってもよくわかるという大変便利なところがある。僕はね、キリングにやった文献を二重封筒のなかに入れその封筒のなかに酸化ウラニュームの粉をつめておいたのだ。キリングはそのまま隠し戸棚か、あるいは自分のからだにつけているかもしれないが——どこかちょっと探したぐらいではわからないところに隠しておくだろう。ところが残念ながら放射線が外に出ているから、せっかくうまく隠してもだめなんだ、すぐに計数管《カウンター》につかまえられて、ありかを白状してしまうというわけなんだ。

ところがまったく意外だったね。彼の家は焼けてしまった。せっかくの僕の計画もだめになってしまった。……だけど、もしそれが焼けてしまってもキリングの家にあるとすれば、放射線はほら……焼けたって出ているからね。それでわかるわけだろう」

本当にコスミおじさんの計画は大変うまかったのです。ところが予想もしなかったことがおこったのでした。

「もう火は消えてしまったかね」

といいながらおじさんは机の上のダイヤルを廻しますと、テレビジョンの幕にクスコの町がぱっと写りました。街の上の空には雲のように黒い煙が重苦しくかかっていました。そして東の方、サリコの黒い森に赤い焔が鮮かに映えていました。

「まだだね」

とコスミおじさんはつぶやいて、アトム君の方へ向き直りました。

「この放射線の目印は非常に都合がいい、なぜなら、普通の化学変化は原子核の外の電子は全く同じで——同じ個数あり、原子のなかでの運動も同じで——原子核だけが違っている、例えば一方は放射線を出すが、他方は出さないというようなものがあるとするね。そうすると両方とも核外の電子は全く同じなんだから、化学的な性質は全く同じなはずなんだ。こういう原子から成っている二つの元素を同位元素といっている。だから普通にぼくらが見ている化学的な現象では全く同じようにみえるはずなんだ。例えばぼくらが腹のなかで食べたものをこなして栄養分にしている——これは全部化学的変化だから、どっちの——放射線を出す原子を食べても、放射線を出さない原子を食べても、同じように甘いとか酸っぱいとか感ずるだろうし、また同じように栄養になるだろう。そこで……」

とコスミおじさんはアトム君の顔を見ていましたが、

「その机の上の計数管《カウンター》を握ってごらん」

といいました。アトム君が不思議な顔をしていわれた通り計数管《カウンター》を握りますとバリバリと音がしたのでびっくりして離してしまいました。コスミおじさんはびっくりするような大きな声で笑ってから、いいました。

「そんなに驚くことはないだろう。君の手のなかに放射性物質が入っているだけじゃないか」

アトム君はどうしたんだろうと、いつもと少しも変っていない自分の手をみつめました。

「なぜっていうのかい。考えてみたまえ。君はさっきちょっと変ったことをしたじゃないか。そのためだよ」

アトム君はぼんやりおじさんの顔をみていましたが、テーブルの上に眼が落ちると、さっき飲んだばかりの空のコーヒー茶碗が二つぽつんとおいてありました。おじさんはアトム君の視線を追って

「そうそう、君はここへ着くとすぐにコーヒーを二杯も飲んだろう。どう、甘かった?」

「ええ」

「そうだろう。それが化学的性質は変らないということだから、君の手に放射性物質が入ったとすれば、きっと飲んだコーヒーに入っていたんだろう。……まったくそうなんだ。君が飲んだそのコーヒーのなかには砂糖がもちろん入っている。ところがその砂糖には——砂糖は炭素と酸素と水素などから出来ているんだが——放射性の炭素が入っていたんだね。その炭素が、君の腸から吸収され、循環血液にまじって君の手までやって来たというわけだ。ここでわかることは何分たったら砂糖は吸収されるかということだね。……放射線の目印はこのようにも使われるわけだよ」

アトム君はなるほどと思いました。なかを切り開いてのぞいてみなくても外からわかるのがこの目印の便利なところなのだと思いました。

「いままで生物学とか医学で生体の内部の変化を見ようと思うと、その見ようと思うところを切り取らなければならない。そうするとその生体を死なせてしまうかもしれないし、それでなくても生体とは別々になるから、生体のなかにあったときと様子が変っているかもしれない。だからその生体を殺してしまってはなんにもならない。医学なんかでは、殊に研究がしにくいわけなんだ。ところがこの放射線の目印をつけた元素——同位元素——を使うとそれがどこに行くか、どれくらい吸収されるかというようなことがすぐ外からわかるわけなんだ。

だから、どういう物質がからだのどこへ集って、どういう働きをするかということが、だんだんわかって来る。そうすると病気の治療もし易くなるだろう。例えば癌などになると、癌になった組織に燐が沢山集ってくることがわかる。乳癌になると放射性の燐を静脈に注射すると、お乳にその燐が集って来ることが、計数管《カウンター》を使って確めることが出来るんだ。そうすると放射性燐を注射して、まずどの辺に癌が出来ているということを探すことが出来るし、また放射線は癌の組織をこわして癌を直す性質があるから、集った放射性燐の放射線が癌をなおしてくれるから外部からラジュームなどをかけるよりはよほど効果的だということにもなって、非常に都合がいいよ。

そのほか生物学や農学や、どんなところにでもこの目印が使えるね。例えば植物が炭酸ガスと水とから、光を使って澱粉をつくるという不思議な作用の秘密を、ぼくらはなんにも知らないが、放射性の炭素をつかって、この秘密を解くことが出来るかもしれない」

アトム君はおじさんの話をだまって聞きながら、家でこの間ラジュームをなくしたといって大騒ぎをしたけれど、ラジュームなんかを使って治療するのは少し旧式なんだな、まだまだいい方法があるんだな、と思っています。おじさんはまた続けました。

「それから、伝染病の病原でウィールスといって、とても小さくてなかなかつかまえることが出来ないものがあるけれどね。これに放射性燐を入れてやって、跡を追うことが出来る。そうすると、どういう径路を辿って伝染して行くかということがわかるだろうから、伝染病の予防にも役に立つだろう。

こういうことはみなこの研究所でもやっているがね。もっと面白い南京虫や、ねずみ退治にも使われる。捕まえた南京虫やねずみに放射性物質をくっつけて放せば、その巣がわかって一網打尽にみなごろしというわけさ……」

「その放射性の燐などはすぐ作れるのかしら」

とアトム君が口をはさみました。

「なるほど、実はそれはあまり簡単なことじゃないんだ。だからいままで使われなかったわけだね。なにしろ普通にある物資の原子核をこわして放射線を出すような核を作るんだが、この間もいったように原子核はちょっとぐらい叩いてもこわれはしないからね、熱するとか、電気をかけるとか尋常一様の手段では原子核はこわれないんだ。そこで蓄電器をいくつもならべて、大きな電圧をつくり、そこで水素のイオンを勢よく走らせ、がしゃんと原子にぶっつけるというような方法を使う」

このときまたバーンというすさまじい音がしたかと思うと、ごうと風が鳴ってばたばたと窓が鳴りました。コスミおじさんは続けました。

「……ああ、いまの音ね、いつか、いったようにあれはいまいった高電圧を使って原子核をこわす装置（コックロフト式）の電気が壁に放電した音だ。何十万ボルトという電圧だから、まるで雷のような音がするんだ。だからまあ、いってみれば、雷を原子の上に落して核をこわすというようなものだね。ところが、雷を落してもうまく原子核にぶつかってくれればいいが、原子核も小さいからなかなか当らない。放射性物質が出来てもほんのわずかしか出来ないから、実験に使うにはいいが、実用にはならない……」

「それじゃやっぱりだめなんですね」

「ところが、ほかにもっといい方法があるのさ。原子核のなかに入っている、中性子という粒子があるが、それは電気を持っていなくて原子核の電気的な壁をつき破らなくてもなかにはいれるから、原子核をこわすには都合がいいのだ。

それに原子力の利用は原子核が二つに分れるときの勢力《エネルギー》を利用するんだが、この間いったように軽い方のウラニュームは中性子を吸収して分裂するが、このウラニュームよりも、重い方のウラニュームが中性子をもらって出来るプルトニュームという元素も二つに分れて大きな勢力《エネルギー》を出すんだね、軽いウラニュームは重いウラニュームにくらべて天然に出る量はずっと少いから、重いウラニュームから出来るプルトニュームを使えば沢山出来ていいだろうということになる。

そこで天然には、軽いウラニュームと重いウラニュームとはまじって出て来るからそれを中性子が逃げないような炉――原子炉といっている――のなかに入れておくと、軽いウラニュームが分裂すると数個の中性子を出し、それがまた軽いウラニュームを分裂させて、中性子を出し……というように中性子がどんどん出来てくる。そのうようよしている中性子が重いウラニュームに吸収されてプルトニュームが出来るというわけなんだが、この原子炉のなかには中性子がうようよしているんだから、プルトニュームを作るというより中性子をうんとつくる装置として役に立つわけだ。つまりそのなかに放射性を持たせたい物質をつっこんでおくと、そのなかで、うようよしている中性子のためにその物質の原子核がこわされて放射性をもつようになる。こういう方法だと、その原子炉のなかに使いたい物質をつっこんでおけばいいんだから、かなり多量に作ることが出来るわけだ、だから値段も安く出来るから一般の人も簡単に使えるようになるだろう。僕らの研究所でも多量に作れるようになったから、いまに安く売出されるはずだよ」

「どんな物でも放射性をもたせることが出来るのですか?」

「それは大体出来る。しかしどんなものでも実用になるとは限らないよ。なぜっていってどんなものでも放射性にはなるけれども、放射線を一度にどんどん出してしまって、早く他の原子核に変ってしまうものもあるし、いつまでも少しずつ放射線を出しているものもある。一秒もたたぬうちに、ほとんど放射線を出してしまうものもあるし、ウラニュームのように何百年たっても放射線を出しているというようなものもある。だから実用にするには、数日以上放射線を出し続けているようなものを使わねばだめなわけだ。だからものによっては使えないんだ。炭素とか鉄、燐、硫黄などは幸い使えるがね……」

とおじさんは口を閉じました。ところがアトム君はおとなしく聞いているような顔をしていたのですが、実は頭のなかで自分の空想を育て、そのなかでひとり楽しんでいたのです。

アトム君は実はあまりひとにはいえないのですが、ジャムが大好物で、家にあればお母さんの留守にすっかりなめてしまいます。そこでお母さんはときどきアトム君にわからないところに隠してしまうのです。その度にお母さんは安心するのですが、アトム君は大変苦心するのです。アトム君はいま、そのジャムの壺に放射性物質をくっつけておくことを考えているのです。そうすればお母さんが安心して油断しているすきに、たちまち計数管《カウンター》でさがしあててなめてしまう。うわーたまらない、とアトム君が口にたまって来たつばをのみ込んだとき

「おや、もう火は消えているね」

とおじさんはテレビジョンの幕を見上げていいました。

「行ってみようか?」

とアトム君に声をかけました。アトム君はちょっとびくりとしてあっけにとられたような顔をしておじさんの顔を見上げました。

「なんだ。なにか考えていたのかい? さあ、ミスタ

ー・キリングのうちへ行ってみよう」

とおじさんはいいすてて、計数管《カウンター》を取りあげました。

アトム君たちは再び研究所を右に折れ、東一番街へむかいました。

焼跡にはまだ淡い白い煙と、濛気が立上っていました。外側の大理石の柱や壁は黒くすすけて、いまにも崩れそうに肩をおし合って立っていましたが、なかはまあ、よく焼けたと思うほど何も残っていませんでした。何もかもみんな真黒に焼け、灰になって床の上に折り重なっていました。鉄製の椅子の足やベッドなども飴のように折り曲げられて転がっていました。

「まるで油でもぶっかけて火をつけたようだ」

とアトム君の前を消防夫が話し合って通り過ぎました。

「さあ、探してみようか」

おじさんは黒焦げの柱のかげへ入って行きました。アトム君も続いて入って行きました。焼けた灰に足がぽくぽく取られます。まだくすぶっている柱もありました。壁から切れたままの電線がぶら下っています。

「ないね、ない……」

と呟きながら、コスミおじさんは下を向きながら歩いています。

どうしたというのでしょう。キリングの広い邸内を中庭まで三回も歩いてみたのに放射線は計数管《カウンター》にかかって来ないのです。

「やっぱり、これあ、だめかもしれない。キリングはあの書類を持って逃げたんだ！　困ったことになったね」

とおじさんはがっかりした声を出しながら自動車の方へ帰って行きました。

「なにしろ、キリングはみすみす家を火事にするような男でもないし、あの焼け方はどうだ。まるで部屋中火をつけて歩いたようじゃないか。どうもこんなことじゃないかと思っていたが、残念ながら当ったね」

とコスミおじさんは黒い顔をして眼を光らせながら、独り言のようにいいました。

もう日も落ちる頃で、焼跡の灰の上に焼け残った柱の影が長く落ちていました。

10 新世界ばんざい！

翌日の新聞をみますと、キリング邸の火事が写真までつけて大きく出ていました。

火事の原因は不明だが、この間のサリコの森の爆発事件に、意外にもキリングが関係していることが明らかになって起訴されることになっていたから、そのことと何か関連があるのかもしれない、と書いてありました。

それからミスター・キリングと思われる死体が出てきたとも書いてありました。その次の日になると、焼跡から出てきた死体はミスター・キリングのであることがたしかめられたと出ていました。それはなぜかというと、キリングは左の手に珍らしい型の金の指輪をはめていたのだそうですが、死体にもそれがあった。それから死体のそばにキリングがいつも持っていた時計が落ちていたというのです。火事のあった日は不思議に家政婦が一人おっただけで、下男ともう一人の女中は留守だったそうです。家政婦はその日いつになく眠くて、いねむりしているうちに思いがけなく廊下から煙がもうもう入ってきたので、びっくりしてとび出したのだそうですが、そのときにはすでに建物の半分は焔に包まれていたということです。そしてミスター・キリングが逃げ出して来たのも見ないし、声も聞かなかったといったそうです。ただ火事の原因はまだ不明だと書いてありました。

その次の日アトム君は仲間のニルス君とアンペル君をさそって生物物理学研究所へ行ってみました。

アトム君達が入って来ると、コスミおじさんは早速い出しました。

「やっぱりないよ。僕はもう一度計数管《カウンター》をさげて行ってみたんだがね。やっぱりなかった。ミスター・キリングはあれを持って逃げたんだ。クスコの街はもう危いと思ったんだね」

「だけど、キリングの死体がみつかったって新聞に出ていますよ」

とアトム君がいいますと、コスミおじさんは

「それはうそだよ。だって黒焦げに焼けた死体をみて、その持物――指輪とか時計とかでそれがキリングのだと判断しているんだろう？　それじゃわからない。誰か全く別の人間、あるいは別の死体に指輪と時計を持たせたって、焼けてしまえばわからなくなるよ。

それにその日は家政婦が一人きりしかいず、その家政婦がいつになく眠くて仕方がなかったといっているじゃないか。きっとキリングに眠り薬でものまされたんだよ」

と反対しました。

アンペル君は

「ぼくのお父さんもそういっていたよ」

と早速コスミおじさんに賛成しました。本当にそういわれてみればそうのようです。

「僕はね、警察へ行って聞いてみたんだ。そうしたら、サリコの森へ爆弾を投げた男がつかまっていてね、それがキリングの工場の職工なんだ。自分一人の考えでやったのだといっているそうだがね。ところがその爆弾はどこで作ったかわからないんだ。キリングの工場へ行って見たんだが、それらしい設備は出来ていないんだ、キリングが逃げたとして、まだ爆弾工場が残っているとするとまだまだ安心出来ないよ。

爆弾を作るのにはウラニュームを相当量集めなければならないんだが、クスコの近所ではウラニュームは出ないから、船でどこかから、密輸入して持って来てるはずなんだ。だから、海岸に近いところに工場もあるのじゃないかと僕には思われるんだ。そこで地図を見て、ありそうな所を探してみているんだがね。これが早くわかるといいんだが……」

とコスミおじさんが話しているとき、ふっとニルス君に気のついたことがあったのです。

「カイエじゃないかしら?」

とニルス君はアトム君とアンペル君の顔を見くらべながらいいました。

「あそこの密輸入は随分村の人の噂になっているけど、何を持って来るのか誰も知らないんだよ。密輸入したものも、どこへ持って行くのかもわからない。あのカプリの古城へ集めてあるんだという噂なんだけど、僕らが行って見たときにも何もなかったね」

「そうかもしれないね、あのときぼくらをにらみつけて通ったおじさんがあったろう? あれ、いま考えると何だかミスター・キリングに似ていたような気がするよ」

とアトム君もいいました。

「カイエというとボルトン県のだね。君たちどうして知ってるの?」

「ニルス君のうちの別荘があるんですよ」

コスミおじさんは大変興味をひかれた様子でした。

「カイエならここからもそう遠くないし、海岸沿いだから、あるいはそうかも知れないね。一つみんなで行ってみようか?」

「ええ、行きましょう」

少年たちはきっとあそこに爆弾工場があるに違いないと思いこんでしまいました。広いカプリの城はまるで迷路のようで、アトム君たちが探検に行ったときでも、どこを通ったのやらさっぱりわかりませんでしたから、もっと奥へ入ったら無事にもとのところへ出て来ることさえむずかしいと思われました。昔のお城は敵が入って来るのを防ぐために、ことさら通路をわかり難くしてあるのだそうです。

ですから、人に知られないようなところは、まだまだ沢山あるに違いないのです。そういうところに秘密工場を作っておけば人の眼にふれる心配はほとんどないでしょう。

コスミおじさんはアトム君達の話を聞いてますます興味をひかれたらしく、早速行ってみようということになりました。

おじさんの自動車はニルス君の別荘にあずけて、コスミおじさんと三人の少年は計数管《カウンター》をさげてカプリの城にむかって歩き出しました。

途中で山を切開いた切通しを過ぎると、しばらくモミの林とヒースのしげみが続きます。突然おじさんは少年達をヒースのなかに押し倒し、自分も茂みのなかに伏せました。

「誰か来た! キリングらしいよ」

と囁きました。

しばらくするとゆっくりした足音が聞えてきて、二人のひとがみんなの前を通って行きました。

「ははあ、やっぱり、ミスター・キリングは生きていたんだね。君たちの予想も確からしいね」

といってコスミおじさんは立上りました。

やがてカプリ城の崩れかかった展望台が見えてきました。ずっと以前には城のまわりには堀があったのだそうですが、今は乾上って、全体がじめじめして、シダで埋っていました。橋もあったのでしょうが、いまは落ちてなくなっているので、乾いた堀のなかに入って行きました。

「ここにはだいぶ人の通った跡があるね」

とコスミおじさんが指さしたのを見ますと、その辺はシダも踏み折られて、いくつもの足跡が見つかりました。

「しかしふだんはここは通らないと見えるね、どこかにちゃんとした秘密道路でも作ってあるのだろう」

といいながらコスミおじさんは堀を渡って、破れた煉瓦の間から城のなかに入りました。城門の跡はもっと右手の方にあるのですが、おじさんはそこからは入らないのです。なかも人の背が埋まるほどシダ類の雑草が生い茂っていました。

一同はまた破れた窓から第一の部屋に入りました。そこは円い柱が何本も立っている細長い広い部屋で、真中には一列に乾いた池のようなものがあります。

「おや！　みたまえ、計数管装置《カウンター》の針が振れてるよ！」

とおじさんが叫びました。

「ウラニューム鉱が落ちている！」

とおじさんは床の上から黒ずんだ石塊を取り上げました。

「ここにも！」

「いよいよ君たちの予感は確からしいね。放射線を頼りに爆弾工場を探して行こう」

とおじさんは勇み立って元気よくいいました。ウラニューム鉱はところどころに落ちていました。

「迷子にならないようにウラニューム鉱を拾って目印に置いて行こう」

とおじさんはウラニューム鉱を拾い集めて、道の曲り角におきました。

少年たちも期待に胸をおどらせ、空想に頭をいっぱいにさせてついて行きました。一度、おそろしいほど大きくなったモミの木が五、六本つき立っている中庭を出て、大きな岩にかこまれた洞窟の前に来ますと、計数管《カウンター》の針がひどく振れました。

「このなかが怪しいね」

とおじさんは真暗ななかをのぞき込みました。ふーっと冷い風が洞窟のなかから吹いて来ました。

「ここへみんなはいってしまうのは危険だ。誰が来るかわからないから……そうだ、僕だけはいって行くよ。君達はここにいて見張っていてくれ給え、……いや大丈夫だよ、そう深入りはしない積りだから」

とコスミおじさんはいいながらポケットから懐中電燈を取り出して洞窟のなかをパッと照らしました。木の根や草の根から滴り落ちる露がきらりと光りました。

コスミおじさんは計数管装置《カウンター》をさげて入って行きました。三人の少年たちは不安そうに顔を見合わせました。

両腕を拡げた巨人のように見上げるばかりにそそり立ったモミの木が頭の上でごうと鳴りました。

緑色の大きなとかげがさがさ這って来て、シダの葉の上から少年達を見上げました。その度に三人はびくりとして少し青くなりながら顔を見合わせたのです。こういう荒れ果てた自然のなかに取り残されると、人間なんて、なにかにおどかされているようなひどく惨めな気がするのです。

ひどく時間が経ったような気がしましたが、実際は三十分も経たなかったでしょう。洞窟のなかから電燈の光がさっと流れてきたかと思うと、コスミおじさんが泥だらけになって這い出して来ました。

ほっとした少年達がまわりを取り囲むと、おじさんは黒い泥がついて土気色になった顔を緊張させて
「さあ、みんな、急ぐんだ」

というなり、やにわに駆け出したのです。あっけにとられていた少年たちも急にこわくなって追いかけられるように走り出しました。

放射線の道しるべを辿って堀に出てからも、おじさんは足をおくらせませんでした。ニルス君は途中で木の根につまずいて転んだので、胸から下を泥だらけにしてはあはあ、あえぎながらついて行きます。アトム君もアンペル君もわけもわからず夢中になって急ぎました。

もうヒースの茂みも越えて城からは大分遠くなったのに、おじさんは休もうともしないのです。少年達はまるで倒れそうになって走りました。

雑木山の切通しにかかると、むこうからヘルメットのような帽子をかぶった男が一人すたすたやって来ました。それを見るとアトム君ははっとして息がつまりそうになりました。それはミスター・キリングだったからです。

しかしコスミおじさんはまるで気がつかないように、ミスター・キリングの顔もみずにすれ違ってしまいました。アトム君たちも息が切れて半分眼も見えません。おじさんのあとに続いて通りすぎてしまいました。

ミスター・キリングはひどく驚いた様子で立止って、この奇妙な一行を見送っていましたが、首を振って去ってしまいました。

ところがコスミおじさんは突然くるりとふり返ったのです。そして
「キリング！」

とふりしぼるような声で叫びました。キリングもぎょっとしてふり向きました。コスミおじさんはしばらく大

きく肩でいきをついていました。その間奇妙な顔をして二人はにらみ合っていたのです。

「キリング、僕と一緒に早く帰り給え！」

「……」

「君の工場は爆発する。危険だ！」

ミスター・キリングはこのとき眼に見えるほど青くなりました。そして何だかぼんやりした顔をしてふらふらと前に出て来ました。そして大きな声でわけもわからないことをわめいたかと思うといちもくさんに走り出しました。

アトム君たちも、爆発する！　という言葉を聞いて飛び上って走り出しました。

ようやくニルス君の別荘についたときは、アトム君たちは眼がくらみそうでした。

「大急ぎ、大急ぎ」

とコスミおじさんはわけがわからずまごまごしている別荘の留守番のレオ爺さん夫婦をせき立てて、アトム君たちといっしょに自動車におし込み、全速力で走り出しました。
四、五分も走ったでしょうか。少年達もやっとすこしはいきが楽になって落着いてきました。
「ねえ、おじさん、どうしたの？」

とアトム君は前でハンドルをとっていたコスミおじさんに聞きましたが、おじさんはこくりと首でうなずいたきりで黙っていました。前方に注意していたのです。

やがて自動車は眼の前に泳ぐようなかっこうで、それでも一生懸命に走っていた男に追いつきました。それはミスター・キリングだったのです。おじさんは自動車を停めました。

「キリング！　自動車に乗りなさい」

と声をかけました。ミスター・キリングは立止ってしばらくコスミおじさんの顔を見つめていました。唇がふるえていました。

「ありがとう」

彼はアトム君の隣りに腰を下しました。ぐっとからだが後にそって自動車はすぐまた全速力を出しました。

それから三十分もたちました。キリングに隣りにすわられたアトム君はなんとなく落着かず、もじもじしていました。

「ねえ、おじさん！」

「うん？」

とおじさんはやはり黙っているのです。

ちょうどそのときです。眼の前に火の玉が落ちてきたように空気がぱっと光ったかと思うと、ドーンというおそろしい音とともに自動車がぽんと飛上りました。そしてごうという音がしてモミの林が弓のようになびき、枯れ枝や木の葉が雪のように舞い散りました。

コスミおじさんは自動車をとめました。みんな車を出てカプリ城の方をふりむきました。ほこりが霧のように立ちこめ、カプリの城の方角に大きな真黒な雲が立ち昇り、ぐんぐん白い雲を破って昇っていくのが見えました。

「どうしたのですか?」

とアトム君たちは立ち昇る、おそろしい雲を見ながらたずねました。

「うん、カプリ城が爆発したんだ」

とコスミおじさんもなにか考えながらつぶやきました。あたり一面は黄色く暑苦しくなり、木の葉や灰のようなものがぱらぱら降ってきました。

「ニルス君の別荘も崩れたかもしれないね。もうあの辺は放射線が危くてしばらく住めないよ」

と、なお立ちのぼる雲が笠のように横に拡がって行くのをみつめながらコスミおじさんはひとりごとをいっていました。あたりはほこりで暗くなってきましたがみんなはだまって立ちつくしていました。突然コスミおじさんがいい出しました。

「カプリの洞窟のなかにあったんだよ。爆弾工場がね。放射線を頼りに入って行くと、思いがけなく広い部屋に出てね。そこに原子炉がおいてあるんだ。それからなお這って行くと原子爆弾の倉庫があるんだ」

アトム君たちは眼を見張っておじさんの方をふり向きました。

「都合のいいことに、ぼくは誰にも見つからなかった。原子炉の裏側にあんな洞窟があるということはそこにいた者たちは誰も知らないらしいのだね。

ぼくはしめたと思ったね。原子爆弾でこの秘密工場を粉みじんにしてやろうと考えた。そこで時計仕掛の発火装置をつけた爆弾を探した。そして二時間で爆発するように調節して出てきたんだ。

ところが、出ようとしてみると洞窟の入口がわからないんだ。これには僕もあわてたね。ぐずぐずしていると僕自身爆弾にやられてしまうからね。これを見つけるのに十分ぐらいかかったろう。実際外から見ると石に囲まれた小さい穴で、その奥に洞窟があるとは思われない。工場の連中が気がつかなかったのもむりはないんだ。

そこで爆弾に火がついたぞとどなって洞窟のなかへ逃げこんだ。洞窟を出てからは夢中になって急いだね。君たちにもすまなかったよ。なにしろ説明している暇もなかったから。……おかげでようやく助かったわけさ……ぼくがどなったんでおそらく工場の連中も逃げ出したと思うんだが、一人も会わなかったところを見るとどこかにほかの道があったんだろう。それとも僕のいうことを信じないで、からだを空に吹き飛ばしてしまったかな。そうとしたら……かわいそうだがしかたがない。全世界の破滅をさけようという目的のためにはどんなことでもしなければならないんだから」

とおじさんはいいながら笠のように広がって行く黒い原子雲をみつめていました。

ふとアトム君が気がつくと、いっしょに車を降りたはずのミスター・キリングがいつのまにかいなくなっているのでした。

「あっ、おじさん、ミスター・キリングが！」

「うん、知っている。逃してやり給え。さっき自動車にのせてやったとき、いても立ってもいられないような顔をしていた。僕らはいま和解したけれど、長い間の敵だったんだから、そう気楽に向き合って話も出来ないだろう」

そういうおじさんの顔には悲しみの色が漂っているのでした。

おじさんの心にある悲しみが、ふとこうして顔に出てくるとき、アトム君たちはいつも奇妙な気持で自分の心をふり返ってみるのでした。そんなときおじさんは人間の幸福のことを考えているにちがいないのです。

やがて生物物理学研究所に帰ってきました。少年たちは、はしゃぎたいほど愉快な気持になっていました。少年たちは研究所のなかの不思議な部屋々を歩き廻りながら、やがて来る新しい世界を空想するのです。そこでは自然の力は十分利用され、ひとびとは豊な平和な楽しい生活をおくるのです。

ミスター・キリングはその後クスコのまちにもどこにも姿を現わしたということを聞きません。カプリの城の爆発後なんだか急にクスコのまちの人達がなごやかになったような気がするのです。

いまアトム君たち科学グループはコスミおじさんから、放射性の炭素や燐を分けてもらって、生物学の実験をする計画を立てています。

アトム君のノートより

アトム君はコスミおじさんの話のなかで、わかりにくかったことを、あとから聞きなおして3冊のノートにまとめました。アトム君はその空色のノートを大変大切にしています。

みなさんもこの物語のなかでわかりにくいところもあったと思いますから、アトム君のノートを少し借りてここに写しておきましょう。

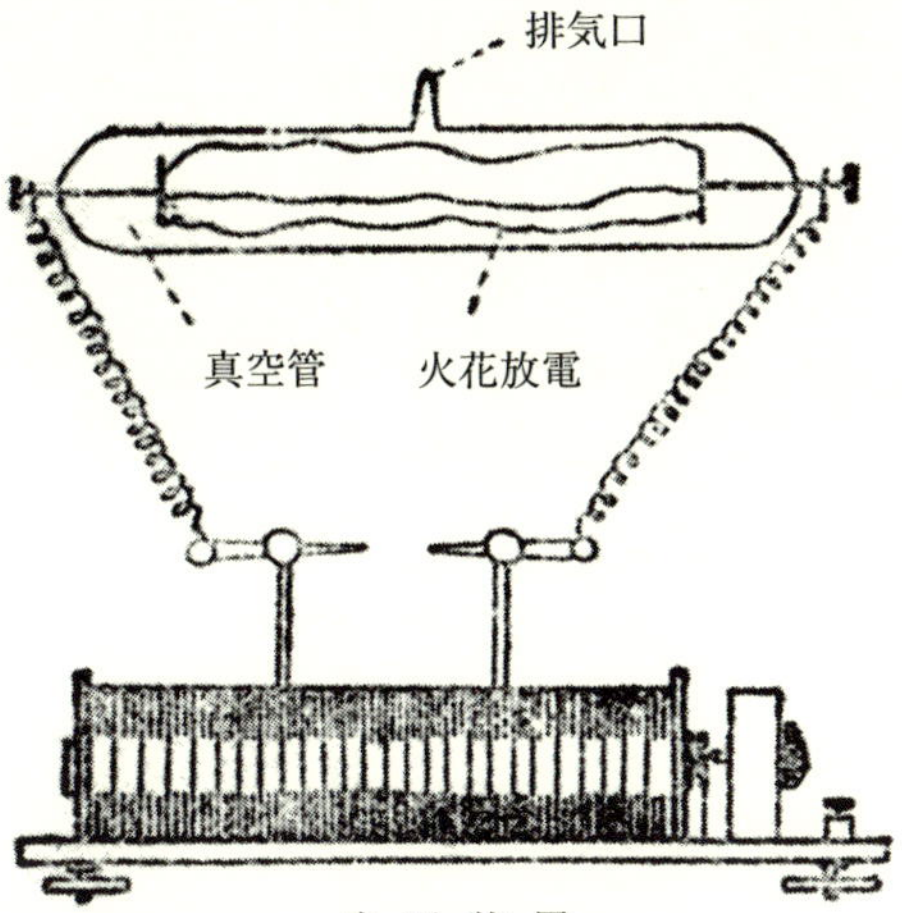

高圧装置

電子

電子はずいぶん前からわれわれの眼にふれていたが、はじめて電子というものをたしかめたのは、五十年ぐらい前のことで、それは真空放電の現象からみつけられた。電池の両極にそれぞれ電線をつないで、その両端を近づけると火花が飛ぶ。電池の電圧を高くすれば、電線の端をそう近づけなくても火花が飛んで、その瞬間に電流が流れる。これは電圧が高くなると、電気の不良導体である空気の間をむりに電気が通って流れたわけである。

そこで電線の端――これを極という――をガラス管に封じて、なかの空気をどんどん抜くと極の間には絶縁物の空気が少くなるから、電気が流れやすくなるはずである。両端に一万ボルトほどかけて空気を抜かないでおくと、はじめ火花は飛ばないが空気をだんだん抜いて行くと、火花がいなずまのように紫色の糸になって飛ぶようになる。なお空気をぬいて行くと、この光の線が太くなり、赤味を帯びて来る。もっと空気をぬくと空気の色はいろいろ変る。そしてしまいに空気が光らなくなり、ガラスの壁だけがぼうと緑色に光ってくる。この緑色の光は電極のマイナスの極――陰極――から出ていることがわかる。極の間にいろいろな形の金属の板を入れると、陰極の反対側のガラス壁に、その形のままの影が出来る。これはちょうど陰極からなにか眼には見えない光線のようなものが出ていて、それがガラスにあたって目に見える光を出していると考えられる。この眼に見えない光線は陰極線といわれた。

陰極線は普通の光とは大分性質がちがう。そのそばに磁石を持って行くと金属板の影が動くから、その光線も動くことがわかる。このことから陰極線が電気を帯びた粒子であることがわかる。しかも磁石による動き方からその帯びている電気がマイナスであることがわかる。

それから陰極としてどんな金属を使っても、出て来る陰極線はみな同じものであることがわかる。だからこれはどんな物質にも含まれているもので、電気が流れるということはこの粒子がマイナスの電気を持って動いて行くことである。この粒子を電子というわけである。

電子の応用

原子から電子を飛びださせるには、陰極線を出すときのように高い電圧をかけなくてもほかにいろいろの方法がある。

たとえばある種の金属に紫外線をあてると、金属の面から電子がとびだす。これを光電気現象という。金属のなかにはセシュームなどのように特にこの現象が多くあらわれるものがある。またふつうの光でも電子を出すものもある。

光電管はこの現象を応用したもので、光の弱い強いを電流の弱い強いにかえるのに使われる。トーキーやテレビジョンなどに非常に広く応用される。

またある種の金属には、熱くするとその表面から電子を飛び出させるものがある。これは熱電子現象とよばれている。この現象を応用したものがラジオの真空管である。

最も普通にあるものは三極真空管で図のようになっている。いちばんなかにあるのが、フィラメントで細長いタングステンの薄片で、これに電流を通じて熱してやる。タングステンは電子をあまりたくさん出さないので、これにストロンチューム、バリュームなど、電子をたくさん出しやすい金属の酸化物がぬってある。その外にほそい線がぐるぐる巻いてあるのがグリッドで、いちばん外の金属の板がプレートである。フィラメントを熱しておき、プレートにプラスの電圧をかけておき、グリッドにいろいろの電圧をかけて見る。まずグリッドにマイナスの電圧をかけたときは電流は流れない。これをフィラメントからとびだした電子が、──電子はマイナスの電気を持っているから──グリッドにたまっているマイナスの電気にはねかえされて、みな元のフィラメントに帰ってしまうからである。グリッドにプラスの電圧をかけると、真空管のなかを電流が通る。これはフィラメントから飛びだした電子は、グリッドのプラスの電気にひっぱられるが、グリッドの針金にちょうどあたってつかまえられるものは少く、大部分はグリッドを通りぬけてプレートに達する。そこでプレートとフィラメントとの間に電流が流れるのである。グリッドの電圧がちょっと変ってもプレートの電流の方はかなりはげしく変るので、グリッドに送ったわずかの電流の変化をプレート電流の変化として拡大することが出来る。

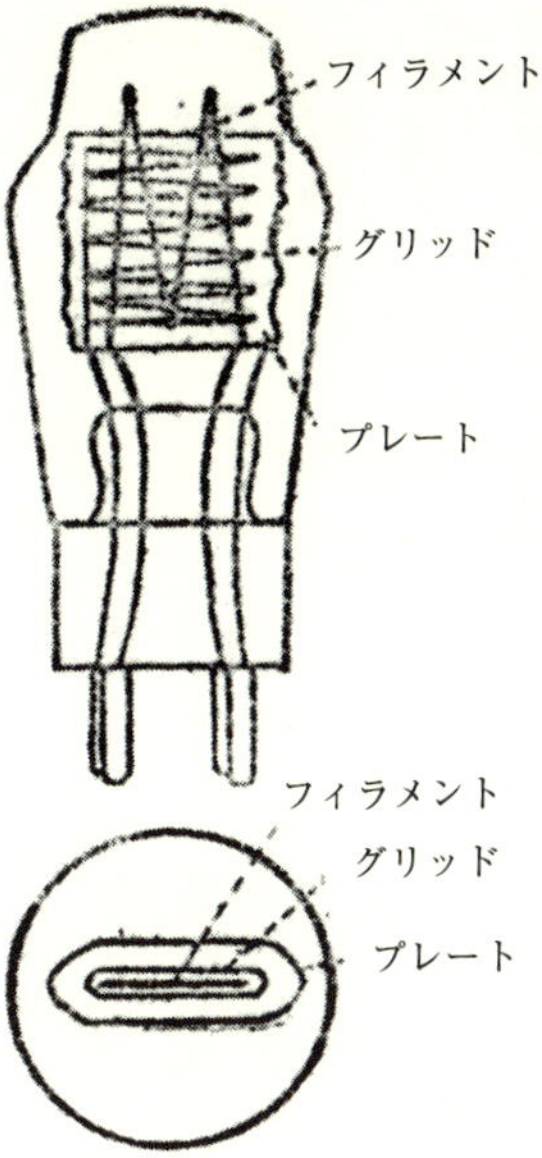

ラジオの放送装置や、トーキーの録音機や拡声器、計数管《カウンター》装置などはみな真空管のこの作用を応用したものである。

原子のなか

どんな種類の原子からも陰極線として電子が出て来ることから、原子のなかには電子があることがわかる。電子はマイナスの電気を持っており、プラスの電気を持っている原子核にひきつけられて、ふだんは外へ出ずに動いているが、熱を与えられたり、光をあてられたり、電圧をかけたりするとその電子がとび出して来るのである。

そこでそれらの電子はどういう運動をしているかというと、その電子が運動するときに光を出すから、その光の性質——光の波長をみてわかる。

原子の種類によって出て来る光は違っていて、その光をみて元素の種類を知ることが出来る。

またその出て来る光の様子をみると電子のなかで勝手な運動をしているのでなく、あるきまった軌道——ちょうど太陽のまわりを廻る地球の軌道のような——の上を運動していることがわかる。

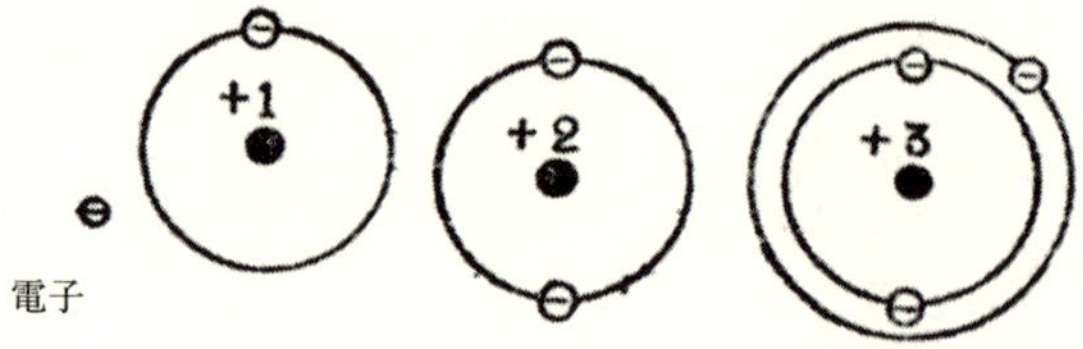

水素の原子　ヘリュームの原子　リシュームの原子

元素を、水素を第一番に重いものから順次ならべて性質が似ているものを組にして行くと、元素の周期律表というものが出来る。そうするとその順番はちょうどその元素の原子のなかにある電子の数を現わしていることになっている。つまり第一番目の水素は電子が一つで、第二番目のヘリュームは電子を二つ持っている。第三番目のリシュームは電子を三つ持っているが、最初の電子の軌道は電子が二つしか入れないようになっているので——電子の大変大事な性質である——余分の第三番目の電子は仕方がないので、落着かない外側の軌道に入るよりほかにない。

ところで光を出したり、化合のときにいちばん働くのはこの落着かない第三番目の電子である。外側のこの電子からみると、——この電子に働く力を見ると——内側に原子核のプラス３の電気と二つの電子のマイナス２の電気があって、大体プラス１の電気の原子核によってひっぱられているようである。プラス１の原子核は水素のであるから、出て来る光とか化学的な性質はリシュームと水素は似ているだろうということが予想されるが、実際そうである。

第二の軌道は八つの電子で満員になる。従って周期律表で十番目のネオンは、第一の軌道に満員になるまで入った二つの電子と、第二の軌道に満員になるだけ入った八つの電子と全部で電子は十あることになる。ネオンもヘリュームと同じように全部の軌道がちょうど満員で、よそから電子をもらいたくもないし、やりたくもないから他の元素と化合しにくい。

九番目の弗素は第二の軌道が満員になっていないので

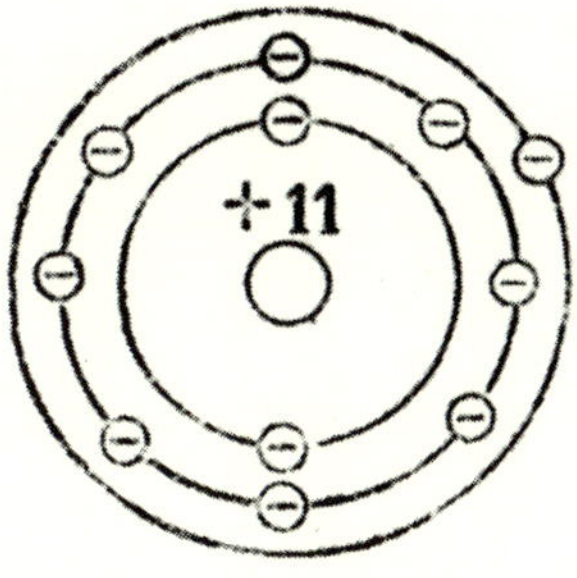

ナトリュームの原子

満員にしようと電子一つをほしがっている。そこでリシュームは一つ余分の電子があるので、リシュームの電子が弗素の空いている軌道へ入るとちょうど両方満足する。これが化合ということで、弗素はリシュームと化合し易いことがわかる。

　次に十一番目のナトリュームは余分の電子が一つあるのでリシュームと化学的な性質が似ている。弗素とも化合し易い。

　このようにして元素の化学的性質は、核の外の電子の性質として説明して行くことが出来る。

原子核のなか

　原子核のなかのことはあまりわかってはいないが、いろいろな実験で、原子核は陽子と中性子とから出来ていることがわかる。

陽子というのは水素の原子核で、プラス1の電気を持っている。中性子というのは重さは陽子と大体同じで（電子の二千倍ぐらい）電気は持っていない。

　ヘリューム原子は水素原子の四倍位の重さを持っているが、電子は軽くて問題でないから、大体原子核の重さが約四倍であると考えられる。ヘリュームは電子は二つでマイナス2の電気を持っているから原子核はプラス2の電気を持っているはずである。したがってヘリュームはその重さと電気の量から、陽子二つと中性子二つとが結合したものと考えられる。

　陽子一つと中性子一つとを組合わせるとプラス1の電気を持つわけであるが、重さ（質量）は水素の原子核——陽子の大体二倍である。

　このようなものを重陽子というが、これを核にした原子は電子一つを持ち、水素と大体同じ化学的性質を持つわけであるが、重さが水素の二倍もあるので、化学的性質もやや違っている。これを重水素という。

　水素二つと酸素一つで水が出来るが、重水素二つと酸素一つで出来たものは水とほとんど同じ性質を持っているが、水よりは重いわけである。これを重水という。これは普通の水のなかにも〇・〇〇三パーセントぐらい含

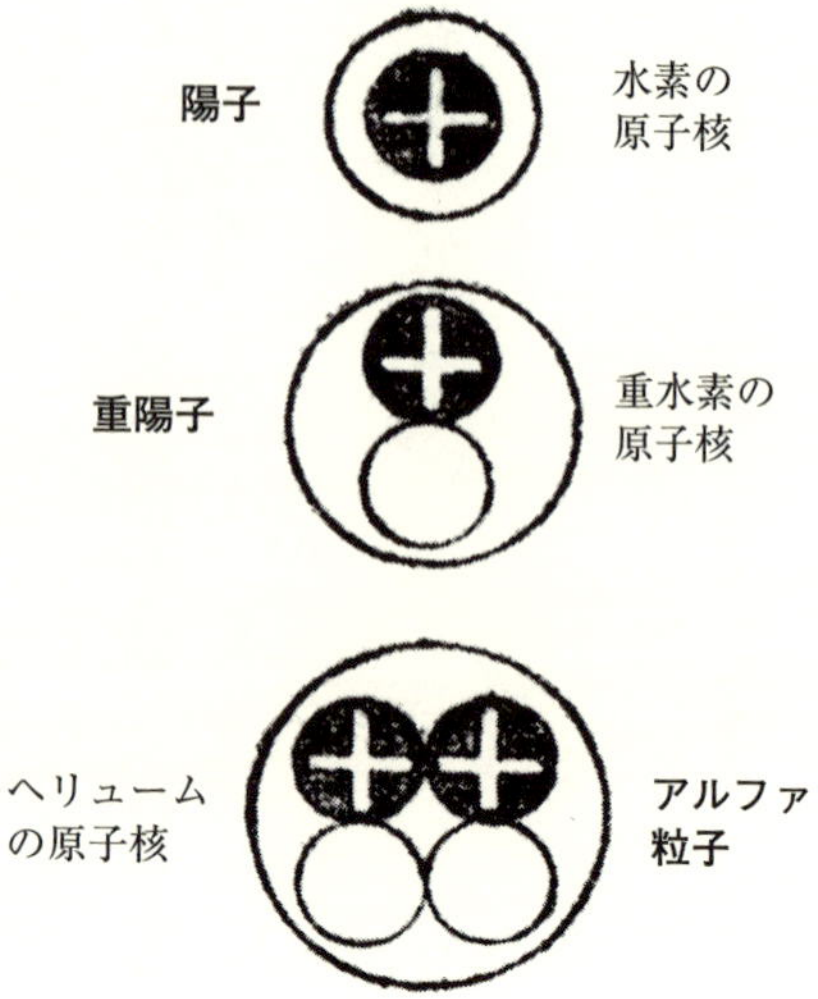

まれていて、電気分解すると重水素の方が分解し難いことから分けることができる。(また酸素一つと水素一つで出来た水もある)

重陽子は原子核をこわすとき電圧をかけて走らせるのに使われる。

このように電子の数は同じでも、中性子、陽子の数がちがう——例えば陽子四つのものも陽子四つと中性子一つ、陽子四つで中性子四つのものも——ため重さがちがっている元素を同位元素という。同位元素のなかには不安定で放射線を出すものがある。

放射線

ラジュームや、その他の放射性物質から出て来る放射線は、だいたいアルファ線、ベータ線、ガンマー線の三つである。(アルファ・ベータ・ガンマーというのはギリシア文字のイロハにあたるものである)

アルファ線＝これは三つのうちで、いちばん透過力が弱く、空気中を七センチメートルも行けば止ってしまう。強い磁石を持って行くと、走る向きが曲る。その曲り方から考えるとこれはプラスの電気を持った小さな粒である。これはヘリュームの原子核であることがわかった。

ラジュームから出る早さは非常に早く、光の速度の二十分の一、つまり一秒間に一五〇〇〇キロメートルという速さである。

これが原子核のなかから一かたまりになって出て来ることから、ヘリューム核、つまり陽子二つ、中性子二つの組合わせは安定であることがわかる。実際陽子の数と中性子の数が等しい核は安定であることが知られている。

ベータ線＝これはアルファ線よりも透過力が強く、空気中なら数メートルもとどく。アルミニュームの板でも、三ミリメートルぐらいとおす。磁石を持って行くとアルファ線とは反対の方向に曲るから持っている電気はマイナスである。これは陰極線と同じで非常な速さでほうり出された電子である。速さは陰極線よりもずっと速く、光の速度の九十パーセントにもなるものがある。また陰極線とちがうのは陰極線の電子は原子核外の電子であるが、ベータ線は原子核からほうり出されたものであることである。

ガンマー線＝透過力が非常に強く、数センチメートルの厚さの鉛の板でも通りぬけてしまう。磁石をもっていっても曲らない。これは電気を持っている粒子ではない。ガンマー線は、X線のように電気の波動である。波長はX線よりもずっと短い。

原子から電子を叩き出す作用（電離作用またはイオン化作用）はアルファ線が最も強く、ベータ線がそのつぎでガンマー線は弱い。

計数管《カウンター》は透過力も電離作用も強いベータ線をとらえるものが普通であるが、ガンマー線をとらえるものもある。

なお原子核から放射線として出て来るものに、重さは電子と同じで、プラスの電気を持っている陽電子がある。

放射性元素

前にいったように水素を第一番に、軽いものから元素をならべたときの番号を原子番号というと、原子番号は、原子核の外の電子の数でもあるし、原子核のプラス電気の量をあらわすものと考えてもよい。

ウラニュームやラジュームのように重くて安定でない原子核は、中性子が陽子に変って電子（ベータ線）を出して原子番号が一つ多い原子に変ったり、アルファ線を出して原子番号が二つ少く、重さも軽い原子になったりする。その変り方、つまり放射線の出し方は核の性質によるので原子によってきまっており、こわれて行く速さも原子によってきまっている。

このこわれている速さをあらわすのに、はじめあった量の半分がこわれるまでの時間を使う。これを半減期という。ラジュームの半減期は一千六百年だから、一千六百年たつとはじめあった量の半分が放射線を出してラジュームでなくなるわけである。したがって二、三年ではほとんどラジュームはなくならないわけになる。

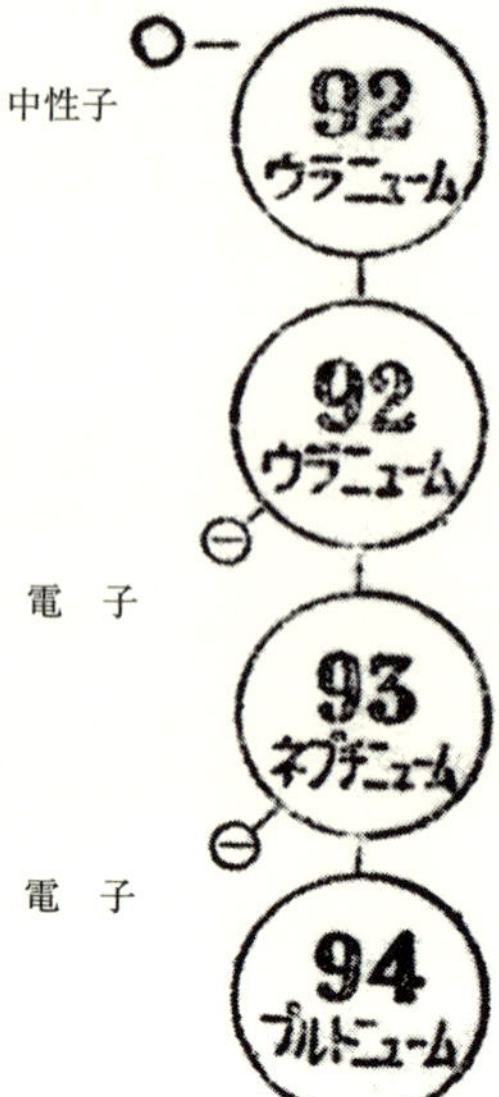

さきにいったように原子番号が同じでも重さ（質量）の違った同位元素があるから、重さをはっきりさせるために、陽子の質量を1としてその元素が陽子の質量の何倍であるかを示す質量数というものを考える。中性子はほとんど陽子の質量と同じであるから質量数は1であるとする。そうすると例えば重陽子は質量数は2である。ヘリュームは質量数4である。

原子番号は原子核外の電子の数と考えてもよいし、核のプラス電気の数と考えてもよい。核は陽子と中性子が集ってできたものであるが、陽子はプラス1の電気を持ち、中性子は電気を持たないから、原子番号はその原子の原子核のなかにある陽子の数と考えてよい。

例えば原子番号1で質量数2の重陽子なら、陽子の数は1、したがって中性子の数は2－1＝1で1である。原子番号2で質量数4のヘリュームの原子核は陽子は2つ含み、したがって中性子は4－2＝2で2つ含む。

さて原子番号九二のウラニュームは質量数二三八と二三五と二つの同位元素があるが、二三八のウラニュームを考えると――これはウラニューム1という――これはアルファ線を出す。そうすると原子核はプラス電気が2、質量数は4だけ減るから、原子番号九〇、質量数二三四の（元素の）原子核となる。これをウラニュームX_1という。ウラニュームX_1はベータ線を出す。そうするとマイナス電気が一つなくなるわけだからプラス電気が一つふえたことになる。質量数は変らない。――電子の質量は陽子のにくらべて小さすぎてほとんど問題にならない。こうして新しい元素が出来る。こうしてだんだん変ってラジュームになる。そしてしまいには鉛（の同位元素）になってしまって、もう放射線は出さず、他の元素にはならない。

こうして放射線を出して他の元素に変って行く順序も、その半減期もきまっていて変ることはない。

ウラニューム二三八に中性子がつかまえられると、ウラニューム二三九になる。（原子番号は変らないからやはりウラニュームである）ウラニューム二三九はベータ線を出してネプチニュームという元素になる。したがってこれは原子番号は九三である。質量数は変らない。ネプチニュームはまたベータ線を出してプルトニュームに変る。したがってこれは原子番号は九四で、質量数は変らずやはり二三九である。このプルトニュームは原子爆弾の原料になる。

核分裂

原子核のなかにある陽子や中性子は、おたがいにひっぱり合いながら、飛び出そうとしている。ふつうの場合にはひっぱり合っている力が勝って、原子核はおちついているが、原子番号が大きくなり、九〇ぐらいになると質量数も大きくなりひっぱり合っている力が、やっと飛び出すのをくい止めている程度である。だから原子番号九二のウラニュームや原子番号八八のラジュームはなるべく余計なものは放射線として外にほうり出して落ちつこうとするわけである。自然界に原子番号九三以上の元素がないのも、これくらいになると、ひっぱり合っている力が飛び出すのをくいとめることが出来なくなるからである。

こういうようすだから、ウラニュームなどはひっぱり合う力がかなり弱いから、ちょっと力——エネルギーといった方がいいが——を加えてやると、原子核をつくっている粒がたがいに分れようとする力が勝って原子核がこわれてしまうこともあるだろうと考えられる。

質量数二三五のウラニュームはゆっくり走っている中性子にあたると、ちょうど水のしずくがもっと小さい二つのしずくに分れるように、こわれることがある。つまり原子番号五六のバリュームと原子番号三六のクリプトンの二つに分れることがある。その他いろいろな分れ方があるが、とにかく大体同じくらいの大きさのもの二つに分裂する。

これを核分裂という。核分裂はプルトニュームもやるし、トリュームもプロトアクチニュームもやる。核分裂のときは例えばバリュームからいうとクリプトンのように大きいものを引っぱってウラニュームとして落ちついていたものが、分れるわけであるから、引っぱっているのに必要だった力——エネルギーが余って、それをバリューム、クリプトンがもらって運動エネルギーとなり、おそろしい速さで走り出す。これでひっぱり合い、固く

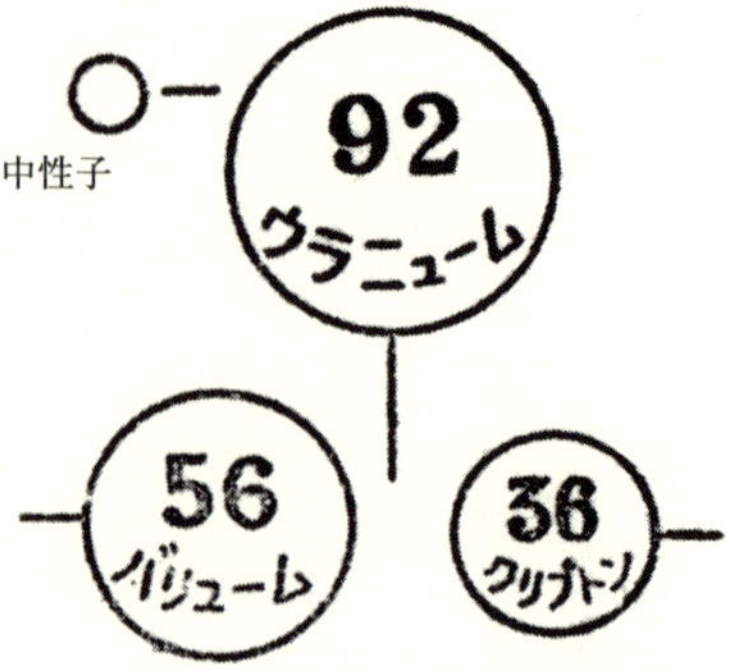

結びついていたエネルギーがわれわれの使いやすい運動エネルギーに変るわけだから、これを使って新しいエネルギーの源――ガソリンのような――とすることができる。

このエネルギーは大体1ミリグラムあたり千兆エルグぐらいであるから、ガソリンを燃やすときに出るエネルギーの約一億倍ぐらいである。

この原子核分裂のときに、今いった粒子のほかに二、三個の中性子もとび出す。この中性子がまた別のウラニューム原子核にぶつかって原子核分裂をおこし、中性子の数はどんどんふえ、分裂もますますさかんにおこって、しまいに爆発的に大量のウラニュームがほとんど一度に分裂してしまうということが考えられる。

しかし中性子は小さい原子核にはなかなか命中せず、たいていすどおりしてウラニュームの塊の外へ出てしまうが、ウラニュームの塊が非常に大きくなると、できた中性子がどこかのウラニュームにつかまえられることも多くなるから、そういうこともおこる。原子爆弾はこのような核分裂による爆発を応用するのである。

だからこのとき問題になるのは、純粋なウラニューム二三五を他のものと分離して多量に集めなければならぬことで、これはかなり困難なことである。

あとがき　父兄の方々へ

朝日新聞社の佐久間氏から子供への科学解説をもっと面白く出来ないものかとのお話を受けたとき、今までの通俗解説書が子供達にあまり喜ばれていない原因の一つは、それらがあまりに教科書的に書かれてあって、科学の持つロマンチシズムがすこしも現われていないためだろうと思っていた私は、科学解説にストーリーを入れてみてはとお答えしましたところ、それではそのように書いてみてくれないかとおすすめを受けました。子供のための科学解説書に対する佐久間氏の熱意に感奮させられた私は、それならこの新形式の科学解説を、うまく行くかどうかわからないが、とにかく心をこめてやってみようと決心しました。

そこで、まず新しい物理学の解説という最も困難な仕事を思い立ちました。これを選んだのは私の専門にも近いし、自然科学のうちで最も暗示に富んだミステリーを持っているからでもありました。

科学の持つ魅力の第一は、通俗常識から高く飛躍した、しかも現実生活に根ざしているその神秘性にあると思います。科学が無味に見えるのは、あまりにも解説的な説教的な科学に見慣れているためで、実際に生きて生長している科学は、内に測り知れない神秘を持っていることは科学者がいつも体験しているところです。

私はまずそのミステリーを主導動機《ライトモティーフ》にして物語をすすめることにしました。潔癖なひとびとはあるいは科学を好奇の対象と考えることに不満を感じられるかもしれません。しかし実際私達が科学に憑かれているのは、やはり第一にそれが持つ神秘性への好奇心であると思います。

次に科学の持つ魅力は、事物の本質を執拗に追求し、つぎつぎとそれを解明して行く、その経緯のサスペンスにあると思います。これは物語における興味と本質的にそれほど違っているものではありません。ただそのサスペンスが科学的な知識の上に展開されているだけです。

そこで私はサスペンスを対位形式にして物語を組立て行くことにしました。

次に科学解説に必要なことは、正確な知識を教えるということでしょう。しかしこの書では、私はまず科学の持つ魅力を年少の読者に紹介するために科学的知識を羅列することを避けました。この書は科学のファンをつくるために書かれたので、いわゆる物識りをつくるために書かれたものでないからです。ただ、解説書としての役目を果すために、近代物理学の用語解説を最後の章につけ加えておきました。

この新しい試みでいちばん心配なのは、私の表現力の不足から、普通の解説書としても不完全な、物語としても面白くない中途半端な、ひとりよがりのものに堕してしまったのではないかということです。

幸いに皆様の御同情と御支援を戴いて、更に努力をし、本当に面白い科学解説書をつくって、新しい日本を作り上げるべき年少の諸君へ餞けしたいというのが私の念願です。

首をふる鳥

一

私はきのうの月曜日、おとなりのアサちゃんとマリちゃんをさそって新緑の大和路《やまとじ》を散歩してきました。

ヒバリがぴいぴい鳴きながら上ったりおりたりします。ところがアサちゃんが突然くすくす笑い出したのです。

「どうした?」

「ハッハッハ、まるでニワトリみたいだ」

と大声に笑いながら前をゆびさすのです。

ちょうど私たちの前を黒い着物を着たおじいさんがのばした首をひょこひょこニワトリのようにふりながら歩いているのです。アサちゃんはそれがおかしくてたまらないというのです。

「アサちゃん、あのおじいさんはなぜ首をふっているのだろう?」

「なぜって……。調子をとっているんだろう?」

「調子をとるというと?」

「そうだなあ。ええ、体の重心を調節するためといえばいいのかなあ」

なるほど、アサちゃんは中学生ですから物理学的ないい方ができます。歩くとき体の姿勢がくずれないように首で調子をとっているのですね。

「ニワトリだってなんだって同じだよ」

とアサちゃんはつけたしました。

「そうかなあ」

と私はにやにやしながら、アサちゃんに賛成もしないし、反対もしません。ニワトリはほんとうに体の重心を調節するために首をふっているのでしょうか? 私はそう早合点したくないのです。たしかにそうだということがはっきりしなければ信じられない。

アサちゃんはふしぎそうにいいました。

「だって、おじさん、そのほかに首をふるわけがないじゃないか」

ところがね、そうでない場合がすぐに見つかってしまいました。

大和の畑のなかには小さな美しい池が多いのです。カイツブリがスイスイ泳いでいます。

「まあ、鳥が泳いでるわ！」

とマリちゃんが声をあげました。

ちょうどそのとき木の葉がぱらっと水面に落ちてきたので、一羽のカイツブリがえさかと思ってツイツイ木の葉によって来ました。

「ほら、みてごらん、首をふっているだろう。それから足だ、足はどうだ」

と私がさけびました。すんだ水を通して水かきのついたかわいい足が見えましたが、もう惰性で進んでいるので足はほとんど動いていないのです。それでいて、首はツイツイ前後に進めているのです。

「どうだい？　アサちゃん。カイツブリは調子をとるために首をふっているんじゃなさそうだね」

アサちゃんはすっかり感心して池のつつみに腰をおろしてしまいました。ほんとうにどうして鳥は首をふるのでしょうか？

私とアサちゃんとマリちゃんはそれからしばらくの間、カイツブリの泳ぐのを見ながら、どうして首をふるのか考えました。そしてこんなことがわかりました。

カイツブリはふつうに泳いでいるときは首をふりません。首をツイツイ進めるのはえさに注目してそれに近よるときだけです。しかしえさに近よるときも二、三羽一度に集まるときは首をツイツイ進めないときもあります。そんなときにはえさをうまくつかめず、二、三羽でおたがいにうばい合って大混乱になります。

カイツブリの場合は体の重心の調節でないことは、たしかなのですから、首を進めるのはえさをついばむとき、えさに注意するときのようです。

「どうだい？　そうじゃないか？」

と私はアサちゃんに同意をもとめました。

「そうだね」とアサちゃんもようやく首をふるのは、かならずしも調子をとるためばかりではない、ということに気がついたようでした。

第１図

さてカイツブリがしていることは、いったい何かというとこうでしょう。第1図のようにまずえさに注目したとしますと、体は動いても頭つまり目はもとの位置にじっとさせておきます。体があるていど前に出ると、もう頭を動かさないわけにいきませんから、頭をツイと前に出し、そのまま頭を動かさずえさに注目したまま体を進めます。あるところまで体が出るとまたツイと頭を出す。そんなことをくり返しているのではないでしょうか。

　そうしてカイツブリはえさから目をそらさないのです。もし首をふらないで体といっしょに頭をそのまま動かすと、目の位置がたえず動くためにえさをしっかり見守ることができないのでしょう。

　私はアサちゃんにそんな説明をしてみました。

「それじゃニワトリもそんなことをするだろうか。やっぱり首をふるのは何かに注意しているためだろうか?」

　とアサちゃんはもっともな質問をしました。

「そうだ。それは家へ帰って実験してみればわかる。やってみなければ何ともいえないね」

　と私はいいました。

二

帰りもたいへんこみましたが、どうにか家へ帰ると、アサちゃんはさっそく、

「おじさん、やってみようよ、どうすればいいの?」

とききます。もちろんあのことですね。そこで私はこんな実験をしました。

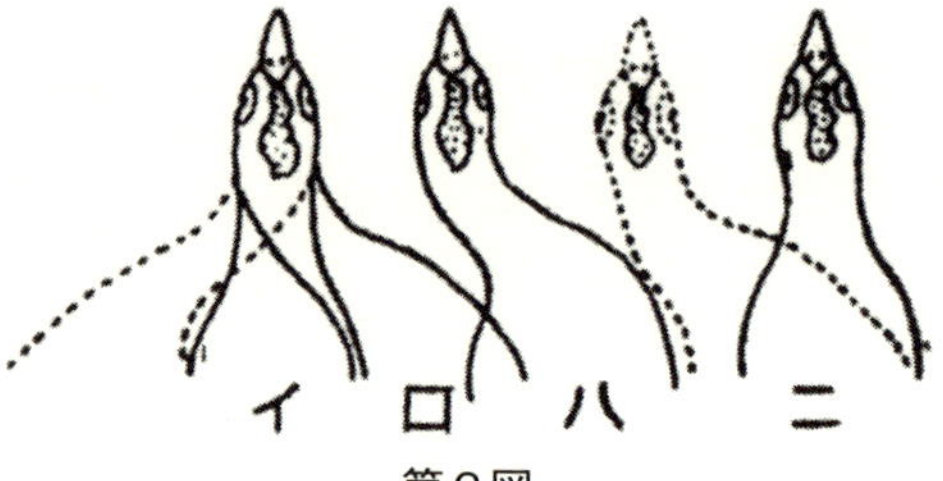

第2図

　まず私とアサちゃんは一羽ずつニワトリをだきました。ニワトリはおどろいて羽や足をバタバタさせましたが、やがておとなしくなります。このだいた二羽のニワトリを少しはなして向き合わせておきます。そうするとおたがいに相手をじっとみつめています。

　そこで私はニワトリの胴体を両手で持って少しずつ移動させました。第2図のように

……すると体は移動しても長い首をつかって頭をもとのところへ残すのです。（図のロ）しかしもっと動かすと（図のハ）頭もおくれながら体といっしょに動きます。このときニワトリの心臓の鼓動は早くなり足がブルブルふるえ出しました。なお移動させて止めておくとしばらくして頭がまっすぐになりました。（図のニ）

第３図のようにニワトリを上下に移動させても同じようなことがおこります。

「さあ。このことからいったいどういうことがわかる？」

と私はアサちゃんにききました。ニワトリの頭はそうかんたんに動いているのではないということがわかるではありませんか？　ですから、調子を取っているように首をふっているときでも、この実験のような首の進め方をしているのかもしれないではありませんか？

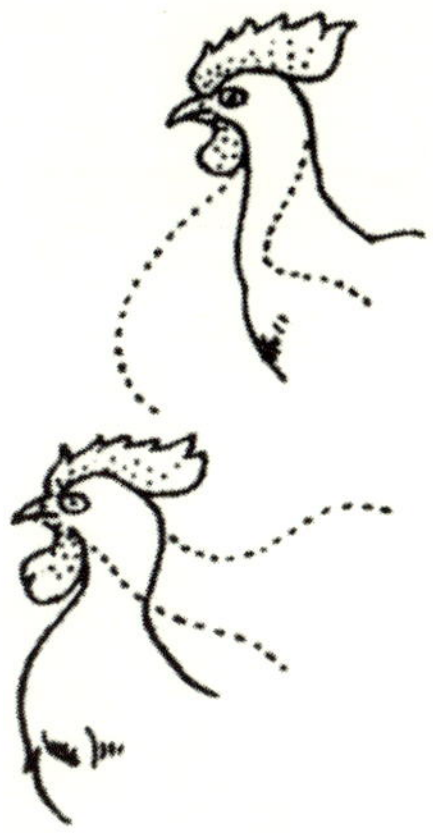

第３図

私たちは、こんどはニワトリにふくろをかぶせて同じことをやってみました。そうすると、こんどは前のように体を動かしても頭だけ残るということはなく、頭も体もいっしょに動いてしまいました。

「これは目に関係があるんだね、やっぱり」

とアサちゃんはようやくわかったような顔をしました。

そうですね。鳥は目的物をそのままの位置で見まもるために、体を移動させても頭を動かさないのですね。頭を動かすと鳥からみて目的物とその背景との関係がちがってきますから、目的物が動いたかどうかはっきりしなくなるのでしょう。

「用心深いんだなあ」

とアサちゃんがいいました。ほんとうですね。用心深い鳥はむやみに首を動かしているのじゃありませんよ。

その日はこれでアサちゃんも帰りましたが、あくる朝またアサちゃんが、

「おじさん！」とやって来ました。

「ニワトリがね、たちどまっているときも、耳をかたむけるように首をかしげたり、首をのばしたりしているんだけど、何かわけがあるのかしら」

とアサちゃんはさっそくたずねました。そうでした。

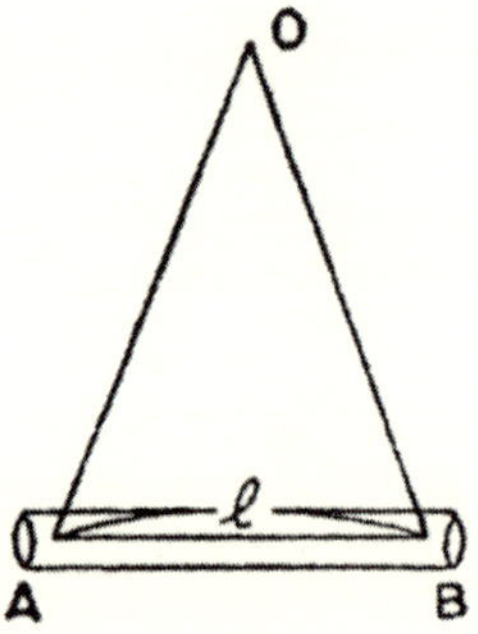

第４図

鳥はなぜ首をふるか？

という問題はまだはっきりしていませんでした。

「それは、目の位置をいろいろなところにやって、注目しているものとの距離を調べているんじゃないかね。人間でも——と私は図（第４図）を地図の上に書きました——Ａ・Ｂの二ヵ所から目的物Ｏを見て、Ｏまでの距離を知る器械を使うね、——測距儀《そくきょぎ》という——器械を使わなくても中学で三角法を習った人ならすぐわかる。君は三角法を習ったかね」

「いいえ」

「それは困ったな。それじゃその話はまたゆっくりするとして、とにかくいまはそうして距離を測ることができるとしておこう。ニワトリもそれを使っているんじゃないかね。ニワトリは飛ぶことはあまりじょうずじゃないだろう？　だけど止り木に飛び上るときはかなりうまくやるね。

よく見ると飛び上る前に首をあっちへやったりこっちへやったりして止り木までの距離を目測しているようだね。アサちゃんは気がつかなかった？」

「そうか。そういえばそんなことをしているね」

「首をふって目測をしているんだね。きのう見たカイツブリでもそうだね。目的物に近づくと首をツイツイ進め出すだろう。そうして目的物を見守りながら一方では目で距離を測っているんだね。だからえさをついばむときは一口で成功するだろう。

二、三羽一度に首を進めないでやって来たカイツブリが、えさをにがしている間に、後から首をツイツイ進めながら来たのがえさをうまくつかまえたことがあったね」

「鳥もいろいろ考えているんだね」

とアサちゃんは感心したようにいった。

「だけど、どんな動物でも同じようなことをするんだろうか？」

アサちゃんの考えはひろがっていきました。首をふるのはニワトリだけにかぎらない。ハトだって、アヒルだって、いや鳥だけにかぎらない。イヌでも、ウマでもそうだ。そうするとどんな動物でも頭をもとのところへ安定させる性質を持っているのだろうか？

「さあ、どうかね。一度動物園へ行ってきいてみようかね」

と私は答えておきました。

「そうだ。それがいいや。いつがいいかな、こんどの日曜日はどう?」

とうとう私はアサちゃんと約束させられてしまいました。

三

次の日曜日、約束どおり私はアサちゃんといっしょに動物園に行きました。そして園長さんをおたずねして実験をさせていただくことにしました。実験中にはいろいろおもしろいことがありました。が、ここに関係しているところだけをお話ししましょう。

まずはじめに小鳥について実験をしました。ところが小鳥はこわがってバタバタし、とうとう頭の安定があるかどうかわからずじまいになりました。それからカモやサギ、クジャク、ヤマドリ、キジなどについてためしてみましたが、どの鳥でも頭の安定がいい（頭の残留がある）とはかぎらないのです。

そのなかで私たちがおどろいたのはシロクジャクのオスで体を動かしても頭はほとんど動かしませんでした。クジャクの実験をしているとき私たちはおもしろい発見をしました。

クジャクがオリの中央部にいるときは歩くのにあわせて首を進めますが、さくの方に近よって来ると頭の進め方は歩くときの足の運びよりこまかくなり、頭を下げて外をみながら歩く時はいっそう小きざみに頭を進めます。

これを見ながら、

「なるほど」

とアサちゃんは感嘆の声をあげました。

鳥はなぜ首をふるか? 体の調子を取るためではないということがこれからすぐわかるではありませんか?

みなさんは動物園であの美しい羽根をひろげて歩いているシロクジャクを見たことと思います。きっとかなり長い時間をクジャクのオリの前ですごされたことと思います。

そのときいまお話ししたようなことを見ませんでしたか? そうですね。ほんとうに私たちのまわりにはよく気をつけてみるといろいろおもしろい、物の本質を示す

第5図

ような事件がおこっているのでしょうね。

　それから私たちはこんなことも見ました。満州の野にすんでいるガンという鳥がいます。足が発達して背が高く、頭が大きく、水かきはありません。この鳥はふつうに歩いているときは首をふらないのですが、さくのようなすきまのあるもののかげを歩いているときおどかしますとかならず首をツイツイ進めながら歩きます。（第5図）これはどういうわけでしょうか？

　鳥の目と注目しているものとの間にさくや草木などのじゃまがあるとチラチラして見にくいので、こうして首を進めて注目物を見まもりながら逃げるのでしょうね。そのときは前にもお話ししたように注目物との距離も目測できるでしょう。

　みなさんも注意してごらんなさい。横を向いてものかげを歩いている鳥をおどかすとよく首をふって逃げ出すことがあります。鳥でなくてもシカの類もこういうことをすることがあります。

　私たちは動物園でだいぶ勉強をしました。いままで気がつかずに見すごしていたことが多かったことに気がついたというわけです。

　鳥でも他の動物でもすべてが頭を止めて見まもりながら進むとはかぎらないようでした。そこで私はアサちゃんにきいてみました。

「どんな鳥が首をふるのかね？」

「そうねえ」とアサちゃんは考えて「弱くて、首が長く、地面の上を歩いている鳥かなぁ」

　とひとりごとのようにいいました。これがこの日動物園で実験したことのしめくくりでもあったわけです。

　家へ帰ってから私はこの「鳥はなぜ首をふる？」という問題の答をつくっておこうと思って、いろいろ、本で調べたり、それから空想もしましたよ。最後にそれをみなさんにお話ししましょう。

　鳥は歩いているとき、水面を泳いでいるときに首をふることをお話ししましたね。こんどは空を飛んでいるときはどうでしょうか？　首をふるのは目的物まで距離を目測するためだということがわかりましたね。それなら空を飛んでいるとき、たとえば飛びながらえさをとるときとか、どこかへ止ろうとするときなどは、目測しなければなりませんから首をふることがありそうですね。

ところが飛んでいる鳥でそれを見るのはなかなかむずかしいですね。高速度写真などでくわしく写真をとって調べてみないと、はっきりわかりません。しかし首の長いサギの類が近くの木に止ろうとしているときに首をのばしたり、ちぢめたりすることはよくわかります。

第６図

(第６図)

それから前にニワトリが止り木にとび上るとき、距離を目測するために首を動かすことをいいましたね。同じようなことはハトもやります。ハトがお寺の屋根に止ってよく首を動かしていることがあります。やがて地面に何かえさをみつけて、それをめがけて飛びおりてきます。

こう考えてみますと、鳥が首をふって距離を目測するのは非常にうまいやり方ですね。人間にもそれができたら、どんなにつごうがいいでしょう。それができない人間は、器械を使って鳥と同じようなことをやっています。船で使っているロッグというのはそれです。飛行機にもできたらつごうがいいのに、まだそういう器械はできていないようですね。

私たちは大和に散歩に行ってから急に何だかいろいろなことがわかってくるような気がしてきました。そして私は「鳥はなぜ首をふるか?」という問題で私たちがやってきたことをもう一度ふり返ってみて、ものを知るためにはどうしなければならないかということ、つまり科学的な考え方というのはどういうことかということを、みなさんにも考えてもらいたいと思っています。

自然は力学を行う

ボイルの肖像

ルネッサンス文化の開花によって自由な科学的精神も潑剌として進展した。しかし科学の建設にあたってはなお幾多の障害と闘い、多くの犠牲をはらわなければならなかった。科学の最も偉大な先駆者であったガリレイはカトリック教の信仰と対立し異端糺問に立たねばならなかったが、ルッター派およびカルヴィン派の新教もはじめは旧教に劣らず科学に対して無理解であった。

一方ルネッサンスの文運復興に大きな役割を果したフィレンツェはじめ各地の大学でさえ、ガリレイの仕事を一顧すらしなかった。ガリレイの死後、彼の苦悩に満ちた生涯によって感奮させられた弟子達は、自然を実験の方法によって研究することを使命とする学会アカデミー・デル・チメント（実験アカデミー）を設立した。一致して科学を新しい水路へ導びこうという熱意に燃えた彼等は共同して基礎的な実験を行い、その成果を発表した。そのなかにはその後の実験物理学や化学の発展に重要ないみを持つようになった温度計や湿度計、比重計や振子の使用法を記述したものも含まれている。会員のなかには〝真空〟の発見者トリチェリ、光の廻折現象を発見し、光の波動説の先駆となったグリマルディがいた。このアカデミーは、国際的な学術の交流およびその発展に欠くことのできない多くの学会の先駆をなすものであったが、これもフィレンツェに登場した教権政治的な潮流のために解散させられた。会員の一人はローマの異端糺問所の手に捕えられ、拷問を逃れるために自殺した。

その後長くイタリヤの科学は閉息した。

ドイツにおいては大宗教戦争としての三十年戦役が起って、凄惨な殺戮と悪疫がつづき、全人口の3／4が失われた。この戦乱中に窮迫と闘いながら〝野蛮な襲撃、わが地、わが家の暴力的な破壊の恐怖の中で火星の学徒たる私は、何等の恐怖にも目をくれずに、私の研究に没頭する〟といった偉大な天文学の闘士、新教徒ケプラーの後は科学もまたドイツ国土と同じく荒廃に帰してしまった。宗教的反動の波によってイタリヤとドイツの地から追い払われた科学的精神は17世紀に入って自由な新教国であったイギリスとオランダに実を結んだ。

ルネッサンスからは立後れたイギリスは16世紀の末葉からその市民的勢力を増大し、エリザベス朝には旧教の守護者であったスペインの無敵艦隊を破り、スペインに代って大西洋の海上権を確保し、国内的には広く新教を採用した。商業と貿易とによって勢力を増大してきた新興市民階級は1642年の内乱によって、貴族僧侶等の旧教徒勢力を打倒し、その視野および権力圏は飛躍的に拡張された。〝武器の下から商業が生長した。国内における平和の持続は国土を安寧と富裕とに満ち溢れさせた。ひとびとは嘗ては小屋の立っていたところに豪壮建築の生まれるのを見た〟（ランケ）のがこの国であった。

この時代のチャンピオンであったフランシス・ベーコンは、著書〝新機関（ヌーヴム・オルザヌム）〟の扉に二つの大きな柱、すなわちジブラルタル海峡をぬけて満々と風をはらんだ帆前船が荒波を蹴って大洋に向って進んでいる銅板画を附して意気軒昂たるイギリスの開拓精神を象徴した。ベーコン自からも新しい知的世界のコロンブスをめざし、〝大西洋の横断の驚くべき航海の前に、コロンブスが新しい島と大陸とが発見されるだろうという確信に論拠を与えるときに行ったのとまったく同じに、私はここに私自からの予測を出版しそれを提案する〟と述べたのである。彼の有名な〝知識は力である〟という言葉はイギリスによって正しく評価され、その繁栄の一つの原因となったのである。

この豊かな国にイタリヤの種がまかれて繁茂した。当時イギリスの代表的科学者であったギルバート、ハーヴェイ、さらにボイルは、いずれもイタリヤに留学し、ガリレイの偉業から大きな刺激を受けた。ボイルは後に〝私は偉大なるスター・ゲーザーであるガリレイの新しい奇論を研究した。その人のすばらしい書物は恐らくそれらが他の立場からみてそうでありえなかったために、ローマからの判決によってうちたたかれた〟と述べている。

ウィリヤム・ギルバートは1540年にコルチェスターに生れ、医師としてロンドンで開業し、後にエリザベス女王の侍医となった。ガリレイの同時代人である。ギルバートは磁針や地磁気が航海にとって非常に重要性をもってきた事情に刺激されてその研究を始めた。彼はガリレイと同様に偏見と根拠のない前提から離れて、実験にもとづいた正確な磁気的現象を記述し、その努力の結果を広汎な分野に対する基礎を含む科学的著作として発表した。それが〝磁石について〟である。(1)

この著書において述べられているギルバートの最も大きな功績は、彼が地球を唯一箇の大きな磁石であると唱えることによってすべての地磁気現象を一つの観点のもとに統一したことであった。彼は実際に強力な磁石を球形にし、磁針を自由に動くようにその上にのせ、針の動き方を研究し、これを地球上の磁針の動きと比較して、この考え方に到達した。彼は球形磁石の極のところで針が垂直に立ったことから、地球の北辺ではロンドンにおけるよりも伏角が大でなければならないと推論した。彼は地理学的な北極と磁気的な北極とは一致するという意見であった。この予想は彼の死後数年たってハドソンによりアメリカの極地探険の際に確認されたが、北緯75度上において磁針は垂直に立ちこの点でギルバートの仮定と一致しなかった。ガリレイはギルバートを尊重し、彼の意見に同意していたが、また同じような実験を行って彼の結果を確かめている。しかし自由に宙に懸っている磁石球はすべて自己の軸のまわりを回転するというギルバートの意見は誤りであるとしている。後にみるようにその他の点でもガリレイはギルバートよりも科学に対して確実な考えをもっていた。地球が球形の磁石であるという証明から、彼は太陽も月も遊星も磁力を具えているとし、コペルニクス説による天体の運行や、潮汐の現象も磁気的に説明しようとした。(2)この考えは結局成功しなかったがケプラーに大きな影響をおよぼした。

ギルバートは近代科学の他の先駆者と同様、実験の結果の記述だけでは満足せず、その現象の窮極的な説明をしようとした。彼は磁気的な力を本質的には古代人が考えたと同じように〝人間の霊魂のような活々とした〟ものであると考えた。ただ霊魂は〝多くの事物を知るし、よく判断するが外界から感覚を通じて行うから往々間違え、行動を誤る〟それにひきかえ磁石はその力を〝誤ちなく、早く、確実に、直接に、調和よく〟[3]送るのである。したがって彼は大きな磁石であると考えた地球をはじめ天体はみなこの霊力をもっているとした。この考えはケプラーによって受け継がれた。また彼はこの磁気力は磁石から何か流出物がでており、これが物質に附着してそれを引っぱりよせると考えた。そしてこの流出物は微粒子で大きさはなく霊的なものであるといっている。

　このようにギルバートは自分の行った実験を数学的に形式化せず、やや非科学的な思弁におちた。

　血液循環説の発見者、生物学の創始者として近代医学の道をひらいたハーヴェイはまたガリレイの影響を受けた卓越した物理学者でもあり、実験的方法の主唱者であった。彼は体内に血液が循環するのはまったく力学的な機構によるものと考えていた。それにも拘わらず彼は太陽からの熱や活力が生物体の心臓や血液に伝えられるのは霊的（ethereal）な精神によるものであるといっていた[4]。ギルバートやハーヴェイはガリレイと違って、より感覚的な複雑な現象を研究したから、自然現象を全空間に満ちている霊的（ethereal）な媒質の性質に帰着させようという考えに傾いた。

　近世哲学の祖であるデカルトはギルバートあるいはことにハーヴェイの影響を受けてハーヴェイの霊的媒質と数学とを結びつけ、自然現象を微粒子の大きさ、形状、運動等によって数学的力学的に説明しようとした[5]。

　彼は数学にならって少数の原理から演繹によってこの目的を達しようとした。この原理の一つに微小分子の仮定をおいているのである。このいみで彼の考えは最近の原子論とエーテル説との混合になっており、後の科学者に影響を与えた。しかし彼は物理的というより幾何学的であり、実験よりも幾何学的帰納の方に重きをおいており、ガリレイの仕事をさえ正しく評価していなかった位であったから[6]、彼の哲学が大きな力となったためにかえって彼の誤りさえも権威をもちニュートンが〝仮設をつくらず〟といってデカルト派の物理学の思弁を決定的に拒絶するまで科学の発展に大きな障害となった。

　デカルトの考えは近代的な化学を創ったボイルによって受け継がれた。ボイルはしばしば自分の先輩としてベーコン、ガッサンディ、デカルトとをあげている[7]。ガッサンディは古代の原子論、特にエピクロスの原子（アトム）説を復活した。デカルトと彼との違いはデカルトは微分子の不可分性と真空の存在を認めなかったが、彼はこれを認め、原子は不可分的で、一定の大きさ、重さを持っており、原子間には真空があるといった点でより近代的であった。

ゲーリケの空気の圧力の実験

この真空があるかないかという問題はこの時代における〝哲学上〟の大問題であった。ガリレイの弟子であるトリチェリーや〝マクデブルグの球〟の実験で有名なドイツ人ゲーリケの実験によって〝真空〟の存在が確かめられ、液体、殊に気体の力学が発展した。あるデカルト派の哲学者は〝諸君はトリチェリーの真空を認めてはならない。もしそれを認めればわれわれはどんな哲学をもたなければならないか〟といった。

ボイルはゲーリケと同じ頃、気体の研究を行い、ボイルの法則として知られている気体の圧力と体積との関係を発見していたが、彼自身は数学者ではなかったが、数学の重要さを知り〝自然は力学を行う〟〝数学的力学的原理は神が世界を描いたアルファベットである〟といった。彼はいわゆる化学の原子論的解明に数学と力学との重要性を認めた最初の人であった。彼はこういっている。〝化学者は従来高い観点を欠いた狭隘な原理によって導びかれてきた。彼らはその任務を医薬の調製と金属の変化とにおいた。私は化学をまったく別な観点から取扱おうと試みた。すなわち医師としてでも、錬金家としてでもなく、自然哲学者としてである〟[8]。さらに続けて、自分は化学的哲学を自分の実験と観察とによって完成しようと期して、そのための計画を描いた。人間は自己の狭隘な利害以上に、科学の進歩ということを心掛けなければならない。人間が実験を行い、観察を集め、あらかじめ対象となる現象を試験した上でなければ理論を立てないようにするとき、それは世の中に対して最大の奉仕となるであろうといっている。

これまでの化学は〝賢者の石〟を発見しようとした、錬金術であった。錬金家はこの目的のために手あたり次第にあらゆる物質を融解し、煮沸し、混合した。錬金術は16世紀中に疾患の治療に用いる薬剤の調製という目標によって活気づけられた。その目的は何であっても夥しい観察のなかには偶然的ではあったが、重要な発見[9]もあった。確かに〝そういう研究を大規模に実行する時間と機会がある人は、それによって実益が達せられるかどうかやってみることは一向に差支えない〟のである。しかしボイルによる実験的方法の確立によってはじめて科学として正しい水路に入り、急激な発展をみたのである。ボイルはもはやそれ以上分解し得ない物質を究極的成分、すなわち今日の化学の意味での元素として立てた。それによってアリストテレスの元素（火、土、空気、水）や錬金家の原基（塩、硫黄、水銀）の運命は終った。彼は機械的混合と化合との区別も明確に知っていたし、現在の分析化学において行われる定性分析法を創めた。また後にラヴォアジェの近代化学の確立の基礎となった物質の燃焼の実験を行ったが、ただ彼は誤まった考え、いわゆるフロギストン（燃素）説に導びかれた。

ボイルが科学研究に従事していた時代のイギリスは革命のために国内に混乱し、内乱、クロムウェル統治、王政復興、大疫病と続き、物情騒然たるものであった。ボイルはロンドンを出て政治から離れ哲学および科学に興味を有するひとびとの小集会をもった。[10]後にオックスフォードに定住しここに科学研究所をつくった。これが後に１６６２年チャールス二世の援助によって〝ロイアル・ソサイエティ〟となった。ボイルの小集会はアカデミー・デル・チメントの会員を鼓舞したのと同じ精神によって考えられ、内乱による混乱にもかかわらず、存続し、科学的精神を堅く保持し１６６３年に創設されたパリ・アカデミーやライプニッツによって創設されたプロイセン科学大アカデミーのような大アカデミーが続々ヨーロッパ大陸に設立される誘因となった。

（１）　正確には〝磁石と磁性体、並びに大磁石としての地球についての新自然学〟（１６００）である。ドイツにも版本がある。最近では"On the Loadstone and Magnetic Body"として１８９３年New Yorkにおいて出版されている。以下これを引用する。

（２）〝磁石について〟あるいは彼の遺稿〝月の影響下におけるわれわれの地球についての新哲学〟"De mundo nostro sublunari philosophia Nova"（１６５１年、Amstrerdam）

なおギルバートによって使われた概念で今日もわれわれが負っているものは〝質量〟（マス）の概念であろう。これはガリレイ、ケプラーに影響をおよぼし、ニュートンによって正確に定義された（ギルバート前掲書p. 152）

（３）ギルバート前掲書p. 308 ＊＊同左p. 311

（４）William Harvey, On the Motion of the Heart and Blood in Animals（Every man edition）p. 57

（５）デカルトの生理学はハーヴェイのものよりもさらに機械論的である。

（６）デカルトが友人メルセンヌにあてた手紙のなかで、ガリレイの著書をみたが彼に羨むべき何物も見あたらないと書いている。

（７）The Work of the Honurable Robert Boyle, Birch edition, London, 1672, Vol. IV. p. 59

（８）イギリスでは科学を哲学（フィロソフィー）と呼ぶ習慣がある。彼は特に力学的哲学（mechanical philosophy）といった。

（９）17世紀にはリンが発見され、塩素化合物に関する一連の発見、硫酸、塩酸、硝酸、硝石等が知られた。

（10）この集会はベーコンがその著書のなかでいっている〝ソロモンの家〟を模している。

解題

横井司

1

江戸川乱歩は一九四八（昭和二三）年の六月下旬に京都を訪れて、下鴨に四日間ほど滞在している。なぜこの時期に京都を訪れたのか、その理由は詳らかではないが、この滞在中に京都の探偵小説愛好家と会ったことを、『探偵作家クラブ会報』四八年七月号の「消息欄」が伝えている。

鮎川哲也が北洋の遺族にインタビューしてまとめた「〈不肖〉の原子物理学者《ニュークリアーフィジシスト》・北洋」（『幻影城』一九七六・一一。後に『幻の探偵作家を求めて』晶文社、八五に収録。以下引用は同書から）の中で、遺族から新聞記事の切り抜きを見せられ「これは江戸川乱歩先生が京都においでになって、坦《ひろし》と会われたときのものです」と言われたことを紹介しているが、その乱歩の来京を伝えたのが、右の『探偵作家クラブ会報』の記事であった。

鮎川はその新聞記事について「そこにはベレー帽をかぶった江戸川氏が北洋をはじめとする当時の新人について語った談話が載っていた」と書いているが、おそらくその記事というのは、四八年七月二三日付の『毎日新聞』に載った「探てい小説の新人群」のことであろう。そこでは、「新人育成に最も力を注いだ」雑誌として『宝石』をあげ、「『宝石』についで山崎徹也編集長時代の『ロック』が新人発見につとめ、北洋、紗原砂一などを登場せしめた」と、北の名前にふれているだけだった（引用は『江戸川乱歩推理文庫62／幻影城通信』講談社、八八から）。それでも斯界の重鎮である乱歩が新聞で名前を挙げてくれたというだけで、当時の新人作家にとって過褒であったことは、容易に想像できる。

このとき乱歩と会った面々の内、辻久一、山中栄裕、村上忠久らが同人となって探偵雑誌『影』が同年七月に創刊されている。だが、乱歩の『幻影城』（五一。以下引用は『江戸川乱歩全集』第26巻、光文社文庫、二〇〇三から）巻末に掲載された「探偵小説雑誌目録」には「一冊出たきりで止めになった雑誌」と書かれており、一号雑誌で終わったようだ。(1) 北洋は同誌に「盗まれた手」を寄稿しているが、結局それが最後の創作となったのだった。

註

（1）『幻影城』の「探偵小説雑誌目録」では、誌名が「影（シャドー）」となっている。これは表紙と目次に「SHADOW」とあるためで（目次の表記は「Shadow」）、奥付にはただ「影」と記されているだけであった。

2

北洋の経歴については、右にあげた鮎川哲也の「〈不肖〉の原子物理学者《ニュークリアーフィジシスト》・北洋」がもっとも詳しい。その他、やはり鮎川が雑誌『幻影城』七五年一二月号に寄稿した「編集長交友録」や、各種アンソロジーにおける作者紹介記事があり、同時代の資料としては、雑誌『ロック』第五号（四六年一〇月一日発行）掲載の「筆者紹介」、雑誌『新探偵小説』第四号（四七年一〇月一〇日発行）掲載の「作者紹介」、北が本名で書いた児童向けの科学物語『アトム君の冒険』などに掲げられた「著者略歴」などがある。以下、これらを参照してまとめた経歴を記しておく。

北洋は本名を鈴木坦《ひろし》といい、一九二一（大正一〇）年七月二三日、東京都で生まれた。筆名は北区に実家があったのでこれを姓とし、本名の「坦」を別の字に置き換えて名としたものである。鮎川哲也「〈不肖〉の原子物理学者《ニュークリアーフィジシスト》・北洋」では、軍人だった父親が青森県の出身であり、もともとの「北方志向」とも相まって、

「それやこれやであのペンネームが誕生したのでしょうね」という令弟の彬《あきら》氏の言葉が紹介されている。男ばかりの四人兄弟の長男だったが、戦争を嫌い、陸軍幼年学校を志望する彬氏に「お前ほんとに行く気か」と何度も何度も聞いたという（鮎川、同）。武蔵高等学校（旧制。現・武蔵中学校・高等学校）時代は「同人誌にロマンチックな小説を発表」しており（鮎川、同）、当時の学友は文科系の大学に進むものと考えるほどだったようだ。

その高校時代に影響を受けた作家については、後に北洋が小説「天使との争ひ」（四七）を『新探偵小説』に寄稿した際に掲載された「作者紹介」に、次のように書かれている。

> 高校時代から小説を書いて居られて、ドストエフスキイ・リラダン・オルダル《ママ》ハツクスレイに傾倒。（同氏の作風にリラダンの香が濃いのも果せるかな）但し探偵小説では、クロフツ、ヴアンダインのものが好きとで《ママ》ある。

「オルダルハツクスレイ」とあるのは、『すばらしい新世界』*Brave New World*（一九三二）で著名なオルダス・ハックスリー Aldous Huxley（一八九四〜一九六三、英）の誤植である（右の「作者紹介」中に「同氏の作風にリラダンの香が濃い」と書かれているのは、北洋論としては重要な指摘だが、それについては後述する）。

武蔵高等学校卒業後は京都帝国大学の理学部に進学して湯川秀樹に師事。四三年に卒業後、大学院の特別研究生となり、物理学教室に勤務。四八年には同大学理学部の講師を務めるようになった。

大学院在学中の四六年、『ロック』に「写真解読者」を投稿してデビュー。同誌掲載の、ロック編輯部による「筆者紹介」には「本誌が敢へて世におくる第一回の新人である。此の一篇の持つ真価は百万言の宣伝に優る。今後の成長に対して大きな期待を持てると思ふ」と書かれている。鮎川哲也によれば「『ロック』では北洋、紗童砂一《さわらさいち》の両新人を柱とすべく育成しようとしていた」という（前掲「編集長交友録」）。紗童砂一は『ロック』四七年二〜三月号の「魚の国記録」でデビューした紗原《さはら》砂一（後には沙原幻一郎と改名）のことで、『ロック』には他に「鉄の扉」（四七・五）と「神になりそこねた男」（四八・三）を載せるにとどまったが、北洋の方はデビューの翌年から、「ルシタニア号事件」（四七）、

「失楽園《パラダイス・ロースト》」（同）、「死の協和音《ハーモニックス》」（同）、「清瀧川の惨劇」（四八）と力作を寄せ、『ロック』を代表する新人作家へと育っていった。

前章にも述べた通り、四八年の六月には京都を訪れた江戸川乱歩に、京都の探偵小説愛好家たちと共に会っており、それがきっかけで乱歩によって、探偵小説界の新人の一人として新聞に紹介されている。そして、同じ年の七月に創刊された探偵雑誌『影』に「盗まれた手」を発表したが、残念ながらそれが北洋の最後の創作となった。

ミステリー文学資料館編のアンソロジーに掲げられた著者紹介文には「『ロック』廃刊後は作品がなく」（『甦る推理雑誌1／「ロック」傑作選』光文社文庫、二〇〇二）あるいは「『ロック』廃刊後は作品を書かなかったようで」（『甦る推理雑誌3／「X」傑作選』同）と書かれているが、右に書いたように北洋の創作が途絶えたのは、『ロック』が実質的な廃刊[2]を迎える一年ほど前の四八年七月なので、その間、筆を執らなかった理由がよく分からない。鮎川哲也は「京都から鎌倉に移って横浜国立大学に席をおいてからの短い期間は、創作する暇がなかったものと思われる」（「解説」『戦慄の十三章』講談社文庫、八六）と述べているが、四九年の一月に刊行された『理論物理学講話・続』の湯川秀樹による「はしがき」には、渡米することになった自分の代わりに残りの部分の執筆を「著者の研究室の鈴木坦理学士にお願いすることになった」[3]と書かれているので、『ロック』廃刊までの断筆状態の説明としては合わないように思われる。むしろ四八年に大学講師となって多忙を極めるようになったと考える方が妥当だろう。四八年の創作は一月号や三月号に掲載されたものであり、新年度が始まってからの執筆が、実質的には、先の「盗まれた手」だけであることが想像されるのである。

また、鮎川がインタビューした際、北の令弟である彬《あきら》氏から「在米中の湯川秀樹博士から『カストリ雑誌に書いた』といって叱られたように聞いています」という証言を得ていることを思い合わせるなら、師の言葉によって執筆を見合わせたという事情もあるのかもしれない。前掲の『理論物理学講座・続』の「はしがき」の日付は四九年五月で、「プリンストンにて」と記されている。この日付から考えて、渡米したのは四九年内であろうから、「在米中の湯川秀樹博士から『カストリ雑誌に書いた』といって叱られた」というのは、やや違和感がある。研究室に在席していたころに叱られたために、創作の筆を断ったと考えるのが妥当ではないだろうか。

四九年には本名の鈴木坦名義で、児童向けの科学物語『アトム君の冒険』を朝日新聞社から刊行。同年の『理論物理学講座・続』では、渡米することになった湯川秀樹の後を継いで後半部分を執筆。これらと並行して『科学朝日』や『基礎科学』、『科学の実験』といった雑誌に啓蒙記事を寄稿。

大学院修了後、横浜国立大学の助教授に就任。それに合わせて京都から鎌倉の方に転居。復員した父親の病歿後は、残された家族も北区にあった実家を人手に渡し、鎌倉へと移ってきた。一家の大黒柱としての責任を負う一方、教育者として、あるいは研究者としての活躍が期待されていたことが想像される。ところが、家族が鎌倉へ移ってきた翌年、持病であった喘息の発作で心臓へ負担がかかり急逝。助教授となって一年目の、一九五一年九月一五日のことであった。享年三十歳。

註

（2）『ロック』の最終号は五〇年四月号だが、そのころには表紙に「情艶小説」「情艶読物」を謳い、探偵小説専門誌としての性格を失っていた。そのため四九年八月に発行された別冊が専門誌としての最後の一冊と目されている。『甦る推理雑誌1／「ロック」傑作選』ではその考えに基づき、巻末の山前譲編「『ロック（ＬＯＣＫ）』総目次」は、四九年の別冊までを掲げている。ちなみにその後の誌面については、『幻影城』七五年一二月に掲載された島崎博編「『ロック』総目次」で確認することができる。

（3）引用は、江沢洋による同書の改訂版『場の理論の話――音の場から電磁場まで』（日本評論社、二〇一〇）に収録された「初版はしがき」から。

3

本章以降、本書収録作品のトリックや内容に踏み込む場合があります。未読の方はご注意ください。

北洋の代表作と言われれば、誰もが指を屈するのが「失楽園《パラダイス・ロースト》」（四七）であろう。江戸川乱歩の「類別トリック集成」（『続・幻影城』早川書房、五四）中に「人及び物の隠し方のトリック」の一例として紹介され、この時には作品名は伏せられていたものの、中島河太郎が少年向けに書き下ろした『推理小説の読み方』（ポプラ社、七二）には、作品名を明示しているだけでなく、御丁寧にイラストまで掲げて紹介されていた（挿絵は岩井泰三）。子どものころに同書を読んで、印象に残った読者もいるのではないだろうか。その後も、雑誌『幻影城』の七五年一二月号に採録されたり、山村正夫編のアンソロジー『死体消失』（七六）に採録されたりと、最もアンコール度が高い一編である。

　トリックの印象の強烈さで受容されてきたため、正統的な本格ミステリのような印象を持ってしまいがちだが、実際に目を通してみると、「探偵小説では、クロフツ、ヴァンダインのものが好き」（「作者紹介」『新探偵小説』四七・一〇）という発言からは想像もできないような、いわゆる本格ミステリの枠組みからはみ出すような、過剰性を具えたテクストであることが分かる。

　それについては当時も一部の識者から指摘されていたことであった。右にも引いた『新探偵小説』の「作者紹介」には、次のように書かれていた。

　戦後登場した新人が、一斉に「密室」に取組んでいるなかに「ロック」が生んだこの有為な作家は深々とあやしい魅力をたたへた別の世界をさげて現れた。この人の成長はいろいろな意味で注目していいと思ふ。

『新探偵小説』の編集部がいう「あやしい魅力」を醸し出している要素のひとつが、「失楽園《パラダイス・ロースト》」に見られるピグマリオン・テーマであろう。

　イタリヤローマ大学の研究室で中性子放射の研究に従事していた「私」は、下宿のおかみであるカステルマリ未亡人の娘ジュリエッタの失踪事件を調査する過程で、ジュリエッタが崇拝していた写真技師がいたことを思い出し、何らかの関わりがあるのではないかと考えて、その技師トスカネリに会いにいって話を聞く。トスカネリが死んだ婚約者に生き写しの彫像を造っていることをジュリエッタから聞いていた「私」は、「生きてゐる様に見事に着色した人体彫像を造つてゐると聞いたが、見せて戴き度い」と切り出すと、トスカネリは「えゝ、私はさう云ふものを非常な情熱を傾けて製作した事もありました。自分でも妖しく心がひかれる位見事に出来ました」と言って、その製作過程を次のように詳細に語るのである。

　彫刻写真をモデルから取り、それを原型にして鉄の骨格とプラスティツク《ママ》の肉を作り、それに写真着色をしました。それから又プラスティックで透明な光沢のある薄い皮膚をかぶせ、生毛や毛髪まで植えました。肉の中に綱《ママ》の様に細い電線を通しサーモメタルで温度を調節し、一定体温を保たせることもしましたし、皮膚の分泌物の匂ひを分析してそれをステロイン系化合物から合成して、肉の香もつけて見ました。

　完成途上の腕を見せられたジュリエッタが「とても生々とした色を保つてゐますし、肌は澄み切つて繻子の様な艶を持つてゐましたから、惨たらしいと同時に、大変美しい幻想的な感じを受けました」と語り手の「私」に話したことからも、その完成度の高さが想像される。
　こうした人形愛的な感性は、日本の探偵小説にしばしば見られたものであり、江戸川乱歩の「白昼夢」（二五）における、本物の人間の女性をそのまま剝製にしてしまうような幻想は、後に乱歩自身が通俗長編に流用したこともあり、探偵小説ファンの脳裡に強い印象を残しているのではないだろうか。ただ、乱歩の幻想が、現実の肌触りにこだわっているのに対し、北洋の「失楽園《パラダイス・ロースト》」が特徴的なのは、現実の肌触りすらも科学的な技術で再現できるものとして提示されている点である。それはちょうど、アンドロイド作製にも似ている。北洋の作品の場合、実際に動くことはないのだが、トスカネリが作った人体彫像に機械仕掛けを組み込めば、自動人形まではもうすぐである。
　ただ、北洋がこの件りを書いている時に、人造人間や自動人形的なものを念頭に置いていたことは、トスカネリの次のような台詞からも明らかである。

　私は私の技術で失つた私の許嫁もこの世に再現出来ると信じました。唯私の心に彼女の心を創る燃える火があればよいのです。で漸くかうして幻想が固定されてみますと私の作つた人形が自然自身よりも美しいとさへ思へる様になりました。ピグマリヨン（註・古代の名彫刻家）の様に私は人造人間に恋さへも出来ると思ひました。

「ピグマリヨン」とは、ローマ時代の詩人オウィデイウス Ovidius（紀元前四三〜紀元一七）の『変身物語』*Metamorphoses* で伝えられる、自らが造った彫像に恋をしてしまい、ウェヌス女神にその彫像に似た乙女を妻にできるようにと祈ると、彫像が生きた人間へと変化したという挿話に登場するキャラクターであることは、いうまでもない。こうしたピグマリオン・テーマは、様々な絵画や音楽の主題となり、文学においても、ホフマンE. T. A. Hoffmann（一七七六〜一八二二、独）の『砂男』Der Sandmann（一八一六）や『胡桃割人形と鼠の王様』Nußknacker und Mausekönig（一八一六）、ヴィリエ・ド・リラダン Villiers de l'Isle-Adam（一八三八〜八九、仏）の『未来のイヴ』*L'Ève future*（一八八六）といった作品が生まれている。いずれも戦前に邦訳されており、「ドストエフスキイ・リラダン・オルダル《ママ》ハツクスレイに傾倒」（前掲、『新探偵小説』「作者紹介」）したという北洋であれば、少なくともリラダンの作品は当然、目を通していただろう。

　リラダンの『未来のイヴ』では、アメリカの発明家トーマス・エジソンが実名で登場し、貧乏時代の自分を救った恩人の青年貴族のために人造人間を製造する話であつた。高校時代にリラダンに傾倒したというだけあって、科学による人間の身体性の再現というモチーフは、他の北洋の作品にもしばしば見られるものであった。たとえば「死の協和音《ハーモニックス》」（四七）には「人の音声の分析、母音、子音の音響学的研究から、返つて多くの楽音を組立て、最も美しい人間の声を再生すること」を目指している研究者が登場しているし、「盗まれた手」には許嫁の失われた右手を再現するために精巧な義手を作り上げる科学者が登場する。そこで語られる技術的な説明は、「失楽園《パラダイス・ロースト》」とほぼ同じである。

　ただしここで注目すべきなのは、北洋の作品では右のような人形制作を通して、人間の異性に対する愛情などの精神性が、実は表層的な現象に対する反応の積み重ねで存在するかのように思わされているものなのではないか、という懐疑を提示している点である。

　トスカネリは人形制作の途中で、自分のやっていることは「子供染みた、笑ひ度くなる様な、馬鹿げた玩具いぢり」ではないかと思ったことがあるという。

　そんなぎくしやくした人形を作つて何にならう、唯ヴイオレツタ（横井註・トスカネリの死んだ許嫁の名）のカリカチュアを作るだけではないか。しかし私の許嫁への——亡くなつた……やるせない狂熱的な思慕がこの仕事で慰められるのでした。ですけれど実に意味もないものでもそれを一つ一つ重ね合はせると、そこから絶大な魅力を持つた総体が出て来ることも考へてみて下さい。恋愛といふものも実に意味もないものに依拠してゐると云ふことも考へてみて下さい！　私共はその人を愛してゐる様に思ひます。

「しかし私共が愛してゐるのはその人そのものではなくて、その人の暖い胸の薫り、皓々と輝いてゐる滑らかな首すじ、薔薇の唇に咲いた真珠の歯、微妙な身体の曲線、温味のある白い肌、意味ありげな眼差し……ではないでせうか、そんなものは人工的につくりそのまゝ造れます。私共はその人の心を愛してゐる様に思ひます、しかし恋人達は意味のない二三の言葉を唯わけもなく繰返してゐるに過ぎないではありませんか、恋人達は何を云つてもすべて楽しいのです。恋と云ふものは！　その人に魅惑を与へるのはその人を眺める私共の想像力ではないでせうか、錯覚はそれに必要な密やかな努力が正しく払はれる結果、ます〳〵絢爛と輝き、いよ〳〵蠱惑的に思はれて来ます。その人の美しさは見る人から与へられ、その人にとつてつけられたものではないでせうか。

ここでトスカネリが述べている投射的愛情論とでもいうべき考え方もまた、北洋の他の作品でも描かれることになるモチーフのひとつであった。

トスカネリの人形は動かなかったが、そこからもう一歩進めて、実際に動く人形に等しいものを描いているのが「天使との争ひ」（四七）である。ヒマラヤ山中のイーハートヴォ地方の山中に存在する理想郷で造られた「最初の人工女性」であるアリシヤ・デュ・ガールをつれて帰ってきた光岡は、アリシヤに恋したインド人の若者コサムビに、その誕生のプロセスを次のように語る。

アリシヤは（略）試験管の中の受精で生れ、レトルトの中、恒温槽のなかで育ち、パブロフ式條件反射法によつて訓練された純粋の女なのです。彼女は漸く人間の形になつたときから、次々に順々に整形手術を受けて理想的な勝利のヴィーナスを原型として作られました。そして（略）古今の文学——ホメロスやサッフォの詩やシェークスピヤやモーパッサンの劇や小説——から択び出した純粋な美しい言葉ばかりを彼女の柔かい汚れない心に記録し、條件反射法によつてそれが使はれる場合を教へ込みました——

このアリシヤを連れて帰り、コサムビと恋愛関係に陥らせた光岡は、コサムビに対して「アリシヤの魅力、君への大きな影響力は一体何から出来ているか分析してみたことがありますか?」と問いかけた上で次のように言う。

『(略)いいですか。アリシヤの「魅力の源泉」は何でせう?。《ママ》肌にとけ込んでしまうやうな燃える髪か?ああしかしあの髪はイーハートヴオの理髪師ロディがロディンから作つて入《ママ》毛なのです。

あのミロのヴィーナスのやうに高いすつきり迫つた鼻ですか?

残念ながらイーハートヴォ《ママ》では整形外科がこのインドなどとはくらべものにならぬ位発達しています。

潤ほつて虫《ママ》惑的なバラ色の唇ですか?

君はニトロフェニル・マーキユライトの口紅を見たことがありますか?

きらきら輝くあどけない小さな歯ですか?

それが合成樹脂で作つた義歯であることを君は知つていますか?それなら彼女の魅力は「若さ」と「生命」の健かな「女性の香り」でせうか?ああそんなものは君も知つている通り匂香族ベンソールの二、三種類を混ぜれば……」

このようにアリシアの魅力が人工的に再現できることを暴き立てる光岡に対してコムサビは、「アリシヤの外観的な美に蠱惑されたのでは」なく「柔順な、神秘的な美しい精神」に蠱惑されたのだと反論する。すると光岡は、コムサビが見出している「精神」とは、アリシヤの言葉によって心の中に喚起される幻にしか過ぎないと指摘する。「恋人同士がどんなに少しばかりのきまり切つた言葉、ああとか愛すると云ふ言葉しか使つていないと云ふことを知つていますか?」という光岡の言葉は、「失楽園《パラダイス・ロースト》」におけるトスカネリの言葉とまったく同じである。

また「異形の妖精」(四八)でギュスターフ・ド・ラトール伯爵が、畸形の妻に感じる美がいかに自分の「想像力によつてゐたか」を思い知らされ、「美と云ふものは相手の幻想《イリウジヨン》の中に力を得るものです」と語るのも、同じモチーフが響いていることを聴き取ることができよう。

「天使との争ひ」は、「人間に最も本質的な、人間にさせるものは一体何であらうか」という実験の経緯を描いた観念小説とでもいうべき作品であるため、北洋の作品系列の中では異色作ではある。しかし、この作品で問題にされていることは多かれ少なかれ他の作品でも隠れたモチーフとして現われているということは、これまでの引用からも明らかだろう。『新探偵小説』の「作者紹介」で「同氏の作風にリラダンの香が濃い」といわしめたのは、これまでに確認してきたモチーフが作品の中に痕跡となって残されていたからに他ならないのである。

4

「天使との争ひ」の最後には作者自身の註記として「紙数の関係でイーハートヴオ地方の風景について何も書けなかつたことは大変残念である、何れの機会を見て書くつもりである」と書かれている。おそらくはここで意図したことが果たされたのが、「砂漠に咲く花」（四八）であると思われる。欧亜科学考査団の一員としてタクラマカン砂漠に向かったトルコ人青年が、そこで出会った砂漠の民の女性との交感を描いた伝奇小説ともいうべき同作品は、スウェン・ヘディンSven Anders Hedin（一八六五〜一九五二、瑞）の『さまよえる湖』*Der wandernde See*（一九三七）に拠ったと思われる記述が多々見られるが、北洋の中央アジア幻想がよく現われている一編である。

こうした中央アジア志向は、デビュー作である「写真解読者」にもすでに現われていた。東亜考古学会のオルドス、トルキスタンの調査に参加した亡命ロシア人が死んだ事件の顚末を描いた同作品では、ラマ僧の復讐といった伝奇的筋立てに未知の放射性物質と放射線を利用した暗号通信という科学的趣向が絡められた、科学とロマンの融合をはかろうとする企図が感じられ、小栗虫太郎のいわゆる新伝奇小説を彷彿させなくもない。

デビュー作に作家のすべてが現れるとはよく聞かれる物言いだが、「写真解読者」（四六）には、中央アジア志向と理論物理学に代表される科学的趣向という、ピグマリオン・テーマを除く、その後の北洋の作品に見られるモチーフを確認することができる。この時の中央アジア志向と科学的趣向というモチーフは、理論物理学を踏まえたユートピア建設を空想した「天使との争ひ」に引き継がれていき、さらに「砂漠に咲く花」へと展開していくのである。

「天使との争ひ」で描かれるような、原子力の平和利用が理想的な世界を実現するという思考は、長崎・広島に原子爆弾を投下された国土に住む科学者としては、やや素朴に過ぎるように思われるかもしれない。福島第一原子力発電所の事故を経験した現代の読者にとっては、なおさらである。しかしこうした明るい未来を志向するのは、この時代の常であったことは頭の隅においておく必要があるだろう。鉄腕アトムが原子力エネルギーを動力として動き、空を飛ぶ以上、足のロケット噴射からは死の灰（放射性降下物）が排出されているはずだが、当時の読者は未来の技術として素直に感心していたのである。鉄腕アトムの連載が雑誌『少年』で始まったのが一九五一年。第五福竜丸事件が起きたのは一九五四年。核実験による放射能の影響が問題になるのは、まだ先のことであった。技術の発展によって物理現象をよく統御できるというのが、科学者としては自然な発想でもあったろう。

北洋が本名で書いた、児童への啓蒙的な科学物語である『アトム君の冒険』（四九）には、登場人物たちが悪の秘密基地で起きた核爆発を遠目で見るシーンで、明らかに放射性降下物を浴びていることが分かる記述があるのだが、作中では誰もそれを問題にせず、科学技術が切り開く明るい未来が素朴に期待されている。工場のオートメーション化が進めば労働が軽減され、余った時間を精神的な涵養に当てられるというようなヴィジョンは、その裏で雇用が削減され、労働者の失業問題が発生するということがまったく想像されていないという点で、児童向けの読物だとしても素朴であるという印象は免れまい。だが再三いうように、こうした科学万能主義は戦後、国民全体で共有されたひとつのヴィジョンだったのである。

5

北洋は、現在までに分かっているところでは、一九四六年の「写真解読者」から一九四八年の「盗まれた手」まで、全部で一ダースの探偵小説を発表しているのだが、このほとんどの作品にいわゆる探偵役として登場するのが、原子物理学者の光岡である。(4) 下の名前は「ヒデミ」

という読みであることが分かっているだけで、漢字表記は不明。
「ルシタニア号事件」（四七）の冒頭に、パリに留学して「コレッジ・ド・フランスの物理学教授博士の研究室でスペクトルの研究をやつて居た」のは「もう十年も以前の事」と書かれているから、一九三〇年代後半、作品の発表年代を起点とすれば一九三七年にパリに留学していたことになる。「写真解読者」では「彼は以前気象台の技師をしてゐた時、仕事の関係とその奔放な生活慾からオルドス地方へ冒険旅行をして揚子江上流の高気圧発生地帯の調査をし学界とジャーナリズム界にセンセイショナルな話題を提供したことがある」と語り手によって紹介されているが、その時期については「異形の妖精」（四八）の冒頭に「ル・アーブルには海洋気象台がある、私がそこに居つた頃であるからもう十年にもなるだらうか」と書かれているので、「コレッジ・ド・フランスの物理学教授博士の研究室でスペクトルの研究をやつて居た」ころと同じ時期かその前後ということになるだろう。光岡がオルドス地方への冒険旅行を敢行し、学界とジャーナリズムを騒がせたことは、「砂漠に咲く花」（四八）でも言及されていて、そこでは光岡が「私も五年前にガシユン・ゴビを横断したことがありますが…」と語っているから、「砂漠に咲く花」の作品内時間は一九四〇年代前半、各作品の発表年代を起点とすれば一九四一年ということになる。
「ルシタニア号事件」の功績によってパリ警視庁の有力な助言者になったことが作品の最後で示されている。

なほ附記しておきたいことは、光岡の科学的捜査法と鋭い推理に感嘆したM警部が警視総監マレシャル氏に光岡の事を推挙したので彼は本当の犯罪事件に対してもパリ警視庁に有力な助言をすることになつた。その為に私は二、三の今後記すであらう興味深い事件を読者諸氏に語ることが出来るのである。

ここでいわれている「二、三の今後記すであらう興味深い事件」にあたるのが、「こがね虫の証人」（四八）や「盗まれた手」である。「こがね虫の証人」には「光岡は既にある特別の事情からパリ警視庁と連絡して事件の解決を画つたことがあつた」と書かれており、「ルシタニア号事件及びミストラル号事件」と書かれているが、「ミストラル号事件」に関しては当該作品が確認できず、いわゆる語られざる事件のひとつに当たる。

この「こがね虫の証人」では、珍しく光岡が探偵術についてクレール警部に語る場面がある。


ある事件を理解するためにはあらゆる物理的心理的條件を事件があつた時の状況に整へて、いはゞ事件の物理的心理的場《フィールド》を作つておいてそこで一体何が起るべきかと云ふことを研究しなけねば《ママ》だめですよ。なほもしも事件が偶然的なものであつたら彷徨偏綺《シコバアンクング》の様子をしらべ統計的な調査をすれば事件の特徴が出て来るでせう。犯人の決定と云ふことはその人間の運命に重大な関係を持つてゐるのですから十分合理的な調査方法を取り、調査する人間の趣味性や投機的掛け引きや―すべて曖昧なものを排除して行かなければ、犯罪捜査法も個人的趣味を脱せず、いつも事件の後を追つて行くばかりです。アリストテレスの形而上学から自然科学を発掘したベイコン・ボイル・ガリレイの様に犯罪捜査官もその方法論的嗅覚で支へられなければ犯罪捜査が知性の道徳的遊戯にはなつてもわれ〳〵の生活を犯罪から護る近代文明の技術とはなり得ませんよ。犯罪学は探偵小説ではなくて自然科学なのですからね、

いかにも原子物理学者らしい探偵観であるといえよう。

ただし、光岡というキャラクターは「こがね虫の証人」で見せたような、いかにもの名探偵ぶりを示すことは、一ダースにも及ぶ作品の中で半数にも満たない。デビュー作の「写真解読者」、フランス警察に協力する「ルシタニア号事件」と「こがね虫の証人」、イギリスを舞台とする「死の協和音《ハーモニックス》」、京都府の「高等探偵囑託」であった頃に扱った事件の顚末を語る「清瀧川の惨劇」（四八。冒頭に「昨年八月の初旬の日曜日」とあるから、一九四七年の事件ということになる）[5] くらいである。

「盗まれた手」は、ド・ラクノー伯爵邸に賊が忍び入り、夫人が「不気味なガラスのやうなものを摑まされた」という事件を伯爵から相談されたパリのマルタン警視総監が「警察当局で調査するほどの事件でもないので、二三の事件に独特な捜査方法で、その卓抜な推理力を示した日本人、ヒデミ・ミツオカを思ひ出し」て伯爵に紹介したことから、事件に関わり合うようになる。光岡はいちおう伯爵邸に赴いて調査を行うものの、事件自体は光岡が推理する前に自然に解決されて行くといった描かれ方をしており、本作品における光岡は単なる傍観者、

あるいは狂言廻しとしての役割しか果たしていない。

同様のことは「異形の妖精」についてもいえる。回収した無線探測用の気球から強い赤外線照射の痕跡を見出した光岡が、気球が拾われた場所に赴くと、近くの伯爵邸に侵入者を探知するための赤外線を張り巡らされていることに気づく。そこまでして隠蔽したい秘密の正体が知りたくて敷地内に侵入した光岡は、邸の当主が四本腕の女性と抱擁している場面を目撃する。後日、当の伯爵邸で当主が夫人を殺して自殺したという事件が起きたことを知った光岡は、事件の現場である邸にふたたび向かい、伯爵が光岡宛に残した遺書を回収する、という物語なのだが、ここでの光岡は好奇心のままに行動する不法侵入者であり、結果的に伯爵の自殺を使嗾する役目を果たす手紙を送るのだから、殺人教唆者であることにもなる。要するに、謎を解決する探偵というよりも事件の狂言廻しの役割を果たしているだけなのである。

これが「砂漠に咲く花」になると、アリ・ペックから中央アジアにおける奇妙な体験談を聞かされた光岡が、愛人を殺された事件の解決を依頼されるのだが、それは最終章になってからのことで、「パリ警視庁当局と同様、何等具体的な結論を得ることが出来なかつた」とあるから、明らかに失敗談である。本作品における光岡は、実質的にはアリ・ペックの話の聞き手としての役割しか果たしていないのだ。

さらに「天使との争ひ」では、中央アジアに存在する理想郷から人造美人を連れ来たって、人間の精神をめぐる実験を行なうという具合で、探偵というよりは、例えば小栗虫太郎の『人外魔境』シリーズに登場する折竹孫七のような、冒険家《アドヴェンチャラー》という印象を受ける。もっとも、人造美人のアリシヤが言う最後の言葉は光岡の創作であるということだから、「人間に最も本質的な、人間にさせるものは一体何であらうか」というイーハートヴォの科学者たちの問いに、光岡なりに答を出した作品として読めば、形而上学的探偵小説といえなくもない。その点では、常識にとらわれない美的観念の賞揚だけでなく、そうした観念の減衰をも問題としていた「異形の妖精」と同じモチーフを共有してもいるのである。

このようにして光岡のありようを見ていくと、北洋の作品が、「深々と妖しい魅力をたたへた別の世界」を描く作品の系列と、従来型の名探偵小説の系列と分かれることが、はっきりと見えてくる。

（4）「展覧会の絵画」には、ソルボンヌ大学の物理実験室の研究者シャーレマンの友人として「M君」と記される人物が登場するが、「異形の妖精」中に光岡が「ソルボンヌの研究室で赤外線吸収の計算をし」ている場面があることから、また、「盗まれた手」の冒頭に「ソルボンヌ大学のC教授の研究室に出入してゐた」と書かれていることから、この「M君」とは光岡のことではないかとも思われる。

（5）ただし「清瀧川の惨劇」の巻末の附記には、同作品が「一九三五年、ニユーヨーク警視庁編輯の『犯罪捜査に於ける分光学の応用』（三百五十頁）に掲載されてゐる事件を当事者の友人光岡博士の記憶や公演記録を参照して筆者が幾分興味本位に紹介したもの」とあり、このことから、一九三〇年代に起きた事件を戦後の日本に移して記述したものであることが分かる。「当時府の高等探偵嘱託であつた」という冒頭の記述における「府」というのは、実際にはパリ（あるいはニューヨークか）と考えた方がいいのかもしれない。とすると「ルシタニア号事件」の後に起きた事件ということになり、一九三五年にニューヨーク警視庁が編集した文書に掲載されているという記述を踏まえるなら、「ルシタニア号事件」の発生年代を繰り上げる必要が出てくるのだが……。

6

先にも述べた通り、現在までに確認されている北洋のミステリ作品は一ダースである。本書を編集するにあたり、それを全編収録したのはもちろんだが、それだけではページが足りないので、本名で発表された児童向けの科学物語であり、SF小説的な面白味を持つ『アトム君の冒険』と、少年向けの科学啓蒙誌にやはり本名で発表された「首をふる鳥」を収録した。さらに成人向けの科学啓蒙誌に掲載されたエッセイのうち、化学式などが出てこない読物風のエッセイを参考までに収録した。

本書『北洋探偵小説選』は、この作家の生前歿後を通して初の作品集となる。北洋は単なるトリック・メーカーではなく、雄大なロマンティシズムと美学を有していた。その作家イメージの刷新につながれば幸いである。

以下、本書収録の各編について簡単な解題を記しておく。

「写真解読者」は、『ロック』一九四六年一〇月号（一巻五号）に掲載された。後にミステリー文学資料館編『甦る推理雑誌①／「ロック」傑作選』（光文社文庫、二〇〇二）に採録された。

鮎川哲也「編集長交友録」（『幻影城』七五・一二）によれば、「『ロック』とのつながりは《写真解読者》を投稿してきたことから生じた」そうで、「エリート臭を感じさせる学者タイプの人であった」という山崎編集長の言葉を伝えている。

中島河太郎は「『ロック』五年史」（『幻影城』七五・一二）中の本作品にふれた箇所で次のように述べている。

新人募集は当初から試みていたが、本号ではじめて北洋の『写真解読者』が紹介された。京都帝大理学部を卒業し、引き続き同学物理学教室に勤務した人で、さすがに放射線などに《まま》作品を《まま》投影しているが、無味乾燥なものではない。東亜考古学会のメンバーの白ロシア人が、張家口での調査の途中、不慮の死を遂げた真相を追求する物語で、こじんまりと纏っている。「宝石」は無暗に新人を生み出したが、本誌出身作家として数尠い一人である。

「ルシタニア号事件」は、『ロック』一九四七年三月号（二巻三号）に掲載された。単行本に収録されるのは今回が初めてである。

航空機墜落事故の謎解きを扱ったことが目を引く、光岡の探偵としてのデビュー作ともいえる一編。

「失楽園《パラダイス・ロースト》」は、『ロック』一九四七年五月号（二巻五号）に掲載された。後に山村正夫編『死体消失』（ベストブック社・ビッグバードノベルス、七六）に採録された。

中島河太郎は前掲「『ロック』五年史」において、本作品について以下のように述べている。

イタリヤの大学に留学研究している主人公は、下宿先のすばらしい美貌の娘の失踪に直面する。方々の下水道で悪臭を発することに着眼して、彼女の失踪の真相をつきとめるのだが、その死体処理法が斬新で、いかにも科学者の作者にふさわしかった。

また、本作品をアンソロジーに採録した山村正夫は、同書の「解説」で次のように述べている。

京大の大学院に在籍して理論物理学を専攻し、湯川秀樹博士の門下生だった北洋氏も、当時もっとも有望視された新鋭の一人である。北氏は「写真解説者《ママ》」（昭和二十一年十月号）でデビュー後、『ロック』を舞台に専門知識を生かしたユニークな作品を次々に発表して注目を浴びたが、「失楽園」（昭和二十二年五月号）もその頃の短編で、着想の奇抜さで話題を呼んだ異色作だった。（略）娘の死体をドライアイスで凍らせ、ハンマーで打ち砕いて下水に流すという、科学知識にもとずいた異常な死体消滅法には、読後、異様な感銘をおぼえずにはいられない。

「無意識殺人《アンコンシャス・マーダー》」は、一九四七年八月発行の『ロック別冊／探偵小説傑作集』に掲載された。

フロイト精神分析学の知識を背景とする犯罪小説で、主人公が無意識のうちに抱いている殺意を周囲の人間が読み取って、主人公が示唆していないにもかかわらず代行殺人を行なうというアイデアもさることながら、それが連鎖的に発生する展開に奇妙なユーモアが感じられる点が読みどころといえるだろう。

「天使との争ひ」は、『新探偵小説』一九四七年一〇月号（第四号）に掲載された。単行本に収録されるのは今回が初めてである。

「死の協和音《ハーモニックス》」は、『ロック』一九四七年一二月号（二巻一〇号）に掲載された。後に鮎川哲也編『戦慄の十三楽章』（講談社文庫、八六）に採録された。

本作品を音楽ミステリのアンソロジーに採録した鮎川哲也は、同書の「解説」で次のように述べている。

北氏の作品は前記のようにすべてが短篇で、それは当時の用紙の統制という制約から、わずかの枚数しか与えられなかったことにもよるであろうが、わたしは、作者の体質が短篇に向いていたのではないかと思っている。氏に、本篇の如く外地を舞台にとり外国人を登場させた作品が多いのは、外国で研究をしたいという願望のあらわれではなかったか、と推測しているのだが、牽強に過ぎるだろうか。作品のすべてが理学者としての視点で書かれているので、同じ理科系出身の山前譲氏にいわせると教えられることが多く、どの作品も非常に面白いそうである。

本篇を音楽ミステリーの範疇に入れることについて首をかしげる読者がいるかもしれない。しかし、新考案の発声器を応用して第一線にあるソプラノ歌手が声を鍛錬するくだりは、充分に音楽ミステリーの条件をそなえているものといってよいだろう。北氏が音楽好きかどうか審《つまびら》かにしないが、音楽に関心のある作家でないとこうした着想は得られなかったと思う。

（略）

なおこの北作品の冒頭には「芸術をはかる物さしはない。それを強いてはかろうとするところに悲劇が生まれる。芸術の挽歌は人類の葬送曲である」とのコメントがついている。北氏が書いたものか、編集者がつけたものかはわからないが――。

本作品の着想に関しては、リラダンの『未来のイヴ』に描かれる歌うアンドロイドのアイデアなどが影響を与えているのかもしれない。また、音を波形で捉えて理想の声を作り上げるという発想は、いかにも科学者らしいといえるのではないか。

なお目次では「科学悲劇」と角書きされていた。また鮎川が引いている惹句の「葬送曲」には「フユネラルマーチ」とルビがついていたことを補足しておく。

「異形の妖精」は、『ロック』一九四八年一月号（三巻一号）に掲載された。目次には「美女物語」と角書きされていた。単行本に収録されるのは今回が初めてである。

「こがね虫の証人」は、『新探偵小説』一九四八年二月号（第五号）に掲載された。後にミステリー文学資料館編『甦る推理雑誌③／「X」傑作選』（光文社文庫、二〇〇二）に採録された。

「清瀧川の惨劇」は、『ロック』一九四八年三月号（三巻二号）および五月号（三巻三号）に掲載された。単行本に収録されるのは今回が初めてである。

三月号の目次には「推理小説」、五月号の目次には「鮮新推理」と、それぞれ角書きされている。

なお、三月号には第四章までが掲載され、五月号ではふたたび第一章からカウントしなおされていた。本書に収録するにあたり、五月号掲載分の章題は第五章から第七章に改めた。

「展覧会の怪画」は、一九四八年三月一日発行の『ロック別冊／ミステリイ』に掲載された。単行本に収録されるのは今回が初めてである。

目次には「諧謔探偵」と角書きされていたが、主人公の友人のやりようが余りに身勝手な印象を受け、笑うより先に厭な感じがするのだが、ということはストレートな「諧謔」というよりブラック・ユーモアということになるだろうか。主人公が友人を殺しに向かうあたりの心理描写は、北が高校時代に傾倒したというドストエフスキー Фёдор Михайлович Достоевский（一八二一～六一、露）の『罪と罰』*Преступление и наказание*（一八六六）が影響を与えているのかもしれない。

「**砂漠に咲く花——新世界物語**」は、『小説』一九四八年五月号（二巻二号）に掲載された。目次には「海外小説」と角書きされていた。単行本に収録されるのは今回が初めてである。

「**盗まれた手**」は、一九四八年七月一〇日発行の『影』創刊号に掲載された。単行本に収録されるのは今回が初めてである。

以下はいずれも本名の鈴木坦名義で発表された。

「**アトム君の冒険**」は、朝日新聞社から一九四九年三月二〇日に刊行された。挿絵は北野不空子とあるが、「アトム君のノートより」の章に掲げられた図も同氏の手になるものかどうかは不詳。

鮎川哲也の前掲「〈不肖〉の原子物理学者《ニュークリアーフィジシスト》・北洋」には「朝日から『アトム君の冒険』という、例の『不思議の国のトムキンス』の向うをはったような児童物を出したりしました」という令弟・彬氏の言葉が紹介されている。『不思議の国のトムキンス』は *Mr Tompkins in Wonderland*（一九四〇）は物理学者ジョージ・ガモフ George Gamow（一九〇四～六八、米）によって書かれた科学的空想物語で、一九四三年に翻訳が刊行され、多くの若者を物理学の道に進ませたという。

「**首をふる鳥**」は、一九四九年七月一五日発行の『別冊少年朝日』に掲載された。目次には「科学物語」と角書きされている。挿絵は津田卯三郎。単行本に収録されるのは今回が初めてである。

「**自然は力学を行なう**」は、『科学の実験』一九五一年七月号（二巻七号）に掲載された。単行本に収録されるのは今回が初めてである。

［解題］**横井　司**（よこい　つかさ）
1962年、石川県金沢市に生まれる。大東文化大学文学部日本文学科卒業。専修大学大学院文学研究科博士後期課程修了。95年、戦前の探偵小説に関する論考で、博士（文学）学位取得。共著に『本格ミステリ・ベスト100』（東京創元社、1997年）、『日本ミステリー事典』（新潮社、2000年）、『本格ミステリ・フラッシュバック』（東京創元社、2008）、『本格ミステリ・ディケイド300』（原書房、2012）など。現在、専修大学人文科学研究所特別研究員。日本推理作家協会・本格ミステリ作家クラブ会員。

北《きた》洋《ひろし》探偵《たんてい》小説選《しょうせつせん》　〔論創ミステリ叢書66〕

2013年8月15日　初版第1刷印刷
2013年8月20日　初版第1刷発行

著　者　北　洋
監　修　横井　司
装　訂　栗原裕孝
発行人　森下紀夫
発行所　論創社
〒101-0051　東京都千代田区神田神保町2-23　北井ビル
電話　03-3264-5254　振替口座　00160-1-155266
http://www.ronso.co.jp/

印刷・製本　中央精版印刷

Printed in Japan　ISBN978-4-8460-1258-8

論創ミステリ叢書

①平林初之輔Ⅰ
②平林初之輔Ⅱ
③甲賀三郎
④松本泰Ⅰ
⑤松本泰Ⅱ
⑥浜尾四郎
⑦松本恵子
⑧小酒井不木
⑨久山秀子Ⅰ
⑩久山秀子Ⅱ
⑪橋本五郎Ⅰ
⑫橋本五郎Ⅱ
⑬徳冨蘆花
⑭山本禾太郎Ⅰ
⑮山本禾太郎Ⅱ
⑯久山秀子Ⅲ
⑰久山秀子Ⅳ
⑱黒岩涙香Ⅰ
⑲黒岩涙香Ⅱ
⑳中村美与子
㉑大庭武年Ⅰ
㉒大庭武年Ⅱ
㉓西尾正Ⅰ
㉔西尾正Ⅱ
㉕戸田巽Ⅰ
㉖戸田巽Ⅱ
㉗山下利三郎Ⅰ
㉘山下利三郎Ⅱ
㉙林不忘
㉚牧逸馬
㉛風間光枝探偵日記
㉜延原謙
㉝森下雨村
㉞酒井嘉七
㉟横溝正史Ⅰ
㊱横溝正史Ⅱ
㊲横溝正史Ⅲ
㊳宮野村子Ⅰ
㊴宮野村子Ⅱ
㊵三遊亭円朝
㊶角田喜久雄
㊷瀬下耽
㊸高木彬光
㊹狩久
㊺大阪圭吉
㊻木々高太郎
㊼水谷準
㊽宮原龍雄
㊾大倉燁子
㊿戦前探偵小説四人集
(別)怪盗対名探偵初期翻案集
(51)守友恒
(52)大下宇陀児Ⅰ
(53)大下宇陀児Ⅱ
(54)蒼井雄
(55)妹尾アキ夫
(56)正木不如丘Ⅰ
(57)正木不如丘Ⅱ
(58)葛山二郎
(59)蘭郁二郎Ⅰ
(60)蘭郁二郎Ⅱ
(61)岡村雄輔Ⅰ
(62)岡村雄輔Ⅱ
(63)菊池幽芳
(64)水上幻一郎
(65)吉野賛十
(66)北洋

論創社